CHESTNUT STREET

MAEVE BINCHY

栗树街

﹝爱尔兰﹞梅芙·宾奇 著
杨凌峰 译

浙江出版联合集团
浙江文艺出版社

献给亲爱的高登。
他宽宏大度，让每一天的生活都无限精彩

目 录

多莉的妈妈 ………………………………………… 001
一个日子而已 ……………………………………… 015
菲的新叔叔 ………………………………………… 036
我自己的烦恼 ……………………………………… 051
要紧之事 …………………………………………… 066
乔伊丝相亲记 ……………………………………… 083
"解放"格林 ……………………………………… 097
失眠灵药 …………………………………………… 111
给兰杰小姐的回报 ………………………………… 119
重回都柏林 ………………………………………… 132
错误的标注 ………………………………………… 146
沙利文家的"明星"闺女 ………………………… 156
出租车司机是隐形人 ……………………………… 165
父亲节贺卡 ………………………………………… 181
尊严的赠礼 ………………………………………… 185
投资 ………………………………………………… 208
信念的飞跃 ………………………………………… 220
莉莉安的头发 ……………………………………… 228
格蕾丝要送花 ……………………………………… 241
装修工 ……………………………………………… 253

"提桶"·麦奎尔 265

老男人 290

菲利普与插花师 296

合理的探视权 307

等我们到了克利夫登 318

讨还公道的女人们 326

偶然目击 340

男人如鸟 348

神奇女士 361

什么也不说 371

急于做好人 385

看清问题 395

公平交换 405

窗台盆栽 413

费恩的未来 424

每年一夜 431

多莉的妈妈

就因为她的妈妈如此美丽,所以一切就更艰难了。如果多莉的妈妈肥胖丑陋,或者是个皱巴巴的老妇人,那么对多莉来说,成长这件事恐怕就会容易一些。不过,没那样的好事。在这个问题上,她找不到一丝安慰。妈妈生得颀长窈窕、婀娜多姿,而且还有着迷人的微笑,能让别人受到感染,也跟着微笑起来。如果她放声笑了,大家会快乐地看着她,觉得赏心悦目,就连陌生人也不例外。妈妈总是知道什么场合该说什么话,然后挑该说的说。她的脖子上扎着长长的丁香紫丝巾,看起来相当优雅。她走路的时候,丝巾看起来就仿佛是在随她一起飘舞。如果换作是多莉戴着丝巾,那看上去就像是缠了条绷带,或者被人误以为她是哪支足球队的球迷。如果你肩宽腰圆、身板粗壮,又没有半点姿色或风度,那你就很容易对妈妈的美丽感到愤愤不平。

但那只是刹那间的情绪,不是真的恨她。没人能真的恨妈妈,多莉当然也不会。更何况,妈妈待她如公主一般——虽然是位矮胖敦实的公主。她总是说起多莉的长处:那可爱的、暗绿色的双眸。人们会被这美妙的眼睛迷住的,妈妈总是这样说。多莉却对此抱有怀疑——几乎没有什么真实的迹象显示,会有人长时间注视这双眼睛,直到能够意识到它们是绿色的,就更别提无法自持、不可救药地掉进这秋波的深处了。

妈妈总叫爸爸来欣赏多莉头发的出色质感。"你看,"妈妈会兴致勃勃地说,"看看这头发是多么的茂密而健康啊!我们大有机会看到洗发水厂商来求咱家的洋娃娃拍广告。"爸爸会听话地看一看,露出某种温和又适度的惊讶之情,仿佛他是被叫来看一只翠鸟,但那鸟却已经倏然不见了。他便迫不及待地点头赞许,以此来讨好太太和女儿。"噢,是的,"他赞同地说道,"发质很好,而且又蓬松茂密,一根脱发也没有!"

多莉仔细观察自己那沉闷的暗棕色头发,感觉不到丝毫的快乐。这头发唯一值得称道的优点是:发量很多,而这也正是妈妈能够辨识的,并且不惜溢美之词地反复赞叹地方。

学校里所有的女孩都喜欢多莉的妈妈,因为她非常亲切友好。姑娘们都说,她对她们真的很关心,因为她能叫出每个人的名字。周六下午,她们都喜欢转悠到位于栗树街的这栋房子里来。多莉的妈妈允许她们摆弄那些她不要了的彩妆:一截残存的唇膏,快用完的一小盒眼影粉,还有所剩无几的、即将见底的许多块腮红粉饼。多莉家有一面配有明亮的镜前灯的大镜子,可供女孩们练习化妆,而她妈妈唯一坚持的是,在女孩们回家之前,脸上的妆容必须用卸妆棉清除干净,不留任何痕迹,而且还要涂上面霜。她成功地说服了这群女孩子,让她们相信,这样做才能使皮肤保持健康和清新,而多莉的朋友们同样也享受卸妆的乐趣,一如她们喜爱在自己那年轻的脸上涂涂抹抹那样。

多莉的朋友们,她们真的是朋友吗?多莉经常对此感到疑惑。或许她们喜欢她只是因为她的妈妈?在学校里,姑娘们可不怎么把她当回事。下课后,多莉常常独自坐着,而其他女孩则手挽手地走开;操场上,学生们笑闹围聚,但她从来都不是欢笑的中心;放学后也没人找她一起去买东西,她通常都是最后才会被挑中加入别人队伍的末位人选。就连可怜的奥利芙——长得很胖,还戴着瓶底般厚厚的、有圈状纹理的圆形近视眼镜——都经常会比多莉先被别人挑中。如果不是因为妈妈,她在学校里大概会像沉入水底的沙子,完全隐形无踪。与身边几乎每个学生都不同的是,她有一位能受到大家一致认同和喜爱的母亲。她理应对此感到快乐,她应该满怀感激,而她通常也确实如此,然而,只有在跟自己的猫咪嬉戏时,多莉才是最开心的。

学校组织义卖活动时,妈妈总是烤一个"滑稽蛋糕①"。不是大蛋糕——个头显摆张扬得令你尴尬,也不会很小——寒酸到令你羞愧的程度,而是那种上面撒满"聪明豆②"的蛋糕,有时还点缀着旱金莲花,旁边有一张剪报字条写着:花朵可安全食用。每逢学校有戏剧表演,妈妈都会有不少宝贝可以借给同学们用。东西用坏了,她也从不埋怨。鲍尔小姐的羊毛开衫引起了妈妈的注意,她向鲍尔小姐请教怎么编织那种花样,然后还真的动手织了一件开衫。她告诉鲍尔小姐,她选了不同颜色的毛线,以免她们看上去像双胞胎。可怜的鲍尔小姐,身材跟登山拐杖一般干瘪,与妈妈那杨柳婀娜的美妙曲线根本没法相提并论,因此当她听到"双胞胎姐姐"这样说时,她都脸红了,不过心里还是挺乐意的,还因此变得更愿意与旁人接近了——这可是从未有过的现象。

妈妈为多莉的十六岁生日派对做了绝妙的安排。派对的每个步

---

① 滑稽蛋糕,原文为"funny cake",特指结合了蛋糕与馅饼共同特质的点心。
② 聪明豆,一种巧克力豆的名字。

骤,她都会征求女儿的意见。

"听着,你一定要告诉我你喜欢什么,还有其他姑娘们都喜欢什么。作为你妈妈,要是把这些事搞错了,那就太愚不可及了。我可不会带你们去看电影,或者去麦当劳聚餐什么的,因为那对你来说太幼稚了。"

"妈妈,你从来都不会搞错的。"多莉的声音听上去沉闷刻板。

"我当然可能会犯错,我亲爱的小姑娘。我比你和你的那些朋友早生了一百年啊!我的思想观念都像是上世纪的老古董,所以才要靠你们来告诉我你们想要什么。"

"你比我们大不了一百岁。"多莉的语调还是很平淡,"生我的时候,你才二十三岁,现在也还没到四十。"

"是噢,但很快就四十啦!"妈妈叹口气,看着镜子里她那完美的脸庞,"很快,我就会是个弯腰驼背、气色枯黄、脾气古怪的四十岁大妈喽。"她朗声大笑起来,多莉也跟着笑。四十岁黄脸婆,这个概念太滑稽了。

"你十六岁时在做什么?"多莉问道。她不知道如何安排生日,对任何形式的庆祝活动都有畏惧心理。她想把坦白这些的时刻稍稍延后,于是便问了这样的问题。

"哦,我亲爱的,那已经是遥远的过去了。那天是周五,我们做的也就是当时每个人都做的那些事——看一档电视节目《全民出动抢先冲!》,接着我们吃了香肠和生日蛋糕,还在唱片机上播放甲壳虫乐队的歌。然后我们去了一家咖啡屋,喝了一杯又一杯的奶沫咖啡,叽叽喳喳、嘻嘻哈哈地说笑。最后大家各自搭公共巴士回家。"

"听起来很美好。"多莉说,露出了惆怅的神情。

"算了,那可是黑暗的中世纪。"妈妈心有不甘,遗憾懊恼地说,"现在的情况要好得多。我猜你们都想去蹦迪吧?其他人的生日是怎么操办的?简妮十六岁了,玛丽肯定也十六了,朱迪呢?"妈妈双眼放光地看着女儿,一一列出多莉朋友的名字。这些女生与多莉关系到底怎样?她在关注的同时,又保持着警觉,开口谨慎。她在乎的是,不管是什么场合,女儿都不该遭朋友冷落,被排除在外。

"我想简妮只是出去看了场电影。"多莉说。

"当然了,她有尼克陪着——没错的。"妈妈贤明地点点头。她可是所有女孩的知心闺蜜。

"我不知道朱迪为什么去了。"多莉一根筋地说。

"但你应当知道啊,亲爱的。她是你朋友。"

"可我还是不知道。"

妈妈的脸色明显缓和起来。多莉能看出,那是一种策略的改变,妈妈现在的语调变得宽慰了些。"当然了,当然,我们别忘了,朱迪那天可能什么也没干,或者只是家人给她庆贺了一下。是的,要说你应当知道,那是没道理的。"

多莉感到前所未有的糟糕。真相已经暴露在妈妈面前:她是朋友聚会时被孤立的那个人,而作为如此悲哀的一个角色,为了收买人心,维系和同学的友情,她自己不得不压抑着自卑难堪,去举办一个讨好卖乖的生日派对。多莉的心沉重得像铅锤。她知道,此刻她的脸肯定被沉重悲哀的阴云笼罩。她希望自己能对开朗又美丽的妈妈露出笑容。妈妈总是努力地帮她,总是站在一旁支持她,为她出主意,也总是对她表示肯定和欣赏。可她一点都笑不出来。

妈妈有一万个理由去扮演殉道者,去认为女儿辜负了她的牺牲,不知感恩。但妈妈从未有过那样的表现。朱迪的妈妈总喜欢喋喋不休地诉苦，说女儿不仅是母亲肉身遭受的一大苦难，更是精神的折磨、灵魂的煎熬；简妮的妈妈则比警局政治保安处的特工还多疑，即使是最单纯的活动都逃不过她那可疑的目光；玛丽的妈妈看上去如同中古绘画里为基督之死而悲恸哀悼的圣母玛利亚，因为抚养一个青春少女的责任似乎把她的腰都压弯了。只有多莉的妈妈是满怀希望与热情，并且足智多谋的。只不过，上帝亮出底牌，明示她得到的是个无趣、木讷、愚钝，而且闷声不响的孩子，而不是一个更有声有色、活泼可爱的娃娃，能跟大人机灵互动——难道这不是走了霉运？

"妈妈，你为什么对我这么好？"多莉认真地问道。她是真心实意地想知道答案。

妈妈的脸上几乎没流露出任何惊讶之色。她依旧高高兴兴地回答这个问题，面带微笑，这种微笑一直伴着她面对几乎所有的事情……

"宝贝，我没有特意要对你好。我只是和平常一样……不过，这是你的十六岁生日，理应是快乐的一天，是值得你记住的一个经历……哪怕在将来的回忆中显得愚蠢无聊，就像我的生日那样。最起码，我记住了它，记得我们那傻乎乎的衣着打扮，还有可笑的发型。我想让你拥有的，就是快乐的一天。"

多莉沉思了一会儿。来过她家的每个女孩，所有那些小姑娘，都对她的妈妈赞赏有加，她们都说她就像一个再好不过的大姐姐——你可以对她无话不说，而她总是能理解你。

"妈妈，你别费心了。说真的，那一天不会①快乐的，也没什么

---

① 原文中有部分单词使用了楷体，表示强调，因此中文版沿用了这个特点。

快乐的日子。我说的是实话。日子谈不上快乐,就像你经历过的那样,就像你每天过着的日子那样。我不是在抱怨。活着本来就是这样。"

她强忍着没让泪水涌上来。她祈望妈妈脸上能出现某种会意的迹象。妈妈露出的神情表明她对此极为关切,但多莉明白,那不是真正的理解,那只是同样的东西,只是更多的关切而已,就像以往那样,一直都是那样。

妈妈说的话在她耳边流淌而过。先是安慰:每个人都会在十五岁时感到低落,因为既没有成熟但也不再年少;然后是更多的安慰:很快,一切就会乐观起来,你将有玫瑰色的未来,你那美妙的绿色眼睛会闪闪动人,那浓密亮泽的秀发将随着跑动而翩翩飞舞,而你的内心充满了对生活与冒险的热情和渴望。妈妈轻轻拍打着多莉的手,而多莉呆坐着,郁郁寡欢。

她低头看见妈妈纤长白皙的手指,那指甲很完美,长长的,透出珊瑚粉的美丽色泽。她看见妈妈的戒指,那些戒指本身不是很大,但妈妈的小手因承受它们的重量而显得更柔弱了。这只手轻拍着多莉那宽大厚实、指甲被咬过的手,手上还有油性笔留下的墨水污痕,以及被黑刺莓灌木丛刮伤的印迹。

多莉知道,这都是她的错。妈妈是这么好的人,都怪多莉她自己太差劲。她太平庸,又冥顽不化,糟糕到骨子里,糟糕到心底——那颗粗糙冷硬、刻板古怪、令人生厌的心。

爸爸很多时候显得很忧郁,多莉这样想着,眼前浮现出他提着公文包,从火车站走上小山丘时的样子。他的背有点弓,模样显得很疲惫,但只要一见到妈妈,他就马上变得开朗起来。妈妈可能会在楼上房间的窗边向他挥手，然后轻快地跑下楼梯，在他进门的瞬间拥抱他。她不会响亮地亲吻他的面颊，而是张开双臂搂住他，连带着他的公文包、大衣、腋下夹着的晚报，以及其他的一切，都抱在怀中。有时她可能正在厨房里忙碌，但这并不妨碍她丢下手里的东西，跑到门口迎接下班归来的爸爸。多莉注意到，每一次，爸爸都是多么的高兴，甚至还感到有些惊喜。爸爸并不是热衷于这种"自发式"肢体动作的人，但他的回应却像是阳光下盛放的花朵。上班族独有的那种愁闷、焦虑的神情在这一刻烟消云散，而妈妈自打他进家门起，就绝不会跟他唠叨任何麻烦事。即使有水管爆了，他也只会在稍后才听到妈妈提起。这里的稍后，指的是很久以后。

就这样，正如多莉预料到的，"十六岁生日"这个议题被放到了爸爸面前，但不是当作麻烦，而是作为令人兴奋的好事来讨论的。妈妈的眼中闪烁着兴奋的亮光。一个女孩子的十六岁——这是一个象征，一个里程碑，是成长图景中的耀眼地标，这样的大事一定要被记录下来。可是怎样让这一天不同凡响？他们该为多莉做点什么？

多莉看到爸爸的面容变得很温柔。爸爸想必也知道，其他家庭里的妈妈可不像他们家的妈妈一样。那些人家，孩子不管搞什么派对，夫妻多少都会有些争执。而他是多么幸运，能拥有这样一个独一无二的"特例"，能娶到世界上绝无仅有的好女人——这个女人能积极地为少女们张罗派对。

"嗯，那个，这样吧。"他满脸笑意地说，"多莉，毫无疑问，你是个幸运的丫头。好吧，很好，就这样，十六岁，至少也得有个像样的生日派对。"

"如果我们家没闲钱搞这个，我不会介意的。"多莉加入了讨论。

"我们当然花得起这点钱。否则我们,我和你妈妈,我们工作是为了什么呢?不就是为了这些?用偶然的小奢侈来款待亲友,我们承担得起。"

多莉再次惭愧地发觉自己在心里怀疑:父母说的是真话吗?爸爸每日赶远路去工作,去那间平淡无奇、毫无生气的办公室,直到晚上再精疲力竭地回来,为的就是能有点钱给女儿办生日派对?肯定不是这样。还有妈妈,上午去一家大型花店干活,为的就是能挣点小钱当作家用储备金,来支付餐饮享乐之类的开销吗?多莉一直都认为,妈妈去花店上班,是因为她喜欢置身于那些美丽的花朵当中,喜欢在那里跟朋友们一起吃午餐,喜欢这份可以让她将那些快要蔫了的花朵带回家的工作——那些花儿常常能在她的家中重新焕发出活力。她以为,爸爸去上班是因为那本来就是男人们该干的事——他们待在办公室里,处理文件,但现在多莉意识到,她对很多事情都有着非常愚蠢的看法,怪不得她没法跟别人进行出色的交流,而妈妈就能做到。就在前几天,她还听到妈妈跟邮差聊起关于幸福的话题。设想一下吧,那只是个过来送信的家伙,你却要跟他谈幸福之类宏大而抽象的问题,而那人竟然还显得很感兴趣。他说,并没有多少人能够将这一类的话题引入日常闲谈中。

"妈妈,我很笨,不知道别人喜欢什么,想要什么。你在这方面就很拿手。你觉得我那些朋友会喜欢什么?"

多莉感到自己跟以往所感觉到的一样差劲。这世界上哪会有人愿意对她表示一丝一毫的同情呢?她是什么?她们只会说,她娇生惯养,是个被宠坏了的毛丫头。家里给了这个丫头一切,但她却什么都不能认可,不懂领受。她这些想法,妈妈都一概不知。妈妈只是一心想着要帮她,顾不上她的内心感受。

"午餐怎么样?"妈妈突然说道,"在格兰德大酒店来个周六午餐会,你们可以精心打扮,你们所有的女孩子还可以分享一瓶酒——只要你们同时也多喝些矿泉水。你们可以照着菜单自己点菜……喜欢什么就点什么。这样好不好?"

这一提议所包含的可能性是确定无疑的。这与以前的生日安排截然不同。

"那你会跟我们一起去吗?"多莉问。

"别扯了,小宝贝。你的朋友们是不会想要一个像我这样的老古董的……"

"妈妈,求求你了,跟我一起去吧。"多莉说道。

妈妈说,周六她也要上班,所以只能挤点时间来凑热闹,进去逗留片刻,加入她们,喝点酒……或随便其他什么的。

多莉的朋友们认为午餐会这个主意很棒。简妮说她要穿上一套新买的衣服,而且如果尼克知道她竟然能在格兰德这么高档的地方吃饭,他肯定会很伤心——就像吃错药的呆头鹅那样。玛丽说她要先去酒店看看菜单,以便心中有数,知道点什么菜。朱迪说那里说不定会有电影公司的星探,或者模特经纪人什么的。她们说,能想到这样的派对计划,多莉的妈妈可真是天才。

"哇,你妈妈怎么会这么棒啊!"简妮兴致盎然地追问。

"这就意味着我正相反。"多莉说。

"哎呀,多莉,别这么扫兴好不好。"简妮与玛丽同声说道,一边从她身边走开。多莉坐在教室中,只愿世界早点毁灭——就那么突然崩毁,崩毁在一大片夕阳的血红残照里。让父母花上一大笔钱去款待一伙人享受午餐,而且这些人还当面指责你无趣,这样的安排看起来竟然还是个好主意!生活在这样的地方、这样的世界,似乎已经毫无意义。鲍尔小姐走进教室,发现多莉正坐在那里。

"多莉,别无精打采的。出去呼吸呼吸新鲜空气,多运动,脸色就会红润点。还有,看在老天的分上,来学校时,不要再穿那么旧的收腰衫了,还有那破烂的宽松外套。我敢担保,你妈妈像你这么大的时候绝不会这样。"

"是不会。应该说那时的她也很完美。"多莉的声音显得不耐烦又刺耳,听来像受了伤害。老师在身后看着她,失望地摇了摇头。

妈妈安排好了周六生日宴上午的活动日程表,要去莉莉安发廊做个新发型,还要去美甲店做指甲护理。多莉不想要这些打扮,同样也不想要妈妈给她的新套装提货券。

"妈妈,派对会令人失望的,"她说,"一切都会令人失望。"

妈妈的眼神是否变得强硬了一点?或者,那只是多莉的想象?

"那么,我还要不要给你挑件生日那天穿的衣服?"妈妈之前这样问过。当然喽,她已经选中了一件漂亮的绿衣服,跟多莉的绿眼睛极为相称。她这样说过,而且这颜色也确实适合多莉,其他姑娘们也都赞同——这还用说,今天她们当然很尊重她,因为她要带她们去格兰德大酒店——多莉意识到了这个。不过,同学们看上去又好像在说真话,她们确实认为多莉这天看上去很不错:她的头发很亮泽,指甲虽然短,但很整洁,闪耀着好看的粉色——美甲店的姑娘还给了她一样东西,涂上之后她就不会再去咬指甲了。

酒店经理热情地欢迎她们的到来。预订人的名字是多莉。

"你的妈妈,那位迷人的女士,稍后将加入聚会。"经理这样说道。

"是的,她在上班,你知道的。"多莉解释道。

"上班?"

"在花店上班。"多莉补充道。

出于某种莫名的原因,他觉得这说法挺有趣。他微笑着,随即附和多莉:"当然了,她在工作。你妈妈是一位很出色的女士。我们有时也会在这里看到她,但不是很频繁。"

妈妈来了。看起来仿佛每个人都很欣赏她。她加入姑娘们当中,好像非常兴高采烈。你会认为,这些组成世间最为光彩照人的阵容的女孩,一个个都像珍珠般闪亮,而不是四个涉世未深的毛孩子,会因为身处于一个过度富丽堂皇的地方而坐立不安。转眼间,午餐就端上来了。每人都被允许倒了少量的酒,用来举杯向刚刚到来的十六岁致意。姑娘们有一种长大成人的感觉,或者说她们觉得自己好像已经是成年人了。多莉发现,现在她们在环顾四周时显得更有自信了。这是她们所有人都将铭记在心的一个日子。那她自己会记住吗?她在心中忖度。多年之后,她还能回忆起这天的情景吗?就像妈妈那样,还能想起那些唱片、电视节目和咖啡屋中的嬉笑吗?

妈妈说了,午餐之后,她们可以一起在市中心悠闲地散散步,看看喷泉附近的街头音乐家和舞蹈表演。她稍后还有一些小事要处理一下,她们就只管自由活动。女孩子们喝了酒,感觉长大了,可以掌控自己的命运了,乐得没人监管,于是起身去衣帽间拿外套。

多莉没穿外套,她那布料柔软的绿夹克与裙子是不可拆分的完整的一套。同学们走到一边去补妆,拾掇拾掇小脸。等她们都离开,多莉百无聊赖地顺手推开了经理办公室的门——妈妈亲自去那里买单。

多莉的妈妈

她想对妈妈说声谢谢，用发自肺腑的温暖和感恩之情去感谢她，告诉她这个生日午餐会很棒，说她也真的很喜欢那套绿衣服。妈妈与经理站得很近，经理一只手搂着妈妈，另一只手在抚摸妈妈的脸。妈妈对经理微笑着，笑得很温暖。

多莉悄无声息地退了出来，但办公室的门依旧还半开着。她在大堂花纹织锦面料的沙发上坐下。

他们肯定注意到了门是开着的，没过一会儿两人就出来了。妈妈的脸看上去有些微微发红，经理也是。当他们看到呆坐在沙发上的姑娘时，那唯恐真相败露的担忧之心又增添了新的惊惶。同时，七嘴八舌的女生们回来了，于是她们纷纷说着"再见"和"感谢"，然后跟妈妈一起离开，漫步去市中心闲逛。简妮、朱迪和玛丽走在前面。多莉心事重重，跟妈妈走在后面。

"我为什么叫多莉？"她问。

"这个，是为了让你爸高兴。我们照搬你奶奶的名字，给你起名叫多萝西，但我从未喜欢过那个名字。那时候你就像个小洋娃娃①，所以我后来就改口叫你多莉了。"她回道，正如她会对每个问题都做出的干脆利落的回答，没有内疚的意思。

"你做每件事都是为了让别人高兴？"

妈妈看了她片刻。

"是的，我想是这样的。很久以前我就懂得了这一点，如果你能让别人感到舒心愉快，你的人生旅程就会简单许多。"

"但这是对自己不诚实、违背自己的内心感受，不是吗？"

---

① 英文中"小洋娃娃"一词是"doll"，与多莉（Dolly）的名字发音相似。

"你并非总能保持诚实。不能的。"

多莉知道,如果她追问酒店经理的事,她也会得到一个回答。但她能问什么呢?你爱他吗?你打算离开爸爸跟他一起生活吗?其他男人是不是也会搂着你?你说你稍后还有一些小事要处理一下,你的意思就是那个经理,你还要回到酒店那里?

突然之间,多莉意识到自己什么问题也不会问,什么问题都不会再提了。她知道,她将不得不去思考,妈妈所走的路是否真的是一条正确的路——生命短暂,为什么不微笑呢?为什么不去让别人快乐一点?比如去迎合人们,比如很早以前已去世的奶奶多萝西;比如学校的鲍尔小姐,织一件开衫就让她高兴起来;比如爸爸,跑到门口去迎接他就行;还有她这个沉默乖戾、被同学冷落的女儿,破费点办个生日派对她也算是安慰。

多莉挽着妈妈的胳膊向喷泉走去,伴随着强烈的震惊。她意识到,自己将永远不会忘记这个十六岁生日,这个纪念她长大成人的特殊日子。它将永远在那里,永远被冰冻封存在那里。这一天,她认识到人生有很多路可以走,而妈妈的路仅仅是其中一条。那并不一定是正确的,同时也绝然不能说是错误的。那只是前方很多路当中的一条。

一个日子而已

总是能找到可聊的内容,这真是太棒了。她们毕竟只是小城镇里的女学生。学校的修女嬷嬷们认为,她们是在谈论未来的人生规划,打算向神皈依,当一辈子的基督徒;父母们认为,她们是在讨论怎样取得好成绩,拿到一份体面的学业证书;而修士院那边男校的少年们则认为,莫拉、迪德莉和玛丽谈论的十有八九是关于服装与唱片,因为无论何时何地,当你遇到一群穿校服的小女生时,衣服与唱片似乎从来都是她们喋喋不休的中心话题。

但实际上,她们谈论的是爱情和婚姻,爱情与婚姻的方方面面。爱情这一块自然是先于婚姻。有各种各样的爱——可以讨论:初恋之爱,错误之爱,谎言之爱,单恋之爱,还有共患难的真爱,而不管是什么样的恋爱,随后为爱情加冕的,是婚姻。

莫拉与她的朋友——迪德莉和玛丽——不怎么讨论结婚之后的爱情,因为一旦你走到那一步,一切就成了定局,其余的事情都会水到渠成。你从此以后,当然就会幸福地生活下去。如果最后得出的结果不是那样的话,那之前花费的精力、感情和时间还有什么意义呢?

难道结婚不是很棒的大好事?你有了自己的家,想什么时间回家就什么时间回家,乐意什么时间起床就什么时间起床,喜欢吃什么就吃什么,只要你愿意,一周七个晚上都吃薯片也没人管。人们还会送礼物给你。你将收到新物件，不再是那种几代人用过的传家宝枕头，也不再是那种底已经烧得黑乎乎一片的炖锅。你结婚时，每样东西都闪亮如新。毫无疑问，一旦你爱上了他，他也爱上了你，结婚就会是非常棒的选择。

这样想着的时候，她们正好十四岁。在那个年纪，你觉得最痛快的事就是，想多晚回家就可以多晚回家。

到了十五岁，莫拉与迪德莉、玛丽会讨论，她们希望能与哪种类型的男子坠入爱河，而得出的一般结论是：她们那里的池子不够大，没有足够多的鱼儿可供选择。事实上，只要你往四周看看，选择显然就极为有限了。没几个年轻的女孩子像她们这么惨，可供她们探索的田地是如此贫瘠。

电影里倒是有大把的人选。电影里会有陌生的英俊男子驾车而来，进入小城，而现实生活中，只有修士院男校的那些傻小子——他们只会神经兮兮地对你起哄，说你的坏话。你不可能爱上他们中的任何一个。

十六岁时，她们开始探讨"技术"层面的问题，讨论爱情这东西的实际生理表达，怎么操作实践，还有围绕这一活动的礼仪规范。

她们主要谈论初夜，因为婚姻的第一个夜晚也会是做爱的第一晚。你无法割裂新婚之夜与做爱这两件事。即使在不久前那已经算很现代的20世纪50年代，也只有傻瓜才会像可怜的奥拉·奥康纳那样去做。她的情郎一听到那消息就逃到英国去了。另外还有凯蒂，她不得已非常仓促地嫁给了墨菲家的大儿子。凯蒂待在家里照顾她那超难对付的大块头婴儿——匆匆结婚后不到六个月，孩子便出生了——她没法出门，哪里也去不了，而她的丈夫是个酒鬼，不分白天黑夜地穷喝。噢，好吧，他娶了她，不是吗？他尽了自己的义务，面对这个后果了。现在几乎都没人再说对他不利的话了。凯蒂也不想说任何对他不利的言辞。这是她的丈夫，在她蒙羞陷于困境的时候，他站在了她的身旁。即使他喝得人事不知，从东海岸喝到西海岸去，也没关系了。

所以，对莫拉与她的朋友迪德莉、玛丽来说，这些都是严峻的警告。在牧师布道的讲坛、学校，或者是家里，这类的警告都不知发送过几千遍了，但自己家乡的这两个活生生的实例——不中用的，从此一蹶不振的奥拉，还有被困在家中却仍要保持感恩的凯蒂——才是最具震慑作用的，威力强大，令人却步。

在莫拉、迪德莉和玛丽看来，这是再清楚不过的道理。第一次性行为——或做爱，或无论怎么说吧，反正就是那档子事——如果与新婚之夜剥离开来，那只会有百害而无一利：什么都得不到，反倒会失去一切。

就像戏剧彩排一般，她们一遍又一遍地演习蜜月第一晚到酒店后的场景。推想起来，到时他们应该会打开行李，可能会亲吻两下子，说这一天过得真棒。

"拜托，别忘了，你们都结婚了，打开行李啊，什么婆婆妈妈的事啦，都不用做了！"玛丽兴奋地说。

"倒也是，但你还得把衣服从箱子里拿出来吧。这是蜜月旅行啊，衣服搞得皱巴巴的怎么办。"迪德莉说。她是三个人当中穿衣最讲究的。

"还有，你可不能让他觉得他娶了个邋遢婆娘什么的。"莫拉说道。她的妈妈非常在意外人的说法或想法。

于是，她们达成了一致：先打开行李整理衣服，然后换上优雅漂亮的晚装，一起下楼去酒店餐厅，服务生会称呼你们为某某先生和某某夫人。想到这个，她们都咯咯笑了。然后，天下没有不散的筵席，你们的晚餐也不可能一直持续下去，你们要回到楼上……这时便又产生了不同的"理论流派"。

你先从过道走到客房另一头的浴室，然后回来，再等着男人去洗澡？如果是这样的话，你该不该先上床呢？那会不会显得太急？或者，如果你就在椅子上坐着，看起来是不是又傻呆呆的？

或者，你让他先去浴室，你后去，那样的话，等最后时刻到来时，你身上甚至会更香喷喷，更清新怡人？这个可以考虑。但她们也听过一个故事，说是有这么一对小两口，女方洗完澡回来时，男方已经睡着了，女方不知道该不该叫醒对方，那真是太糟糕了。

她们在想做这件事会不会痛，时间是长还是短。她们拿不准，事后是你说谢谢，还是他该说声谢谢。要么，或许你们双方都会说：那真是太棒了！

她们还不厌其烦地详细设想婚礼宴席的菜式。

玛丽的菜单上打头的不是汤，而是切片蜜瓜配姜末的凉拌开胃菜。这个比蘑菇浓汤打头的套餐只贵一个先令吧，但看上去要精致得多。

迪德莉计划要汤，因为她的宾客们肯定受不了姜末，他们会被呛到，那会令她难堪。她还想请一位手风琴乐师在婚宴上演奏。冷场的时候，音乐声可以遮掩过去。假如大家随后又过于嘈杂了，音乐还能把喧闹声盖住。

莫拉打算让出席婚礼的所有女宾客都戴上那种装饰着鲜花和绸带

的宽帽檐的大帽子,既不是那种紧紧箍在头上的、海军式样的小帽子,也不是周日望弥撒的老妇女戴的那种酒红色的丝绒小帽,而是色彩鲜艳的大帽子,草编的或丝缎的,时髦华丽,就像你在电影里或娱乐圈明星或王室成员的婚礼新闻短片中看到的那样。她希望来到教堂的每一位男士在西服领扣眼里都插上一朵小花。

玛丽说,莫拉这是发癫,镇里镇外有谁愿意装扮成那样?迪德莉说,人们只会认为莫拉脑子进水了,认为她要拙劣地模仿大英帝国的贵族。男人们只会跟平常差不多,穿上家里稍好的那身西服就来了,因为当酒喝到第二轮的时候,他们就会解开衬衫领子,扯下领带来了——这是他们的老一套。女士们可能会买件新衣服,或许还有一顶搭配衣服的小帽子,不过买这种可能性其实不大,人们顶多只会在教堂仪式的环节戴个薄头纱,而在随后的环节则什么都不戴。花园派对和宽边大帽子只能在梦里出现。

莫拉觉得恐怕真是这样,但她很快又反击说,姜末蜜瓜,还有那一直演奏个不停的手风琴乐师,也差不多同样是胡思乱想的东西。

然后,她们就十七岁了。她们各奔前程。迪德莉去了威尔士当护工。玛丽去职业学校读了一门簿记课程,然后回家帮父母看杂货店、记账。莫拉去都柏林读了文秘专业,还报名了都柏林大学学院的夜校。

她们每年夏季都会碰面,一起谈笑风生,就像从前那样。迪德莉从威尔士带回新见闻——那里每个人都对性事如饥似渴、欲罢不能,不夸张地说,没一个人会等到新婚之夜。你会听到当地人有这样的对话:

"告诉你,布罗迪温要结婚了。"

"噢,真的吗?我都根本没听人提过她怀孕了。"

那里的社会竟如此自由任性、开放宽容,这些天方夜谭让玛丽与莫拉觉得不可思议。

玛丽说有个叫鲍迪·雷恩的,你们想怎么说他都可以,但现在他脸上的粉刺和痘斑确实没有了。他已经完全是个靠谱的家伙了。

"鲍迪·雷恩?"莫拉与迪德莉异口同声地叫起来,觉得难以置信。但玛丽没有退让。她们两个都远走高飞了,一个去了威尔士,一个去了都柏林,只有她留下了。老天可怜见的,她去看电影,总得有个人陪吧。镇上另有一间杂货店,店主是鲍迪的爸爸。莫拉和迪德莉预感到,一桩商业并购大戏可能已在空气中酝酿了。

莫拉的妈妈说,玛丽与鲍迪这两个孩子真的很有可能结婚。她对此连连点头,让莫拉几乎要疯掉。

"这对他们两个都是大好事。他们很明智。对两家人,对两家的未来,也是正确的选择。"

她的头看似在上下摇动,就像机械表里的摆陀。莫拉按捺不住心中的无名怒火,简直把自己气得冒烟。

"得了吧,老妈,看在上帝分上,你饶了我吧。听你的口气,好像他们是欧洲王族似的。"

"我只当他们是正处于大超市的威胁之下的两家私营杂货店,这种威胁也悬在我们所有人的头上。我们为什么就不能为这两家的好事高兴高兴?"

莫拉清楚,跟妈妈谈论爱情没多大意义,这个主题在母女俩的对话中不会有什么进展。实际上,这个话题总是以嗤之以鼻的方式结束:"噢,爱啊。很多很多毁灭、失败的例子,都是因为爱,让我来告诉你。"

话虽如此,但妈妈却从未告诉莫拉什么,莫拉也并不想听。妈妈对爱不以为然,而这似乎也在此强调了莫拉早就笃信了的事实:她的父母尽力自控,相互容忍,生活在勉强企及平衡的状态中。这种状态被他们认作是宿命。

毫无疑问,把他们撮合到一起的东西跟爱情几乎毫无瓜葛。看起来,让他们联姻的是妈妈的嫁妆,还有爸爸那掌管小五金店的经营能力。爱情绝不是她可以跟家人谈论的话题。莫拉的姐姐是个修女。她的哥哥像父亲一样沉默无语,在自家店里工作。她还有个弟弟叫布兰登,是说不出口的、父母好久之后才添的孩子,比莫拉小十二岁,简直是个噩梦。

随着年月更替,莫拉感到,都柏林才有她真正的生活。她靠打字谋生,给别人打各种论文,甚至为人打书稿。她接触到了那些在家乡根本不可能遇到的人,教授、作家,还有其他许许多多的来自不同社会领域的人。有些人经常中午时分就走进酒吧或咖啡馆,一待就是几小时,通宵达旦地熬夜写作或搞研究;有些人从不去教堂做礼拜;有的男人只有伴侣,却没有妻子;也有的女人不乏朋友,但没有丈夫。

她还认识了在电视台和广播电台工作的人,认识了演员和政界人物。她发现这些人也很普通,平易近人,很好说话。他们当中的很多人,正过着相当刺激放荡的生活,每天夜里回的都不是自己的家。

起初,莫拉假装自己并未觉得震惊,但很快她就不必再假装了。毕竟,那是 20 世纪 60 年代,就连爱尔兰也在改变。

她爱上了一个已婚的男人,但她告诫自己,不能再跟他幽会了,因为那会破坏他的婚姻,而且对他的妻子也不公平。然而,莫拉恼火地注意到,在她之后,那个男人拈花惹草似的招惹了许多情人,但即便如此,在电影首映礼之类的场合或鸡尾酒会上,他胳膊挽着的依旧是自己的太太,这就让爱情和婚姻都显得形同虚设。不过,也许是她以及她的朋友玛丽和迪德莉都太幼稚,她们都还停留在死板且过时的50年代。

感觉像经过了无休无止的漫长追求,玛丽终于要嫁给鲍迪·雷恩了。迪德莉从威尔士赶回来,穿着很短的裙子,这可引发了一阵热议。鲍迪那特立独行到令人生厌的妹妹,"小猫咪"吉蒂担任伴娘,穿了一身极为令人震惊的粉红色——这倒是让莫拉颇为愉快,至少这意味着玛丽无论如何还是恪守了她的一些原则,比如说要用尽可能最难看的服饰打造出一位跟新娘抢风头的"极品"伴娘。此外,在婚宴上,姜末蜜瓜确实取代了浓汤。

莫拉那糟糕的弟弟布兰登与他那些可怕的狐朋狗友对莫拉和迪德莉不依不饶,追问她们现在是不是行情太差,没人入手,问她们是不是要玩"老姑娘"的游戏。这实在是令人忍无可忍,但话又说回来,不仅男孩们如此,很多长辈也是一样的粗暴无礼、令人反感。

"你们两个丫头也是该有个着落的时候了。"人们摇头晃脑地说,那样子简直让莫拉想大声尖叫。

"她们太挑剔了,这就是问题所在。"莫拉的爸爸闷闷不乐地说。

"虽然如此,她们其实也不想等太久的。"莫拉的妈妈说。

"你是不是想让我嫁到这方圆几里碰巧有个什么五金店去?拜托您了!"莫拉厉声顶嘴,但随即便后悔不该这么忤逆。

"你为什么不更凶一点?"妈妈寒心地说,语气很强硬。

那天稍晚些时候,迪德莉悄悄对莫拉说,她可能也要结婚了,但那个戴维的家人是英国的非国教徒，讨厌教堂婚礼和牧师这一套，所以就会很麻烦。她们一起进了玛丽的房间。玛丽正在换去度蜜月时要穿的衣服。

"哎呀，我将是第一个知道的了。"她语调兴奋。

"知道什么？"

"初夜啊，"玛丽说，似乎这是不言自明的答案。这时已是60年代中期。性自由的60年代，玛丽竟然……

在纵情任性的威尔士度过了七年之后，迪德莉被玛丽的天真单纯震惊了。

莫拉同样在波西米亚式放荡不羁的都柏林度过了七年，个人情感记录中共有过三段"全流程"的恋爱史，因此她不由自主地，像看着外星人一样难以置信地看着玛丽。但这是好朋友大婚的日子，所以她们很快恢复了常态。三个人都咯咯咯地笑了，就像十年前那样。

"想象一下，"她们说道，"想象会发生什么。"

玛丽婚礼的那个周末，莫拉发现她的家人尤其令人感到厌烦。她的修女姐姐从修道院回家了，急切地想知道婚礼仪式的每一个细节。她曾让玛丽发誓要遵守规矩——她遵守了，很好，很好。如今，关于那件事有太多的胡说八道，姐姐说道。要求妇女解放的那些人只会做弊大于利的事情。

莫拉尖嘴利舌地反驳她，你们修女发誓要忠顺守节，但你们不能仅仅因为这个，就让一半的人类，让所有的女性都按照你们那样去做。姐姐看上去似乎受到了伤害，眼神里流露出痛苦，但莫拉随即注意到，妈妈正在她身后对姐姐使眼色，打出些可恶的手势。那似乎是在说："别往心里去，对可怜的莫拉要大度点——玛丽结婚了，她显然非常嫉妒。"

这就让莫拉更恼火了。

"我的亲娘,这些古怪动作算是哪门子事啊?"她责问。

"噢,你太敏感了,实在是太敏感了。"妈妈敷衍道。

莫拉的哥哥难得开口了:"你那个朋友迪德莉,差不多就是个贱人——我要说,她在威尔士的德行不难想到,肯定不会比她应有的样子好。"莫拉真想一巴掌把他打到地上。他对迪德莉有如此看法,是因为他曾经把手伸到迪德莉的短裙底下,然后作为回应,他的腹股沟挨了对方一膝盖。

弟弟布兰登平常一边毫无韵律感地弹奏着他的破吉他,一边傻傻地唱歌——唱的倒是不少,但都根本不着调也不合拍。这次他却只反复唱一首歌,副歌部分不断重复的一句是:"我会死在阁楼上,到死都是老处女。"

她的父亲还是一如既往的沉默,对任何事情都不表达意见,而妈妈脸上则满是怨气,表达反感的冷硬线条把脸扭曲得不再像一张脸,而像是一张图表。

莫拉等不及地想回到都柏林,回到都柏林,回到拉里身边。拉里,是她此生的真爱。莫拉没有对家里人透露过有关拉里的任何信息,而她对拉里讲述自己家人的情况时,给出的是一个经过修改的版本。这并不是说她想保持神秘,或者故意想过两种截然不同的生活,想在不同的人面前假装不同的身份状态,而只是因为她觉得这没什么好说的。面对妈妈,她实在感到词穷。

"听着,不用为我烦心。可怜的玛丽嫁给了那个白马神马的如意郎君鲍迪·雷恩,我连最轻微的嫉妒感都没有。我在都柏林有个很棒的同伴,我们相处得很好,等于是同居了。我经常住在他的公寓里,他也常来我的住处。我们的关系非常不错。"

如果告诉妈妈这个,那差不多就相当于对妈妈说:喂,有火星人来咱家五金店了,他要订购一艘太空船!

尽管她可以跟拉里无话不说,他们每个方面都相处得如此之好,但她真的还是无法向他解释自己那好管闲事、爱寻根究底的妈妈——无论听说谁怀孕了,她都会无意识地掰起手指,自动数到九,来估算一下那家的孩子预计出生的正确月份;还有她的修女姐姐,一脸的认真虔诚,说什么妇女运动要对很多很多事情负责;还有那总是不吭声的爸爸;还有那对女人牢骚满腹的哥哥——他在与女人交往这方面有心理障碍,因为他害怕女人,但动不动又会去偷袭她们。这让她怎么跟拉里说?还有布兰登,那个被宠坏了的、狗熊脾气的小兔崽子,净喜欢恶心人,坏事做绝,却逍遥自在。

这两个世界不得不继续保持距离,各行其是。坐进小车准备开回都柏林之际,莫拉叹了口气。

"我拿不准,有些男人会不会认为开着车出去有点风流。"妈妈说道。这表示她对车上的那种新潮故事已经有所顾忌。

"说不定吧。"莫拉回道,一边强忍住心里的火,一边咧嘴露出一个比哭还难看的微笑。

"要留住男人,这类东西不可能管用。"妈妈在试探女儿,又像是在思考和推测。

"也许我该把车开到广场空地上去,再很有象征意义地把车烧掉——那是不是可行?您觉得有用吗?"莫拉提出开车道德隐患的解决方案,依旧装傻地笑着。

"唉,你就等着吧,到最后你会跟你安娜姑姑有一样的结局——到那时你就没这么嘴硬了。"妈妈说道。

莫拉驾车回都柏林,一路想着妈妈是否真的爱过那五金店里沉默寡言的男人,哪怕是一星半点的爱。为什么他们生了四个孩子,其中一个还生得那么晚?外人都以为他们两口子早已过了做那种事的年龄。这是个谜。

拉里为莫拉做了晚餐。他对她说,她疲倦时的样子看上去很美。他说他又有一个短篇小说被采用了。他说他和她应该一起去希腊度假。他给她讲那些希腊小岛上明艳动人的阳光。他告诉她他爱她。然后她靠在他怀里睡着了。

几个月之后,莫拉收到了迪德莉的来信。她和戴维要结婚了。戴维的父亲和哥哥酷爱钓鱼。如果能把婚事与在河岸上悠闲垂钓一周结合起来,他们就可以睁只眼闭只眼,接受天主教的那套婚礼仪式,也可以开车来爱尔兰了。莫拉愿不愿意当伴娘呢?她可以喜欢穿什么就穿什么。说真的,不必穿得多隆重,不需要出什么洋相了——就像玛丽在可怜的鲍迪那倒霉的妹妹身上开的玩笑那样,让她穿粉不粉紫不紫的伴娘长裙。拜托了,莫拉就帮她这一回吧。那只是从她们的生活中单独抽离出的一个日子罢了,就一天而已,然后她们照旧按自己想要的方式继续生活。一劳永逸。

莫拉把信读了很多遍,里面有某样东西触动了她。迪德莉,放浪的迪德莉,在威尔士过着自由无羁生活的迪德莉,现在要给她的父母一个他们望眼欲穿的日子,这个日子将让他们赢得街坊邻居的尊敬与声誉。他们将在当地的教堂里把女儿嫁出去,镇上所有的人都将来到教堂,听一对新人彼此说出的忠贞誓言。迪德莉其实不需要这个形式。她跟戴维已经同居两年了，以后不会回到家乡生活，而且她看上去也不是为了求得往日邻里乡亲们的认同而结婚。

尽管这场婚礼被冠以"休假垂钓之旅"的名号，那个威尔士哥们戴维却依旧对此全盘接受。莫拉感到撕裂般的痛苦，即使是允许那种想法隐隐渗入心中，她都觉得是极度的不忠和背叛。从一开始，她和拉里就有着同样的想法。爱不需要锁链，而典礼和仪式实质上就是藩篱和枷锁。举办仪式就像是对公众宣布：好啦，我们已经当着你们所有人的面发过誓了，现在已经无路可逃了。你们都看到我们谈好了条件，达成了协定，所以如果一方有欺骗行为，那么公众的审判和谴责就会把巨大的压力落到那人的头上。

婚礼总是伴随着那毫无意义的仪式，重复着死板的陈词滥调，而当众宣誓则是在贬低爱情，将爱降格为一系列装模作样的、猜字谜般的老套游戏。

拉里与莫拉彼此相爱——他们当然相互谅解、相互扶持，无论富有或贫穷，无论患病或健康。拉里用新出版合约的先期稿费支付了希腊的度假行程；他过去得肺炎时，莫拉也没丢下他不管，而是一直细心照料着他，直到他好转。

爱不应是一纸写满密密麻麻附属细则的合同——心怀戒备的双方各自觉得对方或许会反悔，会违背这份契约，因此加入那么多条款——这样还有什么意思？

婚姻是蔑视爱情的。它不懂得什么爱。

拉里与莫拉也认识很多已婚人士，那些人都在按照婚姻的表面意义，而非其本质的精神去生活。他俩的爱情可不能沦落到那种境地。

这是千真万确、毋庸置疑的。所以，此前的动摇让莫拉产生了愧疚。当她想到为什么她和拉里就不能委曲求全，给她父母一个安慰、一个日子，她和拉里生命中的一天而已时，修女姐姐将从修道院下山回来，至于布兰登呢，好吧，或许可以收买他，多塞点零花钱，让他安稳些——但那与她和拉里一直坚持的所有信念都背道而驰。于是莫拉把让步的念头坚定地抛出脑海。她给迪德莉回信，说她很荣幸能被选为伴娘，她会穿柠檬色的亚麻裙子，戴一顶白色宽边帽，大帽子上还会扎着柠檬色的丝带。迪德莉很高兴地回复说，莫拉果然一直是顽固的帽子控，从在修道院上学的童年期开始就一直如此。

"我迫不及待地想看到你穿那身衣服的样子了。"拉里说。

"回去参加婚礼前，我会先给你来个时装秀。"

"我不跟你一起回吗？"他问。

这一问让莫拉悚然一惊。对他们两个来说，现在的日子已经比此前任何时刻都好过多了。他们几乎天天都住在拉里位于栗树街的公寓中。自从希腊度假回来，如果还分开住的话，那看来不免滑稽可笑。她一点一点地把自己的衣服、照片和书都搬了进来。他们已经差不多到了这个节点，那就是将莫拉的公寓转租出去。

拉里写的所有东西都正在出版。莫拉自己的打字社也生意兴隆，势头喜人，不仅租了办公室，还雇了人来帮忙。

万事如意，一帆风顺。拉里为什么要来扰动大好局势，提出要跟她一起回老家？

"你会受不了的。那里有太多老套和封建的东西。"她说。

"那么，为了闺蜜，你只好自己去走过场，完成那些程序了。我呢，就在一边拉着你的手，给你打气。"

他还真的不明白。他还没意识到，他跟着回乡会引起什么样的预期和猜测。关于他，亲友家人们又会怎样对她盘问个没完没了。他的动机会受到质询和怀疑，他的来历会被审查，他的名字将会永远变成人们的谈资。

他的身世境遇与莫拉大为迥异。拉里的妈妈早就去世了，兄弟姐妹分散在不同的地方，难得有来往。他父亲性情淡漠，喜怒难察，过着近乎隐居的生活，看到儿子时固然也会开心，但似乎只是略微感到愉快，至于牵挂儿子，那就无从谈起了。

可拉里就是固执己见。

"我爱你，我要去，看着你穿着柠檬色的礼服，戴着大帽子，站在教堂最里面的神坛那里，听着大家赞赏你，夸你漂亮。就让我跟着去吧。我会很自豪的。"

她看着他，心里泛起无力的挫败感。既然她身穿柠檬色长裙，他都能引以为豪，那么为什么不可以考虑让她穿上象牙白，成为典礼上真正的主角？那也只是一天罢了，他们生命中的一个日子而已。

那样就可以将妈妈那沉重的心事甩开；姐姐修道院里的修女们也就能消停了——她们不用再为这个妹妹念九天连祷的出嫁经了；玛丽——如今安闲度日恨无事的鲍迪·雷恩夫人——也就不会再动辄向她透露什么很不错的旅行推销员想安顿下来之类的事；至于弟弟布兰登，也就不能再来敲打她——那小子令人生厌，已经惯于定期来"请教"莫拉，问他们这个家庭是否正常：哥哥是铁打的光棍，一个姐姐是修女，另一个姐姐是老姑娘，你说正常不正常。

她要问问他。她要向拉里提议。就在彼时彼地。他所能回应的，肯定只有一个"不"字。

"你觉得我们该不该结婚？"莫拉从耳中轰轰鸣响的嘈杂声浪中

听到自己说出了这样的话。

他看上去并未感到震惊,也并没有愧疚或责难之色,甚至连一丝抱歉的意思都没有。他只是显得颇有兴味。

"为什么结婚?"他说。

"为了把事情理顺,大概是这个意思。"她说,因心虚而笨口拙舌。

"你当真?"

"一半当真吧。"

"不过,我爱你,你爱我——我们要结婚有什么用?"

他那令人爱怜的脸上满是诚恳与坦白。他是真的觉得困惑。

"有一个用处,"莫拉放慢语速说道,"如果你真的爱我,我也相信你确实爱我,那么你大概不会介意花上一天时间,去经历那些仪式、誓言和诸如此类的垃圾玩意儿——我知道我们是这么看待这些东西的。我们这样做只是为了让别人感到满意。"

"可是这是我们自己的生活!"拉里叫了起来,"我们一直都说,一直都坚信,世界之所以成了那么个样子,全是因为人们为了讨好别人做了那么多无聊的蠢事,自己却根本没想过那些事意味着什么。正是那些做法让爱失去了意义。"

"这个我明白。"她说道。这是发自心底的真话。

她确实明白这一点,也同意拉里的看法。真爱跟迪德莉的权宜之策毫无关系:在戴维家人那里,婚礼被谎称为一次垂钓假期;而在迪德莉家人这里,婚礼却能让她的父母亲朋了却心愿,安枕无忧。

接下来的这个周末,莫拉回家了。她告诉妈妈,她要带一个朋友在家里小住,参加迪德莉的婚礼。

"那她只能跟你同住,"妈妈说道,"你姐姐周末也要回来。你知道的,她是多么喜欢看到婚庆大事。"

"是个男性朋友。"莫拉说。看到妈妈脸色都变了,她觉得乐在其中。

"哎呀,老天啊,你个死丫头怎么不早说,那我们好跟酒店预订客房呀。现在那里的房间都订满了,全是来参加婚礼的威尔士人。"

"那圣洁的修女就不能跟我同住吗?就一个晚上罢了。"

"莫拉,我会感谢你的,只要你别取笑你姐姐和她承诺过的那些誓言——你知道的,她没法跟人同睡一间房,自从去了修道院住修女单间后,她就没法跟人同住了。"

"好吧,老妈,他睡哪里都没关系的。他可以睡在餐厅里,不行吗?"

"不行。你告诉我,他可以算是你男朋友吗?"

"妈,我都二十五了,眼看都二十六了。如今这年岁,你不用再说那是什么男朋友不男朋友的了。"

"那你要怎么说,我问一问总可以吧?"

"一个朋友,就像我说过的那样。拉里是一个朋友。"

"你这么不明不白地把你的名字跟一个男人搅和在一起,然后只告诉别人他是一个朋友,这可行不通。况且我还真拿不准你爸会怎么说。"

"我不懂你这个说法是什么意思,什么叫'把你的名字跟谁搅和在一起'?还有,你和我都很清楚我爸会说什么——他什么都不会说,就像过去三十多年来那样,什么都不说。"

"莫拉,你可真是个难缠的大姑娘,太不讲理了。怪不得没有哪个男人适合跟你交往,我算是明白了。"

"我的亲娘,咱先不讨论这个。拉里反正要来参加迪德莉的婚礼,我不管他是跟你、跟我,还是跟修女姐姐睡,只求你现在别说教了,好吗?"

莫拉回到都柏林之后,拉里说:"我满心期待着去看看你的家乡。如果有任何事情我可以帮上忙的,你可要告诉我。"

如果这时候再来讨论他所能给予的最大帮助,那就是待在都柏林别动,但现在说这个显然已经太迟了,所以,愁云满怀的莫拉只有黯淡地笑笑。

"去招待那些威尔士人,"她说道,"那或许是你最大的作用。"

莫拉与拉里一起开车到了家。几乎没有时间介绍拉里跟家人认识,莫拉随即就去迪德莉家做准备了。迪德莉从头到脚一身的盛装,脸上的彩妆非常浓,她那白色的蕾丝长裙在腰线部分略微放宽松了一些,为的是掩盖住一个天大的好消息——两三个月之前,那消息就已得到了确认。

"我听说你带了个人回来。"迪德莉一边涂眼影一边说。

"是有那么个家伙吧。"莫拉承认道。她不敢去想象妈妈与拉里之间现在正发生怎样的对话:"迪德莉,你看起来真漂亮。"

但我们的新娘基本没空寒暄客套。

"求求上帝,但愿戴维一家人心情还好。"她说,"你可从没见过那家人瞪眼发火的样子,那真够你受的,太吓人了。"

就像她很多年前计划过的那样,迪德莉雇请了一名手风琴乐师。这位音乐家的脸很红很红,人们对他能否保持清醒,又能坚持多久表示疑问。

"不用为他担心，"莫拉对迪德莉说，"到时候他就会好好的了。"

莫拉认为，眼看着新娘即刻要动身去教堂完成大礼，就没有必要告诉她琴师在酒店的一张高凳子上坐着酝酿情绪，要把他自己带入演奏状态。很不幸，乐师最初鼓捣出的几声噪音简直是灾难性的，以至于尴尬不安的情绪开始如涟漪般在婚宴人群中扩散开来。与此同时，餐厅主场地的某处，拉里正沉着冷静地四处询问，是否有人带了吉他来。莫拉不禁感到恐慌，因为从贵宾席这里能看到，她的情郎与她那灾星弟弟布兰登一起走向宴会厅中央——没有什么闹剧场面能比这个更糟的了。不过，一两分钟之后，莫拉简直不能相信自己的眼睛：奇迹出现了，拉里开始弹奏吉他，并且以一种非常不确信的、略带颤抖的声音唱出了《哈莱克壮士》[①]开头的三句歌词。仿佛施了魔法一般，威尔士来宾们的胸膛挺了起来，酒店餐厅内随即歌声响亮，回荡着雄浑男声的大合唱。他们唱得兴高采烈，一曲终了，又紧接着响亮地唱起了《梣树林》和《我们会在山坡间欢迎你归来》。在这过程中，他们只是稍稍暂停了片刻来灌下一口汤，吞下一块烤鸡。拉里继续领唱《天堂里的面包》，直唱到切婚礼蛋糕和现场致辞的环节。此时，婚礼已超出预期，取得了轰动性的成功。戴维一家人根本不想去钓什么鱼了，他们只想在这酒店里待上一周，天天唱歌。

喝酒算不上是莫拉的习惯，更别说尽兴畅饮了，但她这天喝得不少，那持续又强烈的后劲也够她受的。不过，幸亏她喝高了，晕晕乎乎的，所以没有意识到，也不用去烦恼那天夜里关于拉里的就寝安排。她爱着的这个男人，她生命中迄今为止的至爱，那晚跟她弟弟睡

[①]《哈莱克壮士》，威尔士传统民谣，进行曲风格；后述三首歌亦在威尔士广为传播。

在一个房间——布兰登可是全爱尔兰最臭烘烘、最下三滥的犊子。

莫拉昏昏沉沉，半醉半醒，夜里睡得并不踏实。早上醒来，她感到莫名其妙的干渴，急需补充水分。她还不知道，关于家乡父老的生活现状，布兰登已经给拉里提供了大量的一手信息。他以为拉里是威尔士"代表团"的成员之一，便尽其所能地向拉里介绍爱尔兰民风。他讲到了自家的五金店，还有父亲在家里是怎样的寡言少语。他透露说，他老爹跟那些农民可聊得开了，就喜欢跟人家讲拖拉机。

他告诉拉里，他那没用的哥哥不知道怎么去勾搭女孩子，只会偷偷地伸手去摸人家，而这当然会招致她们的反感；还有，他的大姐在修道院中是如何看到圣父显灵并对她泄露天机的；以及，他的另一个老姐是如何误了"船"的——他不知道误掉的是怎样的船，但总该还有别的船在什么地方吧。她应该赶得及登船，然后就像她所有的闺蜜那样，结婚嫁人。就因为莫拉以前误了一趟船，妈妈的朋友们都曾来过他们家向妈妈表达同情和安慰。

布兰登说他想成为著名的吉他手，或许他能掌握几个基础和弦，将来哪一天说不定甚至能看懂乐谱。他对类似这样的想法饶有兴味。

拉里和莫拉准备在午饭时间左右离乡返城。酒劲还未完全消退，莫拉很不习惯。她昏头昏脑地上了车，而拉里随身带走的则是对小镇生活崭新的理解。

莫拉的妈妈绕着车子，还在叽叽喳喳地啰唆。

"我们什么时候能再看到你回来？我的意思是，你，你跟……那个……莫拉，你们一起回来？"她问道，同时目光就像飞镖似的在两人的脸上来回移动。

莫拉真想把胳膊伸出车窗外，用尽宿醉后软弱身体内尚存的全部力气,在老妈的下巴上使劲抡上一拳,把她打翻在地,然后昏迷不醒。

"人家住在威尔士,远着呢。"布兰登插嘴了。他显然很震惊:人怎么可以如此愚蠢。

"也不是全部时间都住那里。"拉里圆滑地说,颇有外交家的风度,"如果接到邀请,我也很愿意再多来几次,跟你们熟悉熟悉。就像我同样希望,莫拉和我也能更多地相互了解一样。"

莫拉无能为力地看着他。这可比她认为可能出现的麻烦局面更为糟糕——现在,家里人的期望值真要高上天了。沿路开出三英里之后,拉里停下车子,请求莫拉嫁给他。

"你这样做是出于同情。"她说。

"不是。我向你求婚是因为我觉得这很正确。"他说。

"等我精神好点,你再求不迟。"她说。

"不,我现在就要你回答。"

"那只是一个日子而已,我们生活中抽离出来的一天罢了。昨天的情况还不错。"

"既然你认为有个喜庆的结婚日挺好,那你就不是什么感触都没有!"

他对她说,他希望教堂里坐满宾客,女宾都戴着大帽子——就像她戴过的那种。

关于未来的梦,他和她有很多很多共同的设想,而帽子仅是其中之一。

菲的新叔叔

菲几乎不知道她还有个叔叔。她父亲的葬礼,他没出现过。无论什么事,他和菲,以及菲的哥哥费恩巴尔,都从未有过联系。家里的任何一位亲友也从没提到过这么个叔叔。

所以,当她接到城市另一端某位社区护士的来信,问她能否帮着打理一下她叔叔的事时,她就完全被惊呆了。信里说,她的叔叔是住在栗树街28号的一位名叫 J. K. 奥布莱恩的先生。目前,这位奥布莱恩先生正住在医院里,身体相当虚弱。只有跟一位亲属商讨之后,医院才能同意他出院。他给出了菲的名字,说她是他唯一在世的亲戚。

最初,菲想说那肯定是搞错了,因为她不认识栗树街的任何居民。但转念一想,自己也姓奥布莱恩,而在她爸妈的婚礼见证书上,伴郎的名字写得清清楚楚,正是詹姆斯(J)·肯尼斯(K)·奥布莱恩。那么,这人就有可能是她父亲的弟弟。但为什么他现在突然联系她?

下一次过生日时,菲就二十五周岁了。整整四分之一个世纪,对方都保持着沉默、冷漠和距离,那该怎么解释?她本想问问自己的哥哥费恩巴尔,但他远在外地——哥哥是航空公司的乘务员,经常一次外出就长达几个月。

"菲,你别去掺和,我求求你了。"她的闺蜜苏珊娜提出建议,

"你太善良了，太好说话了。这个老家伙会让你给他打扫卫生、整理房间、洗衣服、出门购物，而做所有这一切都是打着你是他亲戚的幌子。可过去当你需要他帮助的时候，他在哪里？"

"我也没需要过他的帮助。"菲说道。

"有过的。你父亲死后，那些人跑上门，把房子从你手中夺走了。"

"还是公正点说吧，我爸欠了很多外债，而且很久没付房租了。"菲通情达理地说。

"那又怎样？如果这位詹姆斯·肯尼斯叔叔能出面掏几百块钱，可就是帮了大忙呀。"

"他或许连那几百块闲钱也没有。"菲在为那从未谋面的叔叔辩护。

"既然他住在栗树街，那他就是有钱人。那里的房产每天都在涨价。哪怕是举手之劳的小事，你在为他做之前，可都要想想这一点。菲，你可别犯傻。"

两个姑娘从上学起就一直是好朋友，又在一家干洗店成了同事，一起靠着这样的梦想维持着生活的热情：有朝一日，两个钱多得花不完的美国帅哥会来到店里熨烫他们那雅致的高级西服，他们的目光将与菲和苏珊娜的目光碰撞，接下去自然是共进晚餐的桥段，几乎紧随着的下一件事当然就是结婚，再然后就是在加州马里布海景豪宅中的快意人生。

但美国阔佬从未出现，因此苏珊娜和菲就只好合租一个单间小房，每周还设法存一点点小钱，为的是哪天能去伊维萨岛度个假——万一那两个从美国电影中走出来的，跟她们姻缘注定的金龟婿拎着西服去了那里呢!

"不管怎样,我要去见见那位护士。"菲拿定了主意。

威廉姆斯护士精力充沛,快人快语,说话中肯。奥布莱恩先生得了轻度中风,院方需要确认有个人能照看他,保证他按时服药、合理饮食,并能恰当地照顾自己的生活起居。中风治疗之后经常会有抑郁消沉的症候,要避免这种状况,就需要有人看着病人,不能让他自流放任。

"护士,我想你可能没理解。这不是一个爱心洋溢的家庭。有生以来,我还从没见过这个人,而他也从未记挂过我或者我的存在。直到他需要看护了,他才想起我。"

"他记得你,所以才提到你。他嘱托我们一定要充分调查核实,有了相当的把握不会因此给你造成困扰之后,才同意我们联系你。我们告诉他了,这样做只是一种形式上的要求。"

"会那样吗?我意思是说,仅仅只要做出一个形式?"菲问道。

"不,老实说,我认为这更多意义上是一种承诺,除非,当然了,如果你能跟他的左邻右舍们达成某种协议。"

"那都是些什么样的人?"

"这个嘛,奥布莱恩先生在某种程度上运气不佳。他两边的邻居都是缺场的业主,也就是将房子出租的房东,所以事实上,他的邻居在不断变化。我了解到,栗树街18号的某个少年帮他喂猫;住在附近26号的是个好心但却有点傻乎乎的嬉皮士女孩;住在25号的那对夫妇倒是挺真诚热情的。不过,你自己或许可以去做更深入的考察。"

"他们怎么称呼他呢?詹姆斯?吉姆?还是肯尼斯?"菲问道。

"恐怕不是。人们还是叫他奥布莱恩先生，甚至我们也是。这是他想要的称呼。"威廉姆斯护士脸上有抱歉遗憾之色。

"所有的人都这么叫？"

"是的，所有的人。"

"嗨嚱！"菲说。

"我叫菲，是马丁·奥布莱恩的女儿。"她对医院病床上的那个小个子男人自报家门。

"他是从哪里找到你这个名字的？"那人回道。

"洗礼时，他和妈妈给我起的名字是玛丽·菲丝。我自己的选择是菲。"

"是吧。"他说。

"别人都怎么称呼你呢？"她问道。

"那都没什么关系，反正你不会在这里待很久。"那人说道。

"你一般都是这么讨人喜欢吗？或者，只不过因为我是你哥哥的女儿，按理说该是你的侄女，所以你才特地做出努力来讨人欢心？"菲问道。

"真有趣，你太自以为是了，"他说道，"就跟你妈妈一个样。"

"从你可敬的哥哥马丁·奥布莱恩那里，她一分钱都没拿到，为了生存，就必须既精明又会苦中作乐。如果没人控制一下方向，家里的日子就过不下去了。如果两口子都糊涂，马丁就会把用于家用开支的钱，交房租和电费的钱，全都拿去下注的。家里以前的光景就是这样。"菲的语气中没有诉苦或懊恼的意思，她只是在陈述事实。

"我所需要的只是让你签个字放我出去——然后咱们就各奔

东西。"

"对不起,没那么省事的。我有一种很强的责任感。我不能扔下你不管,假如你跌倒在路上就这么死了可不好。"

"我没打算过摔个嘴啃泥死掉。我还年轻着呢,才活了七十四年。我会让你明白这些的。"

"那你很可能连轻度中风也没打算得啦。你能不能先把钥匙给我?我要跟威廉姆斯护士一起去你的房子,看看有哪些事是必须做的。"

"你休想让我房子的钥匙落到你手上。"

"那好吧,奥布莱恩先生,你拿着钥匙待在这里吧,死在这间医院里,让那孩子继续帮你喂猫,直到它也死去。关我什么事呢?我生下来直到如今,从未有哪天想过你的事。你对我呢,也是彼此彼此。既然这样,现在干什么要让情况改变呢?"

"你一般都是这么讨人喜欢吗?或者,只不过因为我是你父亲的弟弟,你才如此?"他问道。

两人都隐约露出一丝微笑。她伸出手。

"钥匙,奥布莱恩先生,你觉得如何?"

"叫我吉姆吧,玛丽·菲丝。"他示弱地说道。

"请叫我菲,吉姆。"她说道,然后动身去往栗树街。

"你可要有心理准备,房子里可能一片狼藉,有时候就是这样。"威廉姆斯护士见得多了,对所有的事情都了如指掌。

"如果是那样,我们要怎么做?"

"假如情况实在太糟,会有专人来清洁消毒的。"威廉姆斯一边说,一边用一块手帕捂住脸,随后打开了28号的房门。不过,房子里挺好的,只是家居物件太少,有点空荡荡的。墙上基本上没挂什么画;几把椅子显然不是舒服的那一类,也从来都不曾是时尚的新款;桌子上并排放着一台很小的电视机与一只大大的样式老旧的收音机;折叠好的报纸高高地堆在一张圆凳上;泡茶前用来擦杯碟的几块抹布方巾平整地搭在椅背上,方巾无疑用了很久,洗过无数遍,已然褪色发白。房子里没有食物变质或腐烂的气味。

房子里有台很小的冰柜,里面只有牛油和人造植物奶油。橱柜中有很多的瓶瓶罐罐、听装和袋装的玩意儿。

栗树街28号的这位J. K. 奥布莱恩,不管他的住址听上去多么高贵,他显然并非过着让平民只能仰视的优裕生活。菲想起妈妈把她和哥哥养育成人的那套近似于廉租屋的房子,那里无疑很穷,但那里每一块地板中蕴含的生活气息都要比这里的浓厚。

这对兄弟到底发生了什么过节,以至于形同陌路?费恩巴尔是不是知道内情?他毕竟大几岁——也许能记得一些争执。不过,她现在必须应付的,是手头上的问题。

"这地方一个人住实在是太大了。如果把它卖掉,入住老年公寓的一个小套间,岂不是对他更好?"菲问道。

"能那样当然会更好,可你觉得他肯那样吗?"威廉姆斯护士知道,人们喜欢待在老地方,"绝对不肯的,他会一直住在这里,直到寿终正寝。"

"那他住楼下就行了吧?很明显,他根本都不用那间客厅。只需要在楼下的盥洗室多安装一套淋浴设施就能搞定。"

"菲,他什么都不会做的。我们必须在让他出院之前弄好。"

"但谁出钱呢?他看上去大概也没有太多的积蓄,而我就更没什么钱了。"

"如果把楼上租出去,他就能收到足够的钱。但话说回来,像他这样一个牢骚满腹的老头,谁又会愿意跟他住在一起呢?"威廉姆斯试图找出一个解决方案。

"他退休前是干什么的?"

"我想,住院记录上显示他在邮局工作。"

"那他肯定该有一份退休金,所以就完全能够出得起装淋浴设施的费用。我们可以这样,跟你们单位的什么人沟通一下,先把那笔钱记在他的住院开支里,然后告诉他必须由他支付,怎样?"

"我得说,这个主意真是再好不过了。我们部门这边,我会安排的。"威廉姆斯说道。

奥布莱恩先生回到家,听说必须为新装的淋浴设施买单,他气得火冒三丈。

"吉姆,只要你头脑正常,就可以在两三个月之内把这笔费用全挣回来——只要把你楼上租出去就行了。淋浴设施的那点小钱很快就能赚回来了。"

"可是楼上会住个什么房客呢?"他听上去十分委屈和烦恼。

"是啊,谁真的会来住呢?我根本想不出会有人愿意在这里待上哪怕是五分钟。"菲表示赞同。

吉姆困惑起来:"可是你,还有那个发号施令的护士,你们不是告诉我把楼上租出去能有一大笔收入吗?"

"是的,那确实能带来收入,但只会给一个正常人带来收入——这人不会在租客一推开大门的时候就抱怨个不停,看什么都来气。"

"这是你们给我设的圈套!"他叫喊道。

"不是这样。你看,之前,威廉姆斯护士和我都以为你是正常人——大部分人其实都是正常的。但我们大概犯了个错误,误解你了。"

"你们为什么那样认为?"

"因为我们不了解你呀,吉姆。我们也不知道你怎么会对其他任何人的生活和行为都那么感兴趣,但对你自己的生活又是那么讳莫如深。这条街上的每个人,你都跟我透露过他们的一些事情,比如街对面2号的凯文和菲莉丝两口子是多么伉俪情深;5号的莉莉安是怎么贤惠地操持全家的生活;马克小姐是如何失明的;22号的美琪又是如何在很多很多年以前有过一段婚外情的;18号的小姑娘多莉的妈妈是如何艳光四射,让女儿一直都感到抬不起头来的,等等。"

"我是说过,但那些都是事实啊。"他气鼓鼓地大声嚷道。

"可是,问题在于,他们之中没有谁能知道有关你的任何事情。"菲说道,"他们不知道你是从哪里搬来的,是做什么工作谋生的,在这里又住了多久。他们也不知道我是你的亲戚——大家都以为我是社工呢。"

"这不关他们的事。"他嘟哝道。

"我同意你的说法,但我被医院请来,是要帮他们确定一下你出院之后能否独立生活,所以我就该尽到责任,完成使命,帮他们得出个结论。"

"那你有何发现呢?"尽管已经有意掩饰了,他语气中的焦灼仍一听便知。

"我的看法是,你一个人只住一层要好得多。我会把我的电话号码留给你，万一有紧急情况可以联系我。我每个月都会来看你。吉姆，他们答应让你住在家里了。"她对他咧嘴笑了一下。

"你在很多方面已经做得很好了。"他评价道，"教养的环境不行当然不用说，礼貌之类的一概没有，但我想那是她的责任。不过，需要你帮忙的时候，你还是来了——这一点，我还是要为你说好话的。"

菲沉默地盯着他看了好久。然后她开口了。

"我不明白你为什么对我妈妈有这么深的敌意。费恩巴尔和我也许一无所有，但我们对她都有着美好的回忆。她爱你的那位哥哥。她说她嫁给他时就知道他是个赌徒，所以要怪只能怪她自己。她成年累月地辛劳，每天工作好几个钟头，给人家清洁地板打扫楼梯，就为了家里餐桌上能有吃的，能付得起房租。"

"她是个粗俗的婆娘，喝起酒来几大杯都不在话下。"J. K. 奥布莱恩说道，似乎这样就盖棺论定了。

菲惊愕地看着这位亲叔叔："她整日做清洁，手都被磨得快要露出骨头了，唯一非必要的花销就是用来给她所谓的这个'消遣'买单——周六，她可以带着爸爸出去，在附近的一个小酒馆里喝点黑啤酒，每人喝上两品脱罢了。她临死前一周都还是这样做的。一年之后，爸爸也因为伤心绝望去世了。不管你听到关于我妈的什么坏话，那肯定不是从你哥哥口中说出来的。"

现在，他沉默不语了。

"这样吧，吉姆，我们之间的瓜葛现在就可以结束了吧？虽然他们有要求，但何必等上一个月呢？我上班地方的电话号码写在这张纸上，留给你。我家里没有座机，我也没有手机。"

"你家在哪里？"他突然问道。

这几天来，谈话都是围绕着他和他的健康，他的房子和他的未来。这是他第一次问到侄女的处境。

"我跟苏珊娜合租一个单间。她是我朋友，我们是同事。"

"那里租金是多少？"他问道。

她告诉了他。

"住的地方挺好的吧？"他问。

"不好。事实上，那里相当破烂。"

"那么，你和苏珊娜愿不愿意搬到这里来住，房租可以比单间更便宜？"他提议道。

菲顿住了。"房租分文不付，那样的话就说定了。"她说道。

"不付房租？"

"我们会照看着你，帮你去采购、打扫小花园，每周日为你做一顿午餐。"她提出交换条件。

"如果把楼上出租的话，我可以发点小财的。你，还有那个指手画脚的霸道护士，就是这么说的。"他不满地申诉。

菲耸耸肩："你是能收到可观的租金，吉姆，那加起来就是一大笔，但前提是假如你正常。"

"好吧，事情也许是那样的。你，还有这位苏珊娜，你们有什么生活计划？或者说，你们打算永远在这个地方工作吗？"

"什么地方，吉姆？"

"就是你们干活的地方呀，洗衣房还是什么来着，是不是？"

他差不多记住了这个。

"不是洗衣房，是干洗店，不过你说的差不多。"

"那里怎样？"

"是这样的,我们指望着能遇上非常不错的男人来娶我们,带我们离开店里热乎乎的蒸气。当然,我们也就不用再经手那些脏衣服了。"菲努力挤出一抹开朗的微笑。说起被迫忍受的事情时,她总是如此。

"那你们到哪里才能遇上这样的人呢?"他颇有兴趣地问道。

"我们遇到这种人的机会不是那么多,吉姆。我们只是设想能碰上他们,或者是每年5月去伊维萨玩时能碰上合适的人,哪怕是达不到那些标准的。"

"要遇到这些好人,你们需要有哪些条件呢?"他看上去是真的很关心的样子。

"我也不清楚,也许我们要变得更时髦、更聪明一点吧,你明白的,就是受过更好的教育,来自更好一点的成长环境的样子吧,但既然我们的情况不是那样,就只能希望自己活泼一些,能靠这个把那些家伙直接电晕!"

"说点认真的,你们愿意来楼上住吗?"

"只要不收房租就可以。吉姆,原因在这里,如果你不能成为一个正常的房东,我们也就不可能是正常的房客。"

"可楼下浴室的费用怎么说呢?"他哭叫道。

"那是会为这栋房子带来很大增值的,吉姆。"

"你们何时搬进来?"他问道。

"苏珊娜要先来看一下,对你考察了再说。"她回道。

"没门,菲,不行。我们要给老头子剪脚指甲,还要喂粥给他喝。我不干!"

"我们可以有超级棒的房子住,还分文不花——你就去看看嘛。"

"天下没有免费的午餐。我们都很清楚。"

"那里可是高尚住宅区。如果我们住在栗树街,而不是小吃店往上再爬四层楼,那些家伙会对我们另眼相看的。而且,我们会各有一个房间——想想看,那意味着什么。"

"你能不能起誓,绝不要让他干预我们的生活,也不能让他跟我们讲无聊的往事,用那些又臭又长的故事来烦人?"

"我可以起誓,因为那易如反掌。"菲说道。

她们和老爷子订立了屋子里的生活规则。姑娘们可以进门直接上楼,不用每次进来都要先跟吉姆·奥布莱恩报到。无论什么时候出去或回来,她们都不需要知会老头子。她们也不会在楼上吵吵闹闹,在未得到允许的情况下,绝不能在住处举办派对。她们每周日会给他做一顿有四道菜的午餐,每次会邀请一两个邻居来共享午餐,以此为吉姆营造社交生活。

这一切效果好得惊人。

这就意味着,吉姆·奥布莱恩也陆续受到邀请,能够去别人家做客,而这是以前从未有过的。每次回到家,他都有讲不完的新鲜话题,说的都是他造访过的各色家庭。

两个姑娘提议,他们三人均摊费用买一台洗衣机和烘干机,每人都要学会使用这两台机器。她们还买了一组落地式晾衣杆,并从干洗店带回来很多的铁丝衣架。

"别给他熨衬衫。"苏珊娜恳求道,于是菲就教吉姆如何自己熨烫衣服。

两三个月之后,三人又均摊费用买了一台冰箱。吉姆看起来挺喜欢这件新家电的,他给冰箱里的每样东西都挂上了书写工整的小标签。

他跟她们聊生活。对菲的哥哥费恩巴尔,那位经常漂洋过海的航班乘务员,他表达了关注。

"你见过他吗?"他问苏珊娜。

"没,他几乎从没真正在家里待过,你知道的。他过的都是什么日子啊!"她感叹道。

"总有一天他会回来的。人们都是这样的,回来,安顿下来过日子。或许你会喜欢他,你懂的。"

"我为什么会喜欢他?"

"这个嘛,既然你是他妹妹的闺蜜,那就说明你们有些共同之处——往往婚姻就是这么开始的。"

"既然你这么聪明,吉姆,那你自己为什么没结婚?"

"我是个傻瓜,总是想着我必须先有个'留窝蛋',有一笔像样的财产,才能筑巢引凤。等到真有了像样的资产了,我却已经老了,生活轨迹一成不变,那用来吸引伴侣的'留窝蛋'对我已经毫无用处。"他坦白道。

吉姆·奥布莱恩有个令人措手不及的习惯,当人们预计他会发牢骚让别人扫兴之际,他反倒会说起简单的、显得他脆弱可怜的话题,这就让听的人反倒无言以对了。

费恩巴尔再一次回来休假。吉姆提议让他也参加周日的午餐小聚。

"吉姆,我们小时候为什么就从没见到过你?"餐后一起洗碗碟的当儿,费恩巴尔很随意地问道。

"我那时候有点神经兮兮的吧,对你妈妈很反感。现在看来,我是冤枉她了。"吉姆回道。

"哦,那你为什么觉得自己搞错了呢?"费恩巴尔问道。

"年轻的时候,大家都很白痴。不信看看你自己,在你眼前就有这么好的一个姑娘,可你却根本没注意到人家。"吉姆说道。

"哪有什么好姑娘?"

"苏珊娜呀。"

费恩巴尔点了点头:"她是个不错的姑娘,挺好的。"

"那你还跟我在这里擦碟子干吗呢?你怎么还不去约人家一起出去?"吉姆想知道侄儿的明确态度。

"你那多管闲事的叔叔,我要徒手杀了他。"苏珊娜在隔壁房间里咬牙切齿地说道。

菲大笑起来:"哎呀,你去啊,苏珊娜——还得找个人帮忙,在他屁股下点把火,刺激他来跟你斗。"

"好吧,你就等着吧,他迟早会下狠手的,给你来个拉郎配。"苏珊娜悻悻地嘟囔着。但她接着却梳了梳头发,又在唇上多抹了一些口红。当费恩巴尔提议一起沿着运河散散步时,她毫不忸怩地答应了,爽快地为他指路。

"菲,这个圣诞日你有什么计划?"老人问道。其他人都走了,只剩下叔叔和菲坐下来一起喝杯茶,以此结束这天的周日活动程式。

她觉得惊讶:"为什么问这个?"

"是这样的,你看,圣诞当天不是周日,但我想问问,我们之前的约定内容能不能扩展一下,让我们一起吃一顿圣诞晚餐?你也清楚,这些周日午餐我很喜欢。从我的角度来说,这一切都进展得非常不错。"

"没错,当然没问题,吉姆。"

"那你呢?你觉得这种安排怎样,结果应该还算好吧?"看起来,他迫切地希望得到侄女的认同。

"当然,我认为也挺好。"

"可是,你也要找男朋友的,不是吗?"现在他的语气更显得焦灼。

"是吧,有朝一日会找的,是的,吉姆,但不必非得是今天啦。"

"你不会急匆匆地准备跑了吧?不会现在就走吧?"

"不,当然不会啦。既然你把我哥哥跟苏珊娜给撮合到一起去了,那我得再坐上一会儿,陪陪你。"

"那就好。"

一老一少宁静和悦地坐在那里。一小时之后,有人来敲门。来人叫比利·扬,是一位财务咨询师。在这里碰上菲,他似乎挺开心的。关于这个侄女,叔叔已经对他说过好几次了。老人告诉他,菲的意志如顽石般坚定。

"你非常漂亮,哪是石头可能比的。"他爱慕地说道。

"谢谢夸奖,比利。"菲回道。

"好吧,我一定要回来继续做理财咨询。"比利咧嘴笑了,菲一下子心动了。

她上楼回自己房间,想起明天需要打电话给威廉姆斯护士让她来做定期回访,以确定病人这里的情况是好还是坏。难道这不是大功告成了吗?

她靠在床头,从窗边俯瞰下方的栗树街。这一"走过场"的看护计划取得了成功。而起初,当她在医院的官方表格上签字时,这一切看上去是多么乏味,多么令人生厌啊。

我自己的烦恼

那帮中学五年级的丫头跟我倾诉时,我真是厌烦得要死。

"你真是太理解我们了,小姐。"她们会用一种糖蜜般甜腻腻的语调对我说话,而那总是能让我的心肠软下来。当然了,我确实能理解这些十五六岁的姑娘。我比她们的父母更和善友好,更宽容开明,也比其他老师更年轻,对她们的事情更为关心,所以也难怪她们跟我亲近。不管是什么事,我总有大把真心诚意的好建议。

"这个呀,苏茜,如果他昨晚没跟你跳舞,那大概是因为他有什么别的心事,或许是担心考试吧。不是这样吗?他跟别的女生跳了?我知道了——哎呀,这可能是由于他没勇气邀请你啦。你懂的,男生也会害羞的。他不害羞?还有点爱卖弄?我明白了。这个嘛,那也许是紧张心理的一种极端表现形式。他也是个青少年,我们都会有不同的方式来表现出内心的紧张。你为什么不假装自己根本就不在乎,只管跟其他人开开心心地跳舞?如果他看到你高高兴兴的,情绪很放松的样子,那他或许能鼓起勇气来的。"几周之后,"我很高兴那能行得通。不,不用谢我的——那只是你自己的常识起了作用……"又过了几周,"别这样啦,我估摸着,男孩子也会改变主意的,就跟女生变心一样。不,苏茜,我可不认为你的心真的碎了。现在去当修女?我想那是再愚蠢不过的主意。我知道,这样会让他明白你的心,但想想看，当那么多年的修女是什么滋味？要在大冷天一早爬起来念经，还必须穿那么滑稽可笑的衣服。还是读书吧，去上大学要明智得多——让他有多远走多远吧，别再想这件事了。"

在办公室里也是一样的情形。从来不会有我自己的烦恼，我面对的总是其他人的问题。"我懂，我明白，奥布莱恩小姐，这确实很难，当然是挺难的，但你知道吗，我有一种感觉，就是如果你跑到皮亚扎家里去，对他太太说出一切，那皮亚扎恐怕只会更加心烦，而不是觉得解脱了。哦，我确实能明白你的意思，就是要完全诚实，但皮亚扎先生可能会有别的想法，认为那一夜有更多的意义……呃，也就是说没那么随意……而是什么美妙的、但只发生一次的事情，是一种美好的记忆。如果你跑去告诉他老婆，皮亚扎曾说过他暗恋了你好多年，那么一场美好的回忆就难免会变成一个大麻烦了。别这样，请不要哭，奥布莱恩小姐。我敢肯定，他爱过你，现在也还爱着你，但世上有程度不同的各种爱，对一个意大利音乐才子来说就更是如此。我觉得，他对你的爱更多是这一种类型：'你带姑娘们去打曲棍球，他爱慕欣赏你的风姿'，就是这一种，而更少是那一种——'丢下老婆和七个孩子不管，只管租个小房子跟你腻歪'。"

我什么时候会有自己的烦恼呢？在校外，跟朋友们在一起时也不会有。首先，他们自己就有太多的问题需要去处理。比方说丽莎，她那副苍白、憔悴、紧张的模样都持续几百年了。我们都知道，她一直有个不可告人的黑暗秘密在酝酿，但其他所有的人只是将来会听闻这个惊天大秘密，而我却是唯一一个不得不听丽莎唠叨行动方案的闺蜜：她说银行的那个家伙发现了一个极为简单又安全、连白痴都能搞定的方法，可以轻松地把别人账户里的钱转到丽莎的卡上，所以他们能弄到一笔钱然后溜之大吉，跑到希腊某个小岛上去，住进海边的一栋白房子，晚上只管烤烤肉、喝喝酒，在星光下的沙滩上做爱——剩下的大半辈子就这么过。对于这个人生规划，我只能发表如此意见："好吧，听上去当然够美的，很有田园牧歌式的情调。我们当然都有权利追求幸福。我也知道，这世界上有着极为可怕的不公正和不平等，要应对这一现实，就只能去抓住你所能捞到的东西，这固然是生存方式的一种。但你也清楚，有很多人东窗事发，被逮住，只好去吃牢饭了。当然，他人很聪明，能力突出，而且对你爱得轰轰烈烈，对美妙前景迫不及待，但他实际上是要从谁那里拿钱呢？我的意思是说，难道不会有人注意到他们被暗抢了？哦，丽莎，别哭啦。我并没说他是个抢劫犯，我说的只是，这事听来不错，但也不是没有陷阱的。"

再比如我那棒得了不得的搭档多纳尔，他是那么的英俊迷人，所以每周都会遇上麻烦。虽然他想要努力地摆脱这种局面，但是摆脱了这个麻烦之后又会陷入一个更深的麻烦之中。"多纳尔，我当然同意你的看法，才过了这么一点点时间，她竟然想要跟你订下终身，实在是太不合理了。可话说回来，是你让她退掉她自己租住的公寓搬到你这儿来的呀，她总得给她妈妈一个交代吧，你懂的，就是说点儿什么吧，那种充满希望的话。我明白，你应该绝对坦诚，难道不该这样吗？还记得以前，你也是非常坦诚的，说了实话之后你也总是很快乐。我知道，我知道的。但女人对有些事情确实会感到不安。不，我没有不安，我知道自己跟别人不同，但话说回来，我可是你的朋友，我不是你的那些姑娘之一，可是你还是听我说吧。告诉她你有肺痨是没意义的，跟她说谎对她也不公平啊。无论如何，她会接受这一点的，然后甚至还会起誓说，在她有生之年都要照料你、伺候你。你必须跟她讲，这整件事就是一个错误，你对此感到很抱歉。然后，你还得帮她找另一个租住的地方，让她安顿下来。不，恶心反胃地说什么肝疼或者肾有毛病之类的也没用，我认为她不会就此望而却步，狠心甩掉你——记得那个什么女演员吗？你对人家说了你有痛风症的那个。工作之余，她不是仍旧给你发来慰问短信骂你'人渣'吗？所以别泄气，好好干，只要一个周末就能搞定了，然后你们俩，你和她，就可以在未来的人生中两两相忘，各无牵挂。"

这些年看似都是这样过来的，我陪着别人做验孕测试或检查，帮着安排人流手术，替人圆谎、编故事，一次又一次地邀请某些人参加某些派对，为的是让另一些人有机会扑过去展开攻势。有几个世纪了吧，我不断被请去做挡箭牌，缠住或支走某个女孩，只因为她对另外某个姑娘的男人表现出了过多的兴趣。似乎我这一辈子都已经耗得差不多了，一直在为别人提供建议，就像报纸上免费的"答读者问"专栏，对人们人生半途中的苦恼和迷惘给出煞有介事的回复。

因此，一个周四的下午四点钟，学校放学之后，我决定要给自己弄出个天大的麻烦。我要把自己全身心地扔进一个极为糟糕、难以破解的困局，因为那样一来，我所有的朋友中至少有半数的人将不得不聚首商议、各抒己见，把我悄悄带到一旁，和我迫切而严肃地探讨问题的复杂性。他们将不得不把我从自我执念的死胡同中拉出来，帮我战胜坎坷、渡过难关。另外某个人将会为我的事寝食不宁，度过一两个难以入眠的漫漫长夜。在这整个过程中，我要贯穿始终，表现得胡搅蛮缠，一刻不停地向他们征询建议，但之后却根本不听他们的，更别说是采纳那些意见了。

我胳膊下夹着学生的作业本从学校出来，沿着那条枝叶繁茂的林荫路往前走，一时却很难想出有什么不可救药的绝望困境好让自己陷进去。其他人，所有的那些家伙，是在哪里找到麻烦的呢？麻烦往往出自开怀畅饮，是醉醺醺的欢聚带来的后果，于是我设想我也可以那样开始。但现在就去喝个晕晕乎乎，时间不免太早了一点，所以我就先回了家，然后在纸上写写画画，打算制定出我的"沦陷"路径——这就跟我安排一学年的历史授课计划所做的一模一样。首先，我列出了一个清单，里面是可供我当晚耍酒疯的场地。既然城中的酒馆多如牛毛，那选择起来就挺头疼的。我选定了四家店，都是我认为可能会有演员或作家，要么就是艺术家或公众人物出现的酒吧，而一生的听闻经验已经教会了我把这一类人视为麻烦的天然来源。

然后，我又列出另一个清单，是关于怎么穿衣打扮的。我不能再穿灰裙子、灰色套头毛衣和白衬衣了。去学校上班，或是在温和的夜晚外出，这样穿总是没什么问题的，我也早就习惯如此。这回最好是另一种风格，能惹麻烦的那种，于是我就穿上了一件过于紧身的小衬衣，一条极少布料的迷你短裙，戴的首饰都是亮闪闪的，十分艳俗，喷的香水隔着半个街区都能闻到。至于化妆嘛，我手边所有的化妆品都被我堆到了脸上。老实说，我觉得自己这副样子看起来真的挺傻的，但正是这种模样，或许能吸引某个已婚的同性恋，而这个家伙说不定刚刚抢过银行，那就会让我陷入一种糟糕的境遇。那种情形下，我可能会被胁迫去跟他联手作案，然后就被警察抓住，远离黑道团伙的眼线，而那帮坏蛋铁了心要把我揪出来给灭了。

到了第一家酒吧，酒保问我："外面下雨了？"这话真是令人费解，因此给了我很多理由去苦苦思索，这或许是一种暗号什么的吧，他真正的意思是指角落里的那个男人将会向我发出提议,一起贩卖白人妇女当奴隶,而这样的一番好意是我无从推拒的?但酒保实际上指的是,我的睫毛膏化成了六条细细的黑线,正顺着我的脸颊往下淌,我的裙子看上去仿佛是突然淋了一场雨,缩水了,紧绷绷地箍在我的屁股上。我去洗了脸,镜子里的我就像是被揍了一样。但那样也挺不错的,因为最起码看起来挺刺激的,让人感到不适。不管怎么样,我可不想看上去一副令人舒坦的模样。可是,没有任何人走过来给我点上一支香烟,也没有谁上来跟我搭讪两句,除了有人规规矩矩地问我旁边的座位有没有人。于是我转移了阵地。

下一家酒吧看似要热闹许多。至少,这里有一场精彩的争论正陷入僵持——这两个咆哮的醉鬼吵来吵去的是《倾听者》[①]中的诗句。看来这是一个非常理想的场合、一个绝好的机遇,可以让我卷入其中,而且人算不如天算,我恰好记得这首诗。我慢慢一点点地靠近他们。他们醉醺醺地各自批驳着对方的版本,而我则看似很偶然地介入了他们喋喋不休的争辩。只不过,他们唯一不愿做的事情就是让我有机会开口。我每次抬手招呼点酒的时候,他们都说:"一杯汤力水金酒,给这位女士。"我根本就没法插进去哪怕是半句话。我只好自我安慰,把这理解成是一种很管用的方式,以最少的花费就能喝个尽兴,因为没人问我是谁、在那干什么。不过,凄惨又郁闷的是,同时也没有任何人看似对我表现出丝毫的兴趣。我主动提出来买一轮酒水,希望这样能让他们听我讲话或者至少赢得一点点注意。"哪有让女人付账的道理!"他们异口同声地嚷道。我将此视为某种意义上的

[①]《倾听者》,英国诗人沃尔特·德·拉·梅尔(Walter De La Mare, 1873—1956)的代表作。

额外奖励——最起码，他们意识到我是个女人了。

夜色渐浓，他们要买些啤酒带回家，打算在某套公寓房中继续他们的畅饮与闲聊，所以我最好还是参与其中，我这样想着。我也买了六瓶啤酒，把它们打包装在一个棕色的牛皮纸袋里。我满怀希望地尾随着他们到了公交车站。不幸的是，他们在那里招手拦下了一辆出租车。我正弯腰打算一起坐进去，他们却都直摇头。"不能让你跟我们走。"他们说道。

"我都买好啤酒了，一切都准备好了。"我泪光闪闪地乞怜道。

"西蒙可不会喜欢这个的——朋友妻不可欺，这可是首要原则。"他们解释道。

"我根本不认识叫西蒙的人。"我申辩自己不是西蒙的妞——他们肯定是把我当成别的哪个女人了。

"是吗？如果你不是西蒙的女人，那我们怎么会跟你喝了一晚上的酒？"他们这一问让我实在无以作答。然后我和随身的一袋子啤酒就被丢在了人行道上。附近有一家迪斯科舞厅，于是我去了那里。那里的灯光炫目地频闪明灭，舞池里扭腰摆臀蹦迪的人的平均年龄至少比我小十岁，其中的很多人比我肯定要年轻十五岁。但我还是买票进场了，于是，我手里紧抓着那袋啤酒站在舞厅的墙边。这里时不时突然响起快乐和赞叹的尖叫声浪。看起来，整个中学五年级的丫头们都聚到这里来了。我不禁沮丧黯然地想到，难怪她们那脑袋疲弱得一塌糊涂，根本记不下历史课上的任何内容。但看到我，她们全都显出狂喜的样子，连最轻微的惊讶之情都没有。

"我给你们带来了啤酒。"我善解人意地说道。

没有比这更受欢迎的了。迪厅的价格就跟抢劫似的，她们喝酒的钱都已花光了。女孩子的男友们对我简直是一见倾心——多么棒的老师，多么好的女人！他们吹起口哨，表达对我的赞赏与感谢。没有人邀请我跳舞。这只是一帮孩子，谁会跟我这么老的人跳呢。老电影《茶与同情》中那种无望的熟妇与内敛男孩的关系，也许我曾模糊地想过，但此刻当然就烟消云散了。我赶紧告退，说还有事情要去办。

我有一个朋友在一个豪华大酒店里被一个参加行业会议的有头有脸的商人看上了，这样就遇上了逃也逃不掉的可怕麻烦。也许那是我可以尝试的最佳选择，尤其是考虑到现在这么晚的时间，进酒店没什么麻烦的，碰上开会的大商人也不太费事。唯一的麻烦是，这些人脸色煞白，脸上满是苦恼的皱纹，吃着镇静剂，谈论着出口、产品，还有经济衰退，目光忧虑地盯着写字夹板。今天已经如此糟糕，而明天只会更糟。我跟大商人之一搭讪，漫不经心地问他是否看过《推销员之死》这个戏。他粗暴无礼地看着我。

"没看过！"他刺耳地尖叫道，"老天，难道我们指定了要看这出戏？"

然后，这帮商人都散伙各自准备去睡了。他们在大堂服务台那边大呼小叫，要对方在早上六点三十分叫他们起床，给他们准备好不含一丁点的胆固醇的早餐，他们的鞋子一定要擦得亮晶晶的。他们表示，酒店这边必须认识到，如果忘了按时叫醒与会者，相关部门将会对此发起高级别的调查，到时相关人员就直接卷铺盖走人。这帮人中没一个是喜爱寻花问柳的外地人，因此，我想我最好还是打电话过去，试着找一点小乐子。任何事情都可以，只要能把那些庸俗商人鬼魅般疲于奔命的面容，以及他们内心的溃疡隐痛驱逐出我的脑海。

我拨打多纳尔的电话。他说不定不在家，去派对鬼混了。但他没去鬼混。他正在发起最后阶段的攻势,而且似乎极有可能成功——他的目标是一位空姐。我的电话毁了这桩好事,空姐现在准备拿起她的外套了。电话给了她那么三五秒钟,而她正需要这点时间来让头脑清醒。在电话里听到我的声音,多纳尔可谈不上高兴。

我又拨打朱迪的电话。她常常整晚不睡,坐着,喝什么都不加的黑咖啡,跟那些无望的家伙——她所狂热爱恋的男人们——长谈,情绪比那咖啡更浓烈。在感情上,他们折磨消耗她,她也折磨消耗他们,有一种戏剧性的气氛和张力盘旋在她那地方,就像诡异精灵的气息一般。我打电话过去,她高兴得都快发疯了,她说她整晚都在找我。她那里的情形太惨烈了,令人抓狂。斯文在外面的厨房,一直把头埋在烤箱里——他鼓捣这个都已经几小时了。实在是太恐怖了。我记得斯文的吧,难道不是吗?他住到了那个群租集体中,是因为他的精神分析师认为他需要非常多的给予与索取的体验,但实际上,这个斯文一直在付出,而根本没索取过。朱迪要他过来跟她一起生活。斯文说,对所有人而言,他都是个令人失望的存在,对那分析师,对那个集体,对朱迪……他什么都看不到,除了那只燃气烤炉……这一切太凄惨了,朱迪说道……太折磨人了。

我假装电话信号断了,接连吼了几声"喂,喂!"然后挂了电话。

我打车回栗树街,出租车司机说所有的女人都是垃圾。他以前在内心深处对这话总是半信半疑,但现在他明白了。女人就是垃圾,而他的老婆是垃圾上浮着的油脂。显然跟一个邻居已经狼狈为奸好几个月了,他刚刚才发现,并且跟她当面对质了,她却拼命为自己辩护,强词夺理。真是肮脏下流的玩意儿。她说自己太寂寞了,因为他上班的时间太长,又不规律。女士,你说说看,一个女人为什么会干出这种事?他问我,希望我能安慰他,给他主持公道。

"是垃圾的下流本性。"我说道。于是我们都不吭声了。

我回到家,那里有一封朋友写来的信。信上说,她的老公举止古怪,她认为他可能是跟办公室的哪个同事有一腿。他近来常常眉头紧锁,脸色苍白,满腹心事,还吃大量的镇静剂。我很快在一张明信片上给她回复了两句,说她的猜疑都是无中生有,她老公只不过是陷入了商界的亡命角逐之中,就跟我这天夜里看到的那些大商人一样,他可没时间和别的女人厮混。然后,我把明信片撕了。我那些朋友里没一个会来劝慰我,我干吗总是要抚慰她们?

我喝了一杯什么饮品——有人说这玩意儿能让你身心舒坦,忘掉白天的烦忧,安然入眠——我希望这饮料也能把今晚灌进肚子的那么多金酒中和、分解掉,以防宿醉。明天一整天我都有课要上,假如还是昏昏沉沉,像有锤子在脑袋里面敲来敲去,却没有任何烦恼之事来解释这番头晕的话,那今晚所做的一切就太讽刺了。

就在这时,电话铃响了。现在已是凌晨两点,所以这一定是某个朋友,大概是发现自己怀孕或者没怀孕吧,一定会有一个声音在电话那头抱怨说,又一场灾难性的爱情大戏正在她家的沙发上偃旗息鼓——原以为可以火花四溅的,这时却熄火了——或者是在燃气烤炉里死火了。我倦怠地接起电话。电话那头的人听上去醉得够可以的。

"喂?"我说道,决定听天由命。

"我已经醉得一塌糊涂了。"那头的声音说道,这有点画蛇添足,但似乎也表示了一种必要的姿态,就是在开始之前先把话说明。"我肯定是醉了,否则的话,我永远也不会有勇气打电话给你。我对你迷恋到了无法自拔的地步。我想,我爱你。实际上,我不是十分确定我爱你,但我确信我需要你。我一定要见到你,见到你真实的样子。我已经无法忍受我们之间的那些虚伪的闲谈,扯的都是无关紧要的事情,比如孩子的成绩、课后作业,还有认真学习的必要性之类的废话。我要跟你谈谈你、你自己,还有我、我自己。我要跟你一起在乡间散步。我要跟你在美妙的地方一起共进晚餐,握着你的手,抱着你、照顾你。"

嗯,这个,他说的这一切听来都那么友好,那么悦耳,我诚心实意地告诉他,但从另一方面来说,我认识他吗?我对他有一丁点了解吗?

"不认识,你当然不认识我。当我不得不跟你闲扯家庭作业和学生奖学金以及该死的学习的必要性,你怎么可能认识我?而我也不可能认识你。只有等到我们能够从所有那些大楼和走廊,那些停车场,还有家长与任课老师的交流会上,都逃离出来,然后我才会认识你,你也才会认识我。"

这显然跟学校有牵连。我脑袋中不禁冒出一个异想天开的癫狂念头:也许这是班里的某个学生,会腹语术,或者是那种能假扮男人的怪才。

"你是谁?"我干脆利落地问道。

"哦,这个声音,我太喜欢了,真是爱死了,太酷了,这么冷静,与世上其他任何女人的声音都是如此不同。"他高兴地说道,"我是苏茜的父亲。毫无疑问,我爱慕你已经很久了,我会永远爱你。我叫西蒙·司各特,爱着你的西蒙·司各特,这就是我。"

司各特先生,苏茜的父亲?无关紧要的那类人。但话说回来,学生家长们不都是那样吗?这人个子好像挺高的,差不多人到中年了,中等胖瘦,谈的总是孩子的学业、家庭作业,还有学习的必要性。哦,老天,这是另一码事,跟我有何相关呢?但是,我脑中突然灵光一闪,他可以成为我的麻烦呀。我可以为这个人变得心神不宁,然后向朋友们倾诉说,这种处境是多么可怕。我为什么没能早点遇到他?他难道就不能为了我背弃他老婆?另外,巧合的是,他的名字竟然是西蒙。太令人惊愕了。酒吧里那两个醉鬼随口说出了这个近乎虚构的人,说我属于此人。也许,这就是那个西蒙。

"司各特先生,你是不是有不少的朋友,喝高了之后会一根筋地背诵《倾听者》当中的诗句?"我问道。

"我亲爱的,我的宝贝,你真是有通灵的魔力——我当然有这些朋友。他们都跑到我家来了,在隔壁房间里还拼命想那些诗句呢。我的爱,我的女神,我们是天造地设的一对呀,否则的话,你怎么会知道我在想什么呢?你怎么会知道我在想着你在想什么呢?"他的声音逐渐减弱变低了。一口气说出这样长的句子对他来说过于艰难了。

很好,看来前景很好,西蒙可以成为我头疼的问题。多纳尔和朱迪,奥布莱恩小姐和丽莎,所有这些烦人的家伙,将不得不来救我,把我从他身边拉开,让我认清形势、明白事理。不过,首先我要确保西蒙是合适的人选,能带来恰到好处的麻烦。

"那苏茜的妈妈怎么办?"我问道。假如对方是自由身,那我跟他搅和到一起也不会带来什么麻烦。司各特太太有没有出席过以前的家长沟通会?我实在回忆不起来。但退一步讲,这个夜晚,几乎不管是任何人,我都想不起来。

"她从来都不能理解我,从一开始就不能,她没有灵魂。她现在不在家,明天才回来,她去看她的一个什么表姐了——那就是她想象力的极限,跑去看什么表亲堂亲!我并不恨她,我也会一直善待她,但你……我必须拥有你……我需要你。"

这听起来真的很有戏。

"那你只能偷偷出来约会?"我问道,"你是不是只能挤出一点时间,十几分钟或二十分钟,跑出来见我?在其他人面前,我们是不是还要假装彼此几乎不认识?我们的关系中是不是会充满迷惑、指责,每周都会发生两次误解?"

听起来,这些问题把他给吓住了。这些根本不是他所预期的。但他预期的到底是些什么,我当然也无法去想象。

"是的,一开始会有一点吧。"他语气紧张地说道,"但爱情会让我们找到出路的。我们能挤出一些宝贵的时间在一起,分享彼此真正的思想,而不是说些什么去看表亲堂亲之类的东西。孩子的成绩,大学啦,勤奋学习的必要性之类的,我们一个字也不会说。那将会是很美妙的感受。"他一股脑说完了,但不是很有说服力,连他自己也底气不足。

"好的,"我回道,"你算是同意这件事了。我现在该做什么呢?我要立刻打车去你那里吗?趁着她还不在家,我们好发挥这段时间的价值。还是说,你更愿意来我这里?明天午餐时,我们也可以挤出一点点珍贵的时间,在哪个啤酒馆中幽会一次?另外,你可以假装来学校有事,要谈谈苏茜的情况,我就假装是去跟你讨论问题,找个空教室溜进去,我们可以在那里躲开他人的目光,偷偷地搂搂抱抱,不也挺刺激、挺美好的?"现在,这些念头反倒勾起了我的欲念,想象那些场景都有了一丝快意。我不禁有点期盼这种冒险了。

司各特在电话那头说:"……呃,嗯,这个。"

"哦，司各特先生，不用犹豫了。"我鼓励地说道，"你说你爱我，也会永远爱我，你觉得我们是天造地设的一对，我认为你这个想法棒极了。既然我们要分享彼此真正的思想，而你又想拥抱我，疼爱和照顾我，那我们就不该浪费任何时间，要马上行动起来。我很高兴你能打电话来。我认为这一切将会精彩地逐步展开。你干脆给我你的地址吧，我打算这就过去。见到你那些醉醺醺的朋友，我会带一本诗集给他们，里面有《倾听者》这一首。然后他们会乐乐呵呵、心满意足地回家去。而在苏茜从迪厅回来之前，我们就可以把自己收拾得整整齐齐了。你和我将会有一场终生难忘的爱情经历。"

司各特先生产生了明显的变化，他的醉意似乎没那么浓了，也没那么激情洋溢了。脑海中有关乡间徜徉和美好环境中浪漫晚餐的场景大概也变得模糊起来。

"这个，"他说道，"实际上，我所做的就是打电话告诉你，让你知道，我对你的种种感觉中的一个方面是怎样的。就只是一个方面。不用说，还有很多其他方面，比如我对你非常尊重、赞赏和仰慕。我老婆，你……呃……你记得我太太吧……她只是眼下不在家，去看她的表姐了，但明天一早就会回来，或者甚至很有可能今天夜里就回。是的，很可能就是今天夜里。嗯，那个，我太太和我经常说，我们认为苏茜很幸运，能有您这样一位冷静沉稳的老师，而不是那种做事草率、不计后果的人，不是那种行为急躁仓促的人。我们需要您，是的，需要您来关心苏茜的教育，她的成绩、升学规划和……呃……所有的一切。"

"噢，司各特先生，很好，"我懊恼地说道，"非常好。那么我们就不发生什么地下情好了，如果你的意思是这样的话。我不介意。这学期再往后一些,我还可以跟什么人有一段来往,或许就在圣诞前后吧,上演一点人生小插曲或小悲剧之类的,那可是挺理想的时间节点……别,请你不要再道歉了,我完全没问题。在苏茜到家之前,你还是先把那几个醉鬼打发走吧。记得告诉苏茜,不管是什么情况,她都不应该这么晚还在外面玩——还有那么多的考试需要她去应付。她实在要蹦迪,那就安排在周末,反正第二天不用上学。另外,按照我的看法,你最好把所有那些啤酒罐都收拾掉,把家中整理干净。司各特夫人从表姐那里回来时,肯定不愿意看到家里乱得像啤酒馆的杂物间……一点儿关系也没有的。司各特先生,根本不必客气,没事的。不,你一点儿也没打扰我。我还没睡觉呢。事实上,我才刚进家门没一会儿。我在街上乱转悠来着,打算和一个根本不适合的人扯上一段关系,但这个计划看来行不通。不过,明天我总可以再试一次的,只要没有太多的学生作业要批改,或者,只要我不是不愿去当一当悲剧女演员。"

他因为大大地松了一口气而有些口齿不清。我基本上听不清他在说什么,但我决定附和他。

"是的,当然了,司各特先生,我刚才是在开一个小玩笑罢了——还用说吗,就是玩笑而已。我幽默随和,脾气非常好。人所周知,我意志坚定,善于提出建议。确实是这么说的,我想,就是这样的用词……不信,你可以去问任何人。"

要紧之事

妮莎·伯恩的姑妈伊丽莎白可说是无所不知,而且永远正确。

每年6月,她都会来栗树街看望妮莎一家,前后待上六天。因为她要求严、期望高,所以在她到达之前,有那么两周左右,家里都要把房子打扫得干干净净,把花园拾掇得清爽整洁。

姑妈伊丽莎白睡的卧室,自从她上次到访之后已过了一年,里面当然就累积了不少零碎的杂物。他们把墙上的涂料修补润饰了一番,在那些漂亮的斗柜的空抽屉里垫上了干净的粉色衬纸。

妮莎的妈妈经常略显疲倦又厌烦地笑着,说如果不是因为伊丽莎白每年一度的假期来访,自家的整个房子或许就变成了一处垃圾场。

可话说回来,即使那样,妮莎的妈妈应该也不会感到多么愧疚。她既没时间,也没钱去翻新房子。她在一家超市上班,天天都工作好多个钟头,辛苦地养活着三个孩子,却得不到她丈夫的任何帮助。在妮莎的记忆中,父亲从没出去挣过钱。

他的背有毛病。

伊丽莎白姑妈是妮莎父亲的姐姐,十八岁时就去了美国。她在那里做的是律师专职助手。那到底是干什么的,妮莎不是很清楚,但你绝对不可以就这样直冲冲地问伊丽莎白姑妈诸如此类的问题。

妮莎的父亲总是会在自己姐姐到访的时候表现得机敏一些。他不再只管呆坐在椅子上看电视里的赛马转播,甚至会帮着洗洗杯盘碗碟。伊丽莎白离开之际,他看上去总是如释重负的样子。

"好吧,总算完事了。"他会这样说道,就仿佛那是什么隐藏的危险,一家人谁也不能幸免似的。

伊丽莎白姑妈安顿下来之后,就会整天泡在外面,参观各种文化场所。她会去看艺术展,或者是去切斯特-比迪图书馆,要么来个短途游,去某处看雅致的大宅。

"要紧的是去看那些品位高雅的地方,去看那些达到高标准的场所。"她会对妮莎这样教导,一边说一边整理那些宣传小册子,剪下喜欢的图片,粘贴到一本剪贴簿上。一年又一年,究竟什么人会看这些剪贴簿?妮莎想知道答案,但麻烦在于,这又是一个你不能直接向伊丽莎白姑妈提出的问题。

没有什么由头去拍那种喜气洋洋的全家福照片。当然不可能在妮莎的家里拍,去基里尼海滩或者霍斯海德郊游野餐时,他们也不会拍照。妮莎的妈妈总是用饭盒装着煮老了的鸡蛋和黏糊糊的土豆去野餐,然后配着厚得像门口台阶的石板一样的面包片做成三明治吃。不管郊游那天的阳光是多么明媚,也不管他们那一整天笑得是多么开心,伊丽莎白姑妈都不愿意拍下家人欢聚的那些场景。

但在她每年一度的来访期间,总有一个晚上,伊丽莎白姑妈会邀请全家人去就她认为是都柏林城中够时髦的某家餐饮店里喝上一顿,每次还总会找出一处新地方。

喝的东西真的就只是每人一杯饮品,而不是几杯。一般来说,孩子们喝橙汁,里面放了一只樱桃的味美思甜型调制酒是给妮莎的妈妈喝的,一小杯爱尔兰本地威士忌是给她父亲的,伊丽莎白姑妈自己则是喝店里的特色鸡尾酒。

为了这个"宴请",家里人都得穿得整齐又体面,而每次通常会请店里的某个服务生来给大家拍照留影——无论在什么陌生的环境里,大家都对着镜头努力摆出笑脸。大致推测,照片冲洗出来之后,想必也会被姑妈放进剪贴簿。

"要紧的是,"伊丽莎白姑妈会说道,"我们应该出现在恰当的地方。"

妮莎在想,为什么这一点如此重要?可伊丽莎白姑妈看上去是那么自信,穿着又是那么优雅得体。所以,她肯定是没错的。

伊丽莎白姑妈经常去奥康奈尔街的一个报刊零售店,随身还带个小笔记本。那个店挺大的,妮莎有时候会跟姑姑一起去。

"你在本子上记什么呢?"有一次,她问道,话刚出口就感到愧疚和不安。你是不可以向伊丽莎白姑妈提出这么直接的问题的。但,说也奇怪,这样问了之后看似也没什么问题。

"翻看那些杂志报道时,我会在本子上写下一些人的名字,他们都是去参加新画廊开业典礼和其他文艺活动首演之夜仪式的人。有那么多相同的名流一次又一次地反复出现在这类地方,太令人惊讶了。"

妮莎觉得很困惑。谁参加了什么活动,能关你什么事呢?即使这些名人住在本地,难道有什么必要去关注吗?更何况,假如他们是住在三千英里之外的外国人呢?去关注这些真是够荒唐的。她脸上的表情一定是流露出了这种想法,因为伊丽莎白姑妈对她说话的样子突然间认真起来,仿佛把她当作大人一样。

"我要告诉你一件非常重要的事,所以你要听好了。我知道你才十五岁，但明白这个道理永远也不会嫌太早：人生最要紧的，就是创造出的自我形象。你懂吗？"

"我想是的。"妮莎很犹疑地回道。

"听我的没错，那就是最紧要的事。我们这就来开个头，从现在起，你称呼自己时要用全名——瓦妮莎，别人会对你更加尊重的。"

"哦，我可没法那样做，他们全都会说我是傻瓜的。"

"你永远也不应说这种粗俗的言语，无论说的是你自己或是任何其他人。你如果想要有点出息，那么就必须有相当的自尊感，要十分注意自己在别人眼中的印象。"

"我妈说过，只要你能善待别人就行了，那才是最要紧的事情。"妮莎表现出了一点独立思考的精神。

"那也没错，瓦妮莎，那种说法也跟她这个人很搭调。但看看你妈，她在超市累死累活，干得人都要垮了，却随便让我弟弟把她辛苦赚来的工资，还有他自己的失业救济金都花在酗酒和赌马上。"

妮莎仰起了头表示异议："我爸是很好的人。"

"上学时，我跟你爸妈在同一个学校。我比他们大三岁，但现在看起来我几乎比他们要年轻十岁。最要紧的就是让你自己在别人眼中留下一个好印象，因为这就像镜子。如果你看上去状态很好，人们也会认为你是那样，然后他们就会做出同样积极的反应，这种反应会回馈到你身上。"

"是的，我明白。"

"那么，瓦妮莎，如果你愿意，我可以给你一点点帮助，在穿衣打扮、言行举止还有其他相关的事情上，给你提供一些参考建议。"

妮莎感到撕裂般纠结。她应该接受提议，变得像伊丽莎白姑妈那样优雅端庄，还是该让姑妈一边凉快去，告诉姑妈她现在跟爸妈在一起的生活没什么不好的？

她盯着姑妈看了片刻。她肯定都有四十七岁了，但看上去几乎只有三十岁的样子。姑妈的短发被修剪得很仔细，她每天都用一种儿童洗发露洗头；她穿着墨绿色的套装，每天晚上都用海绵蘸着柠檬汁将它清洁一遍。姑妈的短袖衫简直是多得数不过来，都是鲜亮的颜色。她上衣翻领那里别着的一枚胸针实在是非常漂亮。

而妈妈看上去则和姑妈天差地别。妈妈那油腻腻的长发似乎从来都没闲工夫洗一洗，只是用橡皮筋绑在脑后。妈妈没有擦得铮亮的那种敞口船鞋——即使有，肯定也不会像她的大姑子这样，在每夜睡觉前先用报纸揉成团塞进鞋子里以保持鞋型。妈妈有的只是大大的、破破烂烂的旧平跟鞋，无论是上班干活还是下班后走很远的路回家，这种鞋穿起来都挺舒服。

妮莎在学校的那些朋友们总是非常仰慕她的姑妈。她们总是说，她能离开栗树街，在纽约为自己打拼，还过得很好，运气真是相当不错。老天作证，她们说，跟留在这里相比，谁到了美国都可以活得更好。

看起来，伊丽莎白姑妈仿佛是以某种方式再造了自己，在彼岸获得了新生。只要得到了允许，说不定她也能够再造妮莎。

"你在想什么呢，瓦妮莎？"

"你为什么去了美国，具体的原因是什么？"

"是为了逃避，瓦妮莎。如果我一直待在栗树街我妈妈的家里，这里不可能有任何像样的出路等着我，大概我只能是在哪里的什么商店当一个收银员，不会有更好的结局。"

"栗树街有些人也有很好的工作。"妮莎心中不服，抗辩道。

"现在是有可能吧，以前没有。"姑妈斩钉截铁地说。

"那你能让我变得……你明白的……变得可以稍微能做得了主什么的……我不知道准确的说法是哪个词，但我的意思就是，变得能像你那样。"

"是的，我懂，瓦妮莎。那个词是自信。顺便告诉你，我能帮你做到。但在开始之前，我想知道你是不是认真的。比如说，你能从此自称为瓦妮莎吗？"

"这并不重要，不是吗？"

"某种程度上还是重要的，这表达了你的立场，说明你想要自己的风格。"

"那好吧。"这位瓦妮莎·伯恩小姐愉快地说道，同时希望在家里不会遭到太多的奚落。

"你是发神经了吗？"当她提起自己的新名字时，老爸这样反问道。

她的两个弟弟则笑得满地打滚。

"妈，你觉得怎样？"她走到厨房那边问妈妈。妈妈在那里忙着削土豆。

"人生苦短。只要这样做让你觉得开心就行了。"妈妈回应道。

"妈，这不是你的真心话。"

"耶稣基督老天在上，随便是妮莎或者瓦妮莎都行，只要那是你想要的。你问我一个问题，我回答了，可你接着却对我说什么这不是我的真心话！让我来告诉你我说的是什么意思。我一直坐在那里干活,冬季有东风从门口不断吹进来,他们还一直把门敞开着,直到我身体的整个左半边从上到下都疼时才关上。我在超市听到有人说,从下个月起,我们所有人的工作时间都会被缩短,你知道那对我们这个家庭意味着什么吗?你姑妈很快就要回来了,从哪个什么博物馆或类似的地方回来了,她可是指望着餐桌上已经摆好了亚麻餐巾和洗手用的净水碗的。随便你把自己称作什么,瓦妮莎,小鹿斑比也好,贝尔拉的女巫也好,我都无所谓的。我要操心的事可是太多啦。"

就在这一刻,瓦妮莎决定要做一个有格调的人。

伊丽莎白姑妈就要离开栗树街回美国了。瓦妮莎上楼坐在姑妈的专用房间里,看着她打包行李。

她注意到,姑妈没有给纽约的任何亲友准备手信。姑妈总是给她们家带来礼物——大大的美术画册,是维米尔或大师伦勃朗的作品。姑妈到达的那个晚上,家里人会礼貌地打开画册,一页一页地翻看那些彩色印画,然后,这些礼物就会被永久地搁置在一个书架上,紧靠着姑妈去年带来的莫奈的画册以及前年赠送的德加的画集。

"老天啊,你不觉得她该给孩子们一点可以当钱花的东西吗?"瓦妮莎的爸爸会嘟囔着表示不满。

"你少废话。她给咱们家里带来一种文化气息,不是很好吗?"妈妈总是愿意看到事情积极的一面,但爸爸却毫不领情。

"她给咱家没带来过任何东西,除了争执和吵架。我们一家五口本来在这里快快乐乐的,但丽兹[①]来了之后就开始闹腾了,说房子寒

[①] 丽兹,伊丽莎白的简称。

酸俗气，这个不好，那个也不好。"

"不要叫她丽兹，她讨厌这个昵称。"

"这就是她那见鬼的名字啊，而且她现在也开始往妮莎的脑袋中灌输这些破念头了。"

瓦妮莎听到过父母对话的所有内容。栗树街的房子一般都不算大，屋子里没多少动静是你听不到的。

伊丽莎白姑妈通常都关上房门，将收音机调到音乐调频广播。这样一来，她们说话就不会被外面听到了。

"瓦妮莎，这是法国人拉威尔的作品。重要的是要有分辨力，能听得出什么是好音乐。你很快就会对这一切熟悉起来，快到让你自己都吃惊。"

"我首先该做什么呢，伊丽莎白姑妈？"瓦妮莎问道。

"我认为，你应该让你的房间有自己独特的风格。"

"比如说，先把我在这里的东西全都清理掉——你是不是这个意思？"瓦妮莎在自己卧室的墙上贴了电影海报、时装杂志彩页和足球明星海报之类的东西，她挺喜欢这些装饰。

"只保留那些优雅有品位的东西，瓦妮莎。房间里只放能传递你正面信息的东西。"

瓦妮莎满脸的困惑。

姑妈解释道："别人怎么会知道我们是什么样的人呢？孩子，除非是我们向他们传递了讯息，不是吗？我们怎么穿衣，怎么说话，有什么样的行为方式，就是在发出信息。否则的话，别人怎么知道你是什么人？"

"我想是这样吧。"瓦妮莎还是心怀疑虑。毕竟，你喜欢谁、不喜欢谁，你自己都知道，这跟信息什么的没多大关联吧。"

她在一旁看着，姑妈的行李箱里，东西都安放得整整齐齐，内衣、丝巾和T恤用透明袋分开装着，全都叠得完美无缺。剪贴簿正好填补上了她带过来当礼物的那几本画册在箱子中所占的空间。

伊丽莎白姑妈四十七年前就是在这栋房子里出生的，但看看她现在的样子——这样的变化也可能发生在瓦妮莎身上。她看着镜子里的自己从头到脚都乱糟糟的，甚至又脏又邋遢，校服衬衫的领子都磨破了，裙子上有食物留下的污渍，还有水笔的划痕。

"我没钱买新衣服或者别的东西。"瓦妮莎看到姑妈也在一旁打量她，便不由自主地说道。她心里半期望着能得到一些金钱上的帮助。但话说回来，老爸总说，当丽兹还是小丫头时行坚信礼①收到的那些贺礼钱，到现在都还攥在手里呢。

"我觉得是这样，你必须学会去打理你现有的那些衣服。"姑妈话里的意思含糊不明，仿佛瓦妮莎买不起新衣这事跟她全无关系。

"那头发怎么办？"瓦妮莎看上去很沮丧。

"去找住在这条街5号的莉莉安·哈里斯。"

"我知道。但问题又来了，我从哪里弄到钱付给她呢？"

"不用，还是为她做些事算作回报吧。你知道的，去照顾她的老妈妈，每周一次帮她去购物，那样的话，她可以给你每个月修剪一次头发。"

当然是有这种可能性的。

"如果你一直在这里，那就容易多了。"瓦妮莎说道，一边看着

---

① 坚信礼，指的是孩子年幼时接受的宗教仪式，表示虔敬信奉基督教，通常亲属会给一点贺礼钱。

她这位十分优雅的姑妈。姑妈正仔细地给她修长秀气的双手涂抹润手霜。瓦妮莎妈妈的手却满是裂口,又红又粗,从来都不知道抹润手霜。

"你可以给我写信,瓦妮莎,告诉我你的点滴进步。"

"也许,有朝一日我能去纽约看你?"瓦妮莎大胆提出设想。

"有朝一日吧,或许。"

在她年轻的生命中,瓦妮莎也听到过不少更热情的邀请,但她不想为此耿耿于怀。"我们下楼去吃饭吧。这是你住这里的最后一晚了,妈妈做了牧羊人派①来款待你。她还请了麦克小姐和巴吉特·马奎尔来家里。"

"挺好的。"伊丽莎白姑妈的这句回答听上去仿佛是有什么致命毒药已经为她们准备好了似的,"要记住,瓦妮莎,不要吃盖在馅饼最上面的土豆泥,也不要吃面包和黄油,试着鼓励你妈妈以后每餐都弄些沙拉。"

吃晚餐的时候,瓦妮莎·伯恩看着她那疲惫的妈妈,那满肚子不耐烦的父亲,那举止粗鲁的两个弟弟,艾蒙和肖恩。她看着他们狼吞虎咽地吃下大块的牧羊人派,而她和姑妈却细嚼慢咽,每次只吃一小口馅饼中有碎牛肉的部分,两人还分吃了一个熟土豆。瓦妮莎从未感觉到自己比今晚更像一个背叛者,似乎她已经越过了一条线,转变了阵营。

她写过三封信给远在纽约的伊丽莎白姑妈寻求建议。她每次总能

---

① 牧羊人派,一种土豆泥肉馅饼。

得到一个坦诚而又有帮助的回复。是的，真的，瓦妮莎应该找一份周六餐馆的零工做做，但一定要找一个有格调的地方，要坚持让餐馆给她一套员工制服穿。纽约那边还发过来一封完全伪造的推荐信，去帮她得到一份这样的零工。

不，如果瓦妮莎浪费时间去学钢琴的话，那未必太愚蠢了。她已经十五岁了，这个年龄再去接受音乐教育已经太晚了。她最好还是从图书馆借一些CD回来，学着去欣赏别人创作的曲目吧。

还有，不管是什么诗歌诵读会、新书发布会或文化活动，只要是在都柏林举办的，只要姑妈听说了，她都提议瓦妮莎去参加。这样她就能结识很多有趣的人。

确实如此，瓦妮莎遇到了有趣的人，其中就包括欧文。二十二岁的欧文不敢相信瓦妮莎还是个在校生。她打算把这个也写进信里告诉姑妈，但有些顾虑阻止了她，比如她还从未邀请欧文去栗树街自己的家里做客的事实，又比如另一件事：她不想让姑妈知道，她跟欧文发生了关系。

跟往常一样，第二年夏天，伊丽莎白姑妈又来了。瓦妮莎的卧室简直让她刮目相看。那里相当雅致，简洁又有型。现在，瓦妮莎房间里只有没几件衣服，但凡她有的都打理得很仔细。瓦妮莎的妈妈跟这位大姑子吐露心事说，女儿变得疏远了，还神神秘秘的。父亲则说，妮莎就是个讨厌鬼，让人烦得很。艾蒙和肖恩倒是没说什么，除了暗示他们家已经穷得叮当响，就快砸锅卖铁了之外。

瓦妮莎更苗条了，也跟去年大为不同了——尽管你不能明确说出怎么个不同法。她的头发变成了金色的短发，富有光泽。她带姑妈去看了一场露天音乐会、一本诗集的发布会，还有一个古董展览。不管去哪里，瓦妮莎都认识在场的人，或者会跟人家点头打招呼。她显得如此自信，无疑踏上了一条要走出栗树街的人生路。这些变化真是令人惊叹。

有那么一两次，她提到过欧文，还提及欧文的父亲是知名律师这一事实。伊丽莎白姑妈就像打开的雷达，要在这个话题领域里扫描侦测，想了解更多，但瓦妮莎已经有了应对之策。

"关于你的私人生活，你什么都没跟我说过。你从没说过谁爱你，你又爱过谁。我觉得这有点……我不知该怎么说……有损尊严吧……如果谈论这一类的事情的话。"

"瓦妮莎，你学得可真快。"伊丽莎白略感焦虑不安地看着她快十六岁的侄女。

姑妈回纽约三个月之后，瓦妮莎·伯恩发现自己怀孕了。

她与欧文在一间装修颇有格调的西班牙小吃休闲吧里碰面商议。她告诉他消息时，他正口吐莲花，刚刚夸过瓦妮莎很会找地方。

"嘿，瓦妮莎……你不是当真的吧。"他说。

她礼貌地等着他说出别的什么话，比如，这比他们预期的都来得早了一点，但是，管他的，他们还是要在一起。但是欧文没说这个。他说道："老天啊，瓦妮莎，我实在是太抱歉了。"瓦妮莎突然意识到，很多年以前，类似的事情肯定也在她姑妈身上发生过。

她冷淡地微微笑了笑，说，是吧，生活可真是一坨屎，然后便起身离开了小餐吧。

她躺在整洁简约的卧床上左思右想。黎明将至时，她搞清楚了，她要去纽约。她想好了怎么解决钱的问题。如果把 CD 机、新鞋子、漂亮的手镯都卖掉,差不多就能凑足旅费。刚过十六岁生日,她便已去办了护照。那时只是为了有备无患——万一欧文请她出国去滑雪玩呢。

她将会出现在伊丽莎白姑妈的家中,问姑妈该怎么办。

妈妈说,她只好放弃一切,听天由命了。

这学期刚刚过半,瓦妮莎就要飞去纽约了。家里的其他人本打算去那倒霉的马恩岛度假的,这下去不成了,但瓦妮莎却要去纽约了。父亲说,历史重演了,就跟丽兹从前一个样,几分钟就跑得不见人影了,然后就再也见不着了,除了每年回来一趟时摆出一副见鬼的公爵夫人的样子。艾蒙和肖恩坐在一边面面相觑——真是难以想象,伊丽莎白姑妈会邀请妮莎去她那里!

瓦妮莎决定到了之后再告诉姑妈。她没有姑妈的工作地址,于是就直接去了通信时姑妈的家庭地址,那是在皇后区挺偏远的一个地方。她不禁一遍又一遍地核对地址本。这里是如此的粗陋凌乱,建筑也十分陈旧破败,几乎就像一个贫民窟。伊丽莎白姑妈当然不可能住在这里,怎么可能这样?

瓦妮莎坐在门外的台阶上等着姑妈回来。终于,姑妈真的在晚上八点回来了,这时是都柏林的凌晨一点。栗树街上的每个人都睡着了。她看到伊丽莎白姑妈从街角那边走过来。她走路时腰板挺直,个子高高的,不过看上去很疲惫。看到瓦妮莎坐在台阶上,她脸色一下子变了。看起来,她对此并未感到多么惊喜。

"发生了什么事?"她问道。

"我需要一些建议。"

"你可以写信来的。"姑妈的声音冷冷的。

"事情很严重,我等不及了。"

"你打算住哪里?"

"我想着可以跟你住,就像你去都柏林时住在我们家那样。"瓦妮莎希望自己的声音中能有一点乐观的情绪。她都快累死了,心里恐惧得要命,但她不愿别人看出这一点。

她跟着姑妈那修长的身影爬上四层楼梯,又走过一段长长的走廊。门后面有孩子哭闹的声音,烹煮饭菜的油烟味弥漫在整栋楼中。

这只是一个大单间,十分破旧,墙皮都脱落了。一块熨衣板立在那里,随时准备发挥功用;一条长长的落地式钢质晾衣杆上挂着上班时穿的所有衣服;角落里有两张已褪色的扶手椅和一张单人床,看上去仿佛从未有人光顾过那里。一只小小的双头炉灶和一个水槽构成了整个厨房。显然,丰盛又美味的饭食不会在这里被烹制出来然后再捧上餐桌。

瓦妮莎一言不发,只是坐在那里等着姑妈冲咖啡。

"我猜你是怀孕了。"伊丽莎白说。

"是的。"

"他听都不想听到这件事?"

"你怎么会知道的?"瓦妮莎感到愕然。

"否则的话,你就不会来这里了。"

"你总是知道该怎么办的,伊丽莎白。"话一出口,瓦妮莎意识到她在这里省略了"姑妈"这个关系称谓。现在这样直呼其名,听起来多多少少有点不合适,毕竟,她刚刚才发现了姑妈那多年来靠谎言掩饰的怪异隐秘生活的真相。她并非想因此就对姑妈换一副嘴脸。她记起了姑妈曾说过那么多注意事项：要紧的是，房间里应该有鲜花；要紧的是，家里应该有一件真正像样的高档家具，要用蜂蜡抛光，擦得油亮亮的。瓦妮莎环顾左右。跟这里相比，栗树街的房子简直像是宫殿。再想想，可怜的妈妈不辞辛劳，整日做着擦洗清洁的苦工，就是为了让家里看上去有点样子。

"瓦妮莎，有其他人知道这个吗？"

"没有，只有欧文。正像你说的，他听都不想听这件事。"

"既然如此，要紧的是，最好让事态保持原状，不要扩散。如果你能意识到这一点，也相当容易处理。现在，你是打算流产呢，还是让别人收养孩子？"

这话听来如此务实，如此权威可信。老姑妈伊丽莎白的风格就是如此鲜明，以至于瓦妮莎都几乎忘记了身边那出乎意料的窘迫的环境。

"我还没拿定主意。"她回道。

"这个，你必须尽快决定。然后我们还有很多事情要去考虑。如果选择终止妊娠，他和他家里人应该负担医院的费用。你没有钱，我也没钱。如果不做人流，那么我们就必须想出合适的托辞来隐瞒此事，还要找个工作给你做。记住，不管发生什么，你都不能待在家里，推着个婴儿车在栗树街抛头露面，那样只会标志着你是个失败者，而你的人生几乎还没开始呢。你绝不能毁了自己。"

在伊丽莎白看来，这一切太明显了，可对瓦妮莎而言，这一切看上去并不是那么明了。

"待在那里或许比蹲在其他任何地方还要好办一些吧。"她试探性地提出想法。

"比什么还要好办？"

"比让欧文和他家里的人给我钱，比编故事、谎称在美国这里过着什么生活之类的，要好办。"瓦妮莎环顾一下四周。

"显然，你不喜欢我的家，那么你干吗要来这里？"

"我没这么说——只是这里的情况跟你让我们想到的样子非常不同。"

"你们怎么想的，我没法负责。"

"你真有一份体面的工作吗？律师的专职助手？有什么是真的吗？关于你的生活，你告诉我们的那些，有哪一点是实话？"

"我在曼哈顿的一间律师事务所工作，我在那里结识了很多有文化有教养的人，我跟他们一起去听讲座，去美术画廊。我挣的钱都花在了穿戴上，为的是给别人一个好印象，建立自己的良好形象。这样可以了吧？你出现在我的门前，肚子里怀了孩子，来寻求帮助，现在，你还有什么冒犯我的问题要问？"

"只有一个问题。你是不是也有过同样的处境，就跟我现在一样？"

长久的沉默。瓦妮莎拿不准姑妈是否会回答。终于，她开口了："是的，我有过。那是三十一年前。今年圣诞，他就满三十一岁了。时间过得太快了，真是无法相信！"她感慨地说道。

"那他人在哪儿？"瓦妮莎轻声问道。

"在西海岸，我相信是在西雅图。当然，他也可能已经搬家了。二十岁的时候，他要找我，但我让他别那么做。我写信过去说，现在要紧的是，他应该继续向前过他自己的生活。他的养父母是殷实富足的人,他上好的学校,接受了优质的教育。然后我就没再收到过他的来信。"

在这间孤寂、凄凉、破旧的楼梯式公寓的窗外,街上车辆的声音和警笛的尖厉呼啸声混杂在一起,如同呜咽悲鸣。

突然之间,瓦妮莎心中的想法变得非常清晰,那就是,要紧的是,她应当离开这个地方,从这个患强迫症的孤苦伶仃的妇人身边离开,离得远远的。

跑了这么大老远,她才意识到,只要想到家里会再出现一个小宝贝,妈妈那疲惫的面庞最终会开朗起来,而她的爸爸,在看着卡拉赛马场上列队亮相的参赛马匹时摇摇婴儿车总是得心应手的。还有艾蒙和肖恩,他们会逐渐习惯于这一切,就像所有人会适应各自所面对的一切那样——除了可能在三十一年前被丢弃,送给西雅图的富有人家之外。

瓦妮莎知道,她将重新被人们叫作妮莎。她也清楚,自己将始终都会感谢姑妈,那可悲的失败者,因为是姑妈给她指明了未来的人生之路。

乔伊丝相亲记

乔伊丝讨厌希腊菜。在她看来，所有希腊菜式都像山羊卵一样，而搭配喝的葡萄酒尝起来则像去除油漆用的香蕉水。她实在不懂自己为何同意跟莱奥纳德和萨莉一起外出聚会——这对男女厮缠在一起，黏糊得令人作呕，两人对什么都兴致勃勃，尤其是喜欢那山羊卵和香蕉水，让你压根儿就不好意思拒绝。这不，又来了一次。萨莉热情似火地说："哪天晚上跟我们一起去？这个新馆子我们是才发现的！哪天晚上随你定，我们一起去快活快活，度过一个美好的夜晚。"

既然别人说了随你定哪天晚上，你再不去，那就跟宣布绝交差不离了。当然了，到时还会有相亲活动。这一回的家伙名叫诺曼，他刚搬到栗树街来住，就在街角那一带，而莱奥纳德和萨莉就是那地方的活宝，从来都是那么的开心和阳光，这实在不可理喻。

这些相亲安排实际上从来也没有被直白地说成是相亲。从来也没有出现过这样的局面———一个接一个地拉来一连串男人，其中哪一个或许能如料想中的那样跟乔伊丝同居，让她开心起来。假如幸福就是跟某个整日咧嘴傻笑、乐天知足的臭小子在一起，住在一大片没有品位的、每套单元都一概实用至上的公寓楼里，每周对着新冒出的什么民族风味菜兴奋地大呼小叫，那乔伊丝宁愿自己不要那么开心。

乔伊丝情愿单独住在她那小小的联排屋里，那里有漂亮的家具和优美的装饰摆件,查尔斯还会定期来做客——他设计的服装是世间最精致的。乔伊丝是时装模特,在查尔斯送给她的这栋小房子中,她就像是家里的另一件赏心悦目的饰品。查尔斯每次到来,乔伊丝都精心打扮,跟上台展示他设计的服装作品时一样认真。她袅袅婷婷地迈步,给他倒上一杯金巴利酒兑苏打水,就像她在重大时装展上走T台那般优雅。一切是那么时尚又不张扬,平和又安然。在那种环境下,没人会往地上摔盘子解气,也不会当众咋呼着发誓要白头偕老。所以她有时候也难免感到有点孤单寂寞,但没有自怜自艾——失败者才会那样,而乔伊丝绝对不是什么失败者。

她以惯常的细致严谨为这次希腊之夜选配着装。她在床上铺开一条奶油色的连身裙,但随后却换成了一件颜色更深的,因为她想起来了,在那些照明灯光不够亮的地方,服务生会不小心将汤汁之类的东西洒到你身上。拎上最好的包包?不必。穿上新鞋?不行。戴上漂亮的盒式小吊坠?可以。即便是跟莱奥纳德和萨莉这样的粗人在一起,项链总不至于会遭什么无妄之灾。

她叹着气走出了门,一边希望这个夜晚或许无论如何都能发生什么恶心的事,好让查尔斯消遣一下。出租车看似总是会为乔伊丝及时出现,而她则听天由命地坐进车后座。司机看到这是个大美女,便跟她搭讪,问她是不是去城中逍遥。她不给那人机会,结束了对话。

"我想,我已经把餐馆的名字告诉你了吧。"她的语气很冷淡。

"臭婊子,还自以为了不起。"司机在心里暗骂,而这趟美人相伴的愉快行程就只能一路沉默了。

她一次又一次地告诉过自己,跟莱奥纳德和萨莉交往出行只是一种虚伪的友善。好几年前,她和萨莉一起读过一个文秘课程,但现在她们之间的生活差异已经如此巨大。乔伊丝有钱有名有格调,而萨莉拥有的是莱奥纳德,还有毫无情趣的、世上最糟糕的一个公寓套间。那两口子只不过像跟你示好的小狗——你不忍心一脚把他们踢开。张罗着给她介绍那些面目可憎的男人,某种程度上,他们也许还能从中得到一份乐趣,或者甚至是觉得有点面子。向朋友宣告说,能安排对方跟一位名模约会,这或许可以让那两口子也得到一丝快感吧。也许,他们只是喜欢有她在身边,以此显示他们还能抛头露面,摆脱那可恶的、平庸的生活。但那样想就有点卑鄙了,乔伊丝告诫自己。不,那样说简直就是不公平。莱奥纳德和萨莉是那么善良的人,他们喜欢她很可能只是因为她这个人本身。在时装圈子里,你遭遇了那么多卑劣的人,见识了那么多冷嘲热讽的混蛋,就很难再客观地承认并非所有的人都动机不纯了。

莱奥纳德和萨莉坐在桌边,已经打开了一瓶味道邪恶的香蕉水,那个相亲男人却连影子都没有出现。也许他来不了了。乔伊丝跟他们说了些最近走秀活动中的八卦,莱奥纳德和萨莉边听边咯咯地笑个不停,仿佛是那些事件的同谋。因为能够分享参与那些富人和名流的隐私秘密,他们颇为高兴。

"那个诺曼,在哪里呢?"她最终问道。至少是这一次,莱奥纳德和萨莉两人看上去都有点尴尬了。

"他迟一点才会来,有事情忙着呢。"萨莉说道。

"他不来了。他感冒了。"莱奥纳德说。

大家都笑起来,因为很明显,两口子的说辞没能协调一致。

"哦,好吧,"萨莉说道,"乔伊丝是老朋友了,我来跟她说实话吧。我们去他住的公寓接他,莱奥纳德就跟他提了,说你要和我们一起吃饭，然后诺曼这家伙就犯傻了。"

"他说模特不是他的菜。"莱奥纳德及时插话。

"他说，面对一个大长腿的大美女，一个美妙绝伦的时装女神，他会不知该说些什么。"萨莉解释道。

"他说模特只会说她们自己如何如何，"莱奥纳德补充道，"我告诉他你是我们的朋友，但他有点抵触，所以我就对他说，这是他人生的一大损失，让他自己等着去懊悔吧。"

"我也跟他说了，别把人一概而论，那样做只能说明他是傻鸟一只。后来他就说也许会来，"萨莉汇报道，"但我想，我们还是先走一步，来点菜，没必要迎合他。"

"哎呀，这位诺曼对什么事都很有看法嘛，那他是干什么行当的？"乔伊丝颇有些恼火地问道。

"他是个演员。实际上他是个很好的演员——我们在好几个作品中看过他的表演了。"萨莉回复道。诺曼到现在还不出现，这固然让她生气，但她忠厚的本性驱散了心中的不悦。

"呃，我倒是这样想的，演员才更自恋，更擅长谈论他们自己。"乔伊丝开心地说道，仿佛扳回了一局。但这个话题被放到了一边，因为一场深入的讨论已经展开：酱汁里放着的羊卵是山羊的还是绵羊的？

一片巨大的阴影遮住了桌面。乔伊丝此生见过的最肥壮的一个男人赫然耸立在桌旁。

"我现在才来加入你们不会太迟吧？"他有点腼腆地开口问道。他发出了一阵奚落和吵嚷声，萨莉说，他们认为他太失礼了，也许该被赶到别人的餐桌上去，以此作为惩戒。莱奥纳德则打圆场说乔伊丝非常宽宏大量，可以原谅他一次，允许他坐下来。诺曼握住了乔伊丝的手——他的手差不多有她的四倍那么大。

"我可以肯定，认识你必将是一件非常美好的事。"他颇感宽心地说道，然后又是啰啰唆唆的一通闲扯——是否要再多点一瓶酒，四个人只要一盘那种加了奶酪碎粒的大份装沙拉是不是足够，或者还是该点两盘。

乔伊丝并非总是那么硬心肠。对要过马路的老太太，她可以表现得非常友善；对小动物或流泪哭泣的孩子，她也充满同情心。她立刻就得出了定论：这个可怜的家伙因为身形过于肥硕庞大，便担心当模特的漂亮姑娘连跟他说几句话都不愿意，所以先主动防御，摆出一种顽固的偏见姿态，认准了模特都是没脑袋的花瓶。乔伊丝选择原谅之前听到的那些无礼的言语，她决定对这个自卑又自大的诺曼展示些魅力，好让他自在一点。

"诺曼，他们告诉我说你是演员。"她说道，一边暗送秋波，表示对他感兴趣。微笑时——尽管她很难得会笑一笑——她那骨骼纤细的漂亮脸蛋看上去更为迷人。模特通常都受过专业训练，让她们的面庞从任意角度看都很美，哪怕是被误以为睡着了的时刻，她们也要显得恬淡安然。"在哪里才能看到你的演出呢？"她继续问道。

"我真高兴你问我这个，"他愉快地应道，"因为明天晚上，如果谁有电视机，谁就能在电视上看到我。"

乔伊丝推断他只是有点紧张，而不是粗鲁无礼。就因为用了"谁"这个字眼，他应该不至于为此就当真视她为敌人。他本身也不喜欢这种表达方式，但不知道自己刚才怎么就嘴欠在问话里带了个"有谁"出来。

"那个，谁都有电视机，"她笑起来，"可有人很少看。不过，明晚是个例外。是在一个广告里？"

此刻，萨莉和莱奥纳德正举着叉子往嘴里送东西的手都停在了半空中，而诺曼看似被逗乐了。

"你知道吗，乔伊丝，诺曼可是个真正的演员，"萨莉说，"他可不只是拍拍广告而已。"

"很多真正的演员也都拍广告的呀。"狼狈慌乱之下，乔伊丝赶紧补救道。她此前设想的是，他也许会扮演一个正乐滋滋地吃着一罐豆子的意大利胖子，或是一个小丑般滑稽搞笑的擦窗工，正从梯子上滚落下来，为的是抓到一杯他酷爱的什么啤酒。她对自己感到懊恼，因为想让这个肥佬轻松自在些，她所做出的努力却以一种意想不到的方式反作用到了她身上。

诺曼救了她。他居然还有胆量来救她。"乔伊丝，当然了，有很多演员都拍广告的。"他安慰地说道，"没有广告收入，我们很多人都会付不起房租的。但明天晚上要播出的是一个戏剧，很好的一出戏，实际上是一个新戏，编剧是女的，那是她的第一个电视剧目，我觉得播出效果会很不错的。"

他们便都开始说起那个女编剧来。那是一个夜班话务员，她工作量很少，少到几乎没有工作，所以便利用接电话的空闲写出了那个剧本。

"我演的是个最终追到了姑娘的男人。"诺曼介绍道。

"那是个喜剧吗？"乔伊丝傻傻地问道。

"不是，说实在的，更应该算是一个惊悚戏吧。情节构思比较细致，是评论家们称为'心理剧'的那类作品。"诺曼解释道，但他说话时冷静地看着乔伊丝。乔伊丝心慌地意识到,她刚才问是不是喜剧,被诺曼认为是某种侮辱。

从年纪很小的时候起,乔伊丝就发现,吸引男人、让他们对自己感兴趣,这件事几乎易如反掌。她懂得什么时候该开口说话,什么时候该倾听,懂得该怎样露出微笑。那些小手段屡试不爽,对查尔斯现在也仍然管用。这个肥佬抗拒她,只不过是因为神经紧张。随着晚餐的继续,她要让他进一步放松下来,对她的魅力俯首称臣。她告诉他,她一定会打开电视看那个剧的,也非常期待能早点一睹为快。她这么说的时候脸上始终挂着微笑,毫不迟疑的微笑。他回以微笑,神情自若。她生出一种十分奇怪的感觉,怀疑他已经猜透她的用意。

乔伊丝吃了很多沙拉,但各种各样可疑的肉食却碰得很少,勉强能咽下去的,她才动一点。诺曼提议,除了香蕉水,他们应该再叫一瓶红酒。对乔伊丝而言,红酒就合口味多了。先前的不适之感消退了,她觉得轻松起来,而且桌边的每个人都看似如此。实事求是地说,这个晚上一点也不算差劲,她突然这样想道。没什么可以告诉查尔斯的,这里没什么可以让他莞尔一笑的。你不能对查尔斯说,一个愚蠢可怜的无聊肥佬对你想入非非。那样的笑谈只会让人尴尬,而且也根本不好笑。甚至从某种意义上来说,那也不是事实。诺曼有说有笑,谈吐风趣,是个令人愉快的友伴。看起来,他并没有因为自己的大块头而自卑,也没有因他的在场而怀有歉意。他已经很好地克服了最初面对她时的紧张感。她这一点做得肯定相当成功——让他觉得他被这个小团体接纳了。

她愿不愿意跟着一起回去,在莱奥纳德和萨莉的公寓里再喝上一点咖啡?不,她真的去不了,第二天还有活儿要干。挣那些钱的代价就是，不管喜欢不喜欢，你都不得不乖乖睡足八个钟头。他们真的懂了吗？他们真的懂了，但是很不情愿，他们都很失望。看起来，打破这个夜晚的气氛有点小遗憾。乔伊丝决意直到最后都要表现得落落大方。

"如果明晚我在电视上看到你，"她活泼俏皮地对诺曼说道，"那你们周五愿不愿来看我走台？那是一场慈善走秀，在花园路酒店，我可以弄到几张票的。现场会有香槟奉上，所以应该不至于一塌糊涂的。"

莱奥纳德和萨莉简直震惊了。乔伊丝生活中那光彩熠熠的一部分可从未让他们融入其中，他们只是听闻罢了。当然了，他们也不会知道，周五那天，查尔斯会在外出差。另外，实际上，那场秀的门票卖得不怎么样，完全不能说是抢手。但光看这两口子的样子，就仿佛他们赢得了足球彩票大奖一样。

诺曼看起来挺失望。"这个周五？哦，老天，我恐怕不能到场了。"他只是这么说，根本没解释那天有什么要紧事，仅仅表示了遗憾。

"管你呢，反正我们绝对要去的。"萨莉说道，一边都要喜不自胜了，"那里是不是非常时髦？我穿那件黑色晚装行不行，你觉得呢？"

"是不是要穿晚宴正装、无尾小礼服什么的？"莱奥纳德问，"我有一件夹克和一条黑裤子，再配上一个领结，这样可以了吧？"

乔伊丝莫名其妙地对他们感到气不打一处来。她甚至要失声尖叫，说穿牛仔裤去都无所谓——不管怎么说，有些初次看秀的菜鸟还真是穿这鞋去的。她想对诺曼怒吼："你这个蠢货，粗鲁无礼的王八蛋！我对你表现出友好的样子，尽力让你觉得自己是正常的，觉得可以得到大家的认同，可你为什么一点风度也没有？一点眼力都没有？"不过，多年来掩饰自己真情实感的行为习惯帮了她的忙。

"亲爱的，黑色晚装超级棒，完全适合。便西上装跟无尾小礼服实际上是同一回事，莱奥纳德，我认为小西装甚至还更精神。我会给你们拿票过来，走台完了之后，我会跟你们碰头，介绍些人给你们认识认识。"

接着，她转向诺曼，以一种非常随意、漫不经心的语气说："你确定吗，诺曼，我们就不能说服你改变主意？我很高兴能够指出这一点。毕竟，你在今晚来不来这件事上也改过主意。"

"真不凑巧，我周五去不成。"诺曼说，"我要跟格雷丝会面，就是她写了那个戏。你看，她打算要为我写一个独角戏剧本，当然了，目前这还处于最早期的初创阶段，所以我们就约好一起细读一下她已经写好的那部分，讨论讨论，看看效果怎么样。"

"她就不能把这件事改到别的哪天或哪个晚上去做吗？"乔伊丝冷冷地问道。

"我相信她可以改期，但要提出来让她改天再谈会让人心里很不舒服的。我不想让她失望。她之前已经全力以赴地赶时间，要在周五前把本子拿出来。你总不能突然就变卦，跟她说没时间了，因为你要去看一场时装秀吧。我的意思是说，那就跟被一个朋友迎面甩了一记巴掌差不离了。"

"是这个道理，"乔伊丝的笑声如铃铛般清脆，"不管怎样，我对你会言而有信的，明晚一定看电视。"

接着就是衣香鬓影、笑语盈盈、深情款款的告别场面，再见和感谢之声在四人之间飘荡，乔伊丝对此自然是驾轻就熟。她才刚刚准备抬手打车，一辆出租车瞬间便来到了面前。她离开了餐馆，留下的是一阵香风——那是世上用钱所能买到的最贵的一款香水。

诺曼回到公寓，在那张巨大的转椅上坐下。这间家具齐全的公寓里，他自己带来的唯一的大件就是那转椅。他深爱这椅子，无论搬去哪里他都带着它。如果退租后暂时没搬到新地方，或者外出旅行了，椅子就寄放在他哥哥家里。坐在这椅子上，他可以安心地想事情。他现在就要好好想一下这天晚上的事。

成了，他边想边叹了一大口气，将胸肺中的疑虑彻底清空了。很好，计策奏效了。一开始是那么困难，但最终还是成功了。告诉萨莉和莱奥纳德他不喜欢跟女模特交谈，因为那些姑娘都极度以自我为中心，是脑袋空空的花瓶——他说出的这些话差点就把事情给搞砸了。跟萨莉和莱奥纳德相处的麻烦就在这里，他们人太好了，又是直肠子，根本不懂迂回，你会发现，你告诉他们的任何事，他们都会信以为真，或者至少几乎是事实。谢天谢地，他最终还是强迫自己去了。这算是跨越了又一道障碍，又上了一个台阶，又拿到了一分，就是这么个意思，随你怎么说吧。说实话，那个乔伊丝并不像预想中的那么差劲，可能她根本不是那一行的人当中最差劲的。实际上，有那么几次，他还猜测到，乔伊丝对她自己感到有点不太确信，感到并不是对所有事情和所有人都尽在掌控之中。这种情况反倒让他的心里温暖了一些，而对她摆脱那种不利局面的方式，他又从内行的角度感到赞赏钦慕。格雷丝也会为他骄傲的。明天晚上，两人一起看电视时，他要把所有这一切都告诉她。

格雷丝看中了他，让他担当她一个创作计划中的长期角色。格雷丝改变了他的人生。他们一年前才相遇，那时格雷丝的剧本刚被接受，计划要拍成电视剧。她七十二岁，有一张猴子般的脸。在诺曼至今认识的所有人当中，谁的生活都不可能比她的经历更为艰辛。她曾先后照料过一位卧病在床的母亲，一位行将就木的父亲，一个去日无多的丈夫，一个不幸早夭的儿子。正因为如此，她才一直干着夜班工作。找个人在夜里陪伴一个濒死者，看护他们几个小时，要比找白天有空坐在那里的陪护容易一些。格雷丝从来都没赚过什么大钱，没有获得过成功，也几乎从未有过幸福和快乐。她也从未期望过这些。让她生气恼火的一件事就是七十一岁才写出一个剧本，而这原本应该在二十一岁就能写出来的。五十年前，她对人世的了解与现在所知道的一样多，一样透彻。

她和诺曼在第一次排练时开始相识。那时，诺曼还是他以往的那个样子，动不动就会拿自己开涮，说笑起来很大声，总是自嘲体形太大导致没椅子坐，或是体重太恐怖，以至于楼板和舞台都要塌了。他还讲些真真假假的故事，说自己怎么被卡在了公交车座位上。

"小伙子，你为什么总是要来这一套呢？"格雷丝问他。

"这个嘛，如果我先开口说了，我认为，我猜人们就会意识到我知道自己很胖，那样一来，我们也就都能不用再忌讳。"诺曼老实地坦白。他从未反躬自问这种例行的喜剧有没有必要，反正是起作用的——情况就是如此。

"我也已经安心了。"格雷丝说。

导演打算把主人公处理成一个滑稽小丑，正因为这样，他才选了诺曼来演。他想把诺曼塑造为一个荒诞搞笑、毫无希望、最终却抱得美人归的角色,因此故事就会显得更无厘头、不可理喻,但同时也相当温馨。

"我写的可不是这个样子。"格雷丝表示异议。

不用说,有很多次,她被带到了排练场边,人家跟她解释导演是多么重要,导演的观点是如何的神圣不可侵犯,还有格雷丝对戏剧是多么的一无所知。但她很固执。

"那不是一个愚蠢的角色,而是一个很强大的人物。"她反复地强调,"如果他只是个插科打诨的笑料,那整个故事就没意义了。"

"但是,"导演辩解说,"正是因为这个,我才让诺曼来演。他是个有特色的演员。如果我们要一个常规的光辉正派的主角,那我们早就选了完全不同的演员了,不需要他那种外形的,如果你能明白我的意思。"

"每个人都会有个外形。"格雷丝的回答让人无言以对。但让所有人都惊诧的是,她的意见最终获胜了。

她也成了诺曼最好的朋友。

"小伙子,离开你现在的那个地方吧,"她向他建议,"去找个新的经纪人,搬到一个不同的住处去。你才二十八岁。不要等到七十岁才明白怎样才能成为这迂腐生活的赢家。"

诺曼确信,这老太太将会扮演一个好心人的角色,将劝导他去节食,督促他去慢跑减肥。他对此抱着怀疑的态度。他并没有乖乖地听她的话。但渐渐地,她的那些话就像漏水龙头里的水滴,慢慢渗进了他的意识。"不要再忙着表示歉意,不要再自嘲,不要再扮演一个小丑,表面上笑着,摘下面具却在哭泣。要真心喜欢你自己,小伙子,喜欢你自己本身的样子——其他人也会接受你的,在同样程度上承认你自己所表现出的价值。"

诺曼此前并不同意这些说法。他讨厌那种自视甚高的人。那种自以为是的人总觉得自己是上帝赐给人间的礼物,他一直都想驳斥那些人,也根本不吃那一套。但龙头里的水依旧在坚持不懈地滴着——他开始相信格雷丝的话了,她跟他说过的每一句看似开始起效了。

"小伙子,你不一样,你跟那些自命不凡的人不同,你是个好小伙子,只要让别人知道你是个正直可靠的好小伙子就行了。不要再假扮成是一个完全没有头脑、傻呵呵任人嘲笑的圆胖子了。"

一周又一周过去了,他在为此而努力着。他有意让自己经受一些考验。有时,结果是失败的,但总的来说,还是成功通过的次数更多。比如去试镜时,一次都不提自己肥大的体形或体重,让对方主动告诉你,你没机会得到那个角色是因为你太胖了;比如外出就餐时只管点你自己想吃的菜,不要跟女招待开玩笑说什么医生告诫你必须健身了;又比如请人跳舞时,不要主动说抱歉,也不要解释。整整七个月,他都在做着这类实验。那套策略还真的挺管用的。

再比如今晚。今晚真的是一个巨大的胜利。你不妨多想一下这件事,一个社交圈炙手可热的美女名模,身材如同风摆杨柳一般苗条,竟然邀请他去看花园路酒店的时装秀。不,这绝对不是出于同情。一开始是的,在她看到他之后的那十分钟内确实是出于同情,但接着就不再是了。那个乔伊丝根本不是什么势利的坏女孩,而是很聪明的人,真的。他编造出有关格雷丝以及讨论剧本的谎言,对此,他只是感到半心半意的愧疚。那根本没有被安排在周五,而是在周四。但无论如何,那不是他因为畏怯或信心不足而临时想出的借口——那只是策略的一部分,以便让自己更像一个正常人。这是那种某个瘦高、英俊的年轻男演员很可能会耍的欲擒故纵的手段。不过，他很希望能借着莱奥纳德和萨莉的幌子再一次与她相见。她很友好，很迷人。

乔伊丝在那栋精美雅致的小排屋里来回走动着。她不累，还不能上床安睡。她宁愿自己饭后去了莱奥纳德和萨莉的家。那个诺曼是个风趣的家伙。他身上有一种力量，是她暂时还无法理解的。她搞不懂在这一晚开始的时候，自己为什么会在某种程度上对他感到怜悯。很可能是因为他太胖了吧。她很遗憾周五他不能去看秀。走台之后，她倒是很乐意再跟他聊聊天的。他好像对社会事务十分敏锐，能做出清晰的判断。她想听听他关于时尚行业做慈善活动的见解，想知道那是不是谎言，是不是为了达到某种自私的目的而自诩为正义之举？她不喜欢他跟那个格雷丝碰面，她宁愿他能出现在其他人当中。格雷丝很可能是他的一个女性朋友吧，她想着，略微感到恼怒。

她随手拿起那些电视杂志，想看看评论界对诺曼的那部剧有什么说法。其中有格雷丝的一张照片和相关的一则短篇报道，重点介绍这是她的第一部剧。格雷丝看上去像个百岁老太太，可以当诺曼的妈妈，甚或是他的奶奶了。乔伊丝发觉自己毫无来由地微笑起来，然后便安然地躺下睡觉了，心情相当不错。

"解放"格林

大家都认定丽贝·格林是出生和受洗时就被叫作伊丽莎白了。否则的话,丽贝又能是哪个名字的简称呢?在她长大的那些年月里,所有的人都在看王室保姆克劳菲的日记。日记写的是大不列颠的两位小公主,分别叫作丽丽贝和玛格丽特·罗丝。年幼的玛格丽特公主没法说出姐姐的名字的正确读音,所以就简称她为"丽丽贝"。这些宫廷逸闻听上去很讨喜,于是人们就认为丽贝肯定也是一样。像伊丽莎白这么个又长又难读的名字,小孩子说的时候舌头就是拐不过弯来。不过,这昵称难道不是挺甜美的吗?

等过了一段时间,丽贝根本就懒得去解释自己名字的来源了。告诉别人她原本的名字丽贝缇的意思是解放,那样说上一通实在是太复杂了。丽贝缇听上去就是那个高端百货店的名字嘛,或者让人想起那种可以让上身保暖,同时还能让胸部显得平一点的滑稽的小紧身胸衣,或者还会让人联想到费城的自由钟什么的。总而言之,说丽贝是伊丽莎白的简称可以省好多事。

而且,这也并不能说是背叛了父母对她寄予的梦想——丽贝成长的那些年头,爸妈在家中几乎从不谈别的什么话题,除了自由和解放。餐厅墙上的相框装裱的是美国《独立宣言》的影印件。从丽贝开始有记忆起,她的房门背面就粘着一张硬卡纸,上面贴着法国国歌的歌词。她家墙壁上到处挂着从潘恩的《人权宣言》或者英国大宪章里面摘抄的文字片段。

其他家庭的孩子们记得，在战争期间，大人们讨论的都是伦敦大空袭、闪击战、灯火管制、莫里森防空掩体、为了胜利而挖地道，以及说话不小心如何会导致生命的代价。但在栗树街丽贝的家里，爸妈提到的总是平等和自由、西班牙内战，还有出于良知拒服兵役者之类的事情。

丽贝的奶奶说过，世上最重要的事情就是必须有晾干了的舒服的贴身内衣穿，睡觉的被褥也绝不能潮湿。另一位老奶奶，也就是外婆则指出，人生首要的两大关注点就是要有干净的袜子换，要有规律的饮食。丽贝知道老太太们的看法不可能是正确的，因为爸爸和妈妈都认为，最关键的是要参加那些集会，亮出那些标语来维护人们的权利。

在战争期间，甚至是战后，总是有难民寄居在家里。那些人来自不同地方，在原来的地方都享受不到自由。丽贝明白，这肯定才是最重要的事情。尤其是那时家里的浴室总是塞满了失去自由的人，她不得不与来自从未听闻过的遥远地方的女孩子或妇女分享自己的卧室。那些地方的状况显然不妙。

丽贝非常聪明，学习也很勤奋。詹金斯小姐告诉爸妈说，你家女儿可以升学读高中，毫无疑问能在文法学校得到一个学位。父母为此而感到高兴，但同时却又担忧起来，因为学校太远了，每天去一趟就要乘两趟公交车。

"很多孩子都这样做的。"丽贝说道，害怕父母就因为担心她每次搭两趟公交车便放弃了她继续受教育的机会。

"她要走向一个全新的世界，而高中就是关键。"詹金斯小姐动员道。有那么多的父母在他们的孩子获得了此生仅有的一次机会的时候却表示反对，实在令她惊愕不已。理由总是有的，比如说校服的费用太贵，或者担心自家要进入一个不同的社会阶层。她对格林一家感到惊讶，因为通常而言，那两口子是目光超前的开明人士，但因为上高中，要让他们的女儿坐车跨越并不算多夸张的那么一段行程，夫妻俩却感到惴惴不安，如同神经过敏的鸡妈妈，真是太奇怪了！在所有的人当中，他们当然应该是能最清楚地意识到孩子可以从良好教育中得到多大自由的那类人。老天在上，他们应该也能给予一个十二岁的聪明孩子充分的自由权，让她去搭公交车的。

但话说回来，丽贝在家里的生活是什么样子，詹金斯小姐是不知道的。出于对父母的孝顺和忠实，丽贝也不会向老师透露什么。

因为父母在她到家之前都非常不安，所以她放学后根本不去同学家串门。如果要去解释这个，那无疑是相当困难的。一般来说，更省事的选择就是待在家里。她固然可以邀请同学来家里玩，但自己又不能接受别人好客的盛情去同学家，那就难免显得奇怪了，所以她在学校少有主动呼朋唤友的姿态。当然了，这也让她有了更多的时间专注于学习，但多少显得有点孤单落寞。如果没有知心好友能隔三岔五地在一起叽叽喳喳地傻笑一番，对这人世间的各种历险表示一下快乐或感同身受的共鸣，那在学校无论拿到多高的分数也没多大乐趣。

不过，去了文法学校之后，一切又不同了。丽贝遇上了又一位很出色的老师，她跟詹金斯小姐一样和蔼可亲。这一回，是一位名叫威尔逊夫人的女士。她一直关注着丽贝的成长，确保她成为学校辩论队的一员，确保她有机会去参加学校的运动赛事。

"他们烦什么,以为你在这里会发生什么不测吗?"有一次,威尔逊夫人厉声说道,情绪显得愤激和恼火,"你可已经十五岁了。"

丽贝垂下了头。

"我想,那只是他们的惯常对我表示关心的做法罢了。"她小声地说道。

"要对别人表示你多关心他们的话,那最好的做法就是给他们一些自由。"威尔逊夫人语气强硬。

丽贝无言以对。老师立刻对此感到了羞愧。

"我的话,你不要往心里去——也许我是嫉妒吧。我到家之前,可不会有人叮嘱我在路上要小心什么的。"

但丽贝知道实际上并非如此。威尔逊夫人其实是觉得她的父母简直如同监狱看守一样愚蠢地压制着孩子。有时候,丽贝也这样认为,但她不愿意别人对她的爸妈也有如此看法。他们毕竟是她的父母,她能看出他们是多么爱她,又是如何为她操心。她清楚他们为她做过的每一件事,为她所付出的一切努力。爸爸是如何在她膝盖擦伤后给她涂碘酒药水的;冬天她还赖在被窝里时,妈妈是如何给她端来热可可饮料的;跟他们说起学校里的奇闻逸事时,父母又是如何耐心倾听的;身为律师所小职员的爸爸是如何经年累月地长时间工作来养家糊口的;妈妈又是如何接些打字和给别人抄录账目的零活回来做,以此补贴家用的。而丽贝自己呢?家里很多的开支是因为她,她的鞋子总是动不动就磨破了,学校里时不时组织去各种地方活动,当然还有零花钱的开销。父母对她呵护有加,她也同样程度地护着他们。更何况,她爱他们。

学期过半后,学校安排野营,所有十六岁的同年级学生都打算参加,但丽贝的父母却不同意女儿去。不行,真的,他们可受不了这个,整个周末都提心吊胆,想着她是不是安然无恙,有没有失足掉进漩涡湍急的小河,会不会有哪个粗野的男生强行非礼她,大巴包车的司机会不会醉驾,领队的老师会不会失职。

丽贝没有经过多么艰难的抗争就屈服了。那天晚上,她在花园的凉棚里闷闷不乐地望向西边——其他同学都去了那里,在大巴车上一路开心地放声高唱。几滴自怜自艾的泪珠从她脸上滚落下来。擦去眼泪时,她看到一只鸽子在花园边上挣扎着想飞起来,但那小东西失败了。它的一只翅膀折断了,圆圆的眼睛看上去满是不安,咕咕的叫声听起来全无信心。丽贝把鸽子裹在羊毛开衫中带进了家门。她看着随后发生的那一幕场景,感觉自己仿佛并不在场,而是一个置身于外的旁观者。一家三口抚慰鸽子安静下来,把它放进一只装了刨花木屑的纸盒里。爸爸给那只折断了的翅膀做了个很精巧的小夹板。妈妈在一旁帮忙,这样他们才能在那断翅上把夹板安装好。他们给鸟儿拿来了面包和牛奶,还有一些玉米片。为防止它乱跑,他们在盒子上放了个硬纸板盖子,盖子上还扎出好些透气孔。鸽子那含混的、有节奏的咕咕声,现在听来远远没有那么惊惶、焦躁了,丽贝心想。然后她看到妈妈伸手拿出了一只钱包。

"丽贝,去给它买点儿鸟食回来。我们知道,鸟儿都喜欢吃那些种子的。"

他们是如此善良大方,你怎么可能不爱他们呢?难道就因为没让你参加学校的露营,你就说他们不好?

连着好多天,她都会摸摸鸽子的头,一边欣赏那美丽的羽毛。以前,她还从没有这么近地观察过一只鸽子。它两边翅膀的拐肘处都有一道漂亮的白色纹路,小小的鸟喙接近橙色。随着日子一天天过去,那大大的胸脯越来越少颤抖了,那里是一片紫褐色的羽毛,下部呈奶灰色。

"可爱的小柯伦巴。"她对着鸽子一遍又一遍地轻声呢喃。

"你为什么叫它柯伦巴?"父亲感到不解。

"我想这是拉丁语,不管是野鸽子家鸽都叫这个。"她解释说。

爸爸毫不掩饰脸上夸赞的表情。"想想看,我的宝贝闺女竟然知道一些东西的拉丁名字!"他高兴地说道,"不过,我不得不告诉你,时候差不多了,该放柯伦巴走了。"

"放它走?"丽贝几乎无法相信。这只咕咕低语的鸟儿陪伴她克服了期中这次失望的经历,让她回到学校时没有那么难受。毕竟,父母剥夺了她参加一趟快乐旅程的机会。而现在,他们又要把鸟放走。

"丽贝,你总不能嘴上谈论着自由什么的,一转头却不肯让一个野生动物自由地飞翔吧?"爸爸劝导她。

"口头上宣扬一件事,但实际做的却是另一码事,这样言行不一是不对的。"妈妈说道。

他们出去,走进那小小的屋后花园,站在她之前发现柯伦巴的凉棚附近,一起看着那鸟儿展翅升空,飞远了。丽贝仰头望向天空深处的那一刻,觉得自己已经长大了。相较于那类只是去学习了解事物然后便顺势接受的人群,她感到自己是加入了另一个人群——他们理解这世间的人与事。

她知道,父母永远也不会让她自由行事,因为他们根本没意识到,她是一个囚徒。她看着他们,在傍晚的阳光里,他们把双手遮挡在眼睛上方,继续向远处的天空眺望。善心地帮助一只鸟儿重返自然，他们感到欣慰；战争刚结束时，他们为那些流离失所的欧洲难民提供庇护，也是同样的快乐和满足；给栖身于桥洞里的老流浪汉拿去热茶时，他们也是这样快乐，而邻居们只是不痛不痒地念叨两句，说流浪汉们也有自己的权益，应该得到照顾，应该洗洗澡、整理好个人仪表，应该受到关注。他们反对猎狐，虽然这个立场不受公众待见，他们也一样快慰。他们给王室写信，抗议这些显贵在其领地上搞打猎派对，或者致信电影明星反对穿皮草，这也让他们得到同样的愉悦。当丽贝的父母提着标语横幅从抗议游行集会，从委员小组讨论会，从为各种事业募集资金的活动上回到家，虽然又冷又疲惫，但他们看上去总是快乐的。所有那些都是正义之举，是好事。然而，对女儿想得到自由的愿望，他们却视而不见。

于是，在这个突然意识到长大成人的瞬间，丽贝决定自己去争取她的个人自由。她主动挽起父母的胳膊，回到屋内。

"我还真想不出，柯伦巴以后会吃什么当下午茶？"她以开朗豁达的语气说道，"今天晚上，没有人再会给它一盘鸟粮了。"

父母看上去挺满意的，他们此前似乎还担忧她会小题大做。

"管它呢。我反正是要给你们准备茶点的——我要做个豆子吐司，"丽贝说道，"烤面包片边上的脆皮我会切得干干净净。"

"谁家能有这么好的闺女呢！"妈妈说道，一边用胳膊夹紧了丽贝的手臂。

丽贝感到一阵内疚感向她袭来。妈妈还根本不知道，大约二十秒之前，她已经长大了，而从此以后，一切都将不复从前。

在学校里的她也变了。课后，她与其他男女同学打成一片，开始了解他们，与他们相谈甚欢。她回家的时间推迟了，经常搭乘更晚的公交车。她逐渐变得意志强硬，走进家门时总是开开心心，坦然面对父母的责备、恼怒或关切。他们为她感到坐卧不宁，而她总是保持镇静。尽管也有歉意和遗憾，但这个长大成人的新丽贝从未妥协暗示说要改变她的行为方式。在家的时候，她毫不抵触，很积极地帮父母做事，俨然是家庭和美场景不可或缺的一部分，这最终打破了他们跟她之间的很多隔阂。她不声不响，安排自己申请报考的大学全都离家很远很远，入读之后便过上了住校生活，每周一次给家里写上一封通报校园八卦的长信，打上一通不超过三分钟的电话，每逢长假期或每隔一段时间就回家一趟。有时候，她还邀请朋友到家中小住。

大学最后一年，她带了马丁回来见父母。

"你确定就是他了？"妈妈问她。

"我很希望如此。"丽贝回道。

"你不会做什么吧……我的意思是说，你会非常……"

"哦，不会的，另外，我也会的。"丽贝笑着说道，一边帮着妈妈擦干洗好的碗碟。马丁在外边谦恭有礼地跟她爸爸聊着天，谈着花园里的棚架。

"可我的意思是，你不会……"妈妈没法完整地说出她的问题。

"答案是肯定的。"丽贝捉弄了妈妈一下子，"是的，我非常确定，考虑要跟他结婚。"

妈妈松了一口气，同时也受到了一点惊吓。看起来，令她高兴的是，丽贝没有承认说自己和马丁有性关系，公开同居了，但令她震惊的是，宝贝女儿竟然就快要嫁人，要开始有她自己的家了。

"那好吧，无论什么时候，你都是自由的，有权利做出自己的决定。"丽贝的妈妈说道，一边真心诚意地相信说的这一点并没错。她拥抱了自己的孩子，祝福女儿能得到世间全部的幸福。

丽贝和马丁分别在伦敦的中小学找到了工作，还有了一套带花园露台的小公寓。马丁来自一个大家庭，有三个兄弟和两个姐妹。他们家谁都不曾有过任何的私人空间或个人的时间。

一开始，两人的婚姻生活是幸福的。他们并不彼此陪同着一起外出。丽贝很高兴，没人会问她下班回家的路上怎么要花那么久的时间，便逐渐形成了一个习惯，每天去泡泡图书馆，逛逛书店。马丁则逗留在学校，跟学生们踢足球玩。有时候，他也会跟体育老师去喝上一大杯啤酒。周六，他们一起去购物，把要洗的一袋子衣物送去洗衣店。每天早晨，两人认真地做清洁，花二十分钟将屋子收拾干净，让家里保持整洁有序。他们经常相互调侃地问对方，结婚和操持家务哪有什么难的，为什么人们要对此夸大其词、叫苦不迭？

每隔一周的周日，他们会去各自的父母家轮流看看。丽贝的爸妈还是在参与各类请愿、游行之类的事情，忙得不亦乐乎。马丁的爹妈那里还是儿孙满堂、热闹的大家族生活。

"不打算添一两个小宝贝，周日好带来跟我们耍耍？"马丁的母亲会这样说道。每两周一次，她都会盯着丽贝那平坦的肚子看一看，仿佛隔了十四天肚子就该鼓起来似的，但每次她都失望了。

"随你们决定——要不要怀孕是你们自己的事情——不过，我们哪天才能当上外婆外公呢？"丽贝的妈妈会这样问。

以后有的是时间。眼下有这么多事要做，有那么多孩子要教，图书馆里有那么多事项要筹划完成，书店里的儿童读书角也是，还有那么多志趣相投的朋友要去拜访，要召集饭局，要一起畅聊。

直到快要三十岁时，丽贝才开始设想未来，设想有个生命，一半是她的一半是马丁的——那将是,理应如此,是个非常棒的孩子。于是她把避孕药给停了。她记得验孕结果出来的那一天发生了什么。那天,她发现马丁有外遇。

关于个人自由,各种不容置疑的文字陈述早已数不胜数。人们应该有他们各自的空间,自行做出人生的决定和选择。我们不是其他任何人的囚徒。即使是受到婚姻誓言约束的人,一方也不应是另一方的囚徒。也许,马丁的出轨并非是动了真情的婚外恋,而更多是不小心越界,一时发昏,偶然的放纵,甚至只是逢场作戏。人们谈论过这个,一个人跟其他人有染,但这完全不至于让一个家庭彻底解体。

她等了两三周才告诉他,他们要当爸爸妈妈了。

"哦,见鬼。"这是马丁的反应。

丽贝便知道了,那不只是一时发昏或逢场作戏,那是不折不扣的外遇,一场婚外恋。

马丁解释说,他们原本并不想发生这样的事。和珍妮特开始交往时,他们并未打算来一场婚外恋的戏码。但事情就那么发生了,否认也没有用,无法假装那关系不存在,无法否认他们之间巨大的吸引力。人活着只有一次——事实如此。人生不是排练。他和珍妮特不能错过彼此的幸福。

丽贝快快不乐地点点头。

"现在还是早期。我是说,怀孕这事,还没到太晚的时候——可以流产吧?"马丁迟疑地问道。

"我不知道。"丽贝说完就走出了家门。

她去了书店。店里在盘点存货。她主动帮忙,干到了晚上十点。回到家里,她看到马丁留下的一张字条:"我去珍妮特那里了。我觉得你回来之后不愿再看到我。"

她坐在那里，看着窗外天空中的星星，看了很久。这个周末，轮到他们去看望她父母，于是丽贝一个人去了。她告诉了爸妈自己怀孕的消息，老两口看上去非常开心。她没有对他们提到马丁的事。那么快乐的一个场面，泼凉水扫兴看似并不可取。

随后的几周内，她一点一点地向他们说出了自己的婚变。她的语气总是那么实事求是。她永远也不会让他们知道，那些夜晚她是多么绝望，她又做过什么计划要杀掉珍妮特，还有那一连串的梦境：马丁回头了，她原谅了他的不忠，将那场外遇定义为一时的放纵。她永远也不会告诉任何人，无论是在学校、图书馆，还是在书店——她感觉到，书店的詹宁斯先生已经明白有什么事情出了差错，但他绝对是一位绅士，不会贸然对她提起这一话头。

产检显示，肚子里实际上有两个宝贝。照料双胞胎婴儿无疑更困难。光靠学校里的那份薪水，她将无法对付，但又不能向马丁提要求，让他帮着抚养两个他不想要的孩子。她在图书馆应聘了一份工作，在书店也申请了一份。她据实以告。

"我一直以为你跟你丈夫的婚姻很美满。"图书馆的女管理员说道，随即给丽贝安排了每周好几个小时的工作量。詹宁斯先生什么也没说，但打报告给总部，为丽贝争取到了一项报酬很好的兼职差事。

她生下了一对龙凤胎。马丁让人送来了鲜花，上面的便条写着祝愿她万事如意、一生幸福。他说他不清楚像这样的事如何处理才妥当，才符合礼俗规范，但她给了他自由，他会永远感激。

她以前没想到爱可能如此深切。孩子的小脸，柔软的小拳头，那纯然的天真无邪，还有凡事都要依赖她的那种样子，都无比可爱。生活变得比她此前设想有可能达到的状态还要更为充实，更为快乐。在每天要上半天班的学校里，同事们都说丽贝简直是石头做成的，丈夫离她而去时，她没有表现出半点的失落和无助，她竟能忍心把两个小宝贝丢给保姆照顾。有些女人的意志真是比钢钉还顽强。在图书馆，人们都说丽贝虽然经历了婚姻的悲剧，但活得很有勇气，就跟圣女贞德一样勇敢。詹宁斯先生对丽贝的遭遇不做任何评说，但经常会将新书目录送到她的家里去。如此一来，她就能坐在自家的壁炉边浏览最近的出版信息，然后决定书店要订购哪些书。

丽贝的父母不时来探望她。他们爱自己的外孙和外孙女。在孩子逐渐长大的过程中，他们总是满怀热切，不断给予激励。

"向前冲，爬上那棵树！"

"当然了，丽贝，你应该让他们到大路上去骑单车——能有什么会伤害到他们呢？你一定要让他们独立，让他们自己出去跟小伙伴玩。"

看他们那样子，二十五年前对丽贝施加的约束好像从未存在过似的。当她听父母讲话时，丽贝知道，她必须听着。她必须再一次长大，就如多年前鸽子被放生的那一晚。

你不能因为爱着什么就把那当成囚徒，把它一直禁锢在你身边。不管会多么心碎难过，她都不得不给孩子们自由飞翔的翅膀，而他们已经要单飞了。于是，她便遵照这个原则去行事。尽管，她肯定是从自己的父母那里继承了为孩子担忧的习惯，但却不露出丝毫的痕迹。她躺在床上，难以入睡，因为要等着十六岁的儿女搭乘什么人的车从某个派对上回来。或者，当双胞胎十八岁时，有很多日子，等到儿子将摩托车推进后院了，她才能安下心来。或者，当孩子年已十九岁时,女儿到家的时间变得越来越迟,她在卧室里也焦灼地越等越久——女儿跑出去跟一个穿皮夹克、欠缺教养的家伙约会。往最坏处想,那小子的样子就像个连环谋杀犯;即使往最好处想,他也像个熟练的总让人伤心的家伙。

她在书店干活的时间更长了。詹宁斯先生建议她从学校辞职,来书店做全职。这是一个重大决定,但她诧异地发现,关注自己职业变动的人却是如此之少。儿子和女儿都忙着体验二十岁的人生,而父母则为他们自己的"事业"忙得不亦乐乎;至于前夫,他有那么严重的一场官司要去面对,已经自顾不暇。珍妮特显然还不明白,马丁和那个哈丽雅特怎么会搅到一起去。马丁依旧振振有词:我不想伤害任何人,但人活着只有一次——人生不是排练,他和哈丽雅特不得不抓住机会,以免错过彼此的幸福。

二十一岁时,双胞胎告诉她,他们要去澳大利亚,其中一个已经确定了一份挺好的工作,另一个则有了事实上的伴侣关系,可以稳稳当当地拿到澳洲签证。

澳大利亚不太远,他们说他们又不是永远留在那里,会回来看她的。她也可以去看他们。

主持家庭会讨论儿女远赴他国的事务安排时,她心里如同灌了铅般沉重,脸如冻住了般僵硬。她无意中偶然听到他们在电话里跟朋友聊天:"没事,她根本无所谓。我敢说,老妈巴不得把我们赶到天涯海角去呢。"

他们真的会那样想吗?这可是她关爱了二十一年的孩子啊!一直是她独自抚养他们,马丁从未出现在他们的生活中。他们也从未去找过父亲。现在,孩子们要走了,要去到地球的另一边。他们竟然认为她无所谓，竟然认为他们远走高飞反倒是对她挺合适的一种安排！

她去机场为他们送别，一路就像个机器人。她挥着手，直到那趟航班远去，已经飞过了法国，或许甚至向南更远，飞越了意大利。她转过头来，开始往回走，要回到那目前已空无一人的家里。她恍恍惚惚，双眼一无所见。她走向机场出口，根本没看到有个人在那里等着她。那是詹宁斯先生，他眼中充满了希望。

"哎呀，是你，你来这里干什么？"丽贝惊声叫道。由于孩子们已经飞向了远方，她的伤心之情是如此不加掩饰，被人看到自己是如此脆弱，她感到狼狈不堪。

"我在这等着。"詹宁斯的回答很简单。

"可是你在等着什么呢？"她感激地看着他。他能在这里出现，驱走她的空洞之感，实在是太好了。

"在等自由，我想是这样。"詹宁斯看似已思虑良久，"等着这个自由的时刻，问你和告诉你一些事情，那是很多年来我都想问你和告诉你的，想让你在没多少别的牵绊占据心思之后来听。"

这一次，丽贝·格林没有觉得自己正在长大。很久以前，她已经长大了，现在已没有进一步的成长要去完成。不过，她无疑感到自己对自由的理解更多了。给予之后，你才能有所得。付出自由，你便得到自由。她疑惑是不是还有别的人也明白这一点，或者，世上能明白此事的，仅仅只有她一个？

失眠灵药

莫丽躺在黑暗中，看着挂钟的时针分针缓慢转动，非常缓慢地向前转动。

现在肯定过了三点十七分了，此前看到的时间是三点十分，但那已经过去很久很久了，所以肯定又过去了不止七分钟。在那之前很久很久，她留意到时间是两点半。那只钟出了什么问题？可能是停了吧。

但钟在正常走动。莫丽用手捋了捋她那卷曲的黑发，扭扭身子想换个更舒服一点的睡姿。她听着格里的呼吸声。夜里十一点半的时候，他就已经睡熟了。早上六点四十五分的闹钟响起来时，他会被惊醒起床。从现在到闹钟响，还有足足三个半小时。在那之前，莫丽是不是还能睡着那么一小会儿？

有时候，她用枕头撑着自己半躺半坐，能迷糊着睡上片刻，但会扭了脖子那里的筋。有时候，下午过半，她趴在厨房的小桌边，头枕在胳膊上，能睡上一刻钟的样子，虽然那很不舒服。但她从来都睡不安稳。孩子们需要她。小比尔才三岁，会来扯她的胳膊，催促妈妈带他出去玩；还有肖恩——躺在推车里的那个小婴儿——或许是饿了，或许只是想要有人陪着，动不动就大声哭闹。

莫丽去看过医生。医生问她有什么不对头的地方，有什么烦心事。她自己也承认，跟绝大多数人一样，她的烦恼并不比人家多。她想念以前的工作——那里的办公室气氛宽松又活泼。她怀念与朋友相聚一起吃午餐的时光，那时她能融入她们的生活。有时候，她发现，打扫好了屋子，采购完日常物品，做完饭菜，洗完衣服，熨烫好备穿衣物，整理完花园，还有，给两个孩子梳洗干净，喂完饭，再逗他们开心玩乐，然后你就完全累坏了，而与此同时，你的脑袋中却又是一片空白，奇怪得很。她发现很难精神专注地去看报纸，也无法投入到电视节目中，读书就更是很久很久以前的事了。每周有两三次，格里下班到家会挺迟，而她所能做到的，就是压抑着自己不让情绪失控，才不至于向他厉声尖叫。如果你还计划着要过上完美的梦幻人生，那这显然不是你想要的理想的家庭生活状态，但现实却往往如此。

莫丽确实是爱格里的，也真心愿意当他的老婆，跟他白头偕老。莫丽也很喜爱小比尔和肖恩。他们是她梦中想要的那种小宝贝，两个都是真正的小可人儿，非常讨喜，很逗很好玩，她从未想到养这两个孩子竟能带来如此多的乐趣。

她原来所在的广告公司业务很繁忙，因此她也就根本无法继续去上班。孩子成长期间，她只想待在家里做个全职妈妈——这是她自己的选择。

于是，她便诚实地告诉医生，并没有什么事情在折磨她的内心。

医生给她开了安眠药，药效较为温和的那种，还建议她在入睡前饮用热牛奶。但没用。夜晚还是变得越来越漫长，越来越难以入眠。莫丽那大大的黑眼睛下面，现在有了大大的黑眼圈。化妆品专柜的店员向她推荐遮瑕隔离霜，说可以盖掉黑眼圈。女店员显得充满同情。莫丽觉得，也许有很多女性来这里买过这同一款面霜。当你化了满脸浓妆，这霜当然是有用的，你看上去就显得没那么疲惫。但这东西绝非根除问题的神奇灵药。

莫丽并未到处跟别人诉苦。格里每天去上班的通勤路线相当麻烦。他们住在栗树街，为的是能有自家的一处花园，好让孩子们自由玩耍。格里白天有他的一份工作要去完成，公司事务的压力比以前大了，而莫丽、小比尔和肖恩都要依赖他的那笔工资来生活，所以他必须保持最佳的工作状态，以求在公司地位稳固。他可不想听到那些令人厌倦的无聊言语，说他老婆整整一个白天是多么多么的悠闲，夜里却睡不着觉。

莫丽现在还不时跟两位曾经的同事好友小聚，但也不想对她们提起失眠的事。她们肯定会大呼小叫，卖弄一番马后炮式的小聪明，说她真不应该从以前的那家广告公司离职。

她也不想跟邻居们聊到这个话题。他们会不断地表示关心，会无时无刻不谈起她的"病"，而这只会被列入他们每天以或多或少雷同的顺序依次提的那份日常话题清单。给身处远方的姐姐打电话诉苦也毫无意义。于是，她便写信给一位住在芝加哥的美国朋友爱琳。莫丽跟爱琳相互通信已经有几乎二十个年头了，从她们九岁那年还在读修女院学校的时候就开始了——学校鼓励交笔友是打算以此开阔学生的视野。尽管名字极有爱尔兰渊源，爱琳却从未去过爱尔兰。她嫁给了一个名叫吉亚尼的男人——尽管他的名字具有意大利风格，这位吉亚尼却从未去过意大利。

有朝一日，他们会来旅行，在莫丽和格里这边借宿三晚，然后去为爱琳寻根问祖，再然后，他们就去意大利寻访吉亚尼家族先人的故里。

这些话题已经讨论了好几年。这个计划或许永远也不会实现,并不会比格里和莫丽两口子收拾好行囊、拾掇好两个孩子、全家登上飞机去往美国中西部的可能性更大。不过做做这样的远行梦也还是挺好的。

"我们当然还没到写信聊彼此的身体症状,说这里疼那里痛之类的年龄段,现在毕竟还年轻得很。"莫丽写道,"我跟你提到这个,只不过是因为不想让邻里觉得我身心不健康、令人厌倦。跟你说就没问题,因为你在千万里之外。另外,也是因为我觉得你或许会有解决之道,就像你以前给过我建议那样,比如小比尔的受洗命名仪式上我该穿什么,格里的三十岁生日我该做些什么菜式,这些你都很清楚,给我出过很好的主意。"

很快,爱琳就回信了。"告诉我,这种失眠症状的情况是不是很严重?因为我确实有一个很神奇的治疗方法。但这个治疗手段是不该随便使用的,不是一个晚上的事,也不能三天打鱼,两天晒网,这里用一下,那里用一下。如果是真的失眠,我就把方法发给你。"

莫丽认真思考了一下。是的,是真的失眠。

"症状挺严重的。请你一定把治疗的药方发给我。"

在睡不着的那些漫长夜晚,莫丽猜想这失眠灵药到底可能是什么东西。一种草药汤?一种按揉到太阳穴上的油膏?一种点在卧室里的蜡烛?但这灵药最终到来时,却只是一封信。上面的笔迹如蜘蛛爬行,很老派的样子,是真正用笔墨书写的。纸张显然已经相当古旧。

这张灵药良方属于爱琳的祖母。当然了,她的祖母也是爱尔兰人。她以前把这方子给一些朋友用过,总是有神奇的效果。为表感谢,他们都跑来给祖母家种树,或者送上回报的礼物。在祖母的葬礼上，有十多个人都念叨说他们用过那份失眠灵药。爱琳写到这些事，满怀敬畏之情。

"莫丽，这个对你也会有效的。它原本就是来自爱尔兰，现在要重回故地了。我真心希望它能起到作用。"

莫丽坐下来读老太太写的偏方。或许写这个的时候，她还没有多老吧。也可能，这神奇秘方不是她自己写的，而是更上一代的人传给她的。假如她曾经远离爱尔兰，漂洋过海去美国谋求自己的生活，那兴许也和很多个失眠的漫漫长夜有关。

莫丽慢慢地读着信里的建议。那是一份详尽的指导书，说明这个治疗方案要如何耗时三周，每一个步骤你都必须严格执行。首先，去买一个大号的至少有二十页的笔记本，在本子的封面贴上一张跟花卉相关的图片，可以是一大片的风铃草，或是一束玫瑰。然后，在失眠之夜，你必须悄悄地起来，着装还得有模有样，就仿佛是你要出去会客见人。你必须打理好头发，呈现出自己的最佳状态。然后，你煮好一杯茶，再拿出那个封面有花朵的笔记本，并用你最工整漂亮的字迹在本子上写下"我的福佑之书"几个字。第一晚，你要甄选和决定一件曾让你感到幸福的事物，只要一件，不能多，所以要仔细选择。那可以是爱情、孩子、房子、日落美景、朋友，诸如此类。你就此写上一页，不要多也不要少，就写这件幸运之事给你带来的快乐。

写完之后，你就花上整整一个钟头的时间去做某件你真正想做的事情，比如说擦拭家里的银器，修补破了的窗帘，或者整理相册中的照片。不管你觉得多么累，都必须把事情彻底完成，然后再小心地悄悄脱掉衣服，回到床上去睡觉。

如果安稳的睡眠没有立刻到来，那也不用烦恼。还有十九个夜晚足以让这一疗法起效。

莫丽认为这一切简直够白痴的。她觉得爱琳的祖母肯定是个头脑简单、疯疯癫癫的老太婆，竟然认为这样做能够有用。可她已经向爱琳发过誓了，一定要按照秘方中的指令去行动。

一夜又一夜，她都得谋划一下穿什么新行头在深夜或凌晨去赴约，而见面的对象只是一个封面上堆满水仙花的记事本。她越发地感到此举荒唐可笑，而自己还得想出些小事情来做做，以便符合游戏规则。

她翻找出很早就买了但闲置在家里的成套相框，装入格里、小比尔和肖恩的照片，挂满了盥洗室的墙壁；她搜集起自己做菜的一些配方，编写了一本《莫丽菜谱》。这就意味着，她发现自己开始烹煮新鲜的、不同的食物，而不是此前不断重复的家人最爱的那几个菜；她给自己列出一份真正想读的书籍清单，剪下报章杂志上的相关书评，带孩子外出散步时，她便顺道去光顾图书馆。在那里，她借了一本关于插花的书，随后在家里做出了几个很精彩的插花造型。

每天夜里，她都写一次让她幸福感动的经历，每次的内容都不一样。

比如她写到了格里最终告诉她他爱她的那个晚上，当时他的脸白一阵红一阵的，唯恐她并不爱他，只是他一厢情愿。

比如小比尔出生之际，她将婴儿抱在胳膊里的那一刻。

比如她父母的银婚纪念日。当父母说他们知道自己的女儿也将跟他们同样快乐美满时，所有的人都禁不住哭了。

比如在广告公司的时候，当老板说大家能保住饭碗，要多亏莫丽思维敏捷时，随后所有的人都举起香槟，祝贺她从客户那里赢得了一笔大单。

二十天在不经意间就过去了。还有很多——至少几十个吧——的幸福人生体验她还没来得及写出来。她满怀兴趣地翻阅已经写下的那些内容。多么奇怪,只有一次是工作上的事,其余的都是发生在家庭生活中的事。

她的家现在更整洁明亮了,生活更加有条有理了。她知道自己对插花真的很有天赋,准备给当地的那间酒店做些专业的插花设计。

当然了,她还是不能顺利入眠。到底能不能睡着呢?

二十个夜晚已然过去,如今她没必要半夜起来去完成那些零碎的小事情了,这多少令她感到失望。她已做好准备,去迎接在床上辗转反侧就是睡不着的那几个钟头,但让她惊讶的是,一睁眼却发现已经是黎明。她睡了有七个钟头。

这一定是侥幸,是巧合。

一本所谓的福佑之书,这样一个荒诞愚蠢的主意不可能真的奏效。认真说来是不可能的。

她一定要写信跟爱琳说说这个。

一周之后,她从远在芝加哥的笔友那里收到了回信。

"既然你现在又可以安稳睡觉了,那我们真的该把心思放在下一个项目上了。再过一年,你我都将三十岁了。我们生活的这个时代里,人类都快要去到其他的星球了,而我们却连怎么跨越大西洋都不知道。如果这只要稍微费点心筹划一下旅费的话,那我们就必须搞定这件事。关于这个,我的爱尔兰老祖母也有她神奇的解决之道。毕竟,好多年以前,她都有办法一路跑到了新大陆。我要看看,在那些故纸堆中能不能有所发现。或者,你也许也有个祖母之类的,有着什么神奇的魔力,在我们需要的时候就可以依赖她。"

慢慢地,莫丽开始意识到,那个灵药偏方也可能并非传自那位祖母,而或许就是出自爱琳那丰富多思的内心。她笔下写出的那些信能让你深信不疑,如同着了魔。

给兰杰小姐的回报

罗妮·兰杰这一天过得饱受煎熬、如陷地狱。她的目光在那瓶金酒上停留了好几次，但时间还是太早了。即使是状态很糟的一天，下午三点还是太早了。无论如何，为了这天晚上的场面，她必须保持一些理智。金酒固然可以给她勇气和决心，说出不得不说的那些话，但也会让她控制不住淌下泪水，自怜自艾，大放悲声。还是再喝一杯咖啡吧，或许再给整个屋子来个大扫除。如果家里井井有条，看上去绝非一个懒婆娘弄出的邋遢样子，那站在这样的屋子里说起话来，底气也会足一些。

她郁郁寡欢地翻出吸尘器，意气消沉地往有咖啡渍或红酒印的台面上喷清洁剂。因为疏于打理，很多家具表面都落了灰尘。她倦怠地倒掉废纸篓，拿着一把普通的旧拖把在厨房地板上到处拖了又拖。当然，整个地方看起来好一些了，但她的情绪却无法从中得到丝毫的提振。作为一个看到自己辛苦劳动之后的成果而感到欣慰和兴奋的女人，该是多么美好的事情啊；环顾打扫之后焕然一新的小窝，感到一阵自豪的激动，那该是多么棒的体验啊。也许杰瑞说得没错，她不是那种长于持家的女人，不会给哪个男人，或者说不会给任何人，一个温暖的家。她本应继续做一个事业女性，住在一栋配备现代服务设施的公寓里，有一个可爱和善、伦敦腔的老仆人每隔一天就来一趟，给她做家务，就像她姐姐弗兰西丝那样。

但能有什么事业呢？她只是个已经三十八岁的隐退谢幕的舞者。她太老、太疲惫了。而且，如果必须照实说的话，是太糟糕的一位舞者，根本没机会胜出，或者甚至没能力去谋得一份体面的生活。所以出路不得不是在家里……那个，反正就是一个家吧，不管是怎样的一个家。除此之外，别无选择。

六点钟，杰瑞将会到家，停留一个钟头。他要洗个澡，换身衣服，匆匆地喝点酒，然后再次外出。总是有这样那样的客户，你懂的，他们来城里只有几天时间，要确保他们玩得开心，这就非常重要。你知道的，并非所有的工作都是在写字楼里，在办公桌前完成的，业务中的很多环节是在餐馆里敲定的，开支里有相当的招待费。他也希望能带她一起去，但罗妮懂得人生真相，应该很清楚……在他的交际圈子里，那些人都是老古董，陈腐到不可置信，他们会奇怪，会问，以往他为什么不带老婆去赴宴……那样一来，就意味着要做非常多的解释，罗妮当然是能理解这一点的，不是吗？

她能够理解，但她不喜欢这种状态。两年前她搬进来跟他同居时，可从来没有什么陪客户吃饭的破事。一年前，这种饭局活动开始了，但通常会在夜里十一点就结束，他也会匆忙赶回家中。而如今，饭局有了新变化，他不得不留宿在酒店里跟客户彻夜周旋，因为这样事情处理起来更简单。

罗妮就像个妻子，她自己这样想道，但是那种最差劲的妻子——他是否爱她，会不会跟她长相厮守来照顾她，对此，她没有安全感，也没有信心。在这个看起来对为人体面不怎么在乎或者干脆根本不在乎的世界里，她也无面子可言……到目前为止，只有杰瑞的业务伙伴们被扯进来时，才会顾忌一下面子的问题。有上百种方式让她开始认为自己是个失败者，而几乎没有可以让她看到自己取胜占优的迹象。她从前总是轻蔑地嘲笑朋友们为婚姻委曲求全，现在反倒要去羡慕人家，这不免有些讽刺。即使是杰瑞的前妻，远远地住在绿树葱茏的郊区某处，带着两个孩子、两条狗，有着充裕的抚养费，足够家用，还有她自己的朋友圈，境遇显然都好过她。

罗妮在当地一所舞蹈学校做行政工作，挣着一笔微薄的薪水，生活根本谈不上富足，一周最多也只有三天的工作要做，报酬自然不高，而杰瑞这边还指望她穿着体面，在家里能为他奉上精致的美食。栗树街的房费和别的所有账单都由杰瑞承担。

为此，她放弃了在几所学校上舞蹈课的工作。放弃教职倒也不是一个巨大的牺牲。赶往这所学校上课要拐来拐去开上三个钟头的车，而去到别处的另一所学校差不多又要开上四个钟头。那些女学生毫无乐感和节奏感，蠢笨不堪，对她所教的东西实际上根本不往心里去，而是以为自己是在哪个迪厅里，只知道胡乱地扭摆身体。跟那些女校长打交道，讨要授课费，填写个人所得税表单争取退税，她知道自己永远也不会功成名就，也永远不会看到任何一个学生扬名立万。

今晚，她要对杰瑞说点什么，说说这整个困局。今晚，在他可能安排来喝上一杯的那二十分钟内，她要保持冷静，向他解释一下，他们原本打算两人能共同拥有的那一切，她实际获得的份额非常可怜。她必须说得很冷静，因为一旦流露出任何激动的情绪，他就会说她怎么表现得跟他老婆似的……这么一句话暗示出所有潜藏的威胁，比如说她也会被抛弃，就如他的前妻——但罗妮会更倒霉，一旦分手，她没车，没孩子，没狗，没生活费。罗妮实际上将会是不得不净身出户的那一方。这里是他的房子，不是她的。

或许，她应该将这件事搁置起来，直到哪天他们有更充裕的时间再提。面对那张英俊、聪明的脸，说一切都搞错了，同时还能避免看到不耐烦和恼火的神色从那脸上闪过，二十分钟显然不够长。但他们哪一天才会有足够的时间呢？这个周末是他每月一次去探视家人的日子，以免孩子们在长大的过程中连自己的亲生父亲也不认识。只要她自己有什么事业可做，收入不错的话，她确信，她会提出更少的要求，而且真的会更少有提出要求的必要。

就在这时，电话铃响了。她心里有一半预计那是杰瑞打电话回来说决定在办公室那里换衣服了，但电话里是一个姑娘，或说是一个妇女，她犹豫迟疑的声音听起来有点不太确信是不是拨通了正确的号码。

"我要找兰杰小姐。几年前，她曾在圣玛利修女学校教过舞蹈。也许是我打错了电话。"

罗妮很震惊。这是杰瑞的房子，从没有人打电话来这里找过她。她的朋友圈日渐缩小，而就连仅存的几个朋友，她也未曾告诉过其中任何人这里的号码。如果需要找她，她们就打舞蹈学校的电话。

"是的，我在那里教过舞蹈，可你怎么知道这个号码能找到我的？"她心中有负罪感。她担心杰瑞此刻会走进家门，从而意识到有人刺破了他编织的那张秘密之网。

"说起来很复杂。"电话那头的声音答道，"我叫玛瑞安·奥罗克，我一直都想着要找到您。然后完全是偶然的机会，我跟一个男人一起吃午餐，而他又跟杰瑞有工作来往，他就提到了，你明白的，就是随便闲聊那样，说杰瑞跟一个名叫兰杰的舞蹈老师住在一起，所以我就想着，无论如何我都要碰运气试一下。很高兴，您恰好在家里。"

一个学生，她教过的某个学生，某个她根本都想不起来的女孩子，却这么轻易就能找到她。罗妮觉得羞辱，对此大为恼火。她甚至感到更为懊恼的是，杰瑞的某个同事竟然"闲聊"地提到杰瑞在跟某个舞蹈老师同居。还有何私密可言？现在还有什么必要对一切守口如瓶？她心中不禁起疑。

"我想问问，"玛瑞安继续道，丝毫没有注意到她这通电话所造成的后果，"您什么时候有空能跟我一起吃顿饭？我将很乐意跟您聊聊过去的陈年旧事。我在本地只待几天，如果能再次见到您，那无疑是很棒的一件事。"

罗妮甚至是更加困惑了。这是否有可能是一个圈套？按最糟糕的设想，这难道不会是杰瑞的妻子，想以某种方式来跟她摊牌？

"什么陈年旧事呢？"她问道，并不领情。

那姑娘的声音听来像受到了伤害，也挺尴尬："兰杰小姐，我很抱歉。我知道，这听上去确实可能挺滑稽的，但我这只不过是想……那个，我的意思是说，我要回报您的很多，我想说……就是说，要感谢您把我们教得那么好，我还想告诉您那对我意味着什么，哪怕只稍稍说一点点——就是这么回事。"

罗妮立刻感到内疚。

"非常抱歉……呃……玛瑞安，对不起。那当然将会是很美好的一件事。我只不过是从未想到会有一个学生来感谢我，或者诸如此类的。你知道的，我教过的学生加起来非常多，而她们通常都会忘掉从前的事。"

玛瑞安笑了，情绪变得欢快起来，"没错的——我们忘记了我们对老师来说没有老师对我们来说那么重要。你可能还记得教过你的那些老师,但把我们都忘记了。无论如何,如果您有空,明天或者是后天,我真心希望能跟您见上一面……只要您不介意受到打扰。"

对方的语气听来显得坦诚又友好。已经有相当一些时日,罗妮没有跟这样的人说过话了。有过这个学生吗?玛瑞安·奥罗克?她不记得了,根本想不起她是谁。毕竟,那个圣玛利学校里的女生有一半都有着爱尔兰特色的名字,包括负责主管学校的那个"贱人",布里吉德嬷嬷,也是这样。每一分钱,她都跟罗妮斤斤计较,最终竟然还要罗妮为修道院的建筑基金捐一笔款。从某种意义上来说,跟经历过那段生活的什么人见一见,或许也不失为一件乐事。关于那所学校,她们可以聊一聊、笑一笑。

"今天晚上我有空。"她突兀地说道。

"太好了!"玛瑞安挺高兴的。她们打算在一家餐馆碰面。罗妮还在想着怎么才能认出彼此,但玛瑞安让她放心,说任何人都会记得自己的老师,所以认人的事就交给她来办。

这就推迟了跟杰瑞有任何正面交锋的机会,也让她省得再思来想去那天晚餐该吃点什么。要在七点前赶到那家餐馆,她现在就得动身了,因此,杰瑞只能自己准备洗浴,只能自己倒上一杯伏特加,再兑入一些汤力水。

她写了张字条:"我去跟一个老朋友吃晚饭了。稍后再见,亲爱的。罗妮留言。"对此,她感觉挺好。十分钟之前,她还满怀紧张焦虑的情绪,而这个字条里没流露出丝毫隐情。她搭上披肩,又化了点妆,然后出门走进寒冷的晚风。

她环视餐厅,神情中略有期待。食客们成双入对或三五成群,混杂其中的,有四个独自坐在桌边的女性。女人们这样单独外出,或者是平心静气地独自坐在餐馆中等待同伴到来,这让她觉得挺有趣的。照她的想法,这样的事情她自己是不会做的。也许,我已经变得很老套,总是拘泥于自己习惯的行为方式?她突然冒出这种念头。

一个披着卷曲的黑色长发,身穿黑白相间的宽松长袖衫的姑娘,从一张餐桌边向着她热情地挥手。姑娘满脸挂着开朗的微笑。桌上有一瓶干白已经打开了。

"兰杰小姐,你可是一点都没变啊。都七年过去了,但你看上去还跟从前一个样。"

罗妮心里想,既然是七年之前的学生,那她现在一定是二十三四岁左右,挺大方友好的性格。但回想起那群身穿统一的蓝色舞蹈服、腰上都系着纯蓝色带子的孩子,我可是想不出有这个学生。好在那所修道院毕竟没打垮她,她从布里吉德嬷嬷的鬼爪子下逃生了,没遭到无情的残害。

"玛瑞安,你还是直接叫我罗妮更好。"她坚定地说道,"像你这么个成年女子,模样精致又干练,我可不想这餐馆里的任何人意识到你曾是我的学生。"

玛瑞安心情愉快,笑容满面。这顿饭开头气氛良好。她们说起了这座城市、这家餐馆,聊到有更多女士单独在外就餐这样一个事实变化,还有菜单上的一个滑稽之处——全部都是纯粹的英文,却突然冒出个法语词 café 来表示咖啡。她们又聊起了自己酿酒和栽种番茄的事,还聊到一部毫无道理收获多个奖项的电影,某次补选投票那令人惊讶的结果。她们也谈到了玛瑞安的工作——显然,她是一个老师。

"你教的是舞蹈吗?"罗妮问道。这个聪明、友好的姑娘费心把她找出来，肯定是出于这么个理由。她要么是想得到一些建议，有什么别的地方可以去教跳舞，要么就是想交流交流意见，讨论一下这种工作是怎样的体验。

"你当真是说这个？不会吧？"玛瑞安似乎被吓到了，颇为不安。

"嗯，这有什么不对吗？"罗妮回道，"我的意思是说，就像我一样教跳舞，也干了好多年了，这又不是说去做清洁工打扫厕所或去当个宇航员，很多人都做这种工作的，很正常呀。"

"我在小学当老师，"玛瑞安说道，"我在那里已经做了两年。我们有期中假期——正因为这个，我眼下才能跑出来。可是，您就不能稍微想一下吗？难道我可以去教舞蹈……我教学生跳舞……你是在开玩笑吧？"

罗妮感到有点困惑不解："这个，你在电话里说了，说记得也喜欢那些舞蹈课，说你想谢谢我……我多多少少也就有了那种想法，估计你或许走了跟我同样的路子，做了相似的职业。"

玛瑞安平静沉稳地看着她。

"兰杰小姐，好吧，罗妮，我要说的是，我可是重量级的，沉得像石头，净重都有两百二十四磅。那样也能当一个舞者？"

"你看上去可没那么沉。即使是那样，我觉得也没多大差别。舞蹈老师不必像拳击手那样，一定要有重量级别限制。"

玛瑞安笑了笑："我看上去不显体形，是因为穿着像帐篷一样宽松的衣服。此外，也是因为我坐在这里。不过，我想要跟你见面感谢你的原因，实际上倒是跟我的体重大有关系。你知道吗，舞蹈课刚开始的时候，我自己都受不了，没勇气报名参加。布里吉德修女说，上舞蹈班每个学期要交六英镑的费用……"

"她只给了我一个学生三镑的费用。"罗妮气愤地脱口而出。

"哦,多出来的钱很可能拿去当教堂的建筑基金了吧。"玛瑞安说道,"不管怎么说,我父亲认为别人拥有的一切我也该有,坚持让我上舞蹈班。我还记得,第一天我是多么惧怕,多么抗拒。我是这么肥胖,身形这么笨拙,哪怕是体操课都很恐怖,健身房简直等于噩梦,而跳舞又是我认为这一切当中最可怕的。"

罗妮看着坐在面前的这个冷静的女生。但话说回来,在孩童时代,我们谁不糊涂,谁不困惑呢?

"于是,舞蹈课的第一天,我假装病了,躲在更衣室里,直到训练结束,然后就回了家,表面看来似乎上过课了。我父亲对这一切非常关注,不断问我这天学了什么。我觉得自己真是糟糕透顶,想到他是把辛苦挣来的六英镑扔到水里了,所以就决心下一次一定上课。我们都排成了队形,你那天教的是桑巴舞步。我还清晰地记得,你是怎么向前又向后扭摆身体的,而整个班很快就跟着你的示范去做了。然后,我害怕和担忧的问题来了,就是要各自选择搭档,学着两人成对来练习。我知道没人会邀我配对,我也算过人数了,会多一个人,所以就料到我会是落单的那一个。但在我们还未实际上两两搭配之前,你就走过来,拉起我的手,把我当作了你的搭档,接着音乐就又响了起来。你不断地发出指令,声音盖过了音乐:'不要这么僵硬,放松,要让全身动起来,不只是腿动,看在老天分上,懂了没。'她们都有点四肢僵直,如同木偶。你和我一起跳着,经过其他一对对学生时,你给她们指出要纠正的地方。我跟着你一直都跳得很好,几乎完美。你问了我的名字。后来,当还有学生仍旧跳错时,你这样说:'姑娘,看在老天的面子上,请让你自己动起来。做动作需要有些节奏感,就像玛瑞安跟我跳的那样。'有生以来第一次,我在那里看起来不再是一副可怜可悲和蠢笨可笑的样子。舞蹈室里谁也没认为你是在同情我——在我被撇在一边落单之前,你就先选了我跟你配合。

"兰杰小姐,你根本料想不到那对我是多么重要。而且事情并未到此为止——第二天,第二天的第二天,再之后的第二天,你都好像是自动认可和接受了我做你的搭档。有时候学的舞步比较难,比如探戈当中的侧行滑旋步,你就会说:'玛瑞安,看在老天分上,你去给她们复习一下那个侧滑步,让那组人看着。这里的一组人,我来多敲打几下,好让她们能学会。'

"不可思议的是,每个人看上去都承认我跳得好。她们经常要我在更衣室里给她们演示舞步。学期快结束时,学校还举办了舞会……当然了,没有男生,只有我们女生自己。在修女们看来,别说是修道院里有活生生的男人,就连我们跳舞用的音乐都已经足够离经叛道了。但在那些舞会上,大家一直都邀请我跟她们跳。要跟我跳舞的女生是那么多,我都完全无法满足每个人的愿望。我成长的所有点滴进步,实际上都可以从那一刻开始算起。我以前总是缩手缩脚,躲躲藏藏,明明没什么事情也会脸红耳热,莫名自惭。无论什么时候,当在课堂上读书,只要听到有人无意中读出'肥''胖'这样的字眼时,我就会满脸红到耳根,神经过敏地认为大家都在朝着我看。那时,我也害怕听到福斯塔夫或者凯撒之类在戏剧中的这些台词:'我身边环绕着的人,我要他们是肥壮的胖子……那边的家伙,卡修斯那小子,样子太瘦了,像一头饿狼。'我会觉得全班人都由此联想到了我。您可真是做了很多,改变了我,所以我想要把这些告诉您。"

罗妮一再地端详对方。确实,玛瑞安的脸圆圆的、肉乎乎的,笑

给兰杰小姐的回报

的时候会露出明显的双下巴。她放在桌上的那双手也是圆乎乎、肉嘟嘟的,而不是修长纤细的样子。那件宽松长袖衫的褶皱纹理之下很可能是一圈圈的脂肪,但你必须是在那种对别人的肥瘦和体重相当挑剔的情绪状态下才会冒出这样的念头:"这是个胖子。"她看起来是如此镇静,罗妮又想到了这个——或许已经是第二十次了吧——是的,要来形容眼前的玛瑞安,确定无疑该用这个词。她真的经历过所有那些可怕的心理困境?罗妮真的从那些泥沼中拯救了她?或许这只是某种用来描述青春期的成长经历的浪漫故事,而那些痛苦原本只是常见的烦恼?

玛瑞安似乎看透了她的心思,说道:"你很可能认为我是在夸大其词,以为修道院学校的所有女生都曾过得很可怜、很凄惨,但事情并非如此。在学校里,肥胖女生很不受欢迎,被视如垃圾。其他学生或许也没太大的安全感,但她们能在胖子身上找到安慰。学校里只有另外两个女生也是胖子。直到如今,我都能记得她们的名字,其中一个也上了舞蹈班,但她脾气很差,非常阴沉,她有个最好的朋友,所以她们两人平时腻在一起只是咯咯傻笑,并没真正去学什么。你让我们所有的人都去学一个慢节奏华尔兹的基础舞步时,她也试着学了,可其他人都嘲笑她。没有谁,没有任何一个人嘲笑我,因为你说:'跳得很好,玛瑞安,你来做一遍;大家都注意看她的脚。'她们也听从指令了,盯着我的脚看,带着某种类似尊敬的目光,而这是我生命中第一次得到如此礼遇。"

罗妮无言以对,不知道该说些什么。最终,她开口了:"我不能肯定这会让你觉得更好还是更糟,但事实上,我就是不记得你。我想,那也就意味着,在我眼中,你当时和现在都不可能看上去有多胖、多可怜。你清楚的,我不是很和善的人,我不可能是出于同情才那么做的。很可能只是因为我发现了你,发现你是个有节奏感的孩子,于是就利用你帮着我上课。你真的不必以为我好心肠而来感谢我,因为我从不记得自己曾有过和善仁慈的时候。我天性中没那种美德。"

"我知道的。"玛瑞安坦诚地说道,"说实话,你对我们不是很和气,也不感兴趣。你不像保拉修女,对那些运气不佳的学生,她总是不怕麻烦,特意表现得非常友善。不管是长了满脸的粉刺痘痘,或是家境极为贫困,还是太过肥胖,保拉修女都会来庇护你,将你罩在基督那慈悲仁爱的羽翼下。说来简直难以置信,那种圣母垂恩般悲天悯人的做派实在太过头了,让人尴尬得要死。而你就显得相当冷淡,还有点铁石心肠,正是这点让我认为,在你看来,我也许真的挺正常的,没必要受到特别关照。就是这一点,给我带来了最重要的差异和全部的不同。"

冷淡,还有点硬心肠。一个凶巴巴的、只关心自我、相当顽固、刻薄讨厌的年轻女人,那就是当年的我,也是如今的我,罗妮暗想道。也难怪杰瑞以为我能够接受现有的状态和现有的生活方式。他很可能觉得,如果我的个人兴趣把我带向别的地方,我就会从他身边离开,而他自己也有权利做出同样的举动。即便是这个来表示感恩的女学生,那么多年前甚至都看清楚了我是什么样的人。

"那你是怎么认识杰瑞的朋友的?"罗妮很突兀地问道。

"他叫詹姆斯,你知道吧,是杰瑞办公室的一个下属,他经常说起杰瑞。实际上,是詹姆斯邀请我来这里玩几天。我俩认识差不多有一年了,他眼下正考虑着我们或许可以很快订婚。"

"你呢，你愿意定下来吗？"罗妮问。

"既想又不想。我已经看过太多人婚姻破裂了。我不想只是为了向别人说一声'我结婚了'就操之过急。十六岁的时候，我曾认为结婚会是挺美好的安排。那样的话，你就好似比朋友们先胜出了一局，她们会叽叽喳喳地互通信息：'想得到吗，玛瑞安·奥罗克那个肥婆都结婚啦！'可现在我不再那样想了。我的意思是，那就等于把你自己交出去了，托付给了某个人和某种生活模式，所以你必须三思而行，要相当确信才好。詹姆斯说，我们可以稍微等一等。他就是想让我们在我父亲面前显得有尊严一点，我们是否生活在一起，他根本就不在乎。办公室里没有谁对男女关系大惊小怪的了，甚至可以说，没几个人还有常规的婚姻关系。"

"对的，是没有。"罗妮的语气有着实事求是的冷酷。

"所以偶尔有些周末，我就来这里，他也会去看我。与此同时，我们各有各的工作。如果能在这里找到一个不错的教师职位，我会搬过来的。但搬到一个地方，跟什么人同居，就预期着一切都会很精彩，我觉得这种想法简直是愚蠢，你认为是不是？"

"噢，要我说也是吧。"罗妮回道。

"我想说，您还是在教舞蹈什么的吧，兰杰小姐……罗妮，没错吧？如果您不教了，那将会是犯罪呀。想想看，所有这些年来，您一路上给多少人带去过帮助和提升啊。"

慢慢地、不无悲哀地，罗妮试着去回想，这一路走来她帮过哪些人，为人家带来过什么助益，而玛瑞安坐在一旁期待而鼓励地看着她，平静的圆脸上表情愉悦。

重回都柏林

他是她的独生儿子。在她看来，没有谁好到足以对得起她儿子。即便是王室家族的哪位小姐能改换信仰下嫁进门，即便婚礼是在罗马的圣彼得大教堂举办，那也不足以让人心满意足。她只想让儿子幸福快乐，一切都不在话下。他是她全部的生命。整整二十二年一直如此，从他还是六个月大的小不点开始——那天晚上，儿子在她臂弯里安睡，她丈夫从外面回来，神色异样，眼中仿佛闪烁着星光，告诉她说，他要远走高飞。

莫琳拉不下面子回到栗树街娘家那里去，回到都柏林的家人和亲友身边。她们当然会支持她，向她深表同情，同仇敌忾、七嘴八舌地声讨男人的背信弃义。那里依旧会有风平浪静的人生，小宝贝布莱恩在那里会受到外婆、姨妈姨父、舅舅舅妈以及一众表哥表姐们的欢迎。但莫琳拒绝回去。她的自尊让她无法忍受那些"我早就告诉过你了""这下你信了吧"之类的经验之谈，不管那是明说还是在空气中飘浮的暗示。她对那个帅哥一见钟情，爱得神魂颠倒，家里人因此警示过她，关于那人的任何反对意见，她连一个字都听不进去；在亲友面前，她曾得意扬扬地炫耀过订婚戒指：看，他们都错了吧，难道不是吗？他真的是要娶她，跟她在一起，直到老死才分离；或者就像她妈妈尖刻、嘲讽地说过那样，直到有什么让他略微感到更具吸引力的新面孔出现，就会有戏看。

更具吸引力的那一位果真出现了，就在布莱恩才六个月大的时候。帅哥丈夫跑掉了。但莫琳带着冷酷刻薄的愉快心理——幸灾乐祸也是人之常情嘛——了解到，他在那个新窝里也没待长久，尽管也生下了一个女儿，但在那之后，他就再也没更多的孩子了。

那个帅哥无赖倒也表现得像个模范父亲。他支付儿子的抚养费，每逢生日和圣诞会送来礼物，给孩子寄过明信片，也写过信，每年有四次会现身，乐呵呵、真心诚意地来探望儿子。

"布莱恩，我没有任何资格当你的爸爸。"他这样说过，"你还是婴儿时，我撇下了你和你妈，也就放弃了做父亲的权利。但无论何时你需要我，我都愿意成为你的朋友。"

提到莫琳时，他语气中有赞赏和淡淡的感情，就仿佛前妻是他的一个远房表妹。他总是对她夸奖有加，所以只要有一丝公平游戏的意识，她也就根本不可能去非难这个男人。她早就不爱他了，面对他的夸赞，她只是莞尔一笑——这是苦涩的微笑，因为她记得自己过去对这些花言巧语是多么地深信不疑，却完全没意识到，这些好听的说辞只是他个人魅力当中最容易引人上钩的部分，而这些对他而言是手到擒来的惯用伎俩，是勾搭女人的必杀技。

"你应该回到都柏林那里。"他很多次对儿子说过这个。

"为什么要去那里？"布莱恩想知道理由，合情合理的理由。他知道那是妈妈的故乡，但他还从未去过那里，而亲戚们也很少从大海的那一边来探望他和妈妈。

"那座城市很棒。"布莱恩的父亲解释道，他那英俊的脸上因想到了美好的回忆而泛起了亮光，"由于工作原因，我回去过几次。在那里的感觉可是相当好，某些方面跟通常的城市一样，有高大的建筑，有很多座大桥跨过河面，但那里仍然像一座小镇，你总是不时会碰上昨天才见到过的人。你会喜欢那里的，虽然身为伦敦人，我也喜欢那里的生活。"

都柏林是莫琳自己的城市，而这个家伙说起那里却如此轻松自在，莫琳讨厌他这种安逸的心态。因为无法面对家里人的怜悯和他们那保护性的关怀，她让自己成了个远离故土的流亡者，甚至连父亲的葬礼都没回去参加。而造成这一切局面的这个男人却轻松自如地跑去她的家乡，而且还只看到事情好的一面，过去那些不负责任的承诺似乎已被他忘得一干二净。

布莱恩长得跟他爸爸一样英俊，但莫琳更愿意认为他同时也挺理智，很会替人着想，而这些性格特质肯定是出自她的遗传基因。他知道家里的经济状况一直都挺紧张，妈妈在一间药房卖化妆品，不是因为她喜欢做那一行，而是因为那份工资能让她还房贷。布莱恩清楚，他无法像学校里的很多朋友那样飞去西班牙度假，也买不起昂贵的皮夹克，而摩托车更是提都别提。

但他毕竟有属于自己的一个大单间，能用来做卧室和起居室，朋友们在那里总是能受到欢迎。当他开始约会时，女孩子们来他家也能得到热情款待。妈妈从不问那些女生是不是天主教徒，也不问这些交往是不是认真的。布莱恩心想，按照妈妈们一般的做派，自己遇到这样的妈妈应该说是非常幸运了。妈妈的样貌看上去相当出众，只比儿子大二十岁，有着漂亮的棕褐色头发和俏皮的雀斑。照他父亲的说法，妈妈长着一张都柏林脸。他希望妈妈能有更多的朋友，甚至是男性朋友。才四十岁出头，妈妈应该不可能就完全不要自己的私生活了吧。假如你相信这年头读到的那些故事的话,那妈妈就不该说是已经过了做那类事的年纪。

现在,布莱恩自己恋爱了,正经八百、认真地恋爱了。这次是跟宝拉,他都无法相信她也爱他。宝拉是那么漂亮,她的追求者简直可以排成长队。她在布莱恩负责日常运营的那间酒馆兼小剧场的驻场演出班子里是头牌,人们蜂拥而至,只为一睹她在新剧目中的风采。甚至连那些为全国性报纸撰写文艺专栏的批评家都跑来看这出戏。酒馆的墙上装了一个玻璃橱窗,里面都是相关的报道和评论,其中一则评论将宝拉誉为明日之星,还点名祝贺布莱恩,夸他慧眼识珠。布莱恩把那一版报纸复印了一打,无论到哪里都随身带着。能在出版物上看到他和宝拉的名字印在一起,能得到人们对自己的祝贺,说宝拉是他发现的——尽管严格来说这不完全是事实——这可足够他飘飘然一阵子的。

然而,布莱恩感觉他妈妈并不喜欢宝拉。

什么都没明说过,也不可能会有什么被明说出来。但他对自己的妈妈再了解不过,所以能感觉到一丝冷淡之意。他想不出到底是为什么。每次带宝拉回家,她都是那样的礼貌,举止也很文雅;也不是因为宝拉是个演戏的,在这以前,妈妈都已经见识和接待过布莱恩在演艺圈的不少女朋友;这跟他在宝拉的住处过夜也毫无关系,因为自从他十八岁起,妈妈就告诉过他,他已经是成年人了,一定要明白自己是独立自由的个体。

他希望妈妈能跟宝拉来一场女人之间的推心置腹的交谈。他会让她们独处片刻,或许一份友谊就能从此展开。

宝拉和莫琳坐在厨房餐桌边。布莱恩找了个借口,给两个女人留出了一小时的时间。

宝拉看着这个风韵犹存的妇人——棕褐色的头发,鼻梁上点缀着小雀斑。她为什么一直没有再婚?那显然不是因为她是个笃信宗教戒律的狂热分子之类的,她看起来很正常,穿着也挺时尚,打扮得挺好。当然,话说回来,她工作的地方有这方面的便利,可以拿到免费的化妆品小样和诸如此类的各种东西。她和善可亲,相处起来很愉快,但宝拉心中还是很清楚,为了布莱恩,莫琳并不想接纳她。

莫琳看着眼前的这个姑娘:相貌出众,尖尖的瓜子脸很白皙,乌黑的头发顺着脸部线条形成一道锥子似的轮廓。她是个现代美人,身材细长,样子优雅,那种从容自信让莫琳这个跟她隔了一代的前辈都不免羡慕,甚至是嫉妒。而布莱恩将会归她所有。

她们努力地寻找一些能让彼此不会落入既定角色的话题。宝拉尽量不让自己看起来像是陷入爱情中的宠儿,莫琳则努力避免扮演眼看着独生儿子离开呵护爱巢的失意妈妈。两人都力尽所能,试图避开这个情境。

宝拉说起了自己的家人。他们住在伦敦东区[①],都认为当演员没多大保障。他们宁愿看到她在什么小时装店上班,在那里逐步得到提升,最终当上店长或经理之类的。不过,宝拉小心翼翼地试探说,家里人感觉稳妥和放心多了,因为现在她给自己找了个爱尔兰小伙子,而这小子是做行政管理事务的,听上去很有安全感。

"你觉得布莱恩是爱尔兰人?"莫琳颇感兴趣地问道。儿子可从未在她自己的祖国待过。

[①] 伦敦东区,通常被认为是"低收入群体"居住的地区。

"嗯，我当然这样认为。那里是你的原籍，他父亲又没在布莱恩的生活中施加过多大的影响。"

"我们不打算回都柏林。我以为，我们都认同自己是伦敦人了。"莫琳慢吞吞地说道。

"你没考虑过要回都柏林吗？"宝拉问道。她认为，就这一点而言，她的判断没错，说的也稳妥。她没有料到面前这位妇人的脸上会因此出现焦虑和痛苦的神色。

"那里有太多的阴影了，我是这样觉得，需要太多的解释。"莫琳说道。

"听来像是他们还不知道你和布莱恩的爸爸分开了？"宝拉迷惑不解地问道。

"他们知道，但基本不谈论这回事。假如我们回去了，我恐怕我们就不得不提起这件事。"

"好吧，你把这事拖得越久，要再提的话就越困难。"宝拉的情绪挺乐观，然后突然间就冒出了一个念头，"哎呀，我们干什么不一起回去呢？那样的话，我就能把注意力从你身上分散开。他们都会对我的出现感到吃惊，或许就没时间去念叨你离婚的事了，那都是一百年前的陈芝麻烂谷子了。"

莫琳有一种突如其来的恍然大悟、似曾相识之感。在这个姑娘身上，她惊讶地看到某种特质，正是很多年前她在自己嫁的那个男人身上发现的。那是一种即兴而发的热情，无视一切困难。要拒绝宝拉的提议完全不可能，正如很多年前她无法拒绝那个聪明又达观的帅哥。布莱恩也根本不会拒绝宝拉的任何想法。这姑娘会让布莱恩伤心吗？

有不少周末去都柏林的旅行套餐可选择，她们发现自己无意间已订好了一个。布莱恩说这可够他忙活一番的,因为他和宝拉可以去看看当地小剧场正上演的任意剧目。宝拉说,她听说了有几个新开业的时装店,要去逛一逛。布莱恩说他绝对要去亲眼目睹一下《凯尔经》古书。宝拉又说她计划搭火车出城,沿着海边去到十英里之外,因为那里有一座詹姆斯·乔伊斯的纪念馆,然后她打算去有歌手驻唱的某个酒馆体验体验——如果人家执意热情相邀的话,她或许也会献上一小段表演。

他们要去餐馆尝尝扇贝和青口,要去黑啤酒酿造厂喝喝用丽翡河水酿制出的正宗黑啤,还要造访奥斯卡·王尔德出生的老屋旧址,以及萧伯纳曾住过的故居。他们说得越多,就显得越荒诞滑稽,因为布莱恩竟然从未去过那座城市,而莫琳也就越发害怕重归故里的这趟行程。

"你觉得那里会有很大变化吗?"在机场办理登机手续时,宝拉问道。

"我离开那里都有二十年了,那里肯定会彻底改变了吧。"莫琳说道。说这些话时,她的声音听起来很有爱尔兰特色。在飞机上,她沉默不语地坐着,而一对年轻人也并未试图将她拉入他们的闲聊中。她想起了自己妈妈的声音,清晰简要、斩钉截铁,一如电话中听到的。那么多年以来,妈妈只给她打过很少的几次电话。但跟妈妈再见面当然是好事。她第一次看到外孙,当然也是好事。是的,毫无疑问。还有这个姑娘,这个准外孙媳妇呢?没有任何疑问,还有什么事能如此确定。如此确定。确实如此。

他们还是要住在酒店里,以便能充分享受到这个旅行套餐的价值。当然要这样了。

隔了四分之一个世纪——也差不多这么久了——才与姐妹兄弟相

见，莫琳有没有什么排斥感？或者说，见到他们会不会一切安然？

莫琳之前含含糊糊地交代过，家里不需要有什么特意的安排。如果亲友们碰巧都在附近，那她就很乐意见到大家，见到他们全部，也就是说，如果他们愿意见她的话。

"这样吧，周日午饭时，你会见到他们。"妈妈在电话里这样说。

表面上听来，某个礼拜日的弥撒之后，所有的亲人都会在妈妈家里聚餐。在离那天不远的另一些周日，经常也有类似的家庭聚会，总是会有十五到二十个人来家里喝点汤和酒。那已经成了一个传统，大家都很喜欢，莫琳的妈妈干脆利落地说道。那跟亲情义务或礼仪形式没有任何关系，就只是简单的家庭聚会，不需要提出任何要求。有人会带一盘沙拉，有人会带来奶酪，另一个人会带红酒，又有另外的人会拿来几瓶啤酒。只是一两个钟头的小聚，但很愉快。不过，当然了，莫琳远在伦敦，很可能有她自己习惯的方式，那里的每个人都是按自己决定的方式去生活。

莫琳对此气得要冒烟。那种施恩垂怜的意思太过分了。整整二十二年，她都没把自己看成是弃妇，但家里却替她决定了她的身份。飞机在都柏林着陆时，她的思绪杂乱又困惑，感觉不到快乐。

机场周围的那条路现在已变成了高速公路。她离开家乡时，那条旧路还是拥挤不堪，随时要崩溃的模样。路牌上如今不仅显示英里数，也标识着千米数；加油站的计量单位是升；高大的新酒店矗立在那里；有些老建筑拆掉之后，原地留下了一片空隙；树丛还是葱绿的，邮箱也还是绿色的，但电话亭已经发生了变化，大部分被漆成了蓝色和白色。

自从她在那有爱情和希望的青葱岁月离开都柏林，市中心这一带已经大变样了。她至今有一半的生命都是在此度过,但现在却根本什么都说不上来。这让她感到灰暗和空洞。对身边这两个朝气蓬勃的年轻人来说,她大概很乏味,一定就像她曾在布莱恩爸爸眼中的那样。故乡城市都柏林那灰色的石头建筑让她显得前所未有的沉闷。

这个周五,她让儿子陪女友单独活动,去随处探访,稍后,她会跟他俩在剧场碰头。她只想独自随便走动走动。她需要让自己的心肠硬起来,好迎接周日的午餐。她的姐妹们会不以为然地打量那带有朋克气息的姑娘——儿子选择了这姑娘作为他的人生伴侣,却根本没提要去一下大教堂或小教堂正式登记结婚。

她顺着丽翡河边的码头往前走。还是学校里的小女生时,她曾在这里奔跑过。她停下脚步,愉快地看到有些老旧的二手书店还在那里,户外的小桌子上展示着可售的货品。她抬头看看司法部的楼宇。司法院大楼的大圆顶在她眼中曾经显得巨大无比,但那栋楼现在看上去比例协调了,并未大得过分。路过圣米尚教堂时,她甚至私下咯咯傻笑了两声——还是小女生时,她们来这里看过骷髅,还跟骷髅握手。教堂的地下室里保存着一些木乃伊般的干尸,一直完好无损。对于它们到底为何不会腐坏的原因从未有过令人满意的解释。也许,她应该跟宝拉和布莱恩说说这个地方。仿佛突然吓了一跳,她意识到自己现在真的是把儿子和宝拉当作一对小夫妻去看待了。

她到了欧康纳大桥这里。正是日落时分。她俯视着丽翡河。这并非世上最美丽的城市,但跟所有的城市一样,当你看着河面上的夕照,这城市便看起来够美好。这里有一种别致的优雅感。布莱恩的爸爸或许说得没错,这大概是一座城市最合适的规模,人不会太多,让你感到迷失和湮没;也不至于太少,让你无聊得要窒息。

她几乎想都没想就从丽翡河面波光粼粼的金红色夕照中抽身出来继续向前走。她心中疑惑的是，假如留在了这里，她的生活会是怎么个状态？她会跟大伙儿都认识吗？就像一群群当地居民那样，上下公交车或穿过忙碌闪烁的交通灯时，还相互点头、挥手和彼此打招呼？

她会不会嫁给一个爱尔兰男人？那男人总是在赛马场边或酒馆里耗掉大把的时间，就像她姐妹的丈夫们看上去正在做的那样？当然了，他们晚上是会回家的，回归家庭生活，而不是像她的丈夫那样杳然无踪。她会不会有个像布莱恩一样棒的儿子？会不会有一种自豪感，因为是她把儿子养得这么好，而且完全是靠自己？

她不曾需要过朋友，也无所谓社会交往，不曾需要过一个大家庭的陪伴，也无所谓众多亲属之间的迎来送往。她不也过得好好的吗？她喉咙里有点哽咽。她以后也会活得好好的，即使是布莱恩离开了她，去跟宝拉过日子——如今，距那一天估计不会多远了。

她几乎没注意到，她的脚步已经把自己带到了年轻时生活的那个街区。现在，她离自己的家只隔了两条街。她停了下来。她的散步行程竟然无意间把她带到了这里，这让她不由得吃了一惊。

只要再走两三百码，就能到妈妈家的房子旁。那是她出生的房子，是每天放学后返回的地方，也是从师范培训学院回去的地方，直到那一天她告诉家人，说认识了那个梦中情人般的出色家伙，已经爱得难以自拔。也是在这栋房子里，她决意中断师范学院的培训课程，说只要她想当老师，在英国也随时可以继续。

就是在这栋房子里，妈妈告诫她那场婚姻不会持久，说那只会毁掉她的生活。也正是这栋房子，她阔别多年后将在周日重返，带着单亲家庭中养大的儿子，以及他那朋克的女友，而那姑娘不久就会成为他的同居情侣。在这里,家人要证明他们的判断没错。

  她往家那边走近一些,想看看房子。看一看,也不会带来任何害处。她想象,这么多年过去,房子或许变得破旧了,但是没有,屋子看上去亮堂又光鲜,令人惊讶。墙上的红砖并未歪斜脱落,反而规规整整,仿佛一直有人在维修保养;窗台上的盆栽花槽打理得干净利落;家具的黄铜装饰闪闪发亮;窗帘看上去也挺时新漂亮。莫琳不知道是该为此高兴还是遗憾失落。

  她再一次感到不由自主地任双脚把她带往马路对面。是她自己意志之外的什么东西让她爬上那六级台阶,敲响了家门。

  妈妈应声过来开了门。她如今已年过七十而不是五十,满脸皱纹,但并不老迈虚弱。妈妈穿了件挺精神的红色羊毛开衫,配方格图案的红裙子。见到莫琳时,她看上去全无惊讶之色。

  "快进来。你一定是走累了。"

  "没,没有,一点也不累。我想这是因为每样东西都那么新鲜吧……或者说,是还跟从前一个样。又看到了所有这一切。我肯定都走了几英里了。"

  "你去了哪里?"妈妈没有亲吻她,没有大声感叹,也没有显露出任何强烈的情绪,只有那愉快的欢迎姿态。

  莫琳告诉她之前经过的线路。她们说着话,就如同久未相见的老友,而她们看上去也像是这么个样子。

  "你还是自己生活?"莫琳四处环顾。

  "我猜你一整个星期都是这样。"妈妈总是如此,讲话枯燥又直接。

  "是啊,那是当然的,我必须出门工作。"

  妈妈点点头:"倒也是,好在你爸爸提供的条件挺不错,我不必去上班。"

小小的一阵沉默,但并无敌意。

"每逢周日,大家都来看你,那挺好的。"

"是挺好的,非常好。工作日期间他们偶尔也会来。从某种意义上来说,那是我欠了你的。"

妈妈将烧开的水倒入茶壶。莫琳恍然觉得多年的时光阻隔悄悄隐去了。那棕色的大茶壶还是她正值青春时家里就有的那同一只,要么就是换过的,但几乎完全一样。实在想象不到,那茶壶竟安然幸存至今,而能在岁月磨蚀中同样留存下来的东西却是如此之少。

"为什么说你欠了我的?"

"我对你太严厉了,我把规矩定得太死,话说得太狠了。当年,你跟那个信口开河的骗子,跟那个投机取巧的家伙走的时候……"看到莫琳脸上痛苦的神色,她住了口。然后她继续说道,"不,莫琳,我不是怪你,现在我是在自责,不是对你凶。当年那些预先判断,我说得太绝对了,定下的那些条条框框也太死板了。如果当时能处理得模糊一点,话说得软一点,恐怕就不至于会让你跟我一刀两断,我就不会永远失去你了。"

她把茶壶放在了桌上。那的确是同一只茶壶。

"是我太自傲了。"莫琳主动认错。

"我们都会骄傲的。年轻的时候,谁都会自信满满,觉得自己最正确。你离开的时候,连头都没回一下,所以我就想,除非我态度放软一点,否则就会由于同样的原因失去所有的孩子。然后我就改了。凯瑟琳的男友喝酒太多,但我没有声张地捅出这个问题;德莫特不再去教堂参加弥撒,我也没有不依不饶;对杰娜尔丁的一起上舞蹈课的

'朋友'，我连一个字都没说。你的离开让我学到了教训。正是因为这个，她们才会在周日来看我。莫琳，如今她们觉得我很棒，对我这个妈妈，她们都会说好话。这些窗台盆栽花槽是德莫特给我弄的。花园里要松土挖坑什么的，杰娜尔丁的'朋友'会来干。追到凯瑟琳的那个浑小子每周也有两个小时会打着领带来这里，表现得跟个正常人一样——就冲这个，凯瑟琳总觉得再怎么感谢我也不为过。"

莫琳目瞪口呆地听着。

"孩子，从一定程度上来说，关于宝拉这姑娘，我刚才讲到的也是你接下来要做的，不是吗？就是装装糊涂。"

"那也挺难的。"莫琳说道，"我们为什么要那么做？"

"因为生活就是妥协，就像讨价还价，你我都退让一步，我猜就是这样的。"妈妈回道，"因为说到给与取、获得与付出，所有人的理解恐怕都是这样。不管是不是出自你的真心，你表示认同了，然后就会得到他们对你在情感上的亲近。"

"但是，对我那事的看法，你一点没错。"莫琳说，"他不爱我，他从没打算过跟我白头到老。你的意见是对的。"

"在那个时候，他也许也是真的爱你吧，也真的认为会跟你共度一生，就在当年那一个时间段。"妈妈的声音从来没有这么温和过。

"你当时尽力来阻止我了，你做得没错。你从旁观者的角度看得更清楚，知道这事长不了。"

"我做对了吗？在你整个的成年阶段，我都失去了你。那看起来做得可不是多么聪明啊。而且，如果没有你当先例，我猜想，或许其他儿女我也留不住了。因为这一点，我一直都认为要感激你。"她伸出胳膊摸了摸莫琳的手。

"我该对宝拉怎么做呢？假装认为她和布莱恩是天生一对？"

"我老了，早就过了帮你拿主意的年龄。"

"不，真的没有，我想知道你的建议。"

"那我觉得你应该继续照先前的样子做。无论赞同或反对，并不拿出真正明确的立场，而是让他知道，不管他做什么，你都会永远爱他。而我，就是没让你知道这个。"

"可是，她都让他神魂颠倒了——她会离开他，就像我被甩了那样！"莫琳大喊。

"这事还是这样看吧，"妈妈说道，"即使她跑掉，所脱离的状态也比你所处的那种情形要非正式多了。我不觉得她和布莱恩会正式登记或举行婚礼什么的，他们就只是同居而已。那样处理起来就容易不少。假如我是你的话，我倒是会鼓励他们相处的。"

晚祷的钟声从教堂那边传来，一如在莫琳童年时那样日复一日、年复一年地响着。钟声，她以前认为那只是又一套规定而已，正如学校里的上下课铃，正如师范学院的铃声，就是在告诉你，你应该去哪里、应该干什么。今晚，这钟声听来却不同，是一种温柔、宽宏、成熟、醇美的声音，它告诉你，只要你需要，那里就有什么东西已经为你准备好了。

她吻了吻妈妈的脸颊，拥抱了妈妈。这拥抱看似持续了挺长的时间，因为这两个妇人，这对母女，此前还从未这样彼此拥抱过。然后，她没说什么别的就离开了那栋房子，迈着轻快的脚步走向剧院，去与儿子和他女朋友会合。再然后，她将跟他们漫步穿越都柏林。她心中清楚，彼时彼刻，这个姑娘宝拉可能确实是爱着布莱恩的，恰如布莱恩的父亲曾爱过她一样。

错误的标注

诺拉曾在一家小报社工作过。这家报社曾经把一对夫妇金婚周年庆的照片印在报纸上,图片里插入了这样的文字:"不知道为何一定要提这个,但很明显,他喜欢大派对。"① 结果那期报纸很抢手,甚至有人买回家成了收藏品。社里好几位领导因此卷铺盖滚蛋了,但没人写下过任何的明文指令,说那个文字部分不能那样印出来。

她效力的下一家报社的成员错误地认定自家主编对所谓的神赐超凡能力或圣徒般的人格魅力十分推崇,所以报纸头版总是塞满了此类图片:众人麇集,双臂高举,呼告祈祷。直到这种风格的图像第二十次出现,有人听到主编说那幅照片的最佳标题应该是"上帝啊——别再来这个了",大家才意识到他们曲解和误会了主编大人的忠信立场。不过,这领悟来得还不够快,没能警醒到那些家伙:他们觉得,"上帝啊——别再来这个了"这样一句爽快生动的感叹,绝对就是那幅图片下方所需要的最恰切的点题文字,随后也就照样印出来了!

所以,等到诺拉一路走来进了一家全国性的日报社之后,她对错误标题的危险只能说是再清楚不过了。人们随手扔在办公室的那些纸片,只要上面有任何的误导信息,诺拉都不会放过,几乎到了偏执狂

---

① 这个双关语的言外之意是指那人支持大党派(party)。

的程度。其他人都笑她,他们试图让她明白,现在她是在一流的新闻机构工作,而不是在什么米奇老鼠之类的小周报干活。可诺拉回应说,任何地方都有可能犯错,如果你亲身感受过那种难堪的经历——因为报上指涉了那对夫妇的政治影响力,他们的金婚纪念算是被毁了——那你也会变得小心翼翼。如果你曾经身为意外事件——虔诚无辜的敬拜信徒被拍进照片,但照片却配了个不恭的渎神标题——处置小组的一员,忙于应付不断打进来的投诉电话和表示心灵受到伤害的来信,那你也会把谨慎行事视为座右铭的。

诺拉还有其他的准则。她绝对诚实,毫不含糊。她提交报销的每周工作开支,哪怕是最严格的会计来审核,都找不到任何一分钱的账目可稍加指责,也完全不会被当成精彩的假账来"欣赏",而很多别的记者的报销账单或许不时会得到如此"美誉"。

无论何时被派去采访集会活动或示威游行,诺拉都不遗余力地数清楚现场的人数,而不是照单接受那些权威部门或负责人给出的数据——他们通常会说只有少量抗议者、一众细小的人流,而组织方和发起者则会说现场人山人海,群情激昂。

有人赠送化妆品给她,但她不会写充满溢美之词的文章去鼓吹那玩意儿的神奇功效;有酒店给她提供免费午餐,并暗示周末可分文不花去入住,但她从未因此夸赞和宣传过这样的酒店;那些身居高位者,有权力为她安排更好职位的、能给她更明亮舒适的办公座位的、能在版面上留更大空行用于她的报道署名的,她都不曾阿谀奉承过。报社的每个人都喜欢诺拉。她对标题和文字标注一定要正确的那种执念,他们也接受了,只当那是某种神经性反应、某种下意识的怪癖。就像有些人必须在桌子上放一杯咖啡,但根本不喝,只是在那儿放凉了，然后才能开始打字写东西；或者像其他有些人，他们每说完一句话都总是习惯性地加上"我的意思，你懂的"。

随着岁月的更替，"男人本色"的那类男人彼此交流意见，说诺拉还不结婚真是奇了怪了，她可是个漂亮妞儿，长得一点都不差呀。他们一边略表惊讶，一边摇头惋惜。他们评价是否可以结婚的唯一标准就是漂亮，所以，既然诺拉已经通过了外貌测试这一关，她却没顺理成章走到下一步，岂不怪哉？

而"女人本八卦"的那类女人以前常说，诺拉总是对个人生活守口如瓶，除非你问她。如果你真的问了，她的回答只会跟其他大龄单身女一样如出一辙，说好男人早就没有了，一般都被母老虎们驯服了。

诺拉回栗树街父母家里的时候，开始稍稍提到了丹。

丹是个老师，是诺拉在做一个教育专题报道时认识的。她带了个摄影师一起去学校采访。拍集体照时，她亲自核对了照片中每个人的名字，丹对此印象深刻。诺拉当时拿出笔记本，核实拍照者的名字，按从左到右的顺序把所有的信息都记下来。

"我认为那应该是摄影师干的事情。"丹发表意见。

"通常来说是我们做。"摄影师挺随和，与世无争。他解释说，在办公室这边，他们都已习惯了诺拉的风格。她是个十字架，你要跟着一起背，但在所有其他方面，她显得很正常。一个人有一点偏执怪癖，那是可以容忍的。

丹觉得诺拉过得挺开心的。她将遮挡视线的头发从眼前吹开去，她的铅笔在采访本上飞快地书写，用的是那种象形文字般的速记天书。这一切的样子都显得乐在其中。

"我没想到还有人在用这个。"他们边走边随意地说着话,一起穿过校园。

"只有像我这样的老古董还在用。"诺拉坦白交代,"这是来自史前世纪的玩意儿,那时的雨衣还总是配着腰带,穿了就该扎上;那时的报纸头版还习惯预留着给重大新闻。你肯定不记得那个年代的。"

"我可是跟你一样大啊。"丹说道。他被诺拉的话刺伤了。

"我可是差不多四十了。"诺拉说。

"我也三十六岁零六个月了。"丹抗辩道。

这事是真的,比办公室里任何人所曾知道的都更真实。诺拉开始减肥,开始跟年轻的小辈们探讨那所谓的低脂酸奶到底有多少大卡的热量。关于头发的颜色,她接受了别人诚恳认真的建议,选择局部挑染。她挑剔地审视自己的衣服,说她可不喜欢被人家那些无用的鸡汤说法给忽悠了,比如说你选择去穿什么样的衣服,你觉得什么穿上让你感到舒服,那什么就是时尚。她说她才不在乎舒服不舒服呢——她只想穿得有品位,要实实在在够时髦。千真万确。她也在看那些有关微整容的资讯,恐怕就只差走最后一步下定决心去挨刀子了。她说,现在已经到了让人绝望抓狂的时刻,她就要去见丹的妈妈了,她可不希望自己看上去比未来的婆婆还要老。

"她怎么也不至于两岁或者三岁就怀了孩子吧!"诺拉的朋友安妮说道。但无论安妮说什么,诺拉都听不进去。正如已经发生的事实那样,很不明智地,安妮已经结婚了,可那时安妮才二十一岁,跟她男人爱得火花四溅,快活得直冒烟,哪像诺拉现在这样?枯木逢春,不整点新芽嫩叶能行吗?

诺拉在丹的妈妈家里讲起了关于年龄歧视的段子,不下三十七个吧,反正是成功地贬低了自己,传递了老脸皮厚的立场。总共有七次,她提到了"抢劫摇篮"——粗俗地说,也就是老牛吃嫩草嘛。她还说从来都没有真正对有声电影感到很习惯,看黑白片才让她觉得更舒服,因为彩色电影会伤到她的眼睛。丹的妈妈一头雾水。诺拉瞎扯得更来劲了,说她早年的新闻报道是在第一次世界大战期间做的,妇女参政运动风起云涌的时候,她小试锋芒,有了更多的磨炼与成长。

送诺拉回家的路上,丹停下车向她求婚。

"你太年轻了——你都不清楚自己内心想要什么。"诺拉说。

"我们前面大概还有四十或五十年要过,拜托你能不能不要老是提起这个?你要是不提,那对我可是极大的恩典。"丹说道。

"那会是些好年头吗?"诺拉几乎不敢相信前景会如此。

"如果能扔掉这些年老痴呆、喋喋不休的唠叨,我想那就会是好年头。"丹若有所思的样子,"我都能看到了,咱们结婚那天,你会几次三番打断我的致辞,扯起你记得的这位那位沙皇的婚礼,或者,赶上不是黄道吉日的话,你大概要回忆起布里翁①法典时代吧!"

"婚礼?"诺拉叫出声来,"你的意思是那种让一群人盯着我们看的那种婚礼?"

"不,不是,"丹让她放心,"不会有那样的情况发生。请帖上会印好说明的,客人必须蒙上眼罩才准许到现场。"

他们商定了一个日子,仅仅两个月之后就办大事。诺拉张开嘴,想说在她这个岁数,如果要在保质期内把自己给卖出去,那就一定得

---

① 布里翁,古爱尔兰法官。

争分夺秒，可她想起丹刚刚"拜托"过她，于是就把话咽了回去。

诺拉只给了自己每天一个钟头的时间来讨论婚礼计划。她担心工作会被殃及，因为她满脑袋都想着丹，满怀爱的兴奋和憧憬，还惶恐不安、战战兢兢地想到大婚的日子已近在眼前。

安妮觉得迷惑不解："老天在上，那不就是一个日子嘛，只是一天罢了。你又不是见不得人，很好看啊。你到底在烦什么？"

"要是你能给我找出一个橱窗上写着'老新娘全套专供'的店面，那么我也许能安下心来。"诺拉一脸的悲惨。办公室的姑娘们指点她去那些款式新潮的时装店。她们叫她少说废话、立马行动，否则大家就不凑份子去喝喜酒了。诺拉不得不挤出一点空闲从报社偷偷溜出去逛街。这类时尚店的店员都只有十一岁吧。她发现自己进去之后就只会口齿不清地连声说"抱歉"，一边就移步退出来了。

"我就只是看一看。"她这样支吾其词，表现得简直像个小偷。

最终，她意识到不得不做出某种决断了。那一天已经日益临近，而她还没有得出任何结论——在这些让她耳热心跳、浑身不自在的潮流之地，她都根本没和店员正经说过话，更别说试衣看效果了。

"我在找参加婚礼的衣服。"终于，她开口了，音调很高，尖锐刺耳，听起来实在不像她自己的声音。

年轻的店员看着她，有些愕然，仿佛那是一个非常粗暴的购物要求。

"婚礼？"对方疑疑惑惑地重复道。

诺拉只对丹承诺过，一定停止那种关于年龄的随口胡诌，但两人可没有过这样的协议，说即便他不在她身边，也不允许诺拉开玩笑，瞎说诸如此类的俏皮话。

"严格说来，并不是新娘妈妈的那种行头，但我确实也扮演着一个关键角色,所以需要时髦一点。"她解释道。

"是您女儿的好朋友结婚,对不对?"十八岁的导购小丫头想尽力对客人有所帮助。诺拉的心沉得像铅。

这当然是一个噩梦——店员们追着问新娘预计穿什么衣服。她只能反复回应说她不知道。她现在已经声明了自己要充当已婚主伴娘的角色,新娘则是她最好的朋友。

"你为什么不能问问她打算穿什么婚纱?"店员们越来越困惑,追问道。

"我不想问。"走投无路的诺拉可怜兮兮地说。

他们想知道新娘是不是确定穿一身的白色。诺拉对那个提问嗤之以鼻。

"真遗憾不能帮到您。"店里的经理说道,"如果新娘穿白婚纱的话,那你穿什么都可以,都能相配。"

"只要我让她穿白的,我想,她就会穿的。"诺拉孤注一掷。

店员们觉得这个婚礼真是令人费解,但他们最终还是把诺拉打扮得很好,好得出乎意料,尤其是考虑到她们绝对没有得到任何明确的信息,有的只是自相矛盾的一堆暗示。长裙和帽子简直太惊艳了。

"我认为你会把新娘的风头完全盖下去的。"经理说道。

"哎呀,让新娘见鬼去吧。"诺拉如此说道,然后就看到她们花了长得不合理的相当一段时间来核实她的信用卡。她们一定是怀疑她疯了。对她的言行,这只能是唯一合理的解释。

婚礼前一天,她去店里拿礼服裙、帽子,还有鞋子。她们都在旁边站着,争相夸她漂亮。

"包呢?你要搭配什么包?"她们问道。

诺拉忘记了,还有该死的手拿包!那只办公用的巨大的单肩挎包是不能背到婚礼上去的。家里已有的几个晚宴用手袋,任何一个都不搭。店里也没有可以搭配的手拿包。然后,其中一个店员好心地提议可以借用她的。

"你用完后第二天把包放到店里就行了。"她慷慨地说道。

诺拉本想说,她到时就直接去度蜜月了,但张开的嘴又合上了。反正安妮可以替她把包还回来的。

这一天她晕晕乎乎的,如在梦中。丹的妈妈在她们初次见面被吓到之后,一直都多少保持着距离,对诺拉敬而远之,这天却是满口的赞赏。

"你的样子可真好看。"婆婆夸道。

诺拉家阁楼的墙上挂了一幅道林·格雷的肖像。她关于这张画有句现成的评价,差点就脱口而出,但还是咽回去了。同事们也把诺拉夸上了天。她们甚至在明天的报纸上安排了版面,要刊登一张婚礼照片。诺拉表示要帮摄影师处理此事。

"诺拉,我自己能搞定。"摄影师说,"照片里只有你们两个人——我保证写个好标题。"

她朝丹那边看过去,而丹正看着她呢。她笑了,这是她这天第一次真正开心的微笑。也许未来四十年或者五十年将会是美好的。她可从未想到过如此好事会让自己给碰上。她深深地、幸福地长叹了一口气。

第二天,安妮去服装店还包。店里已经炸开了锅,店员都莫名激动。她们看到了报上的照片。

"是她自己嫁给了新郎呀!"经理颇愤慨,觉得心灵简直受到了极大的伤害,"我就知道那事情有蹊跷。她说什么'让新娘见鬼去吧',不管是谁,只要正常就不会那么说话的。"

安妮一片茫然,完全不知道她们谈论的是什么,但她可以确信,既然是来到了这样一个人人都发疯了的店里,那诺拉肯定也会被这些人搞昏了头。

"你有没有看到教堂里出现的场景?就像《简·爱》里那样。"一个店员问道。这姑娘看上去更应该是在上高中。安妮迫不及待地想从这里抽身而逃——她昨晚喝多了,还晕晕乎乎的呢。另外,她忧心忡忡:该怎么打理那场已经持续了十九年的差强人意的婚姻?

"没有,没那些场面。"她简略地说道。

"他们难道没有读一读新式的婚礼公告词,问问是不是有人反对什么的?"店员们开始担忧起来,身边有诺拉这样的人存在,那婚姻制度还怎么能够维持下去?

安妮感到自己的头比她料想的更晕了,于是开始往店门口走。

"她自己没回来,是因为那个吧——她实际上跟他跑了?"姑娘们咋呼道。

"她当然是跟他跑了,去度蜜月。"

娃娃脸的经理是位思想开放的小姐。她说她一直都喜欢看到女同胞们坚定又自信,但这次的事情实在是够荒唐的。"你可以独立又自信,但不能因此就牺牲另一个姐妹啊。"她说道,"看到报上的照片时,我的一个希望就是:但愿他们是写错了说明。"

安妮心里明白了,她现在不仅需要来点醒酒药,还需要预约一个情感分析师去好好聊聊。她凝聚起所有能拿出来的力气说道:"那文字标题没错。无论诺拉在她一生中犯过什么错——她实际上已经犯过很多错，其中也包括选择了贵店来购置结婚礼服——可她至今绝对没在图片标题上犯过任何错，没一个错是需要她负责的。"

她踉跄地离开了，店里那群姑娘都在背后看着她。

"你觉得本来要当新娘的人是不是就是她呀！"目送着安妮踉跄着走远，其中一个店员说道。

沙利文家的"明星"闺女

莫丽·沙利文说过,这个小宝贝生下来就是要当明星的。她一点儿不烦人,而且还总是笑嘻嘻的。

谢伊·沙利文则说,这个新出生的小宝贝是赛马押注的明星高手。同场出战的赛马名单上,她用小拳头一指,就找出了哪个会赢。

于是,她逐渐就被人们叫成了"丝达①"。大家都忘记了她真正的名字是奥娜。她自己也忘了。在学校里,点名的时候,人家总是这样叫她:"丝达·沙利文?"在她生活的那条街上,人们会对她这样喊道:"丝达,能不能帮个忙,替我们照看一下小宝宝?"或者是请她跑腿去街角商店买个东西,或者是叫她帮着折叠一张超大的桌布,或者是让她去找一只跑丢了的小狗。丝达·沙利文有一头红铜色的长发,很有光泽。她脸上总是随时会露出微笑,脾气好得没话说,不管别人请她做什么事,她都照做。

家里另有三个孩子都比丝达年长,但这些哥哥姐姐没一个像她那样随和又愉快,那么好相处。凯文是最大的。他说打算去健身房工作,最终要开办属于自己的运动俱乐部。无论什么问题,他都跟父亲有分歧,总是发生争执。

---

① 丝达,即英文单词"Star"的谐音。

莉莉是二姐,她梦想着有朝一日能当上模特。她对谁都瞧不上,也不关心,除了她自己。

剩下的是迈克尔。他在校长办公室逗留的时间比坐在教室里的时间还要多。他总是会惹上麻烦,不是因为这个就是因为那个。

然后就是丝达了。

丝达经常问妈妈家里会不会再多一个小孩子,把那样一个小宝宝放在童车里,她可以在栗树街上推来推去?可妈妈说不会有了,绝对不会有了。送宝宝来的天使已经给栗树街 24 号送来足够多的孩子了。如果还想再要,那就太贪心了。

于是,丝达就推着别人家的宝宝,跟别人家的猫儿玩。就她自个儿玩。

栗树街是个玩耍的好地方,因为这条街呈马蹄铁的形状,中间除了一些栗子树,还有一片相当大的草地。

住在这里的人,有的不辞辛劳去打扫整理,要让自己的居住区变得整洁,而另外有些人晚上就只管坐在草地上喝罐装淡啤酒,然后把罐子扔在那里。

附近也有别的孩子,但丝达很害羞。假如自己走向一群结伙玩耍的孩子,她害怕人家会叫她待一边去。看起来,所有那些小伙伴似乎都过得挺乐和的,因此她就只好在边上当个旁观者,从未加入其中。

莫丽很高兴,自家这个最小的孩子竟然让她如此省心。她要烦恼的其他事情可多了去了。比如谢伊总是赌博的问题。他说,他去赌博是为了他们所有的人,为了这个家庭。他很快就会赢得一个大奖,然后带所有的人去度假。谢伊是个好心人,但够蠢的,他在一家大酒店的厨房干活,却梦想着能咸鱼翻身,成为有钱入住该酒店的宾客,就好像家里有谁奢望过去度假似的！除了小丝达，谁愿意幻想他能承担举家度假的开销！

莫丽自己的工作也够烦心的。她在一间超市干活，轮班倒，总是忙得脚不沾地，脸上还不得不堆出笑容，还得飞快地做事，以免人家觉得她太老了，让她回家。

她为凯文操心。这个大儿子牢骚满腹，因为他还在健身会所干着最基础的工种：捡毛巾，接听客人的预订电话。而他认为干了这么久，现在应该已经被提拔成见习经理了。

莉莉也让她操心。女儿工作太辛苦了，她在一家电话销售中心上班，每天要打出无数个钟头的电话，为的是赚钱去上后续的模特训练课程。她比以往任何时候都更瘦了，在家里晚餐几乎什么都不吃。虽然她说在办公室那里吃过很丰盛的午餐，可这说法不是有点匪夷所思吗？因为莫丽根本就不信电话销售中心里有厨房。但是莉莉通常不会瞎说，除非确有其事。

还有小儿子迈克尔！好吧，他从早到晚都让人忧心忡忡。老师说，即使到他离校的那一天，这浑小子也几乎认不了几个字。他对任何科目都毫无兴趣。这孩子的未来真的非常黯淡，看不到什么出路。

所以，一想到丝达，家里的小"明星"，想到那诚恳热切的面容，她总是感到宽慰。她从未给任何人带来过任何麻烦。给她穿莉莉的旧衣服，甚至是两个哥哥的旧T恤，她都开开心心的。她根本没提过要买任何新东西。

学校这边，老师说功课对丝达而言并不容易。如果被叫起来读书或者背诵一首诗之类的，她总是显得相当紧张。老师说，她是个善良的好孩子，有谁在操场上摔倒了，或者有谁生病了，丝达必定会出手相助。或许她将来可以当个护士，一位叫凯西小姐的老师提出这样的职业前景。莫丽挺高兴的。家里已经有两个做梦的了，一个觉得自己有朝一日会开一家健身房或运动俱乐部什么的，另一个则坚信自己会在T台上大放异彩，而迈克尔也许最终要去蹲监狱，所以，沙利文家能出一个护士，那当然再好不过了。

　　谢伊说，将来谁能娶到丝达，那是真有福气。她对很多事情都很感兴趣，而不是像家里其他人那样，只是叹口气或在鼻子里哼一声，然后耸耸肩了事。他要跟丝达好好讲解一下赌马取得胜算的概率问题，以及马场赛道偏硬或者偏软所造成的结果差异，还有骑手本身给赛马带来的额外负重，还有怎么去采用累计式下注或者是"扬基大兵"那种复式投注。丝达有时候也会提出很聪明的问题，有那么一两次还因此阻止了他做出蠢事。

　　"只有一两次吗？"莫丽厌倦地说道。

　　"我的意思是说，那个，"谢伊回道，"我是说她从不说尖刻挖苦的话，不像你那样，也不像家里其他所有的人那样。她可真是个小宝贝，丝达是咱家的宝贝。"

　　凯文对丝达也从未有过反对意见。她帮哥哥擦洗鞋子，关心地问去健身房用那些锻炼器械的人都有些什么故事。而姐姐莉莉的东西呢，她只是羡慕赞赏，从不会拿走什么。她从来也没有向妈妈打过小报告，说莉莉把没吃的食物塞到了她俩同住的那个房间的梳妆台抽屉的最里面了。

　　连迈克尔对丝达都另眼相待。她从不把小哥哥在学校的坏消息带回家。相反地，她还不时告诉父母说，迈克尔的表现挺不错的——但事实上远不是如此乐观。有时候她还试着帮哥哥做作业，尽管她比他还小两岁。

就这么着,丝达长到了十三岁,那是快速发育的年龄段,充满了希望与梦想。如果你愿意信以为真的话,那么她的世界肯定也应该会没有波澜吧。家里人都没意识到,这也正是丝达对自己生活的理解和感受,因为在栗树街 24 号的这户人家里,是没人有闲工夫坐下来去想想所谓生活的意义这类问题的。

当然,也总是会有不那么平常的人间戏剧发生,比如,莫丽好不容易才差不多存够了买台新洗衣机的钱,却被谢伊拿去全部投注到了一只灰狗身上,而这只寄托了谢伊厚望的赛狗,却还在谢尔本公园那一带蹦跶呢——只有三条腿管用!

比如那一次莉莉在电话销售中心晕倒了,被送回来,一起带回家的还有医生的叮嘱,说莉莉必须更小心地照料自己,因为她已经开始显露出厌食症的迹象。

再比如凯文与他爸爸最近一次的争吵,他抱怨父母拿不出足够的钱送他去上像样的私立学校,而在那种学校里,他可以接受正规、良好的体育培训。还有,迈克尔被学校停了整整一学期的课,只因为莫丽跑去跟校长求情,学校才同意让他先回去复课。

学校老师都觉得丝达这小姑娘挺讨喜的,因为她脸上总是挂着微笑,而不是像其他很多女生那样整天都阴沉着脸,仿佛看透了人生的尖刻的冷笑随时会从鼻孔里喷出来。丝达也不会在鼻翼或嘴唇上穿孔,这就省却了老师和家长无数的口舌,不需要他们苦口婆心地去讲道理。如果需要有人帮着打扫教室,或者是把椅子摆放整理好,或者是给花瓶换水,丝达就会毫无怨言地去做,而不是先发表一通七分钟的抗辩——班上其余的学生就老是跟老师打这种口水仗。

开家长会的时候，老师们告诉莫丽，丝达真是个非常好的女孩子，什么麻烦也没有。这一点莫丽应该早已清楚了。丝达将来要当个护士，老师们说道，毫无疑问地，她会成为一名超级优秀的护士，只要有一点点额外的帮助，她就完全没理由当不成一个好护士。她有没有可能去上私立学校接受训练？莫丽哀伤地摇摇头。一丝一毫的机会都没有。她们眼下的那点收入只够勉强维持现有的生活。

也许家里的哥哥姐姐能帮一下吧？凯西小姐试探地说道。莫丽沮丧地想起自己的三个大孩子，然后回道，说实在的，真的没那种可能。

凯西小姐懂了，甚至都没继续问一下孩子的爷爷奶奶或外公外婆能否施以援手。也许哪个邻居能帮上忙吧？他们都很忙，生活并不很宽裕。不过在栗树街有个很和善的邻居，叫作马克小姐，那是个盲人。也有人去看她，给她读读书的，据说她也曾帮助和鼓励过那些人，那么，对丝达来说，这样做恐怕也能起作用吧。

"告诉丝达，让她去给那个老太太做点好事，这样的话，丝达就会去看她的。"凯西小姐提出行动方案。

丝达发现马克小姐对自己的课本非常感兴趣。

"你上周读过的关于法国大革命的那一段，能不能再读给我听听？那些内容很有意思，不是吗？"

"是吗，马克小姐？"

"啊，是的。我们一定要想一想，在国王宫廷周围的那些老爷呀、贵妇呀，他们为什么这样愚蠢，以至于都不明白这个国家到底发生了什么，还有人民大众究竟是多么穷困可怜？或者，他们是看到了，但不闻不问？这就是我想知道的。"

"我觉得他们只是瞎了,马克小姐。"丝达回道,带着一如往常的随和态度,不想为难任何人。

然后她意识到自己说漏了嘴:"我的意思是说……非常抱歉,马克小姐。"

"孩子,这根本没关系的。我是瞎了,可我并不是一直都瞎——瞎只是一个词语而已——我的情况是这样的,我眼睛里的肌肉组织和别的什么东西坏掉了。我还能清楚地回想起你是小宝贝的时候长什么样子。而在那些贵族那里,那是另一种不同的瞎,他们对让自己感到不舒服的东西视而不见。"

她的鲁莽没有造成多大的后果或不安的反应。丝达大大地松了一口气,于是赶忙又接上了话头:"马克小姐,我猜我们全都是那样做的,让自己不去想坏事情,不是吗?你明白的,要努力去阻止打仗、争吵之类的事情。我是说,如果我生活在法国大革命时期,我也会努力劝阻他们不要挑起战争的。我可不愿意让他们有那种东西,那东西把别人的头砍下来,然后头颅掉进了筐里。"

"丝达,那叫断头台。你现在就念这个词,慢慢念上几遍,就永远也不会忘记了。"

丝达顺从地念了。

"马克小姐,你想阻止别人打仗吗?"

"是的,我确实也想,但我更了解这个,就是人们只干他们想干的事情。最终,事情也是那样收场的。如果多多少少能接受这一事实,我想,我们就会变得更坚强。这能让我们更好地面对自己的生活。"

"可是,马克小姐,其他人不也属于我们自己生活的一部分吗?"

"孩子,是的。当然,他们也属于我们的生活。"

马克小姐叹了一口气。栗树街24号遇到的所有那些问题,丝达都不必跟她讲,那是大家都已经知道的。对谢伊来说,只要有人跟他赌,不管赌什么,他都会把哪怕最后一毛钱掏出来押注;而莫丽呢,她辛苦地工作,绞尽脑汁地省钱,人都快累垮了;凯文则闷闷不乐,满肚子情绪,动不动就去踢路上的石头;莉莉尽想着节食减重好去当超模,现在却患了进食紊乱症;迈克尔才十五岁,但这个年龄段可干的足够去吃牢饭的事,他都干得差不多了;小丝达却敏感多思,亮泽的长发下是一双心事重重的眼睛,因为她整天都在为家人忧虑。

这天是丝达十四岁的生日,发生了很多事情。隔壁的23号搬来了新邻居,那是赫尔一家人。本来那里住的是凯利老先生,但凯利那家人从未来看过可怜的老爷子。老人去世后,房子空放了半年,凯利一家人因为怎么处置这处房产吵翻了天。最终,他们快速做出决定,把房子卖给了赫尔这家人。丝达看到新邻居搬过来,搬家公司的车子正在卸货拆包。她希望这家或许能有个跟她年龄相仿的姑娘。在学校,她没有多少朋友,因为其他女生都认为她有点闷。

但没有女孩子的影子出现,只有一个男人和他的妻子——妻子看上去比丈夫年轻很多——还有一只灰狗猎犬。最后从货车里下来的是一个男生,好吧,差不多已经是个男人了,大概……十八九岁的模样。他从货车上拿下吉他和竞速单车时,丝达就那么直呆呆地看着对方。她看到他是怎么把被汗浸湿的头发从前额上撩开的。他帮着将家具搬进房子,丝达看到了他那深灰色T恤上的汗渍。他到底是搬家公司的工人,还是这家人当中的一个成员?没过几分钟,丝达便发觉自己心里在期望这小伙子是这家中的一员。真想象不到会有个男孩子就住在隔壁,而且是长得像那样的一个男生!

她很快就按捺不住了,走下楼,站在了自家大门前。

"你好。"他搬着桌子从她身边经过时,她主动打招呼。

"哎,你好。"他的微笑很迷人。

"我叫丝达·沙利文。"她说道,一边感觉心跳加快了。面对像这样英俊的男生,她可从来没有勇气搭讪过。只不过,今天的情形有点不同。

"哦,丝达·沙利文,你好。我叫拉迪·赫尔。"他回道。

拉迪·赫尔。丝达满怀惊奇地重述了这几个字。这名字可真不赖。她现在最好还是赶快开溜,省得说出什么愚蠢的话,让拉迪脸上的明朗笑容突然消失。

丝达恋爱了。

出租车司机是隐形人

世界杯期间,有很多小年轻在出租车停靠站等着,他们都要去意大利。但凯文绝非其中一员,他根本没法离开自家的屋子多久。谁能一大早给菲利丝拿去茶水,扶着她下床去冲淋浴,给她擦干后背,安顿她在毛衫编织机前坐下来?她会在那里工作一整天,水壶和做饭用的小烤架则放在四周她伸手可及的地方。

当然了,如果凯文跟孩子们交涉,说他二十二年都没度过假,事情就交给他们了,儿女们也会回来照应的。但接连三周,他们每天都能来吗?

菲利丝也不愿让儿子或儿媳妇们把她可怜的身体拖进淋浴间再拖出来。而且,不管怎么说,把那么多钱花在饮酒作乐、跟一帮小屁孩吵闹欢笑上,那未免太自私了。去看球的想法,凯文只考虑了大概五分钟,然后便抛至脑后了。他决定去啤酒馆,在那里看比赛。很多人都说,在酒馆看直播跟去现场一样过瘾,场面同样精彩,还根本不必花大把的钱,也不必忍受那些难吃的外国食物。

1990年6月21日,爱尔兰对阵荷兰,结果是一比一平局。那天,凯文第一次与那两口子相遇。他当时正准备收工,打算去弗林酒馆观战,然后就看到那对男女朝着停靠站跑过来,而站台边唯一的车就是他的。所有其他的出租车司机要么出国看球了,要么就已经跑去弗林酒馆,早早占据了好位置。

那两个人都是四十多岁的样子——尽管那男的大概也可能有五十岁了——穿戴挺讲究。他们从街边一栋房屋中出来——那些房子都是那种带有花园的红砖独栋别墅——走在通往出租车停靠站的路上。

俩人向这边跑过来时,因为发现有车可搭乘,便大大地松了一口气,彼此看了两眼。他能够看到他们的神色。

"恐怕,我……"他挺为难地开口道。

然后他注意到女人满眼泪水。

"哦,请别说你没法让我们打车了。家里的车发动不了,我们都已经迟到了。我们要去大姑子家一起看比赛,请送一下我们吧。"她告诉了凯文他们要去哪里。这会是很不错的一笔收入,但开过去要半个小时,再返回弗林酒馆还要半个小时。

"你看,我知道你要去看比赛,但路上几乎没车辆,交通顺畅,我可以给你计价器上双倍的车费。"

这个男的人也挺友好,完全不是表示施舍的语气,而只是跟凯文公平交易。

那就意味着他有额外的好几镑钱可赚。凯文想到,明天他或许可以用轮椅推着菲利丝一起去购物——她可是挺喜欢出去买点东西的。

"上车吧。"他说道,一边打开车门。

这对夫妻没什么要操心的,他们有稳固坚实的大房子住着,屋顶可不是动不动就漏雨的那种,而这却是凯文家永久的烦恼。他们四肢健全,两人都是。那个女人不用整天弓着腰在编织机上干活,那男人也不用天天开上十多个钟头的出租车——就连这车子都不全是凯文自己的,而是跟另一个人共有。

对坐在后座上的那些乘客，凯文通常不会有羡慕或嫉妒的情绪，而跑来打车的这一对却有些特别，让他不禁有所感触。钱和光鲜的衣服，在他们看来不算什么，他们能够打到车，穿过大半个都柏林城区去某栋房子参加一个大派对，而几个月前，那里根本没有谁会对足球有半点兴趣——这对他们来说似乎也无所谓。车子发动不了，他们并未相互唠叨抱怨，也没有指责对方误事，让另一方跟着迟到了。

男人称呼女人为罗琳。凯文暗自念叨起名字的差异。他住的那条街上，没人叫罗琳、菲莉希蒂，或艾莉西娅的。那里的女人们一律是玛丽、奥拉，或菲利丝之类的名字。

罗琳这个名字某种程度上还是蛮适合她的，显得文雅和平静——她看上去也挺开心。

他们交谈时轻松自如，就像好友那般彼此信任。他寻思着这两口子结婚有多久了，或许也有二十三年了吧，就跟他和菲利丝那样。不过，人家的婚礼和婚姻生活可是另一种样子。

他们大大方方地付给他那笔额外的车费，离开时还不忘跟他寒暄，热情地祝愿爱尔兰队能在这天的比赛中胜出。

凯文打开了车载收音机。他们刚好能赶得上看比赛，而等他到弗林酒馆时，就已经开赛半个小时了。

仅仅四天之后，罗琳的丈夫便结识了一个眼睛又黑又大的姑娘。这天是1990年6月25日，周一，这天，爱尔兰与罗马尼亚队争夺前八强席位，最终在点球大战中获胜。很多人，无论是下班还是提早翘班的，都直接跑去了酒吧。这些地方情绪激昂、热闹非凡。那姑娘是从附近她上班的办公室来到酒吧的，然后，不知怎么的，人们就全都围聚在一起欢庆胜利了，再然后，当然也没有别的什么余兴节目了，除了大家伙儿都得去吃饭。饭后他们可以打车回家。谁也没有开车出来看球。

在弗林酒馆，凯文也为比赛结果而大声喝彩、欢呼雀跃，但他喝的一直是柠檬味红汽水。这样的一个夜晚，有那么两三个钟头，他可以抓住好机会挣上不菲的一笔。跟他共有这台出租车的家伙今天不想出车，尽管按照轮值排班表，这一晚是那位老兄当班。如果拉上几趟客，车费又不赖的话，凯文今晚大概能收入三十多镑。

几乎一半的都柏林人都在街头晃来晃去找出租车。

他认出了那个男人，同时也自然地假定那女的是罗琳。他刚要开口说，这世界真小不是吗？但随即咽下了这句客套话。

"我们先去……"男的在跟那姑娘商议前往何处。

一连串愉快的笑声，接着是低声耳语，然后那男的说道："这里就是了——我们俩要在这里下车。"然后，后座上传来耳鬓厮磨和亲吻的声响。付车费外带小费的时候，那男的看着凯文，对两人的目光接触毫不尴尬。他根本就没认出他。出租车司机是隐形人。

第二天上午，罗琳出现在候车站台。她认出了凯文。

"家里车子坏了的那天，我们坐过你的车。"她说道。

她目光挺友好的，传递出信任。

"那，车子又坏了吗？"凯文问道。

"没有。洛伦办公室的那帮人庆祝球赛获胜，他们显然是都喝醉了，所以决定在酒店住一晚，一伙人都没回家，"她说，"而我需要开车去学校，所以现在就打算去他办公室那边拿车。"

凯文含混地咕哝了一声，似乎要借此发出一个反对意见的信号。

罗琳的语气听来有辩护的意思。"那样做，总比醉驾回家好得多了。"她说。

"是好得多。"凯文应道。

"而且,昨晚街上无论哪里都打不到车。"罗琳继续。

"你不同,需要的时候,你们总能打到车。"凯文话里有话。

反正都柏林不大,不管人们说什么都行。全城有五十多万人口,但都柏林还是很小。

在休斯敦火车站,一个姑娘上了凯文的车。她带着妈妈同行,妈妈是来都柏林做手术的。

那妇人一副坏脾气,还有点神经分兮的。

"麦琪,跟你差不多大的姑娘大都自己买了车啊,不用再花冤枉钱打车。"那位母亲嘟囔着她的不满。

"妈,我住的地方离上班不是很近嘛,步行就可以,走走路不是更健康吗?"麦琪反驳道。她留着长长的、卷曲蓬松的黑发。凯文估测她应该三十岁左右。

"如果有车,你周末就可以开回老家了。"

"我每个月都坐火车回去的呀。"麦琪说道。

"别人家的姑娘在三十五岁时都已经是三个孩子的妈了,还有自家的独立屋,而不是像我这样,来到这里还要待在你一室一厅的小公寓里。"

"妈,你睡卧室还不行啊。我睡沙发就可以了。"

"暂时只能这样凑合啦。但这可不意味着你就不用找人家了,你迟早要有个归宿的。"

"我会安顿下来的,迟早的事。"麦琪叹了口气。

"哦,就该是那样的。"她妈妈终于缓和了一点。

洛伦要去机场,他从停靠站上了凯文的车子。凯文看到罗琳在花园边挥手送别。一个男孩和一个女孩也在那里挥手,看上去大约十五六岁的模样。

"有孩子挺好的。"车子起步汇入车流时,凯文随口说道。

"是吧。"洛伦心不在焉地回应,"当然了,他们不再是小孩子了,有了自己的生活,到了这个年龄段,不是真的很在乎家了。"

"你应该知道的,他们或许还是蛮在乎的,只不过没有实际表现出来罢了。"凯文说道。

洛伦没有回应,而只是抱着公文包,似乎在那里生了根。他不是那种有心情跟你一路聊到机场的人。

到了机场出发厅的落客区,凯文下车为这个男人从后备厢中取出了行李箱。

转身时,他恰好看到那位麦琪跑过来,投入了洛伦的怀抱。洛伦接过行李箱,与麦琪手牵手走向了办理登机手续的柜台。

每个圣诞夜,凯文都照样工作。他开车送麦琪和洛伦去休斯敦火车站。麦琪在哭。"我受不了这个——整整四天呢。"她反复说着这个。

"嘘,别这样,你很快就会回来的。"

"可这是多么特殊的日子啊,我想跟你在一起。"她还在哭。

"宝贝,就只是几个日子罢了。别给自己添堵了。四天一下就过去了。"

"这可是圣诞,浪漫缠绵的时光,有那么多甜蜜的玩意儿。"她心有不甘，觉得悲从中来。

"你清楚的，没什么浪漫缠绵的东西。"洛伦否认。

他进站将麦琪送上火车，然后让凯文载他去花店和超市。他在两个地方预订的东西都已准备好了，花店那里是一份大大的装饰插花，从另一处取回的则是一个装满食物和酒水的提篮。

随后，他回家了，推开了红砖大屋的门。凯文在车里看到罗琳和两个孩子跑出来迎接这个男人。在这个寒冷的夜晚，他听到洛伦冲着家人喊道："圣诞快乐！"

那一年，爱尔兰在四分之一决赛中输给意大利，梦想便结束了，但生活还是在继续。

圣诞之后，菲利丝不得不把编织机扔在了一边，因为她的双手变形得厉害。

紧接着的春季，他们有了两个儿孙。儿女们哪天晚上外出或休假去放风，两个小家伙就常常会被送到栗树街来，让菲利丝和凯文帮着照料。老两口便坐在那里看着眼前的两台婴儿车。

"生活实际上并不会照我们预想的方式进行。"一天晚上，菲利丝对凯文说道。

"菲利丝，无论对谁来说都不是预想中的样子。"凯文说，"对这个世界，我可是有些切身经验的，让我来给你讲讲。"

那一天，他帮着从红砖大屋中拿出了四个行李箱、一纸箱的文件和书籍。他载着这些东西以及洛伦开往麦琪所住的那一片公寓街区。那是另外的一套公寓房，比之前的单身公寓大一些，空间够他们两个人住。

洛伦净身出户，连车子都留在了红砖房那边。

上班的地方，他走过去就行了。现在，他也成了严格意义上的打车一族的成员。所以，对凯文这个出租车司机而言，未来的年月里，他时不时地会碰上洛伦，这是再自然不过的事情。

哪怕是凯文帮着运送行李箱搬家的那一天，他都从未进入过那男人的生活圈。洛伦也不曾主动发出这方面的邀请，尽管他总是蛮礼貌的，会随意地聊上几句，但一直没有任何证据显示，他认识凯文，知道以前见过这个出租车司机。

他更不知道，凯文很想抡起拳头朝他胸前猛击，因为他抛弃了那个眼神善良的好女人。

凯文经常会下意识地看看那栋红砖大屋：花园已经疏于打理，一道矮栅栏快倒下来了，前门上的油漆开始起皮脱落。

凯文自家的屋子做过几处修整。儿子们帮他维修了屋顶。他们每周六都来，直到完工。然后，他们还重新给这里粉刷了一次。凯文带儿子们去弗林酒馆，买了很多杯啤酒犒劳他们，感谢他们的劳动。

一个月又一个月的时光流逝而去，他看到自己的房屋得到翻新，而罗琳的大屋却日益破败。他关注她的生活，是因为在一切分崩离析之前，他看到她曾经是那样幸福。他无法确定孩子们能否给妈妈一些帮助，他只知道，周日的时候他们会跟父亲外出相聚。凯文看到过他们搭公交车。那位妈妈会在屋门口向他们挥手，但那不是轻快欣慰的挥别。

他清楚他们要去哪里，因为有一次公交车满座，他们就只好搭乘了他的车子。

他们在车后座聊了一会儿。

"求求上帝，但愿这一次他不要又带着玛格丽特太太。"女儿先说道。

男孩子更宽容一些："她还好吧，就是太容易神经紧张了，还老是会说错话。"

"她都不能把手从爸爸身上拿开。她总是摸摸他的袖子啊胳膊什么的，简直要让你吐了。"女孩子带着厌恶之情说道。

"这个嘛，她总得有点事情做吧——爸爸不让她当着我们的面吸烟，因为那是不良示范。"洛伦的儿子在讲道理。

"在很多方面，老爸是疯了吧，不是吗？"洛伦的女儿语气随意，满不在乎的样子。

凯文看了下一届的世界杯，但不是在佛罗里达，而是依旧在弗林酒馆。

比赛完全结束之际，停靠站台上候车的大部分人都已欠下了一屁股债，其中有些人还被晒伤了，头脸通红，有成块的蜕皮。时不时地，凯文会回想起他开车载着罗琳和洛伦穿过大半个都柏林的那个晴好日子。那时，麦琪还未进入这夫妻俩的生活，他们的人生还未被永远改变。

凯文还是长时间辛勤地工作。这已经成了他的习惯，他停不下来。1995年2月那个寒冷的傍晚，来都柏林看爱尔兰对英格兰比赛的足球流氓和混混们将兰斯顿路球场搞得满目疮痍，这让凯文感到又疲倦又沮丧。一小撮暴徒竟然掌控了场面，那足球比赛看似真的没多大意义了。他郁闷地坐在壁炉旁。

菲利丝劝凯文不必那么卖力工作。

"你这么拼命,就只是因为我的缘故,老实说,我们拥有的差不多足够了。屋顶修得好好的了,不用担心房子会塌掉。孩子们也全都有工作了。我真正乐意的,是你能多花点时间待在家里。我们或许可以每周去一次那个新开的影视娱乐中心,然后不妨再到酒馆喝上一杯。我托人家帮我核实过了,那里地面都是平的,哪儿都没有台阶。这样出去活动活动,不是很棒吗?"

凯文想道,生活不是照你料想的那样来的,这话是多么准确啊。放在五年前,他只会认为前方没任何好事在等着他们,但现在他们过上了好日子。他知道,他们比很多人都更为幸运。

隔三岔五地,他会看到洛伦和麦琪。他们看上去越来越像一对夫妻了。孩子出生之后甚至更像了。那是个小女婴,他们给她洗礼起名叫伊丽莎白。仪式完毕,麦琪的妈妈和妹妹搭乘了凯文的车子。

这位母亲的脾气几乎毫无改善。

"哎呀,我要说,那小玩意可是起了跟万福圣处女她嫡亲表姐一样的名字,我们的圣母该感到高兴了吧。"

"噢,妈,你不能消停消停吗?他们给孩子洗礼,还不是为了让你舒心——这在你看来还不够好吗?"

"不够好。"这位外婆说道,"伴侣啦结合啦之类所有这些说辞有什么用?教堂里在场的每个人都很清楚,他是个有妇之夫,咱家的麦琪却决意生下这个孩子,一个非婚生的小东西。"

"嘘,妈,小点声,司机会听到我们说什么的。"

"他的眼睛和注意力不是都放在路上吗?起码他应该是那样的。"她说道,然后啪嗒一下子就闭紧了嘴,为了以防万一。

罗琳看似并不反对洛伦来之前的这个家探访。有时候他会坐凯文的车从这里离开，去往他和麦琪以及伊丽莎白同住的公寓房。那边的情况不好，日子挺难过。凯文差不多能断定，洛伦现在才发觉还是之前的旧居安宁又平静。

如今，孩子们周六并非总是有空，比如他们会出去看一场比赛，参加某个项目，或者是跟人约会什么的。

他们说，老爸不该那么死板教条。即便是住在家里，他也不一定能在周六看到他们——时代变了，没有谁的父母会在周六看到孩子。

于是，洛伦就在房前屋后做点修修补补的简单活计：立起歪斜倒伏的花园栅栏，给窗框和前门刷些油漆什么的。

凯文觉得，探视时间结束之际，洛伦看似并不情愿离开。公寓那里到处挂着花花绿绿的婴儿衣物。他很可能睡眠时间不足。

凯文并不认为那对夫妻会破镜重圆，但对眼神友好的罗琳来说，处境无疑是好转了不少。比起洛伦最初抛妻别子、刚离开旧巢的那个时段，红砖房这里的日子过得没那么艰难了。

一天，麦琪带着小婴儿坐进了凯文的车。

她要去实地考察一个新办的幼儿托管服务所——不用说，之前看过的两家托管所显然谈不上令人满意。

麦琪点起了一根烟。

"别跟我扯什么你这出租车是禁烟的，否则我就跳丽翡河自尽。"她说道。

"我倒是无所谓，但这对孩子好吗？"凯文回道。

"这对孩子当然不好，"麦琪没好气地呛声说，"比起住在市中心的破公寓里，或者闻柴油车喷出的废气，或是比起她妈妈每天必须出去上班，这烟的害处也大不到哪里去。"

"那你丈夫对此有什么看法吗——他抽不抽烟？"

"不抽。您肯定是有通灵超能力吧，万事通。他很讨厌抽烟，还说我这是没心肝，是在残忍地伤害丫头那小小的肺，还说这是在树立坏榜样，不允许我在他那两个大孩子，那两个宝贝蠢蛋面前抽烟。夜里三点钟，丫头大声啼哭，小心肺在那鼓来跳去时，他怎么就不关心肺了呢？他甚至会跑到另一个房间去睡大觉，理由是他第二天还得上班。而我也一样必须去工作呀，他却从来没说过这个。"

"这个，你不能辞职在家吗？"凯文表示关心，也有些好奇。

"那不成，因为他不是我老公，只是同居伴侣。你跟人有这种关系时，你最好仍然出去挣工资。老婆才能坐在家里收钱管账。现实就是如此。这世上的事情就是这样的。"

她的脸上满是气愤和不安的神色。自从凯文第一次见到她，长长的五年不是都过去了吗？那时，他对麦琪挺反感的，认为她自私，破坏别人家庭。现在呢，眼前的她是这种状况：四十岁的未婚妈妈，几乎没什么安全感。

"11月快点到来吧。"她说道，一边深深吸入一口烟——恐怕烟都吸到她的脚指头了。

"11月？"凯文傻傻地问道。

"公投啊——对离婚法案公投，11月24日是投票日。"麦琪说完，扭头看向外面的车流。

在凯文家，因为对于投票的意见分歧，大家还产生了一点小争执。

　　菲利丝准备投赞成票。她希望，如果人们在婚姻上犯了错，就应该有重新开始的权利。她不愿人们因此受到惩罚。

　　凯文对此不是很确定。如果事情变得太容易了，有人也许就会一时激动，站起来拍拍屁股便跑了。所以，他打算投反对票。

　　"男人可以跑，女人也能跑得一样快。"菲利丝说得倒是挺来劲的。实际上，她是永远都站不起来的，永远脱离不了轮椅，而且，没有凯文的日子，她一天也不愿过。

　　"我看到过很多不幸的例子了，都是因为离婚，因为其中一方抛弃了原有家庭。"凯文一边说一边摇头。

　　"这个，你真看到过吗？你不可能看到过的，因为离婚在爱尔兰还没合法呢。"菲利丝显得颇有权威。

　　他们又争论说干脆根本不要去投票了，因为两人投的票只会相互抵消，而他们谁也不想要这样的一种结果。

　　"比起你那一方，我这一方更需要这张赞成票。"菲利丝不放弃。

　　"你可没能完全说服我，让我相信你的意见是对的。"凯文说道。开车这些年，他听到的人间故事已经够多了，所以是否要投反对票，现在倒也谈不上很明确。

　　公投的那天，他把菲利丝架出来，安顿到前座上。

　　他们看到一个抱着孩子的妇女。

　　她向这边挥手，但失望地发现车上有乘客。

　　"我知道她要去哪里。我想，我们可以让她搭车。"凯文说。

　　麦琪和女儿伊丽莎白坐到了后座上。他们能让她上车，她表示很感谢。

菲利丝无论见到谁都会主动聊天，麦琪当然也不例外。等他们返程回到公寓楼时，菲利丝对麦琪的生活已经有了全面的了解——即使认识对方十年，凯文也不会知道这么多。麦琪的妈妈让她头疼又伤心；她不时请假照顾孩子，老板恼火得都要冒烟了；她身边都几乎没朋友；她刚刚投了赞成票，如果公投通过法案，她的日子会好过一点。

"祝你好运。"菲利丝说，"到了眼下这光景，那男人的婚姻算是名存实亡了，他完全可以重新开始，而不是这样摇摆着浪费时间。"

"是的，我也这样说。我预计还需要一年左右的时间，然后等事情停当了，世界就安稳了。"

"我猜，你们两个已经开始计划了吧？"菲利丝热心地说。

"他什么都还没说呢，但我估计他有考虑过这件事吧。"麦琪咬了咬自己的嘴唇。

"这个，他当然会考虑的，"菲利丝安慰道，"当然会的，来照顾你和你那小姑娘。这么好的事，什么样的傻瓜男人才不愿干呢？"

麦琪神色不安，显得挺为难的。

凯文突然表示赞同。"啊，没错的，他当然会跟你结婚的。如果不想娶你，那他跟你同居生活还生了个孩子，难道是为了别的什么吗？"

菲利丝惊讶地看看他。你永远都猜不透凯文到底会站到哪个阵营去。

"不过，他为什么没跟你一起去投票？"凯文问道。

"今天，他要去看那两个无聊的大孩子，"麦琪回应，"很可能要很晚才会回来。"

候车站台这里的视野很好，凯文看到洛伦进了罗琳的房子。他带来了一盆耐寒的冬日三色堇。他忙着侍弄盆栽，她则给他拿了一大杯喝的东西。两人有说有笑，如同老友。根本没有那两个无聊的大孩子的踪影，而他说是要来看孩子的。凯文私下笑了笑。

今夜他要出车到很晚。菲利丝会看电视上关于公投的专题节目，看那些无休无止的讨论和报道，然后，明天一整天，她必定会跟他唠叨公投结果，根本没个消停。

他想到孤单地带着伊丽莎白待在公寓里的麦琪。

他想道，生活是完全不会照你希望的那样进行的。

11月25日，凯文看到洛伦走出办公室。

这时候，洛伦多少算是认识了凯文，碰到时会跟他说一声"又见面了"，以示他记得他们以前打过交道。

"票数会很接近。"凯文扯起话题。

"太他妈的接近了。"洛伦回道。

凯文面露困惑。"是这样，"洛伦继续，"情愿全国人极端一点，要么这头，要么那头，那反倒好，现在这样太分裂了。"

"确实。不过我估计，即使法案通过了，大部分人根本也懒得去办离婚。这么多年了，大部分人都已充分又恰当地安排好了生活。"凯文能感觉到，洛伦挺迫切地想表示同意。

"挺有意思的，没想到你会这么说，我自己的观点恰好也是这样。我要说，只要东西还没坏，干什么要修呢？或者，假如要讨论这件事，我打算说的也是这个。"

凯文停顿片刻，思考了一下。他现在说的话也许相当重要，甚至会带来差异很大的两种结果。他可以摆出公平公正的样子，发表对原配妻子一方或同居伴侣一方有利的意见，但绝对无法兼顾到双方。

他英明地点点头。"那是当然的，只要你跟你的那一位关系融洽，那张纸就没必要了，登记处的婚姻证明没多大意义的，也省得去修正宪法了。任何一个通情达理的女人都能理解这一点，那是肯定的。"

洛伦身体前倾，听他说着。

"你能再说一遍吗？今天晚上，有人可是要跟我唠叨个没完呢。"

凯文就又说了一遍，还多补充了几句。

厨房里一片欢庆热闹的气氛。菲利丝和她的几个朋友正举杯庆祝"爱尔兰的新生"。

但凯文脑袋里想的不是这个新法案，他在想着他的那些乘客们。

他清楚，自己绝对不该犯傻去多管闲事。洛伦在红砖大屋旁栽种了冬日三色堇，但他是不会重返旧家庭的，虽然他会经常自在地去探视。

而罗琳，那个目光友好和善的妇人，也不会让丈夫重返她的生活。只是，她肯定也会产生那么一丝满意之感——虽然那并不值当，也没多大意思——因为她丈夫将不会第二次举办婚礼，不会有第二任妻子，尽管这个国家的法律已经改了，人们可以离婚、再婚。

凯文对自己笑了笑，他想到自己所扮演的那个虽小但并非无足轻重的角色，那一角色为罗琳那受惊扰的灰色的双眼带来了更多的平静和安慰。

麦琪那焦虑不安的黑色大眼睛呢？凯文决定不去想它。他又不是上帝，他无法找到万全之策，去解决所有的难题。

父亲节贺卡

丽莎在那家大商店里停住脚步,看人们买父亲节的贺卡。每一年,她都这么做,经常还特地和别人靠得很近,以便听到购买者在说什么。

"我觉得他会喜欢这一张的,上面印着的小诗多美好啊。"一个姑娘可能会这么说。

"老爸可从来没读过诗呀。"跟姑娘同行的姐妹可能会这样回答。

或者,丽莎也会看到六十多岁的妇女买这种贺卡。她是要寄给远在养老院里的某位老爷爷吗?或许是买了送给她们自己的丈夫?她自己可从未买过什么父亲节贺卡,因为她从来都不曾有过爸爸。当然了,话说回来,她是有父亲的,那是在二十五年前,但他一直都没有表示过足够的兴趣来了解女儿的哪怕是一丁点的情况。丽莎也早就不再追问妈妈关于父亲的事了。

提出那样的问题,只会让妈妈萨拉徒增伤感。

"丽莎,他从未对你有过什么意见,他根本就没见过你。他只是跟我有过意见。"

多少年过去了,丽莎只了解到父亲当时还是个学生,出身于富有家庭,家里对他也期望甚高。他们绝不允许他跟萨拉结婚,因为这个来自栗树街平民区的姑娘才十七岁,在一间破工厂干活。他们要他摆脱这场恋爱关系，离打工妹越远越好，那家人甚至还因此移民离开了这个国家。他们完全不知道，丽莎是意志多么坚强的一个姑娘，她非常有韧性，独自养大了孩子，还晋升为一家钟点工保洁公司的经理。

那么，丽莎还是有父亲的，就在美国的什么地方。这个人如今应该有四十四岁了，也许成了一个大商人，跟他自己的孩子住在一栋刷白漆的大木头房子里，赶上父亲节，那些孩子便会送他贺卡。

他是不是曾经想到过，那二十年前出生的另一个孩子渴望的只是跟他见一面而已？见一次就够了，让他有机会说一声"女儿已经长这么大了"就好。

因为丽莎的境遇确实挺不错。她是高级行政官的私人助理，这位上司恰好还是个和善可亲的人，他是肯特先生，对丽莎极为看重，在工作上让她承担越来越多的职责。他还鼓励她去进修，读更多的课程；无论丽莎是完成了什么任务，他都不忘对她表示认可，赞赏她的成绩。

"永远都要相信你的直觉本能，"他会这样提出建议，"要听从进入你脑袋的第一个想法——那经常是正确的决定。"

"他大概是喜欢上你了。"其他姑娘们猜测道。

但丽莎清楚不是那么回事。肯特先生是个鳏夫，现在已经快乐地再婚了——与工作结为连理。他每天在办公室里都忙上很久，从未给过她哪怕是最轻微的暗示，说对她有别的意思。说实在的，这样反倒挺好，因为肯特的年纪已经相当大了，甚至也许都五十多了。他经常关心地问丽莎是不是谈恋爱了，或者问她是不是要从公司离职，去结婚生孩子。对此，丽莎总是轻松地笑一笑，告诉他她从未真正地爱上过什么人，爱哪个也没有爱她自己那么多。

"说真的,我的生活方式都根深蒂固了。我喜欢自己的公寓,爱这种单身的自由。成长的过程中,我一直受到要独立自强的教导。这个你得怪我妈妈。"

肯特先生认识丽莎的妈妈萨拉,她和公司有合约,负责这里办公室的保洁。肯特先生已经把更多的清洁业务交给了她妈妈来打理。他完完全全是一位绅士。

但他不是那种能理解丽莎如何会对同龄年轻人和他们的爱情承诺感到极端不信任的人。刚刚得知未来会有她的存在,她自己的父亲便消失无踪了。似乎就是这个,让丽莎不愿再去相信任何男人了。

眼下,她的身边是有个相当不错的小伙子,名叫詹姆斯,但丽莎知道,自己拒绝相信对方的追求是真诚的,这种态度只会把他给吓跑。詹姆斯曾这样警醒过她不能老是满肚子的怀疑和忧虑,那样辜负美貌年华,将会是多么多么可怕的浪费。可丽莎不会对和蔼的老板肯特先生透露这些,取而代之的是,她只会开玩笑地将责任推给自己的妈妈。

"萨拉恐怕要反思了,她也许把你教得太过独立了吧?"肯特说道。

丽莎吃了一惊。她妈妈可极少跟任何客户说起自家的私事,几乎一点都不会说。丽莎暗中想过,其中最不可能的就是跟肯特先生说。

他看出丽莎惊讶的情绪,赶忙解释。

"忙碌了一整天之后,我们经常会聊聊天。你妈那时经常会过来检查一下保洁员的工作。比起我对你的满意,她甚至更为你自豪。"

"这个,我妈把我养大,她很棒,"丽莎说,"而您更是帮了大忙,让她的心愿能够完成。没有您的激励,我连如今一半的状态也达不到的。"

"也许，我对你提出的那些要求太严苛了吧。恐怕是我让你太专注工作，以至于弄得你都忘了终身大事，忘了考虑考虑身边的小伙子？"

听起来，他是真的有些不安和焦虑。

"还有，丽莎，我关心你，希望无论你妈还是我都不要给你太大的压力，是有另一个理由的。"

"是吗？什么理由？"她非常困惑。肯特现在的声音听上去跟平时完全不一样了。正常的办公室交谈对话可不是这样的。

"我并没打算告诉你，但我看你大概都已经猜到了。"

"猜到？"

"我向你妈求婚了，她也答应了。我们打算今晚告诉你的。"

他看着她，一脸的神采飞扬，充满了喜悦。

"丽莎，你认为怎么样？你脑海中蹦出的第一个想法是什么？"

她上前去拥抱肯特。

"我想到的是，从今往后，我每年都可以买父亲节贺卡了。"她说道。

尊严的赠礼

戴维·琼斯有外遇,这已是无人不晓的事情。戴维那个做画框生意的老板迈克也知道这回事,但他感到无法理解。

戴维的老婆安娜是那么好的一个女人。她个子小巧,肤色微黑,总是那么热情又主动。不管丈夫效力的这家小公司经历了多少艰难黯淡的日子,她脸上一直都挂着开朗乐观的笑容。

她的厨房是迈克和戴维的会议室。分析排解问题或策划组织商行的救急方案时,他们就会在这里碰头讨论。

安娜也会加入,她把胳膊肘支在桌上,双手托腮,设想出新的计划、新的促销活动,还有控制和削减成本的办法。

她给他们端上热乎乎的小扁豆汤,让他们放心,一大杯汤只需要花三分钱,商行的利润一毛钱也没有浪费。

戴维的双胞胎妹妹艾米莉也知道这回事,这让她很是伤心。三十五年来,她跟戴维都是那么亲近,兄妹俩分享一切、无话不谈,她还真的有那种所谓双胞胎心灵感应的能力,哥哥什么时候快乐,什么时候又焦虑不安,她都知道。但对戴维的婚外恋,她却没有任何的直觉感知。她是偶然发现这个秘密的。当时她去参加一个婚礼,听到有人用手指向一个名叫丽塔的金发女郎,嘀咕说那女的跟一个叫作戴维的家伙玩得热火朝天,而那个戴维又是在画框商行干活的。

艾米莉震惊得一屁股坐了下去。带着沉重的心情,她在婚礼剩下的时间内都留心观察,结果看到自己的孪生哥哥紧靠在丽塔身边,抚摸她的胳膊,还暧昧地对她笑着,笑容中别有深意。于是,艾米莉便知道传闻并非瞎扯。

安娜的父亲马丁也知道女婿出轨了。他有一次出差住进南方海滨的某家酒店,在前台客人登记名单中看到名为戴维·琼斯的一对夫妇也入住了,而这个琼斯先生和夫人所填写的住址也正是他女儿女婿的居所。太好了,多棒的巧合啊!他想道,我们可以共进晚餐了。上个礼拜天见面时,他们竟然没告诉我们,也太不像话了,太奇怪了。但他对此根本都没有起任何疑心,直到他给妻子打电话提到这次巧遇。

"马丁,别发傻了。安娜下午还在我这里,她才刚走一会儿。那肯定是别的什么人,同名同姓罢了。"

"哦,对,那是当然的。"安娜父亲以空洞木讷的声音回道,但他已经看到过那个地址了,所以清楚那并非什么同名之人。这位老丈人随后便待在客房里,晚餐只是让服务生送来的一盘三明治,这样就免得与女婿相遇而产生冲突。

安娜的朋友们也都知道戴维有外遇,因为他甚至都懒得费心来遮掩这段偷情的关系。她们看到过戴维和丽塔出现在高尔夫球场,厮混在酒吧,在停在火车站外面的一台小车里亲吻缠绵。

这事,她们从未跟安娜提过。一开始没提是因为她们认为她不知情,而她们又不想充当带来坏消息的讨厌角色。后来,等她们猜测安娜本人肯定也知道了,她们仍然不提,因为这时候想不想提起这个话题,就取决于她自己了。

要是她真的提起这码事,她们可以表示同情,可以耸耸肩表示对男人的蔑视，或者见机行事，抛出几句应景的场面话。而且，安娜对此事显然早已有所听闻。

戴维并未小心隐瞒丽塔的存在，他看似若无其事，好像也根本没去费心伪装自己。

玛丽戈尔德是安娜最好的朋友，她也知道这件丑事，但实在想不通安娜到底怎么能忍受这一切。安娜的生活相当正常。她步行送孩子去学校——两个小男孩分别是七岁和六岁——然后她去上班，直到下午又去接孩子。无论是谁去她家，她都热情欢迎对方，而她的微笑依旧像丽塔插足之前那般明媚。

丽塔的言行很有威胁。她一副冷冰冰又高傲的德行，耍弄欲擒故纵的伎俩，在戴维最意想不到的时刻突然袭击，让可恨又可怜的蠢货戴维几乎要抓狂。

玛丽戈尔德永远也不会原谅丽塔的这一蛮横举动，她竟然要求戴维离开安娜的生日派对去见她。电话打进来时，玛丽戈尔德就站在旁边。

"我必须离开一下。"戴维这样说道，脸色可怕又阴郁。

"不是有什么麻烦吧？"安娜看上去挺担心的样子。

"没什么，就是工作上有一件事需要解决一下。"还没说完，他就走出屋门钻进了车子。

玛丽戈尔德真想追过去猛揍这家伙几拳。他太过分了，竟敢就这么从妻子的生日宴上甩手走开，还敢假装是要处理工作。他的老板迈克明明就跟大家一起在客厅里，是个人都清楚那不可能跟工作有半毛钱的关系。戴维甚至连这一点面子都没给安娜——都懒得编个像样点的谎言。

那天，玛丽戈尔德帮着安娜洗盘子搞卫生。

"真遗憾戴维离开了。"她试探道。

"是挺扫兴的，可公司就是他的一切，他把所有的精力都放在那里了。"安娜随即给出解释，心情热切，满怀支持，"你看到了，迈克乐得继续留在这里喝酒逍遥，但戴维却去忙着应付生意，也不知又是什么事。"听起来，她对这一切还挺赞赏的，好像丈夫是多重要的大忙人。

唉，好吧，玛丽戈尔德想道，如果安娜要玩那样的把戏，也只有随她去了。每个人都必须对诸如此类的事情做出各自的决定。作为朋友，她完全没理由粗暴地掺和进去，把自己的意见强加于人。

玛丽戈尔德叹叹气，男人们的不忠和背叛让她失望。很多年前，在自己的婚姻以离异黯然收场之前，她已清楚这一点。那时候，对丈夫正在进行中的出轨行为装瞎是不是也能算一个解决方案？如果她能隐忍下去，视若无睹，那丈夫的婚外情会不会就这么不了了之？

不会，她也做不到。对她来说，那样的事情是不可能的，但对其他人来说也许可行吧。于是，她决定不将这个话题拿出来跟安娜理论。

没人会在脑袋中冒出这样的念头，认为安娜对戴维的外遇真的不知情。她们都猜测这本身就是她处理此事的个人方式。所以，得知安娜很多年前在学校就已结交的好友萨莉将要来拜访她时，大家都如释重负。安娜会跟萨莉谈谈这件事的，她心上的大石头就此移除。萨莉有办法解决这个难题的。

萨莉属于这一类女人：个人生活安排得近乎完美，好得以至于让人因为纯粹的羡慕而难免嫉妒，由此心生恨意，但由于她为人处世周到，大家又恨不起来，实际上只会去欣赏和喜爱她们。

萨莉快四十岁了，但看上去还是二十多岁的样子。在发廊做完造型出来时,那头金色短发就像是刚经历过暴风雨的冲淋或者是刚刚游过泳似的。她为伦敦的一家知名大报写专栏,还经常上电视参加访谈节目。她的老公是位帅哥,名叫强尼,对她情深意浓。两个孩子已经十多岁了,不吸毒,也不跟小混混们搅和,也不会弄一帮不三不四的家伙来家中瞎搞,他们为自己的妈妈感到骄傲。

萨莉也没撇下朋友,她每年都会过来跟安娜共度一个长周末。她对一切都赞赏有加,清楚地记得每个人的名字,还总不忘给老朋友们的孩子带些无聊的小礼物,而她们自己——曾经的这帮姑娘——萨莉通常会在外面安排一顿中餐让大家相聚。

大伙儿都认为,如果有谁能破解安娜所处的困局,那非萨莉莫属。

就在萨莉到来之前,艾米莉在午饭时分先上了门。

"萨莉一来,你和她肯定有很多话要说的,我把孩子们带走照管一两天吧。"

安娜满脸的笑容。

"哎呀,艾米莉,你真是太好了,这么好的小姑子到哪里去找啊。还是不用了,碰巧不需要麻烦你了,因为迈克夫妻俩已经说过了,跟你的意思完全一样。他们会带孩子们去滑冰。说出来你恐怕难以相信,住隔壁的玛丽戈尔德也提出要帮忙,带他们去看一个电脑展览。每个人都实在是太热心了。"

艾米莉笑不出来,脸色严峻。她知道大家为什么主动提议把嫂子的两个小儿子带走。他们都指望着,只要两人有独处的时间和空间,萨莉就能帮安娜把问题搞清楚。萨莉可以说服安娜去面对现实,不要回避和自欺。她必须给戴维下一个最后通牒:要么跟丽塔一刀两断,要么就滚出这个家。

艾米莉感到挺有把握,她的双胞胎哥哥将会放弃那个面色苍白的奇怪女人。

也许那只是戴维一时头脑发热,他大概觉得在家里没能得到足够的欣赏,所以要从外遇中求得安慰。他这样做,或许只是为了证明他有魅力,能追到女人。一旦看到安娜是多么在乎他,他说不定就会醒悟,叫丽塔滚蛋,然后夫妻俩重新和好,相拥垂泪,甜蜜又感人。婚姻或许因此变得更好,两人的关系会更牢固。

艾米莉想不明白自己为何对这件事如此牵挂。无意中,她找到一个机会,跟自己的双胞胎哥哥单独相处了几分钟。

"怎么了,艾米莉,有什么问题吗?"他问道。

"你知道问题出在哪里。"她气呼呼的。

他抬眼盯着她看,一脸惊讶的样子:"我知道什么啊?"

"那你甚至比我意料中的更蠢。"艾米莉说道,眼泪都快流下来了。她随即转身离去,留下满脸困惑的戴维。

彼时彼地,她为什么就没能直接把事挑明了呢?因为她担心安娜或者哪个小侄儿不巧会回来,听到她和哥哥的交谈内容。她也不愿把事情给搞砸了。她相信萨莉处理起这个麻烦来会比她高明很多。

为迎接萨莉的到来,安娜先后请了四天假。她去购物,在冰箱中塞满了好吃的。她给客房换上了漂亮的新枕套,还有相匹配的毛巾。能有一个像萨莉这般的朋友,真是人生之大幸。从穿着宽松的校服坐在教室里设想未来的那些时日开始,她们的友谊直到如今也没有褪色。尽管安娜只是个办公室的小白领,而萨莉是大报"有问必答"栏目的定期嘉宾主持人,这都没有关系,她们仍然一如从前,友情常在。

萨莉给弗兰克和哈利带来了游戏机,正是他们想要的那种礼物——就仿佛两个孩子跟她事先提过似的。她从来也不会大呼小叫地感叹他们一下子长得多大了,也不会不由分说地去亲他们,而是挺有男子气地跟他们握手。她告诉小哥俩,等他们一个十岁一个九岁时,就可以去伦敦,住在她家,她会让他们度过一个难忘的周末,所以从现在起,他们就必须记下未来三年内想做的所有事情。从房子、卧室里精雅的色彩搭配、窗台盆栽,到街区清新的空气,她都夸赞了一番。萨莉自己在伦敦的住宅有多豪华,那就谁也不清楚了。她周身都洋溢出愉快和热情的气息,那样平易可亲,以至于大家都忘了她的名流身份——他们不知道,她的家经常出现在杂志里对开的大彩页上,被奉为时尚样板。

她倾听安娜讲画框生意的起起落落,讲那个小商号如何又一次地在危机中得以幸存。还有,安娜的工作是怎样累人,但同事们都对她很好,帮她安排错开的弹性上班时间。还有,戴维这些天是如何忙,为了业务必须频繁去外地出差,每周至少有一晚都无法回到家里,有时一周还要在外过上两晚。

"那可挺辛苦的,"萨莉满是同情地说,"他是去采购做画框的木材,还是去见潜在的新客户,或者是忙别的什么吗?"

安娜含糊其词:"我也不知道,我猜是两者兼有吧。不管怎么说,情况就是那样的,事情总得有人做嘛。"她还是一如既往地露出开朗的微笑。

萨莉跟多年好友安娜去散步,对乡下环境当然又赞叹了一通:生活在世上这么美好的一处地方,安娜真是太幸运了。跟很多从南方过来说北方阴冷萧瑟的人不同,萨莉总是把这里夸上了天,也难怪她能有如此多的朋友，大家都迫不及待地想与她相聚。她们都恳请她有空去喝点咖啡，去小坐片刻，品尝一杯佳酿，去欣赏一下家里新出生的小宝宝，去鉴赏一下园子里新弄的藤蔓绿廊。没过多久，萨莉便意识到有什么事发生了，因为她们都想避开安娜单独与她碰面。

萨莉仔细地想了想那会是什么问题。

不可能是安娜的健康出了状况，她的气色看上去甚至比以前还好，她已经说过最近的一次体检——她们两个都会定期去做常规检查和拍片子之类的；孩子们也安然无恙；生意嘛，虽说起起伏伏，时好时坏，但毕竟一直都这样，也能凑合下去。

那只能是戴维出事了。

戴维如今老是出差，但安娜对此说得不清不楚。

估计她们是要告诉她，戴维正在偏离这个家的轨道，而安娜还被蒙在鼓里。萨莉是不是可以充当什么中间人的角色挽救一下？但萨莉做出决定，不去做那种好人好事。如果安娜向她寻求建议，她会给出意见。不过，她不会与其他朋友单独见面密谈。

于是，她婉拒了所有那些好友相聚私聊的邀请，她推托说日程太满，自己已经忙得脚不沾地了。取而代之的是，她到哪里都跟安娜在一起，就等着对方开口吐露真相——如果那确实是她闷在心底的烦恼。可是，并没有预期中的隐私倾诉。

即使确有什么事正在发生，那安娜肯定也一无所知。萨莉和安娜之间可是无所不谈的，从初次来月经，到第一回遭男友背叛，从那种犹如在黑暗中摸索的成长体验，再到对婚姻的焦虑和疑惑，都是她们毫不避讳的话题。如果安娜怀疑戴维有了另外的女人，她应该早就按捺不住告诉萨莉了。

而戴维确实看上去有些异样,容易烦躁,显得心神不宁。他似乎害怕与萨莉单独相处,就担心老婆的这位死党哪壶不开提哪壶。关于萨莉的工作,他问了很多,但对自己生意上的事几乎守口如瓶。

"安娜跟我说了,现在你经常出差。那肯定很不错吧,或许也挺累人的吧?你都去些什么地方呀?"萨莉声音清晰,直言不讳,跟在电视节目中一样,丝毫不含糊,也不留任何空间给那种支吾的搪塞。

戴维看上去有些惊慌。他随后立即开始为自己辩护:"这个,很容易被人误以为是游山玩水,好像很有趣,但在我们这一行,像我们这样的小商号,必须有人去出差。公司要成长,就要拓宽视野,接触新观念,了解外面的动态。你们应该明白的,那可根本不轻松,不是在酒店吧台边喝喝鸡尾酒就能交差的。"他瞪大眼睛盯着她们两个。

安娜像被蛰了一下:"我可从没说过那样的话。我只是说过你这样够累的,仅此而已。"她看似一脸冤屈,非常不高兴。

戴维连忙去安慰她。

"对不起,我弄错了,冤枉你了。我还以为你对萨莉告状说我总是到处瞎晃悠呢。"

"老天哪,戴维,你为什么会这么想呢?"萨莉问道,蓝色的双眸眼神明澈,毫不回避地盯着对方。

戴维耸耸肩,转脸看向别处:"我也不知道自己是怎么了。"

然后他恢复常态,对两个女人亮出那出了名的招牌式微笑。"只是因为要管生意,所以有压力吧,还有纯粹是因为我脾气不好,太没有风度了。能原谅我吗?"

安娜等不及似的,给了他一个拥抱。而萨莉的脸上则浮现出明快的笑容。

"戴维，有什么要原谅的呢？一点点小误会罢了。"她说道。

去中餐馆聚会的这天晚上，安娜说想去做一下头发。这是其他姐妹们送给她的礼物，一张免费券。萨莉每次来，她们都要拍几张老友重逢的照片，做了发型之后，照片上的安娜看起来会美极了的。当天还正巧是发廊推迟打烊的一个营业日。玛丽戈尔德帮安娜在莉莉安的美发屋预约好了时间。

"要么我跟你一起去，也打理一下头发？"萨莉提议说。她知道，自己是被这帮娘儿们给劫持了。

"不，不要了，她们也想单独跟你叙叙旧。我稍后再加入进来。"她的朋友们是如此喜欢萨莉，安娜颇感骄傲。眼下，如果萨莉还坚持一起去发廊，那就不免生硬了，会让大家都觉得难堪。于是她神色凛然地走进中餐馆，跟服务生交代说现在可以把酒水端进来了，钱由她出，至于点菜，她们就要 C 套餐，但不用立刻上菜，等一会儿再说。

"好了，"她开口道，一边环顾了一下围坐桌边的八张面孔，"我们有差不多四十五分钟时间。那件事，请你们尽量清楚明白地告诉我，尽量快点，一分一秒也别浪费。"

先是沉默和停顿。她们谁也不像萨莉这样直奔主题。然后，她们就把故事说出来了。

这是一个关于欺骗和背叛的令人遗憾的故事。还有那个讨人嫌的丽塔，那个肤色苍白的古怪女人。这个女的是摄影师，有照片要参加展览，跑到店里来买大画框，可悲地爱上了戴维。据信，直到这桩恋情展开时，她是有个男人的，但那倒霉蛋随后就被打发走了。她住在挺大的一套一居室公寓里，离得并没有多远。戴维在那里逗留的时间逐渐越来越多，越来越久，下午甚至把客货两用的厢式休旅车停在公寓楼外面。任何的集会活动,只要丽塔在场,戴维就总站在她身边,略带愚蠢困窘地咧嘴傻笑,要么就是引以为豪地微笑。她们都想直接甩他一巴掌,把那笑容从脸上打掉。

"也许他是真爱她吧。"萨莉说得轻描淡写。

这让她们又全都沉默了。

爱,这可不是她们事先预料会听到的一个词。"背叛"才是意料之中要提及的,要么就是欺骗、通奸、不忠、彻头彻尾的谎言……但怎么说也不该是爱。

"他懂得爱吗?他都没能力去爱她。"戴维的妹妹艾米莉打破了僵局。

"他根本不懂怎么去爱。"玛丽戈尔德对此嗤之以鼻。其他人也纷纷摇头,认为那无论说成什么都可以,唯独跟爱扯不到一起去。

萨莉保持着明朗的表情和感兴趣的样子:"还有,安娜自己根本都没提过这个——是这回事吧?"

她试图明确到底出了什么问题。她们对她的说法表示认同,确实是这个问题。于是萨莉再度总结道:"那意思就是说,她自己都不知道这件事……也许?"

女人们又吵闹起来,嚷着说安娜必须知道这件事,这事大家都看到了,就发生在眼皮底下。

"要么就是她确实也心知肚明,但不想说出来?"

萨莉再一次环顾众人。这些善良的好女人,为心地宽宏、无限信任丈夫的安娜感到忧心,同时也表示了极大的愤慨。虽心有不甘,她们还是咕哝着达成了一致意见:看起来,事情也只好如此了,怎样就还是怎样。

萨莉似乎赢得了胜利，微笑道："那么，我们要做的就是，别去提，也别去议论这件事。"

她们可不喜欢这个结果。她们设法安排了时间与她单独商量，需要一个领头的来主事，需要有人来出主意。她们不想听之任之，让这件事永远悬在那里，成为一个无解的谜。她们无法继续容忍这个不清不楚的婚外情局面。

"要知道，他可是在作践安娜呀，把她当大傻瓜耍，"玛丽戈尔德说，"他让安娜受辱。"

"没有，没那么严重。他的表现或许是很糟糕，可这并没有让我觉得安娜是个任人欺骗的傻瓜，我也不认为有什么事要安娜抬不起头来的。在我看来，安娜还是跟从前没两样。"

这话是没错，但也不是完全对头。

她们按捺不住，提出各种各样的反对意见和狂热的行动计划。

"等她发现戴维的猫腻，一定会火冒三丈的，她也会知道我们全都知情，却单单瞒着她。"

"她会认为我们不是真正的朋友。"

"我们应该提醒她一下。"

"这太不公平了。"

"可以给她写一封匿名信吧？"

"萨莉能不能出头去跟丽塔交涉？"

萨莉的声音很冷静，直直地穿透眼前的一片嘈杂。"每次来到这里，我都疑惑自己到底为什么要在伦敦生活。你们可是一群难得的好朋友，你们都能理解，做起来最困难的事，经常反倒就是什么也不做，在一边旁观，而这就是我们现在不得已要做的事。"

她的手在微微颤抖。她拿起菜单，看上面有哪些菜式可选。

"头盘小菜，我们可以要汤或者春卷，不必两个都要。现在可以先上小菜了吧，好填一下胃。身体饿坏了，脑袋也转不灵的，不是吗？再过大概十分钟，安娜就回来了，也能赶上吃主菜。"

等到安娜顶着时髦的新发型走进餐馆时，女人们已经深深地陷入了别的家常话题，聊孩子，说工作，交流打理花园的经验，谈论各自的度假计划。安娜轻松自在地加入群聊，而萨莉也感到呼吸顺畅了不少。她不禁有些惊讶，自己刚才怎么会感到那么恼火？怎么会为了一位朋友那样激愤？

诚然，她是能够阻止其他人，让她们别再去愚蠢又麻木地干预安娜的私事。她已经无意中利用了自己的权威发出指令说，不作为才是唯一可取的行动。可这并不能缓解或消除她内心的恼怒。戴维的妻子爱他，为了补贴家用，这位妻子去上班，在办公室里辛苦地整理文件，而他却这样对待老婆，家里的钱被他拿走，带着那个丽塔去高价酒店逍遥——萨莉一想到这个，不禁气得手都要发抖了。

但萨莉在脸上露出微笑，多多少少算是加入了朋友们的闲谈，其他人放声笑时，她也跟着一起笑。不过，她感到那就像飞机的自动巡航，是不假思索的程序化动作，而她的大脑一直是在超负荷地运转。

萨莉和安娜之间没有秘密，至少曾经如此。难道她亲眼看到了戴维的什么丑事，需要告知安娜？或许，安娜两口子的柔情蜜意，已经像烈焰燃尽般自动熄灭了？假如是她自己，她希望怎么办？假设她老公强尼的生活中也有了一个丽塔，而她又是唯一不知情的人，她是否也不想让安娜来为她透露风声？别人对她说出实情，她能否承受？等她自己逐渐发现事实真相，然后去找好友倾诉，趴在对方肩头哭一哭,那样岂不是更好一点?第二天,她就要回伦敦了。如果要跟安娜好好聊聊,那只能是在今晚。明天,她就坐在回家的航班上了,会在万米高空寻思她到底是做错了还是做对了。

她请餐馆的华人服务生给她们拍照,一边看着自己密友那生动活泼的面容。一共十个女人,其中九个都保守着一个秘密,关于合照里坐在中间位置的那个女人的秘密。

她们到家时,戴维也在屋里。

"哎呀,姑娘们,要不要再喝点酒?要么,还是倒两杯水吧,冲消食泡腾片喝?"

他咧嘴微笑,一如既往地富有魅力,让人放下了戒备。

萨莉揣摩丽塔今夜会在哪里。她是不是孤单地待在那开放格局的一居室公寓里,希望这个英俊的男人最终会跟妻子摊牌,将所有其他人看来都心知肚明的那件事对安娜和盘托出?萨莉几乎无法忍受还要跟戴维说话。她一声没吭。

"哦,戴维,我想我们还是来点酒吧,"安娜回应道,"这是萨莉住这里的最后一晚了,我们想好好聊一聊。"

"两个杯子,一瓶红酒,外加开瓶器。看看是谁对你们这么好?"

他在她们两人的额头上都轻轻地吻了一下。

"你们自便吧,我不管了。"

但他并没有上楼去睡觉,而是向大门那边走过去。

"嘿,戴维,你不是现在要出去吧?这个点还要去工作?"安娜很惊讶。

"喝酒呀享受呀,总得有个人来付钱买单的。我刚才就是等着,等畅饮尽兴的女士们回到家。现在有你们照料小东西们,我就能回办公室去了。"

萨莉语气尖锐，一针见血地问道："戴维，都夜里十点半了，你去办公室到底能有何公干呢？"

他看着她，目光强硬，毫不畏怯。

"萨莉，你看，我可不知道你什么时候写专栏，或是为你的专题报道做准备，但我可以向你建议，什么时段比什么时段更适合去工作。在我而言，去核算账户，安排木材供应，对邮发广告名单进行最近的更新，诸如此类的事，是一天中任何时候都可以做的，夜里也一样。"

他依旧看着她，微笑着，挑衅她做出回复。

"当然如此。"萨莉回道，声音小到勉强算得上耳语。

"亲爱的，别耽搁太久。"安娜的语气充满关切。

"如果太迟的话，我就在那儿睡了。"

他挥挥手走了。

萨莉不敢抬起眼睛，以免触碰到她这位亲密好友的目光。他竟然打算睡在办公室，而那个工作场地离家才不到半英里。而安娜却忍气吞声地装糊涂，对这通胡编乱造照单全收。

她们倒上酒，一边说起了刚才一起吃晚餐的那些姑娘。她们提到了各自的孩子，于是上楼去看了看那两个熟睡的小家伙。她们接着便憧憬起未来的那个时刻，也就是从现在算起的三年之后，到那时，两兄弟可以单独去伦敦，萨莉将会到车站接他们。她们聊起萨莉的孩子，设想他们大学入学考试通过后将会学什么专业。她们聊到了强尼和他开的酒吧。萨莉心里一直都想哭。

在忍不住落下眼泪之前，她设法找借口走进了她的卧室。她在漂亮的新枕套上铺了一条毛巾，把脸埋在上面，无声地悲泣着。此时，钟敲响了午夜十二点，然后敲响了一个又一个的整点，直到早上七点。无论哪个时点，她都没听到大门打开过，或是听到戴维回来上楼的响动。他整夜都在办公室那边。她即使强迫自己也几乎无法喝下安娜煮的咖啡。出租车如约而至，要接她去机场。她还是郑重其事地跟那两个小男子汉握手告别，而他们已经在"伦敦之旅必做之事"的清单上列出了许多条目。他们正准备着要去上学，妈妈将拉着小哥俩的手送他们到学校，然后再转头去上班。

如此的悲哀，令人心死。悲哀，这一切太不公平。

飞行的全程，萨莉都呆呆地望着舷窗外面。眼前的报纸或手边的书，她一直都没有动一动，翻一翻。在伦敦落地后，她拿出手机给强尼打电话。听筒中传来一条语音留言。

"亲爱的，如果是你的话，我马上就会来接你；如果不是你，那这位呼叫者，敬请留言。"

萨莉对着话筒柔声地回复。

"我倒是看不懂了，我怎么就不能也同样留言呢？强尼，我爱你，你可是个好人。"

然后她左右张望着在出口找他。

"很遗憾，不得不告诉你一个坏消息，"他局促不安地说道，"是安娜那边。"

"不是吧，怎么会，快告诉我发生了什么。"她的手提箱一下子摔在了地上。

"她打电话给我的。是她丈夫出了事。"

"哦，老天，她是什么时候发现问题的？"

"是医院电话通知的——很显然,事情发生得太快了,一下子就过去了。"

"什么过去了?"

"他死了,萨莉,亲爱的,很遗憾不得不告诉你这个噩耗。我想最好还是来机场接你。"

"他死了!"

"是的,应该就是昨晚,在他办公室里。"

"他真的是在办公室——他在办公室里死掉的?"

"我也不清楚,亲爱的。她说,他被送进了医院,但为时已晚……然后医院就打电话通知她了……肯定就是在你刚离开后不久。"

"那是谁送他到医院的?"

"亲爱的,我怎么会知道这个?我只知道发生了什么事。谁送他去医院很重要吗?"

萨莉脸色很苍白,显得非常安静。

"是的,强尼,这很有关系,关系大了去了。"

萨莉一动不动地在家里坐了一会儿,然后才开始打电话。她可以联系玛丽戈尔德,或者是戴维的妹妹艾米莉,她都不妨打电话给昨晚一起吃饭的朋友当中的任何一个。但那不管怎么说都会显得有点背信弃义的意思,仿佛是出卖了安娜。戴维临死之际,是不是躺在丽塔的怀里?这一点,她可绝不该从那些女人口中得到讯息。

大概是丽塔把戴维送到医院,然后把他扔在那里的?

她是不是悄悄跑开了,还恳求处置意外的相关方不要提及她与此事的牵连?

萨莉心急火燎地想知道事情的原委,但问她们的话,某种程度上就是背叛了她为安娜所争取到的那种独立和生活有意义的感觉。

她心头有着千万个疑问想要得到答案,但她绝不能去问那帮女人。昨天,她表现得是那么强硬……她们在中餐馆相聚,难道不是昨夜才刚刚发生的事?她现在绝不能让步妥协,免得她费力营造和维持的那种尊严受到削弱。

她必须自己来找答案。她要打电话给安娜,她的朋友。她拨出了号码,等着,看自己到底会有什么样的发现。

安娜很镇定。

"萨莉,他工作太辛苦了。"安娜说,"过去这两年,他都没有像样的生活。你都亲眼看到了。"

"安娜,我亲爱的朋友,实在是遗憾,我深表同情。"

"萨莉,我理解你的心情。你是这么好的一个朋友,我知道你也爱他的。"

"那个……他发病,心脏病突发,是在办公室那里?是这么回事吗?"

"不是,幸好不是——这是我不得不坚持自己意愿的事情之一,我要说,这就像是个奇迹。赶往医院的路上,我一直忍不住想,我担心他临死时是孤单一人在办公室里,发病后挣扎着拨出了急救电话。"

"那他是在哪里发病的?"萨莉声音低弱,简直是在耳语。

"你根本意想不到,太不寻常了。他在办公室加班,工作到很迟的时候,接到了一个电话订单,然后他就去送货。"

"送货?"

"是的,有一个摄影师,老客户,她买过很多的画框,反正就是那样吧,戴维送了一些急需的东西过去,是她参加一个作品展要用到的，他在她家里喝了点酒，意外就发生了，事情就是从那里开始的。"

"在她家里？"

"是的，那女人的名字叫丽塔，她说戴维发病时没多大痛苦，就是猛地抓住了自己的胸口，说出了我的名字，说了'安娜'，她随即就叫了救护车，救护车把他送到了医院，然后医院做了一切能做的抢救，但他们说他一下子就死了。"

"那对她肯定也是很突然的打击。"萨莉说着，一边并不能完全相信自己竟然在进行着这样一个对话。

"很糟糕，今天上午她都坐卧不安的，心烦意乱。我提议她到我们家来坐坐，但她谢绝了。"

"她大概是想自己冷静下来吧。"萨莉几乎都不知说什么了。

"唉，萨莉，这是不是太可怕了？"安娜说，"没有了他，我怎么才能继续过下去呀。"

"他一定希望你好好过下去的。"萨莉说道。她的思维在飞速狂奔。这天早上，她是七点半离开安娜和戴维的房子的。直到那时，医院还没有打电话过来。安娜肯定就该意识到，戴维夜里是跟丽塔混在一起了。只要她的脑子动两秒，算一下时间，就能明白，那无疑太奇怪了，谁会在清晨五点跑到别人家去喝点小酒呢？她这必定是在自我欺骗，要么就是在编造故事，以便余生能过得安心，好有点面子。她自己不可能真的相信这种说法的。这两者之中，安娜到底是耍的哪一出？

"要不要我回去？我能不能帮上一点忙？"

"如果你有空的话，我希望你下周能来出席葬礼，那样会给我很大支持的。老实说，萨莉，这里的每个人都乱了套了，那些朋友没一个知道该说些什么。我父亲根本不能说出一句正常的话，我甚至都不懂他在说什么，听起来就仿佛他认为戴维死了是他自己的错。"

"我猜那是因为年龄的缘故吧，戴维这么年轻就走了，你爸觉得不应该。"

"没错，一定是这么回事。"这样的解释似乎让安娜松了一口气。每一天每一刻，萨莉都忍不住琢磨这个问题，直到戴维葬礼这一天，她飞回去站在了好朋友的身边。她们都穿了一身黑，包括中餐馆聚会的所有女人，还有那个一头浅色长发、肤色苍白的陌生女人，她孤零零地站在人群的边缘。

"那就是丽塔。你知道的，是她把戴维送去了医院。"安娜小声说道。

安娜的眼睛哭红了，但她脸上是一副无愧于心的清白样子。人们围在她身旁，等着一一跟她拥抱，表达对一位勤奋工作的父亲、温柔有爱的丈夫、不知疲倦的事业伙伴不幸英年早逝的哀悼之情。所有的人都说，戴维是那么好的一个人，可惜没能尽享天年，与他们共度夕阳红，实在令人悲哀。

萨莉在一旁听着，也看着。她注意到安娜邀请丽塔去家里稍作停留，但那个一头麦秸色长发、肤色苍白的女人摇了摇头，独自一人走开了。

安娜走进吊唁人群的中心，他们马上就要转头回到她家，她在家里准备了三明治和酒水招待大家。萨莉在那些几天前在中餐馆相聚的女人脸上似乎看到有一丝快意，仿佛是安娜最终获胜了，尽管那场战役从未公开宣告开始。安娜是悲壮的女英雄，勇敢无畏的年轻寡妇，一个深受爱戴、充满荣耀的女人，那个男人在临死之际还念叨着她的名字。那位丈夫出去卖力工作,来供养妻子和孩子,那么无私忘我,毫不顾及自己的健康和个人欲求。

历史就是这样被重写的。

那个脸色苍白的女人曾是那么大的一个威胁,现在被赶跑了,还遭到了惩罚——充满关爱的吊唁人群环绕着死者的妻子,纷纷送上安慰。

那位情人孤零零地走开了。萨莉找个借口离开了墓地间的人群,跟着那个女人来到一辆小车旁。她并不清楚自己要说些什么,但觉得有些话还是应该讲一讲。

丽塔转过头来,略带惊讶地看着她。

"我叫萨莉。"她嗫嚅着自报家门。

"我知道……做媒体的那位朋友。"丽塔回道。

她说话的那种方式,其中有些痕迹完全跟戴维的声调语气如出一辙。萨莉能够想象到,戴维对她相当地鄙夷和排斥。

"我只是想说……"

丽塔看着她,等着。

在专栏中,在电视上,萨莉能面对千万人侃侃而谈,但眼下却词穷语塞了。

"我想说,你很出色。"她说道。

丽塔盯着她看了好一会儿。"他一直都说你挺有品位的。"她最终说道。

"这个,你当然也是如此。"萨莉回道。

然后就无话可讲了。

回到屋里,萨莉忍不住打量安娜,就仿佛她从未见过自己的这个朋友。即使安娜好几次感激地伸出双手紧握萨莉的手，一再感谢她坚定的友情，这也没能让萨莉的视线明晰一些。突然之间，她觉得不认识安娜了，而这个女人从上学起就是她的好友。这难道是一盘巨大的棋局？安娜在特意扮演一个角色，因为婚姻已经出了纰漏，而她必须从这破碎的生活中拯救出一些东西？现在，她是悲伤的寡妇，是勇敢的女子，有家人和朋友的巨大支持，无论如何也将坚持下去。如果她此前承认了丈夫出轨的事实，恐怕就不会有这么多人来参加葬礼。人们会尴尬地推诿躲闪，从很多方面来讲，戴维虽然死得早，但也事出有因。那样一来，丽塔反倒成了有丧亲之痛的同情对象。

安娜肯定清楚这一点，并且意识到其他人也明白这个，但她那样做只是为了今天这个结果，也是为了孩子。夜里稍晚时，等大家都走了，安娜会跟她倾谈的，会跟她推心置腹，就像她们多年来所做的那样。然后，所有这一切假面和伪装会被尽数卸除。

每个人都非常欣慰有萨莉在场。他们确信安娜不可能找到比这更好的陪护人和生活顾问，于是各自安心地回家了。

她们点燃了壁炉，坐在炉火边的地板上，手边有茶和一罐饼干。过去这么多年来，她们经常如此。安娜翻出相册，说戴维是多么好的一位丈夫，说他们做出了正确的决定，是多么幸运，说她将如何抚养孩子，让他们记住自己有世上最棒的老爸，在这样的美好回忆中长大。萨莉听着，惊愕地张着嘴。

她想喊出来："是我啊，我是对你的情况无所不知的萨莉，正如你对我的事也一清二楚一样。你不必再跟我假装了，让我们开诚布公地说说那事是多么地令人绝望、难以启齿。还有，最终，拐走戴维的那个浪婆娘不是也学乖了吗？"

但根本没有迹象显示,会有哪怕是一句话来提起这件事。很明确,安娜不打算摆脱她扮演的那个角色。如今,那恐怕不再仅仅是一个角色了。到了现在,她已经对那一切笃信不疑。眼下,说出什么话来推倒这一切又有什么意思呢?

不过,这看上去毕竟不像好友之间的真诚之举:坐下来,看看老照片,说些不符合事实的假话。但是,她们在中餐馆的那晚,萨莉自己建议大家所采取的姿态,不也正是这样吗?那曾经就是她的策略,不让自己的朋友变成仅仅是又一个受害者——只有受害者才必须要被告知实情——而是要给她尊严的赠礼。尽管萨莉还是在炉火旁哆嗦了一下。她给了安娜尊严,今天的葬礼就是不折不扣的明证,但是要以什么为代价?

她看着对面的这个女人,她们曾是心有灵犀的莫逆之交,但现在,她知道一切都已处于另一个不同的层面上了,面对所有这些伪装,她们曾经拥有和分享的那份友谊已经消亡了。如果她们只是这样继续下去,不说破这一巨大的变化,这样是不是更好?或者这根本不可能做到?

她们可以共同克服这个难题的,就像她们过去熬过的许多别的困难。这将会是一种全新的体验:你有一个朋友,但关于生活中极为重要的事情,你却不可以去跟她/他坦白。萨莉不知道,此前她想要安娜来承认和直面已发生的事实道理何在,但她确实希望安娜能那样。

她也明白,她所给予的这些尊重和尊严,几乎还不如大哭一场来得痛快,还不如跟安娜一把鼻涕一把眼泪地宣泄情绪,一起下决心去解决问题。她之所以如此,是出于友谊。一言难尽的是,尊严得到保全的同时,她们却遗失了友谊。

投资

如果你有个女儿无可救药地爱上了一个不适合托付终身的男人,很多年前人们的处理方法是,送女儿去环球旅行,以此疗愈情伤。关于这个,萧娜的爸爸已经说过一遍又一遍了。但他只是对自己老婆才说这个,因为他们不想让任何人知晓萧娜跟一个不合适的小伙子有过牵扯。

那会招致连带反应。

萧娜的妈妈表示,这种老套的废话简直是瞎扯。即使真能做到的话,那世界上也只有大概百分之一的人才负担得起让家里的谁谁谁去环球旅行吧。况且,事实是明摆着的,住在栗树街的人没一个有那么多闲钱。

夫妻俩真正需要的是能认识远在他乡的某个什么人,而那人又可以给一个二十二岁、犯花痴的丫头提供一份工作,一份她难以拒绝的工作。

突然,他们相互对视——他们同时想起了马蒂。

多年以前与马蒂初次相识时,这个美国学生跟他们租住在同一处民居。尽管一直保持着联系,但后来他们没再见过面。像他们一样,他现在也该人到中年了。

也许,他们可以给定居在亚利桑那州的马蒂写信,而他或许能给萧娜一份工作吧。

根据此前的讯息,马蒂的营生听来规模并非大到要招录陌生人当雇工,不过,他们可以问一问。

他们给马蒂去信,以实情相告。

他们在信中说,差不多有两年了,萧娜被那个文森特迷得神魂颠倒的。她从大学退了学,放弃了学位,整天就傻坐在那里,等着那个混球来找她。

父母跟她摆事实、讲道理,说那个文森特不可能真爱她的,否则就会跟她在一起了,但她什么也听不进去,那个文森特说不定在什么地方已经有了个老婆,这样的提示她更是充耳不闻。

能够向马蒂抖出家丑,这对夫妻俩也是一种解脱。

只要能对什么人说出这些实话,就像他们在家里必须做的那样就好。

马蒂回信了。

"可不是嘛,养孩子真劳神。"他写道,接着便告诉他们,他的大儿子也让父母伤透了心。

但这个男孩子才十七岁。萧娜的父母确信,再怎么说,那只是一个青春期少年,只是亚利桑那州一个试图证明自己的叛逆少年而已。

马蒂又给他们写了另外一封信,一封可以拿给萧娜看的信。

信里说,他开着一间日杂百货店,有人帮点忙才好。

他真的需要一个二十出头、脑筋灵光的姑娘,可以跟开车去大峡谷途经店铺的那些游客们寒暄客套两句。

她会有很多的闲暇时间,坐着发发呆,想想事情,欣赏享受宁静的乡村田园风光,他写道。

萧娜看着信。她的父母甚至都不敢跟她的目光接触。

文森特已经销声匿迹几周了。

"我会去那儿上班的。"她说。

他们缓慢地吐出憋着的一口气。

她走了三周之后,文森特打来电话,萧娜的妈妈跟他说地址放在哪儿的,可她手上正忙着,没空去找。

他再打来的时候,萧娜的爸爸说找不到眼镜,看不清地址。

他没有再打第三次。

萧娜跟马蒂以及马蒂的妻子艾拉相处得不错。她安顿了下来,店铺楼上有自己的小房间。他们勤劳地工作,马蒂家九岁大的小双胞胎也帮着干活,把货搬到客人的车上。

然而,还有个尼克。

尼克十七岁,长相英俊,但总是若有所思、郁郁寡欢的样子。他对什么事都心不在焉,万一要他帮点忙,他就不屑地耸耸肩,还老是唉声叹气,所以就别指望他了。

年幼的双胞胎弟弟对大哥的做派心有仰慕,但也敬而远之。

有重东西,他也为妈妈搬运。每天早上,他会把一大篮子洗好的衣物提出去,放到晾衣绳下面。艾拉带着悲伤,对他疼爱地笑笑。

马蒂看着儿子,目光中满是迷惑不解,还有哀伤。

每周或许有不下十次吧,他提议搞些活动,比如开车外出兜风、烧烤,去看电影,诸如此类。

儿子却几乎从不响应。

轻蔑地耸肩——他是这方面的大师。他的双肩看似自有其内在生命,就如哑剧表演艺术家。

一开始，萧娜曾尝试与他交流，但完全是徒劳，那男孩对她毫无兴趣，根本懒得搭理她。

有一次，也是仅有的一次，他问了她一个问题。"你毕业没有？"他问。

"没。"萧娜简略地回答。

"你跟她说的不是同一码事，"马蒂犹疑不安地澄清道，"尼克，要说高中，萧娜当然毕业了。"

不过，依旧是徒劳——他又只是耸耸肩。

"我听到她说什么了。"他说。

天空高远，蔚蓝一片，无边无际。在美国，人们谈论着总统大选。罗纳德·里根，那个电影明星，真有机会在选举中获胜吗？肯尼迪家族中会不会又冒出一个人来跟里根争夺选票？或者，卡特总统会竞选连任？

他们也聊在莫斯科举办的奥运会。

这个夏季很热。爱尔兰远在大洋对面，但每天晚上，萧娜都给文尼写信。她并不把信寄出去，她只是诉说她是多么爱他，她又是怎么知道最终一切都会好起来的。

写信的时候，她一边看着帅气的尼克在一旁鼓捣一台电脑。

看起来，除此之外，他什么也不干。

夏天的日子继续向前流淌。一挣到钱，萧娜便存起来。等她回去的时候，她要带文尼去度假。或许，两人会在香侬河上租一条船——他之前总是说他和她有朝一日要租船——或许去高尔韦的生蚝节玩玩。她的钱够花了。她几乎什么都没买，每一分都存着。过去的这十四周，马蒂付给她的工资相当不错。

十五周过去,文尼,也就是那个文森特,来信了。

他说终于得知了她的地址,现在他知道自己是爱她的,但不能确定她是想过他呢,还是压根儿就不想。

萧娜把在亚利桑那州黄昏夕照下写给他的情书全都寄了出去,然后说她必须买票回家了。

她告诉马蒂和艾拉,希望她这样做不会让他们失望难过,但这次难得的人生机遇对她已经起到了作用。在这个地方,她找回了心灵的平静。现在,她所爱的那个男人在呼唤她回去。

夫妇俩只能摇头唏嘘,等着,直到她走开,双眼放光,把两人丢在身后,这才赶紧打电话给她爸妈报告这个坏消息。

萧娜回楼上小房间查看钱包,或说是"钱夹子"吧,正如她现在已习惯的这个用词。

她自顾自微笑着,想着她可以告诉文尼的所有那些事。他还从没来过美国。要拿签证,还有个愚蠢的问题很难解决,那是来自他过去的某件事,很无聊。她一边翻钱,一边想着她的文尼。她翻了又翻,找了又找。

差不多一个小时过去,她才接受这个事实:她的钱不见了。她呆呆地在那里坐了好久,但最终还是得面对现实。

有个贼溜进了她的房间,但却没有靠近店铺?这也太不可能了。

同样不可能的是,马蒂和艾拉会悄悄地进来,将他们发给她的工资钱全都偷回去。

也不可能是那天真无邪的双胞胎吧,那个动辄摊手耸肩、拒人千里之外的尼克看都懒得看她,也不该盯上她的钱呀。

说出这事之后,她看到一家人都满脸惊惶、深受打击。"有没有可能是那一次你出去玩,在公交车上丢了钱?"艾拉的声音中表达出强烈的希望。

但萧娜清楚,那天她没有随身带着钱。她都不敢冒险乱花钱,一分也不愿花。

她环视每一个人。尼克的目光显得比往常要亮。绝大多数时候,他看上去都置身事外,离得十万八千里,但现在却积极参与进来,而且太热心了。

萧娜本想说,她很肯定那天没有随身带着钱,但莫名有什么东西让她改变了说法。

"假如我是在车上丢了钱,你们认为他们会捡到吗?捡到哪怕一部分?"

"我听说他们经常能发现的,大部分都能找回来。"尼克说。

萧娜于是改口说怀疑自己可能是把钱丢在公交车上了。

马蒂和艾拉两人那善良、坦诚的脸上露出如释重负的神色,这是对萧娜的回报。

但她心中对这个孩子已经满是厌憎,在未来的年月里,他将会给父母带来更多的伤害。

"也许尼克可以开车送我去车站问问?"萧娜说道。她恨得牙根痒痒的,声音从齿缝里挤出来。车子开过空旷的原野,尼克一声不吭。

萧娜任由这沉默横亘在两人之间。

然后,他开口了:"爱尔兰那里是什么样子?"

"一片绿色,很小,有很多湖泊与河流,还有弯来扭去的公路,还有山,四周全是大海。"

"在那里生活容易吗？"他问。

"不是很容易，不比这里容易。"她声音呆滞，如同灌了铅。

他递给她一只信封。

"大部分的钱都在这里。"他说。

"好的。"

"只少了三十块。我拿去让人帮我买软件了。"

她没有回答，只是看着车窗外面亚利桑那州的地貌景观——她再也不会看到这些了。

她延迟了夫妻俩发现大儿子是个贼这一事实的时间，她做得对不对？

她这样做，只是为了让自己相安无事地逃离这边的生活，离开马蒂夫妇，不在身后留下拖曳的阴云，那忧愁不快又压抑的阴云。

开回家的这一路上，两人什么话都没讲。

萧娜编了个巴士公司拾金不昧的故事。她情绪饱满、兴致高昂地回爱尔兰，去见她的文尼了。

文尼说，他要跟她结婚。就现在，能多快就多快。然后，他们就能用她攒下的钱去度蜜月了。婚礼上，萧娜穿的是一位朋友借给她的礼服，只有寥寥几个人到场。

她不愿让父亲掏钱大摆筵席款待亲友。无论谁看了婚礼这天的照片，心里都不会感到愉快或宽慰。你根本不必是一个心理专家，就能看出在场每个人脸上的焦虑和紧张，只有新娘和新郎除外。

萧娜满脸是幸福在即的狂喜，文尼脸上则是悠然松弛、令人愉快的微笑。

接下来的年月，多多少少是照萧娜父母所担心的那个样子演进的——老两口早就料到了。

每年,他们都会写信给马蒂和艾拉,以实情相告。文尼动不动就失踪很长时间,说也不说一声。两人也没生孩子。

有时候,他们认为这反倒是好事。另外一些时刻,他们又觉得有孩子或许能让文尼安顿下来过日子,能把他拴在家里,担负起他应尽的责任。

也许,如果当了妈妈,萧娜会强硬一些,能替他们在女婿身上出出气。而在她自己那边,她倒是一点也没生气。

马蒂和艾拉写来回信。

他们说他们的日子差不多没什么变化。尼克离家去外地了,跟家人几乎完全不联系。

他们对于尼克的工作几乎一无所知,只晓得他做的事跟电脑相关。

他偶尔会寄一封信回来,用意大概只是尽一点做儿子的义务吧,但他们实在不懂他从这家公司跳槽到那家公司是有何讲究。

至少,他好在能自立,不用啃老,也诚实……或者说,最起码没惹上麻烦,没有触犯法律。

你为孩子付出那么多,爱他们爱得那么深,反过来呢,他们看上去对你是如此漠不关心,这不是让人很难过吗?

尼克已经二十一岁了,而他们连要给他寄张生日卡片之类的东西都不知该往哪儿寄。

萧娜的爹妈回信说,他们在一份报纸上读到一小段消息,才知道文尼进监狱了,但他们的女儿——现在是二十好几的成熟女人了——却对那事只字不提。

双方在信里总是向彼此发出邀请,让他们来爱尔兰和去亚利桑那州看看,但他们也明白,大家各自的生存方式已经根深蒂固了,提议中的互访估计永远也不会成行。

萧娜开了一间客栈。随着岁月更迭,客栈倒也赢得了各种荣誉。

口碑也在客人们之间传播开来。行业内那些最出名的杂志甚至也进行了介绍和报道。

文尼时不时地跑回来一趟。

在家的最初几天,他总是能对客人们彬彬有礼,但接着,他们就开始烦他了。然后萧娜就不得不鼓动他去哪个地方,去旅游什么的,这样他才不至于在客栈碍手碍脚的,她才能继续开店谋生。

但这也导致她花的钱越来越多。

首先,她买不起新床单和浴巾了,而要保持客房水准,那是必需的。

接下去的一年,仅仅是因为没那么多钱的缘故,她不得不放弃另外增建四间客房的计划,尽管这是她内心最大的期望。

她非常失落,这情绪甚至开始在她通常都开朗阳光的脸上有所表露。她真是弄不懂,她对银行经理诉苦,那人倒是和气善良又通情达理。

"原因是你的支出太多了,"经理爱莫能助地说,"如果你少去度几次假,也许还有救。"

蜜月之后,萧娜就从未度过假。她咬咬嘴唇,在脸上露出勇敢无畏的微笑——那是她的标志。

到了1994年,和蔼的银行经理说只能到此为止了。客栈无法再经营下去。萧娜闷闷不乐地看着账目上的数字。

"开支太大了。"经理又一次指出问题。

"是的。"萧娜答道,心里像被冰冻了似的。

她三十六了,她爱过的那个男人拿走了她的一切,却什么都没给过她。她此前一直都原谅了他,直到连客栈也被他给毁了。现在,她没有家,没有生活,没有人际来往,她这半生只剩下一片废墟。

"这里有个买家。"银行经理开口道。他极不情愿这样做,但别无选择。萧娜知道,自己借款时同意了这样的偿还方案。

"请那个买家来跟我谈吧。"她声音淡定,也无风雨也无晴。

"他下周会到爱尔兰。"

"这样啊,那也不错,是不是?"她脸上的微笑是那样坚强。面对这份勇气,银行经理只想哭。

没人曾对经理说过事情会是这个样子。第二周,买家来了。他开车到了客栈。萧娜知道那不是住客,而是买主。

他挺年轻的,三十岁出头。萧娜原本猜测那应该是个差不多到了退休年纪的老头。

她出门去见他。不会有呜咽哀告的插曲,只要那人肯买,她就卖。

来的是尼克。

尼克三十一岁了。

还是同样的金发,背同样还是轻微佝偻着,站在那里的样子依旧局促不安,就仿佛下一秒会突然跑开似的。

不过这一回,他没有躲避她的目光。

这是一种朋友间的对视,而不是已经十四年未见的什么人在看你——那个人还曾偷过你的钱但又还给你了,尽管少了三十块。

"为什么要这样?"她问。

"如果我把那三十块再还给你,那没意义……我一直很清楚这一点。"

"我可不这么想,"她倒是来精神了,"曾经也有过一些日子,我可以用那三十块干点事的。"

"多买一条领带,给你的……那个男人。"

"他不再是我的男人了。"

"你大概不止一次这么说了吧?"看起来,他对这一问题的答案挺当回事的。

"我以前从没说过……事实碰巧就是这样。"

他向她微笑,把一些文件放在桌上。

"你要买这个小客栈?"她还是没法接受。

"是的,为你买的。你曾挽救过我的生活,现在我来救你。"

"你不用那么做,两笔钱的数目相差太多了。"

"金额是不一样,但情形很相似。要不是因为你,我说不定已经完蛋了,我不出手,你恐怕就要破产。我一直留心你的消息。我在等着。"

"什么意思?"

"你是我的初恋。"他干脆地说道,没有任何狡诈的嫌疑。

"从那以后,你肯定有过很多次初恋了吧?"萧娜说。

"没有……事实碰巧就是这样。"他模仿她早先才用过的那个表达。

"你不可能爱上我的,那时我比你大几岁。"

"萧娜,你现在仍然比我大,但我多少算是赶上来了,年龄差没那么明显了。"他的笑容非常迷人。

她深吸了一口气。

"我们现在是为什么?"

"我要回报你的投资。你投资了……应该承认,是出于偶然……资助我买了最早的几个软件。如今,我是电脑行业的新贵了,所谓的数码神童什么的,管它怎么说呢……"

"没必要吧……"

"很有必要,另外,只有一个限定条件——这客栈要登记在你名下,而不是他的。"

"我说过,他已经走了。"她说。

"这可是好消息,很好。"尼克边说边坐下来,表现出的神态还真像个准备退休的人了。看样子,他或许有心打算早早退隐江湖呢。

信念的飞跃

莫丽需要一个房间，一周住三个晚上。这样的话，她就能从周二到周五在那个大型的金融中心工作四个整天，然后搭乘晚班列车回到郊外宁静的住所。她刚在那里安顿下来，开始重新整理自己的生活。

她根本没想到，如今市区一个房间的租金贵得那么吓人。人们怎么承受得了？她之前怎么会一点概念也没有？这么多年来，跟休共同生活在他们舒适的大房子里，那肯定让她完全忽略了这世上其他人是如何生存的。

但那大房子被她卖掉了，钱也分了。让所有人都惊愕困惑的是，莫丽竟买了一栋乡村民居。现在她所需要的只是一个房间，只要能让她每星期停留半周不到的时间就行，设施多简单都没关系，可她就是没法找到合适点的地方。朋友们好意地在家里给她安排了一个床位，但莫丽珍视友谊，不想让友情跟实利沾边。她也不想在她们的屋顶下栖居，她想要一个属于自己的地方。当然，这么大一座城市，她肯定能找到一间简洁朴素的出租屋的，屋里有一张床、一把椅子和一只电水壶就行。她可以自己添置衣服挂架，再买一台小电视机。她也并不介意跟别人共用卫浴间。既然是租房子，她不需要过得有多讲究。

莫丽在金融中心工作，上班时间长，工作量也很大，于是她也就没什么闲暇来娱乐了。一整天的忙碌之后，能有个房间过夜睡觉，她就感到满足了。这些天来，对她而言，睡眠正变得越来越重要。

否则的话，她就会想起休，过去的事情会在心中一遍遍地复盘：这里还是那里出了什么差错，原本怎样做就有可能避免分手的。这些念头会翻来覆去地在脑袋中转悠，把莫丽弄得疲倦不堪，也跟以前一样困惑和混乱。这样的状态已经延续了几个月。她发现，要丢掉这些毫无裨益的胡思乱想，最有效的解决办法就是拼命工作，然后倒头睡觉。

如果把辛苦上班挣来的钱花掉一大笔，去长住一个酒店的小房间，那无疑是太不明智了。她要再尝试一下，去另外一处房产中介看看，向人家说说她那很简单的租房要求。办公台后面的那个女人挺好说话，但她在对自己表示同情时，也流露出了疑虑的表情。就算家里有空房，人们也实在不喜欢让陌生人入住。不过，如果她能考虑跟人合租，那市场上倒是有很好的房源的。

"但是，我不要跟年轻人一起住，"莫丽申告说，"我四十一岁了，要我坐在那里听他们大声放音乐，整夜随时都有他们的朋友进进出出，我受不了那个的。我只要在别人的房子里有自己的一个小地方，我住那里也不会带来任何麻烦。这不算多么可耻的要求吧？"

那女人的面色柔和起来："当然谈不上可耻。如果我自己有房子，虽然我从未有过，会立刻租一间给你的，没有比这让我更愿意做的好事了。"

"那你住在哪里？"莫丽问道。

"我跟我哥嫂住，可以坦白地告诉你，不是很令人满意，但那笔租金对他们有帮助，而我又负担不起房贷。"她满不在乎地耸耸肩。生活就是如此。她长相挺和善的，四十五岁左右。她的名字，安妮塔·伍兹，显示在她面前桌上的一块小铜牌上。莫丽不禁有些拿不准了，到底哪种境遇更好一些？是像安妮塔那样从来都不曾有过房子好呢，还是像她自己那样，曾经有过大宅但又失去好一些？

"我估计只有我的一份租金还是不够帮你分担房贷。"她轻声说道。

"是啊，不够，够惨的。"安妮塔说，"不过，碰巧的是，你并不是第一个跟我说过这个的。"

"还有人跟我是同样的处境？"莫丽对此并不抱太大希望，安妮塔只是在跟她随意搭话罢了。

"也不能说是完全一样，但上周有位女士来这里找一处可以让她白天开音乐班的房子，所以她就需要房主在上班时间不在家里。她还表示，房屋清洁由她负责，花园也一样打理。她是一个很好的人。我们闲聊了一下，她听上去不想待在家里。那些孩子让她吃不消。大孩子，都成年了，我说的是这个意思。我倒是很想帮她的忙，可就是找不到合适的房东和房子。"

"你的客户档案里有她的资料吧？"莫丽问道。

"嗯，有的，但那有什么关系吗？"

"她叫什么名字？"

安妮塔翻看资料："她姓杰克森，叫作简·杰克森。真的，这是位脾气非常好的女士，是那种你接触过就不会忘记的人。一想到那些不知感恩的年轻人，我都气不过，他们只会给妈妈留下一袋袋要洗的脏衣服，把冰箱里的东西都吃个精光。"

"安妮塔，你为什么不买个房子呢——在你的房源本上，你肯定看到过自己喜欢的房产——然后让简和我都当你的房客。"

"可是，那不现实。"安妮塔表示异议。

"真的不可行吗？"只要确有那份意愿，莫丽的视野和思路就可以非常清晰。也正因为如此，她的工作成绩才那么出色。"我们三个人一起吃顿午饭吧，那不会带来任何坏处。"她恳切地提议说。她能看到安妮塔脸上有一丝认真的神情闪过，好像对买房确有兴趣。这两个女人达成默契，她们倒是有相当的可能性去实现那个疯狂的计划的。

工作日期间，安妮塔的午餐时间不允许超过四十五分钟，而要厘清她们的未来规划，那么一点空闲显然不够。简这一周已经安排好的音乐课也不可能取消。莫丽也无法从金融中心办公室的电脑屏幕前脱身。于是，午餐聚谈就定在了周六，在一家小小的意大利餐馆，那里的午市餐食是固定价格，按人头算，她们可以各自付账。

简把单车在餐馆外面锁好，她随身还带着一个乐谱夹子。她看上去挺疲惫的，说假如学生能去她自己的房子里上课，将会轻松很多，但她的两个子女在家里办公，受不了噪音，会被音乐干扰；安妮塔带来了公文包，里面有可供房源的详细信息，她们可以一起浏览挑选，看看有什么合她们心意的；莫丽别的都没带，除了一沓活页纸，纸上有竖着的分栏，她们可以记下每处房产全部的优点与缺陷。

她们清楚，她们是在实践一次跨越、一次信念的飞跃：三个陌生人在商议是否有可能共同创建一个家园。但讨论起自己的生活来，她们还是蛮轻松的，没有拘谨尴尬，也没有因为未来要分享一处住所就戒备地相互打探。桌上的氛围就仿佛是三个女人日常会面，吃一顿再随意不过的周六午餐。

安妮塔解释说，她从未想过要弄一处房产来永久定居，因为她年轻时就到处漂泊，一直都不愿被长期束缚在什么地方。现在她后悔了。她的嫂子为人苛刻，不好相处，家里的局面总是挺紧张的。安妮塔渴望自己能有个新环境，那里空气中不至于动不动就有这个情绪或那个气氛之类的。

简说，自从丈夫死后，孩子们就认为住在家里是在向老妈行善施恩。她知道，在朋友面前，儿女们肯定是这样说的，他们可不能把老妈单独扔在家里自生自灭，但实际上呢，她把他们的生活打理得井井有条。照顾三个成年子女让她疲劳不堪，几乎没有任何剩余的精力去上音乐课，而那才是她热爱的事情。

莫丽和她们说起了休，不过是以一种从未跟任何其他人有过的讲述方式：她是怎么在正准备把休的一件夹克送去干洗店时在他口袋里发现了一封情书的，他又是怎么抵赖，说那属于别的某个同事，跟他毫无关系的。

那天夜里，一个女人打电话到家里找休，他说那是个神经错乱的同事，跟所有的男同事都纠缠个没完。而当天白天，她妹妹已经撞见休跟那个女人在某酒店开房了。

她告诉她们，休说过她应该放他一马，让事情过去算了，那一切本来都可以平息下来的。她没有自怨自艾的意思。随后，她买了一栋乡村小屋，尝试着去改变心境。某种程度上，住到乡下还是管用的。多少还算有些改变……

接着，她们就事论事，商议屋宇的价格范围和房间租金那些细节。她们都喜欢栗树街上的一套住宅，这套房子有个小花园，三间大卧室，每间都可以当成卧室兼起居室，大到足够放得下简的钢琴和莫丽的电脑，那里还有两个洗手间和一个大大的厨房兼餐厅。

她们掏出一台计算器,计算各自要先出多少购房的金额。她们又点了一瓶红酒。

她们说好了三周之后再碰头。

在此期间,她嫂子的情绪是好还是坏,安妮塔没那么往心里去了。

简不再为子女们做那么多洗涮打扫的活计了。

莫丽每晚睡得更久更沉了。

等到她们再次碰面时,安妮塔已经跟业主表明了她的购买意向,还拿到了钥匙,因此她们就直接在屋宇那边会合了。住宅的主人已举家出国,留下了很多的家具,于是她们就在房前屋后、室内室外随意地转悠,一边讨论着她们的新生活。

不知不觉地,一整个下午就愉快地过去了。她们惊讶地发现自己在那里竟已逗留了那么久,而且对彼此毫不保留。她们各自决定了分别要带些什么东西搬进卧室,还有厨房用品和电器、园艺工具、额外的书架之类的东西,每个人都能贡献一些。

然后,她们回家跟家人诉说这个新故事。

安妮塔说,她敢肯定嫂子会很高兴,终于能收回那间空房了。现在,家里会有宽敞的地方安置嫂子的缝纫机了,或者也可以邀请朋友来小住。

简告诉儿女们,她想卖掉房子,买房子的钱每人平分,要么就租给他们住,只收很优惠的租金。他们必须二者选其一。

莫丽回到她的乡村小屋,但没对任何人说什么。乡下的这些邻居们固然是乐于助人、相处融洽的大好人,可他们对她在城里的生活真的没多少了解,或者说也不太在意。倘若她换个租住的地方,他们也不会为此兴奋的。

　　莫丽觉得有点悲哀,她没有可以倾诉的对象。但是一周之后,当她与其他两个人见面时,她的想法就变了——她那境遇大概并非是最糟糕的。

　　安妮塔说,听到她要搬出去,她的哥嫂表示极为反对和不满,责怪她对他们的热情款待不知感恩。对她的新家,哥嫂只表现出极小的兴趣,或说根本就没兴趣。他们只是为失去了一份稳定的房租而遗憾。

　　简说,她的孩子们全都怒不可遏,竟然说她或许是疯了。他们说,妈妈现在的情况是对爸爸去世的一种悲伤的延迟反应。最终,他们说,他们很可能没法支付她提议的租金了,于是她就说要卖掉那栋房屋,该分多少钱都会给他们的。

　　跟这么些人间戏剧相比较,莫丽感到无论如何她还算是相当幸运的。

　　到了搬家这一天,事情倒几乎是水到渠成。她们在一个周末把东西搬完了,周日晚上,她们搞了个庆祝宴。按照最初的计划,吃完之后,她们当然也就各自回卧室了,但她们聊得投机,越说越久,于是往炭火上几次三番地添加了更多的食物。她们一起清洗餐具,如同心无芥蒂的多年好友。她们知道,这远不只是一个简单的房屋居住安排。

　　"最多两个月,我敢预言。"才听到妈妈的计划时,简的儿女们这样说过。但她们三个人住满两个月之后,简已经很开心地安居乐业了,在那里怡然自得地上着音乐课。

　　"三个月一过,你就会跑上门来,想要住回之前的房间的。"安妮塔的嫂子对此前景信心满满。

休给莫丽打电话，说只是想问问她的情况怎么样，就像朋友之间那样问候一声。莫丽多谢他的挂念，说自己过得还不错。乡下小屋呢？也还不错。工作日还是住酒店？他试探道。

不了，她说，现在跟另外两个女人共住一套房子。

"我要说，那大概只能维持半年吧。"休说。她说话的语气那么冷静，这让他感到懊恼。

三人合住马上满一年了。安妮塔说，她要去意大利徒步旅行，其他两人很感兴趣，甚至表示出嫉妒——她们可从没这样度过假。

旅途当中，她们做出了几个决定。当她们身轻体健、带着日光肤色回国后，莫丽随即委托把她的乡村小屋租出去，因为如今连周末她也几乎不去那里住了。

简把自家的屋子卖了，把售房所得的钱跟子女们分了。她才不管他们的大声抗议呢。

安妮塔现在成了那个房产中介所的合伙人。她出钱让哥嫂去度了一趟假，于是赢回了他们的好感，重又成为受欢迎的小姑子。

她们知道这种生活或许不会永远持续下去，她们也并没有必要守在一起，变成老太太三人组。她们当中的任何一个人都有可能碰上跟眼下不同的处境，拥有一个精彩的未来。但就目前来说，她们已经比大多数人都更幸运、更快乐了，只因为她们有勇气迈出一步，完成了一次信念的飞跃。

莉莉安的头发

莉莉安在栗树街 5 号出生,也在这里长大。早先就住在这条街的所有人都记得,她从小就是个漂亮的小姑娘,长着美妙绝伦的金发。大家对她妈妈说,小丫头去拍电影保准行。哈里斯太太却从未对这样的预言感到高兴过,跟夫妻俩自己的打算比起来,女儿成影星,那太遥不可及了。哈里斯太太坚定地说,他们的期望很简单,只想让莉莉安待在身边,在他们年老后照顾他们。

莉莉安在主街上的一间叫"发绺儿"的发廊当起了学徒,只要五分钟就能从家走到店面。大部分日子,她都回家吃午饭,陪妈妈喝上一盅汤。店里的其他女孩子都会出去,吃上一顿挺像样的午餐,但莉莉安跟她们不同,她要存钱,她要攒钱买一套属于她自己的房子。

不像发廊的那些顾客还有跟她共事的那些姑娘,莉莉安从来都不要也不买时髦精致的高价衣服。不过,她们都说了,她也不需要多好看的衣服——她闪亮的金色鬈发那么迷人,没人会费心再去注意她穿什么衣服的——她也从不出国度假。为什么要去呢?她所想要的,就是在这条街上买一套房子,一套属于她自己的住宅。

如果莉莉安有一栋房子,她会把楼下改造成发型屋,然后就可以在家里工作挣钱了。楼上那一层也会被装修得漂漂亮亮的。她要把墙刷成明亮的颜色。

接下去呢，等她成了一个有房、有事业，又有生活品质的女人，她要在二十八岁左右找到一个丈夫。

但事与愿违。

首先，哈里斯先生原本一直是个谨言慎行的人，却做出了一个愚不可及的投资决定，他把5号自家的房子抵押了，为的是给一个疯疯癫癫的商业项目贷款融资。他的一个同事启动了一个休闲娱乐中心的计划，仔细地挑选了一些生意伙伴，每个人需要投入几千资金。哈里斯先生事后哀哭说，他全部想要的，就是能收回他那部分的股金，但那些钱短短几个月后就没了，追加的那些更多的钱也打了水漂。

哈里斯先生发现他的工作也没了，因为自从当了"生意伙伴"，他就没法专注于医院导医服务台的工作了。由于严重的抑郁消沉的困扰，他还失去了他的健康。

接二连三的这些变故让哈里斯太太也饱受打击。她的身体原本就弱不禁风，这下更糟了，不能再依赖之前能为她出门购物的丈夫了。莉莉安的存款不得不被拿出来偿还父母房子的抵押贷款。存款分文不剩，也就根本别提买房子的事了。她的空余时间也派上了用场，她给家里打扫卫生，采购日杂必需品。离开了她，这个家已经无法再正常运转。她从未有过一句埋怨，上班时依旧是开朗的好脾气，服务热情，并且是个手艺出色的美发造型师。老板艾伯特很赏识她，主动给了她一个机会，让她负责在市中心开一家新店。

"我不能接受，"莉莉安感伤地说，"我必须待在家门口才行。这里对我来说是最完美的工作地点，喝咖啡时的休息时间甚至都够我跑回去看看他们是不是好好的。"

艾伯特摇摇头。

"莉莉安,这样过日子是不对的。他们总有一天要学会不依靠你去生活,最好让他们早点习惯这个,宜早不宜迟。"

"为什么他们总有一天要学会不依靠我生活呢?"她天真地反问他。他突然有一种直觉,这个姑娘非常孝顺,就像是一百年前才有的那种好女儿一样,她愿意永远陪在父母身边,不惜牺牲自己所有的个人规划。一个独生孩子愿意耗费一生去感谢父母给了她生命,但说实在的,这样一来的话,她的生活真的会空洞无物。

老板默默想道,这姑娘都不小了,恐怕已经二十三岁左右了。他本人也是独生子,但即使父母需要他照顾,他恐怕也无法完全放弃自己的生活。他希望莉莉安不要过于偏执,省得度过一生才知道遗憾。

然而,随着岁月更迭,她看似并未发觉这种生活是一个负累。父母看上去也是热心肠的好人,感激她的关心照料,但没有对此感到多意外或者受之不忍。如有必要,他们自己也会做同样的付出。莉莉安总是说,他们有宽大、仁厚的心怀。

看起来,她根本都没想过,自己的心怀才是那么宽厚无私。

幸好有个社会组织在照料亲友者外出度假期间能派人临时顶班,所以莉莉安每年能有两周空闲去参加跟团旅游。和善又有责任心的女义工会来到栗树街5号,在家里短住两周,经常还会带来些新信息。

哪些店铺可以在订货后把肉菜、日杂货品送上门,当地童子军是不是能做基础的花园修整活计,什么邮购目录可供妈妈给她自己和爸爸选购衣服,莉莉安对这些已经了然于心。

度假行程中,莉莉安享受着阳光,放松休闲,但从未有过什么旅途罗曼史,一路上倒是有人献殷勤,提出邀请或暗示。由于有一头美丽的金发,加上随时浮现的微笑,她自然有足够多的爱慕者,但她一律跟他们保持安全距离。

直到遇上了蒂姆。这人锲而不舍。

"你在家里有丈夫吗?"繁星闪耀的意大利夜空下,他问她。

"老天,你真问得出口。没有,我跟父母住。"

"那未婚夫呢?男朋友?固定的情侣?"

"没有,什么男人也没有,我没时间。"

两周快结束时,他已经明白了那个状况。

"我想哪天去看看你们。"蒂姆主动表态。

"蒂姆,你想来我不反对,但你可能会发现我们,我父母以及我自己,都有些沉闷无聊。我们通常就只是坐在家里看看电视,你知道的。"

"这个,如果你要离开,还得为此花上一笔钱,那何必还为看这些砖头瓦块买单呢?我一贯都是这么说的。"

蒂姆有一种讨人喜欢的节俭的习惯,莉莉安还没能适应,但觉得那挺有趣的。

他知道,如果他们从这个地方而不是从那个地点搭乘公交车,就能省下好多个里拉。他还知道,很多小餐馆的面包和黄油都是另外收费的,所以早餐吃不完的软面包应该收好带在包里。

他看起来完全理解莉莉安为什么要跟父母一起住。如果一处住宅就够用,何必费事弄两套房子呢?此前已经有那么多的人试图说服她要拥有属于自己的生活,现在蒂姆的这种态度当然就让她感到安心和慰藉。

蒂姆非常容易沟通,确实非常好。她希望旅程结束之后,他还会跟她联系。事实上,他还真那么做了,于是她就邀他来家里吃晚餐。

他跟哈里斯先生说,他因为搭乘了非高峰期的火车省下了多少多少钱;他告诉哈里斯太太,带来送给她的小小盆栽是他直接播下种子长出来的,因此就在一只装酸奶的盒子里长大了。他说,像这样的盆栽,他总共培育了十几棵,可以当作拿得出手的小礼物,同时还几乎不费分文;他告诉莉莉安,旅行社给了他一笔退款,因为他投诉说实际入住的酒店与描述不符。

"可那酒店很不错呀。"莉莉安提出异议。

"是挺好,但这些退款是可以要的,所以拿回一点钱也是完全合理的嘛。"蒂姆说,似乎那是不言自明的事情。

莉莉安的父母还挺喜欢他的,看似也欢迎他的到访。事实上,妈妈甚至开始习惯于早早去睡觉,并且把老头子也一起带回卧室,这样是特意给两个年轻人创造交流的机会。然后,等到第六次上门做客时,蒂姆问哈里斯先生,他是否可以留宿。

"你的意思是睡在这里?跟莉莉安?"莉莉安听到父亲惊讶地问。

"不是跟莉莉安。哈里斯先生,我真正的意思是指,能不能在沙发上睡一夜,那样可以给我省下不少钱。我已经预约了这一带的几个客户要拜访,如果不用另外单独再跑一趟的话,那我今天来这里的交通费就花得很超值了。"他扬扬得意地微笑着环顾四周,似乎对自己的聪明感到满意,大家也都跟着笑了。蒂姆是个整洁的人,很快,他就搬来住进了楼上空着的一间卧室。随着时间的推移,他又住进了莉莉安的房间。在那不久之后,他跟莉莉安去婚姻登记所完成手续,也确定了婚礼的时间与日期。

蒂姆说度蜜月真是浪费钱，那还意味着要给请来照料老两口的护工支付工资。他们为何不能放弃蜜月呢？他们可以就在家里把房子整修一下，刷得漂漂亮亮的，就用鲜艳的颜色。

莉莉安发廊的老板艾伯特认为这整个事件都挺离奇的，但他知道，最好还是不做评价。

同事们给莉莉安凑了份子钱，但表示不会去婚礼现场。蒂姆的意见是，如果摆出华丽的排场，也没有谁会真的欣赏，所以还是浪费金钱。他的母亲和姐姐，还有工作上的两个朋友会出席仪式；栗树街3号的盲人邻居马克小姐将参加婚礼——她在莉莉安还是小婴儿时就知道这孩子了；14号的雷恩太太也会来——她过去一直都那么乐于助人。

婚礼正日之前两天，蒂姆来了，他看到厨房那边一番忙碌的景象：哈里斯太太、马克小姐和雷恩太太都正在烫头发；莉莉安在三人间走来走去，这里试验一下发卷的弯曲度，那里上一点中和剂什么的，将发束绕上卷发棒又打开，用毛巾和手持吹风机吹干湿发，给三位长辈端上茶水和饼干。蒂姆兴味十足地在一旁看着。

"你可不可以给我妈妈和姐姐也这样弄一弄？"他问。

莉莉安自然说她很乐意。

"婚礼这样的大事，她们怎么不去自己熟悉的发廊做冷烫呢？"马克小姐问道。

"她们可从不去发廊的，"蒂姆坚定地说，"那太贵了。假如不得不付钱的话，这些烫发造型要多少钱？"

马克小姐嘟起嘴。雷恩太太表情模糊。莉莉安的妈妈告诉了蒂姆大致的收费。

他简直震惊了。"你在家一个晚上就能挣这么多!"他说。

"不是这样的。我妈说的只是发廊正常的要价——你知道的,要支付日常杂项开销、店面的租金、时髦豪华的装修,还有很多员工的工资。收入是非常不稳定的。"莉莉安不愿蒂姆的话让邻居们觉得她这是过于慷慨了,让她们受之有愧。

"这是莉莉安送给我们的礼物。"雷恩太太解释说。

"我们运气可真好,"马克小姐补充说,"美发师上门服务。"

"莉莉安热爱做这一行,这可以说是她的第二天性。"莉莉安的妈妈插话。

蒂姆拿出一个计算器坐了下来。假设她每周只做七个冷烫……想象一下!染头发呢?这个发廊又要收多少钱?不会吧!这么贵,不可能!莉莉安也会做染发?

他们所需做的一切就只是把客厅的格局稍稍变动一下,安置一个洗头池、一面镜子、两三张椅子,再买上七八条毛巾。

"但是,也许莉莉安并不很喜欢单干吧,她会失去在发廊工作的那份乐趣的。"马克小姐语气犹疑地试探说。仿佛她是在努力为莉莉安争取一点属于自己的生活,而不是天天封闭在5号的大门之内。

"哎呀,谁说要从发廊离职啦?"蒂姆喊出了声,"她不能同时也做那个工作吗?"

第二天,莉莉安给未来的婆婆那稀疏的头发做了冷烫造型。那位未来的大姑子长着老鼠毛色调的头发,她用散沫花染剂给她做出了深棕红色的挑染效果。

两个女人都说她们的形象改变了,感到很高兴,她们表示以后会定期来访的。

莉莉安的头发

"往后你们可得付钱喽,这是不用说的。"蒂姆笑着说。她们也附和着笑了。

"但莉莉安的收费会比外面营业发廊低的,我们在这里还能享用茶点,所以算起来是我们赚了。"他姐姐开心地说道。

莉莉安有些动情地看着她们。碰上占便宜的事,想到有什么东西物超所值,她们竟然能高兴到如此程度。她可从来没有过那样的。诚然,你也会为了什么东西而省吃俭用地存钱,但随后你就会把钱花掉。而蒂姆和他的家人好像只是为了省钱而省钱。不过,他们看来还是乐在其中的。况且,这种小习性难道不好吗?难道不比那类酗酒或赌博的恶习更好吗?

莉莉安洗好毛巾,拿出她的礼服长裙和蒂姆的衬衫来熨烫。他说了,既然她穿起那条灰色长裙来是如此好看,再去买新衣服就不免又是浪费。

她们一起核实第二天的吃食以及安排。主食是鸡肉焗饭,随后是慕斯巧克力,还有一个袖珍的小结婚蛋糕。住14号的雷恩太太会带相机过来,与蒂姆一起当推销员的同事兼伴郎也会带相机来。

电话响了,是马克小姐。她首先表示抱歉,这么晚还打电话来,但她要跟莉莉安商量一下结婚礼物的事情,所以问莉莉安能不能去3号她家里小坐片刻,只耽搁十到十五分钟。莉莉安说她马上就到。

"如果可以的话,尽量让她出礼金当礼物吧,或者购物券也行。"蒂姆建议道。

马克小姐在自家屋里活动自如,触碰东西的表面时动作轻柔,所以什么也不会被弄乱。尽管失明了,她却比很多拥有完好视力的人更显优雅。她打开一瓶波特甜葡萄酒,给自己和莉莉安各倒了一小杯。

"莉莉安·哈里斯，敬你一杯，就当作你的婚前单身派对吧。"她笑着说，但不乏打趣之意。

"谢谢，马克小姐。"莉莉安呷了一口酒。

"不要嫁给他，莉莉安。"马克小姐诚恳地呼吁。

"我爱他。"莉莉安简短地回应。

"不，你不爱他。你爱的只是他不会逼你在你父母和他之间二选一这样一个事实！"

"我们确实相处得还挺好的，他跟我家人也能和睦相处，那当然也是有益无害的，对彼此都有帮助，但并不就是我们关系的一切。"

"毫无疑问，莉莉安，他跟你的关系就是这回事，他有了现成的房子住，你爸妈去世之后，那也就成了他的财产，他还有了个能挣钱的老婆，不仅在外工作，往后还要在家里赚外快。莉莉安，没有像样的婚礼，也没有蜜月，你以后也难有正常的生活的。别做这傻事。我恳求你。"

现在，莉莉安感到受了伤害。

"马克小姐，这是一场正当的婚礼，合乎体统。有美食，有酒水，是我们自己不想去度蜜月，我们打算在家里把房子整修一下。另外，实事求是地说，在家里干点活，多挣一点钱，那也合情合理的吧。"

她的声音接近哭腔，但马克小姐像钢铁般强硬。

"多挣钱是为什么呢，莉莉安？你结婚，甚至都不买双新鞋或一只新手袋。你现在已经站到一个可怕的东西的边上了，就是要嫁给一个吝啬鬼，而我是那个唯一有勇气来提醒你的人。"

"吝啬一点也不是什么坏事吧。"莉莉安慢慢地说道。

"那就是一件坏事，莉莉安，听我的话没错。"

"你怎么知道？"

"因为我差点就嫁给了一个小气鬼。他竟然说结婚礼物只希望别人送购物券，好随他自己用，所以我在举行婚礼六周前改了主意。"

莉莉安忍不住咯咯笑了。

"我猜，蒂姆也说他情愿要购物券。"

"嗯，确实。"莉莉安承认道，"可是，马克小姐，这也没多可怕吧，他又不至于成了个连环杀人犯。"

"但这肯定证明了他是个非常小气的男人，你往后会恨他的。"

"你拒绝了的那个家伙，你后来也越来越恨他了吗？"

"我感到后怕了，我怕会是那种结局。你懂的，慷慨大度的人没法跟卑鄙小气的人生活的，那行不通。"

"这只是无稽之谈吧。"莉莉安情绪振奋了起来，"就像星座配对的那种胡扯，什么双子配天秤，但跟金牛犯冲，诸如此类的！那些说法没道理，不能当真。记得吗？多年前他们还说不能跟不同宗教信仰或不同种族的人结婚呢，甚至不同社会阶层的也不行——如今这些都是老皇历了。"

"但你不能嫁给一个吝啬鬼，他的灵魂、他的精神，都毫无快乐可言。"

"马克小姐，说实在的，这也谈不上有害吧。遇上占便宜的好事，蒂姆感到快乐，这就像一个孩子吹散蒲公英花絮感到快乐一样。"

"不，丫头，那不是一码事。"

"也许你遇到的情况是另一回事，但就蒂姆而言，他那样做时甚至都没意识到自己在干什么，你没法对他解释，想改变他也不行。"

马克小姐凝重地点点头。"关键就在这里，他们无法被改变。"

她幽幽地说道。

"那么，你拒绝和他结婚的时候，你当年的那个朋友知道你在说什么吗？"

"不知道，他连一点模糊的概念都没有。他认为我在歇斯底里，认为我疯了。"

"那是很久以前的事吗？"

"是的，几十年前了，远在我失明之前。但是，莉莉安，我从没后悔过。"

"他后来跟别人结婚了吗？"

"是的，在那之后他很快就结婚了。对的，那两口子还守在一起，我相信他们过得很幸福。那女人有可能也是个小气鬼吧。有人告诉我说，她不买报纸，而是在火车上和公园里捡别人扔掉的旧报纸看，而且总是在超市附近转悠，看是不是有人没把购物车还回去，有的话她就去还车，冒领别人的押金。"

"可是，马克小姐，那也不违法呀。"

"那不是正常的生活。"这位老妇人的立场非常明确。

"那些打呼噜或者剔牙的人，有人也一样跟他们生活；人们会跟投票时和自己意见相反的人结婚，会和不要孩子的人结婚，会和不洗脚的人结婚；那些加入邪教秘密社团的人、买卖毒品的人，或是做色情交易的人，也一样有人嫁，有人娶。世间万物，造化弄人，嫁给一个只是对钱太在意了一点的人，真的不能算是世上最差劲的选择吧？"

莉莉安的声音中透露出激情。马克小姐显得异常沉寂。

"请继续，马克小姐，是你挑起了这个话头，请告诉我你的想法。"

"我想,我还是给你和蒂姆一些现金当作结婚礼物吧。那总是派得上用场的。"马克小姐回道。

"请不要这样对我冷冰冰的,不要这么瞧不起我。正如你本人说过的,我几乎从不拿自己做什么文章,也从来没什么可让人家闲话的。请不要用钱来侮辱我。"

"不,莉莉安,不是这么回事,那不是我的用意。你,你宽宏仁厚的心灵,你如此包容差异而且愿意与差异共存,你明知人都不一样还能坦然接受,这都让我肃然起敬。只要我能做到这些,那恐怕我的心境也会不同,活在这世上要快乐很多。"

"你现在是在用你的善意抚慰我而已。"

"不,那样说可不对。假如我嫁给那个男人,我就不会孤身一人,要依靠邻居关照。我失明之后,他大概还会跟我在一起。也许我们还有了自己的孩子,一个儿子,一个女儿,他们都爱着这个盲人妈妈。"

"你足够坚强了,如此独立。"

"那是我装出来的。"马克小姐说。

"马克小姐,请继续做我的朋友。我需要你。"

"我也离不开你。但我肯定,这次贸然干预你的私事,已经让我失去你了。"

"不,那是没有的事。我需要你,是因为有一样东西是我不想要的。我真的不想在家里接待客人。一天的工作结束之后,我已经够累的了,而且我也不愿分流艾伯特的生意,他对我实在是太好了……可我不知道怎么来处理这个局面。你懂的,我不能直接否决,那会让蒂姆感到不安的。"

"我明白,"马克小姐说,"我会很乐意帮你的。"

她们坐着又聊了一会儿。马克小姐轻轻抚摸着莉莉安的金发——她只能看到那模糊的一团暗影。她对莉莉安解释说,这条街道按功能规划就是居住区,只要有任何投诉,说谁谁谁故意改变了房产用途,在这里开始了商业活动,那么邻居们就会站出来反对和抗议。所以根本不存在家庭作坊或在家营业的任何机会。

莉莉安回到家,给蒂姆看了钞票,他则小心翼翼地把票子折好,收在一旁以备将来不时之需,还对她说他爱她。明天的大好日子在等着他们。

莉莉安躺在床上没睡着,她很长时间都在想着马克小姐和遭她退婚的那个男人。

两家的房子顺着街巷坡地隔壁相邻。马克小姐也躺着没入睡,很长时间都在想着这个心胸宽大的姑娘:她竟然已做好了准备,将极端的吝啬视为睡觉打呼噜那般的小毛病。

一般情况下,马克小姐并不会为未来三十或四十年将发生什么而烦恼,但今夜,她却感到一种强烈的渴望,希望自己能年轻一些。她想在这世间多多停留,以便能看到莉莉安这个美好可爱的姑娘最终婚姻顺遂,生活幸福。即使那证明了她自己很多年前做了错事也无所谓。

而那个可能犯过的错误,是马克小姐不允许自己去想的。

格蕾丝要送花

其他所有的人都在咋咋呼呼地准备欢庆新年前夜,格蕾丝却不动声色。她之所以如此,都是出于她已成竹在胸的事实。酒店订下来都超过一年了,新年前一天的下午,他们都会到达那里。

能够去到都柏林以外的地方,将会是很棒的事情,因为届时城里人人都会疯疯癫癫的,很多地方嘈杂得可怕,人们像患了狂躁症一般,担心怎么才能打到车回家。

格蕾丝和朋友们将会入住那个精致的乡村小酒店,那里有恒温的泳池,他们可以在湖边的小树林中散散步,吸吸负离子,还有那口碑绝佳、几成传奇的美食——以一顿难以忘怀的大餐来结束千禧年的欢庆可谓尽善尽美。

朋友们说,格蕾丝本身就是一个真正的奇迹,面对所有生活甩在眼前的麻烦,她都处变不惊,比如说她在时装店工作,有一个挑剔的老板罗拉;比如她嫁给了马丁这么个难以相处的家伙,这位会计成天忙得几乎根本没空来稍稍关爱一下妻子。

相识的其他夫妇们对格蕾丝有过很多的猜测。这样一种生活,无论在家里还是在外面,差不多得不到任何的赏识,她能快乐吗?有时候,他们简直想杀了马丁,因为他是如此不善于观察,因为他从未夸赞过她的厨艺,也未曾表示过欣赏她的容貌。他们也想杀了罗拉,因为她使唤和刁难格蕾丝,还觉得理所当然。

现在,其他每个人都对千禧年前夜的计划一筹莫展,而格蕾丝却已经确定了一个完美的地方,让大家可以一同前往。

四对夫妇都是二十多或三十多岁,还没有孩子,一家也没有。原本也会有他们参与新年前夜的众多派对之一,但格蕾丝的这个方案看起来更好:逃离城市喧嚣,在一个非常有名气的地方住上两夜。这事说起来挺开心的,其他人只有嫉妒的份。格蕾丝还为大家把事情安排得更为轻松。每个月,她都会跟他们收一点钱,然后到了年底,整个庆祝活动的费用就都毫不吃力地支付完毕。他们现在有一种错觉,这次所费不赀的高规格迎新年团体短途游几乎是免费的!

"我真高兴,幸亏我们是每个月都交给她一点钱,"安娜对查尔斯说道,"否则,眼下叫我们一次性拿出那么多钱来还真有点困难。"

"这只是暂时的情况。"查尔斯匆忙回道。赌博输掉的钱累计起来的总额是如此吓人,他可实在不愿再去想这个。这个周末可谓是天赐良机,除此之外,他根本想不出还有别的什么方式能让他和安娜去迎接新千年。

"可怜的格蕾丝……亲爱的,你知道的,她费这么多事,花这么多精力去张罗,是因为她生活中确实也没其他东西可忙活的。"奥利芙对哈里说。奥利芙很满意自己的生活,甚至沾沾自喜——只可惜她搞错了,觉得自己身边都是朋友,但没有意识到,哈里身边却都是情人。

"噢,那我倒是不知道,我的美人。"哈里若有所思地回应。他的挑逗在格蕾丝那里连哪怕最轻微的回应都没得到。他希望这个新年的周末或许会有所收获。

格蕾丝要送花

过去的六周,肖恩和朱迪丝都在争论他们要不要参加这个周末出游。最后,意见总是归结到格蕾丝身上。如果她的梦破灭了,计划相聚的人没能全到场,她绝对会失望得要命的。他们觉得实在不能辜负她,尽管他们真的需要两人独处的时间。这份对格蕾丝的忠心无疑显得荒唐,尤其是在这个节骨眼上——四年的婚姻之后,他们要严肃地谈谈是否该离婚。

"我们自己的未来还等着讨论决定呢,真不懂怎么还有闲心去考虑她的感受?"肖恩不解。

"那好,那你就去告诉格蕾丝吧。"朱迪丝话是这么说,但夫妻俩心里清楚,周末他们会跟其他人一样去那里的。

圣诞和新年之间,罗拉的服装店还是打算营业两三天。她说,会有很多生意的,女人们都忙晕了,去彭切斯顿看赛马穿的衣服根本还没买,店里可以大赚一笔。罗拉自己没空看店,但希望格蕾丝能帮忙。马丁多半都不会注意到格蕾丝不在家的。

高尔夫俱乐部那边已经安排了很多的"四球"比赛,马丁随便吃个三明治,喝点汤,总能将就的。

格蕾丝守在店里,向富婆们出售昂贵的衣服,一边回想着前几天的圣诞节家庭大联欢。她妈妈和马丁的父母以及七大姑八大姨都来了,聚会搞得很好,但也让她精疲力竭。何苦要忙这个呢?有时候她也疑惑地自问。她们都以为这事很轻松,仿佛火鸡会自己给自己涂上油,自己把自己切开,所有那些配料也是火鸡边烤着自己边张罗出来的。马丁享受着她为家人付出的这一切吗?她很难弄清楚。这些天来,他差不多都没说过几句话,他们也少有见到彼此的时候。

他们跟安娜和查尔斯大不一样,那两人总是一起去看赛马,或参加打扑克牌的活动,从不分开。

甚至连奥利芙和哈里看似都更亲昵一些。哈里经常会把胳膊搭在奥利芙脖子上搂着她,而哪怕再过一百万年,马丁也不会那样做的。当然,所有的人都知道哈里的眼睛总是在寻找艳遇,但奥利芙却好像根本没注意到似的。

格蕾丝又想起朱迪丝和肖恩来。他们圣诞过得愉快吗?那两口子最近的关系看来挺紧张的,这跟肖恩得到的一份新工作邀约应该有点关系:那份工作的驻地是中东海湾国家,而朱迪丝不想去。不过,在千禧年前夜,想来问题都会自行了结的吧。

她把衣服挂回到衣架上,将信用卡付款小票理顺并夹在收银盒里,一边又想到自己为大家所筹划出的那个尘世绿洲——他们周五都将进入那美妙的乐园。等他们游了泳、散过步,将会享用清淡的下午茶,然后回各自的房间。房间里全都配有可挂帷帐的四柱大床,他们可以稍稍休整,准备迎接晚上的盛宴。

想到床,格蕾丝不禁有点好奇,晚餐之前,其他那些夫妇会不会试着睡睡那四柱大床,还在上面翻云覆雨?她自己是不太可能了,马丁累得很,大概只会坐在扶手椅上看报纸,或者翻翻高尔夫杂志。不过,那仍将是很美好的度假经历,格蕾丝在心里对自己说道,一边把这天的营业收入累加起来,得出总额。在关灯回家之前,她给罗拉打电话。

"罗拉,你说得没错,情况比我们预计的还要好很多。"她把数字报给老板听。

"谢谢你,格蕾丝,你真是大好人。"罗拉似乎并不像平时那样自信,实际上,她的语气听上去相当低落。

"祝你新年快乐，罗拉，万事如意。"

"嗯，好吧……"

格蕾丝不再多言。她已经对罗拉说了很多遍她和朋友们那精彩的迎新年计划，而对方怎么欢庆千禧年呢？她对此从未听到过什么回应。她们相互祝福。格蕾丝接通所有的防盗报警装置后就回家了。

马丁坐在餐桌边，面前铺着很多文件。

"你就不能闲一闲，不工作吗？"她同情地说道。你想一下，所有其他人都在休假，甚至长达两周，他却还随身带着办公室的那些差事。

"你不也一样嘛。"他说着，一边向她伸出了手。

她为此而高兴。

"可是，你不至于要把这一大堆全都做完吧？"

"这个嘛，你能好到什么程度，只有最近接待的那个客户才能说了算。"他对她微笑。

格蕾丝很爱他，以至于她都希望自己能做个更好的、更有趣味的妻子。但话说回来，她最起码把他的生活打理得顺顺当当，而那无疑也是他想要的。

"对了，答录机上有我们明天要去的酒店的留言，他们要我们回电话过去。我就等着让你来打电话了。"

格蕾丝心情大好。她知道那是怎么回事，她此前要酒店在每间客房都安排蜡烛和一小支半常规瓶容量的香槟来为新年夜助兴——大家筹集的钱款中还有剩余的，足够支付这点额外开销——店里要她打电话无非是想确认一下。

但酒店的消息却让她完全猝不及防。酒店里突发流感，所有的人都病倒了。大厨已经卧床，女招待的病情也同样糟糕。医生坚定地警告经营酒店的这家人，想要继续开业是不负责任的，也是不可能的。毫无疑问，也很自然地，他们真的非常非常抱歉，他们会退还客人预付的每一分钱的，无论怎样道歉，都难以表达店方深深的愧疚。

格蕾丝都没能听进去通话最后的部分。她呆呆地攥着话筒，在沉思随之而来的会是什么。一切都已彻底毁了，这都是她一个人的错。谁让她主动去扮演完美组织者的角色的？她为什么要当负责的主办人？她还特意跑进厨房这边来打电话，为的是不让马丁听到，不让他发现她安排的小惊喜。

格蕾丝木头般地坐在电话机旁，她不知道自己坐了多久，直到马丁走过来。他知道肯定有什么非常非常意外的坏事发生了，坏到有必要让他为格蕾丝倒一杯白兰地。

"我来给其他人打电话。"他提议道。

"不用。是我邀请她们的，取消邀请也该我来。"她语气决绝。

"我们可以去别的什么地方。"他徒劳地说。

"当然，马丁……在二十四小时之前预订一个能安顿八个人的地方欢度千禧年前夜是毫无困难的。"

"那我们该怎么办？"他看着她。格蕾丝，从不慌乱的格蕾丝，她遇上什么事都能想出解决方案，但今夜是个例外。

"我们可以在家里吃饭吧？"他犹疑地问。

"冰箱我已经关了，为了除霜。"她语调平淡。

"明天一样有地方开门的。"

"当然，"她继续用这种令人感到陌生的语气说道，"我现在就给每个人打电话。"

她跟安娜、奥利芙和朱迪丝分别通话,声音无精打采,像被打败了一样。马丁站在旁边,无助地看着她。他只能猜猜电话另一头的那几个人会说些什么,看来是劝慰之类的话。格蕾丝提出建议,让大家第二天晚上八点都到自己家里来。

"我们会找到一点消遣娱乐的。"挂电话之前,她已掩饰不住声音中的凄惨绝望。

马丁试图安抚她。"店里患了流感的人更倒霉。"他嗫嚅道。

"倒霉得多。"格蕾丝说,"我现在想睡觉了。"

"我们不用计划一下……那个……该怎么办?"一般情况下,格蕾丝都习惯于把要做的事情先明确下来。

"没必要了。"格蕾丝说,"晚安,马丁。"

她上楼之后,马丁自己便开始给朋友们打电话。

"查理①,我们该怎么做?"

"我跟你打赌,四倍赔率,我敢说五分钟之后她就会起床做清单。"查理说道。他关心的是他们的钱能不能拿回来,那笔钱对他而言很有用。

"哈里,该怎么办呢?"

"我觉得不能撇下这些女人们结伴迎新年吧,虽说我们倒是可以去逛逛酒吧的——那样一个夜晚,会有很多本地尤物出来的。"哈里满怀希望地说。

"肖恩,我们能做什么?"

"我们就待在自己家里,跟老婆讨论讨论未来的打算,怎么样?"

---

① 查理,查尔斯的昵称。

肖恩问道，这倒正是他自己热切地期待着去做的事。酒店那边的变故给了他梦寐以求的好借口。

这一夜，有三家人都在讨论这个话题。

"我们每个人都有份，能拿回一笔钱，那家酒店可不便宜。"查尔斯说。

"现在可不是要回那笔钱的时候，"安娜提醒说，"差不多能肯定，因为这个破事，可怜的格蕾丝要去接受心理治疗了。"

他们知道这个周末之后的跑马比赛里，有一匹马一定会赢。如果手头能有两三千块去押注，那会让他们发点横财，过上舒服日子的。

奥利芙跟哈里也在说这件事。奥利芙心想，这大概并非坏事，他们不用去到这么个地方了——女人们袒胸露臀，身体就差从泳装中滑进哈里那如愿以偿的双手——但她没把这说出来，她只是说格蕾丝恐怕要精神崩溃了。毕竟，组织筹划这一类事情是格蕾丝唯一拿得出手的技能。如果连这都没有了，还有什么能给她撑一点场面的事呢？

朱迪丝和肖恩说，现在他们终于有大把时间来谈谈了，这是明摆着的事。所以他们就不必忙着打包衣服，为出游做准备了，也就不必强颜欢笑地面对这群朋友了，也省得因为情绪不振而让格蕾丝扫兴。现在，是那家酒店让她难堪和扫兴。

"这个新年，她会过得挺寂寞的。"朱迪丝同情地说道。

"既然知道你就是不愿跟我一起去海湾，那这个新年对我来说也很孤单。"肖恩这么说道。

"对我来说也是，既然知道你不接受我不能离开自己的父母，也不愿丢掉自己的工作的事实。"朱迪丝回道。

他们没能更进一步讨论什么，也没有什么更多可说的了。

第二天上午，女人们都给格蕾丝打来电话，问她们能做点什么，应该带些什么过来。

"我不知道，我也不介意……你们想到什么就带什么吧，随便。"她说话的语调跟平日大相径庭。她们全都警觉起来。她们真不知道从何做起。按照往常的惯例，格蕾丝应该都会给她们安排妥当的，她们各自要做些什么，她也都交代得一清二楚。她知道买什么东西该去哪里，她原本应该已经给那些店铺都打过电话了，但马丁说，她这次竟然拿了一本侦探小说就上床睡觉了。

马丁说他会准备好香槟，哈里会带葡萄酒过去，肖恩会带些烈酒，查尔斯则决定出去卖掉他的集邮册，买些调酒饮料和啤酒带到马丁家。

安娜弄了几袋土豆，尽管这么多土豆搬运起来挺费劲的，但毕竟花不了几文钱，她还特意选了三个不同的土豆品种；奥利芙在快打烊的时候紧赶慢赶，去了几家店铺，采购了几斤香肠和大棵的平头蘑菇；朱迪丝则买了冰激凌和样子看上去蔫了吧唧的让人食欲大减的三个苹果馅饼，还会带上家里的半瓶法国卡尔瓦多斯产的苹果白兰地过去。

她们都在电话里问格蕾丝，当晚要不要跟她和马丁一起迎接新年的到来。

"坦白说，你们留不留下来，我都无所谓。"格蕾丝愉快地说。

第二天，她们把自家的羽绒被和枕头都装进了车里。那栋房子她们都熟悉，屋里有足够多的沙发和靠枕。她们到达时，格蕾丝还躺在床上。她愉快地跟大家打招呼，但也显得疏远和淡漠，就好像这三对男女并不是她真正熟悉和经常来往的人。

女人们在厨房里把食物摆放到位,男人们则放置好了杯子和酒水。格蕾丝还是没有起床,她在被窝里翻看记事本。一生中第一次,这些人意识到她的存在。她能听到他们在窃窃私语,疑惑她何时才会起来加入这个群体。在所有的人当中,马丁尤其如此。

圣诞节当天,格蕾丝这位"筹办大师"为十一位亲友准备了家宴,完全无人相助,无人说一声感谢,也无人表示赞赏。

现在,仅仅六天之后,她躺在床上,什么都不做,而他们所有的人却显得如此焦灼,仅仅希望她能够承认他们。这里有什么内在寓意吗?是不是有她一生中至今都还未曾学到的什么教训?

"你要不要再来一杯茶?"马丁,这个疏远的、漫不经心的、对她毫不在意的马丁,这个她多年来如此费心地想要取悦的男人,现在几乎在哀求她。

"我给你去放水,你去泡个热水澡,怎么样?"安娜求告说。这可是喜欢波西米亚式生活的狂野安娜,都柏林的每一场赛马和每一张扑克牌赌桌可都有她的身影啊。

"要不要给你插上电热器?"奥利芙问道。这可是那个自鸣得意的奥利芙,对"她的"哈里是那么有把握,对一切都那么有自信。

"如果你想要的话,我可以帮你熨一下晚礼服。"朱迪丝提议道。朱迪丝一直都很高兴能够拥有自己的独立意志和好工作,遇事总能享有自由决策的权利。

格蕾丝接受了所有的这一切:茶、电热器、香氛热水浴和礼服熨烫。然后,她请她们拿电话过来。大家都听着她拨号、通话。

"罗拉,我忘记跟你说了,今晚有几个人在我家聚会,如果你有空,欢迎加入……不,不是什么正式的场合。我们几时用餐,甚至是要吃什么,我都一无所知。总之,是有可吃的东西吧……你愿意来?那很好。稍后见。"

格蕾丝不再认定,只是因为她的组织技巧才让她成为亲友社会群体当中起作用的一个成员。作为马丁的妻子和大家的朋友,她安然地往后靠着,享受这一年最后一夜的美好时光。她不管她们是找不到匹配的刀叉、好用的餐巾纸,还是菜肴电加热器或者盐罐子,她只是放心地靠在那里,看着,听着,微笑着。她不太能看得清楚难题是怎么处理的,但很多事情看似都得到了解决。如果按照很久很久之前所计划的,他们都能去到那家酒店,那这些事情或许是永远也没法厘清的。

肖恩要再等一年才会去中东海湾,而且前提是朱迪丝已经在当地找到了适合她的工作。

哈里告诉大家,全体女性都令他爱慕不已,他认为所有的女人都很动人,但他深爱的只有奥利芙。

安娜和查尔斯说,酒店的退款到手后,他俩希望由格蕾丝代管其中的一半。夫妻俩老实地承认,他们是稍微有点沉迷于赌博了。

罗拉到场了,她盘腿坐在地板上唱着美国民谣女歌手琼·贝兹的歌。她说,格蕾丝是世上最勤勉的员工,还说,她很乐意跟这些新朋友在这里共度千禧年之夜,因为在她位于栗树街的公寓中空无一人。格蕾丝回应说,罗拉能留下来当然很好,但她并未赶紧去拿床单和毛毯之类的东西。罗拉最终盖着自己的皮草大衣,躺在沙发上睡了一夜。

所有结果当中最好的是,马丁说格蕾丝简直妙不可言。他说了足足有六遍,四次是当着别人的面,两次是对着格蕾丝悄悄耳语。

格蕾丝总是在床边放着一个笔记本,有什么想法就可以立即记下来,这也是她做事有条理的部分原因。今夜,她写下了一条讯息提示自己:

"给酒店送花致谢。"

到了早上,她就能确切地知道,她为什么必须感谢酒店。他们把她从凡事一定要井井有条的执念中解放出来了,让她能够加入人类,活得更像一个难免会出差错的凡人。

装修工

南住在栗树街14号。她从住在28号的总是牢骚满腹的奥布莱恩先生那里听说会有装修工过来。

"雷恩太太,那会很可怕的,"他警示她,"全是噪音、垃圾,和各种各样讨厌的事情。"

奥布莱恩是能从鸡蛋里挑出骨头的那种人,南·雷恩在心中自语,她才不会去杞人忧天。而且,从很多方面来说,想到隔壁那房子很快又会成为某些人的家,倒是让人舒心的事。自从怀特一家搬走后,那里已经空置两年了。

她猜想着什么人将会住进去,也许是一户家庭。她或许甚至可以帮那家看护小宝贝。她愿意给孩子们讲讲故事,坐着照看一下房子,直至那家的父母下班回来。

这么小的一个房子,却会有一户家庭搬进来,如此想法让她的女儿乔感到好笑。

"妈,那儿太小了,扔只猫进去都住不下。"她通常都是用这种非常确定的、活泼爽快的方式说话。当她这么说时,她抱有极大的自信。她知道什么是对的。

"我可不敢肯定。"南鼓起勇气表示异议,"房子后面的花园还是挺好的,也挺安全。"

"是啊,六尺长,六尺宽。"乔笑道。

南不言语了。她没有提起这个事实:她养大三个孩子的时候住的房子就跟隔壁这个差不多一样大。

乔什么都知道。如何经营生意,怎么打扮才有格调,如何打理她那高雅的大宅,怎样才驭夫有术,不让杰瑞那帅哥移情别恋,她都知道。

乔说的肯定没错,隔壁那房子,一家人住是太小了。也许是个跟她差不多年龄的和善的妇人要搬过来,是个可以做朋友的邻居,也说不定是一对年轻夫妇,两人每天都要出去上班,南或许能帮他们收收快递什么的,或者代管一下钥匙,如果有抄表的来就让他们进去抄表。

南的儿子鲍比说,妈妈你最好还是祈祷那不是一对年轻情侣吧,他们每晚搞派对,会把你给逼疯的,你会聋掉的,鲍比提醒说,聋得像一根电线杆。花掉很多钱装修房屋的年轻夫妻将会相当可怕,他们口袋里剩不了几块钱,但他们也想找点乐子,于是就会自制啤酒,邀请一帮吵吵闹闹的朋友过来跟他们乱喝一通。

帕特是最小的孩子,也是三个子女中最沮丧的。

"不管是什么样的邻居,在他们住进来之前,老妈大概就因为装修噪音而聋掉了。这里最关键的一点,是要保证花园围栏的高度起码跟现在一样,还要保持完好的样子。俗话说,有好篱笆才能当好邻居。"

帕特在一家保安公司工作,所以对这类事情态度坚定。乔、鲍比和帕特,对他们自己的观点意志都是如此确信。南疑惑他们怎么会变得这么自信的。这可不是来自她身上的遗传。多年来,她总是那么拘谨，甚至是胆怯。

她婚后没有出去工作过，因为这种生活安排是家中每个人都需要的，他们需要南在房前屋后操持家务。孩子们的父亲也曾是个安静的人，少言寡语，但懂得关爱，非常关爱。他关爱了南一段时间，然后又去关爱了很多其他女人。

很久以前的一个夜晚，那天是南三十五岁生日，她无法再容忍下去了。她坐在厨房里等着，一直等到他回来。已经是凌晨四点。

"你必须做出一个选择。"她对他说。

他甚至都没回应一声，就径直上楼，将个人物品装入两只行李箱。她随后换了门锁。那并无必要。从那以后，她再也没见到过他。他什么都没说就走掉了。从一位律师那里，她得知房子被登记在了她的名下，那是她所得的全部财产。她也没有要求更多的补偿，因为她知道，即使申诉了也是徒劳。

她是个务实的女人，没有收入，只有一套小小的联排屋。她还有三个孩子，最大的十三岁，最小的十岁。她走出家门，尽快找到了一份工作。

她在超市干活，并且还额外兼职做办公楼的保洁员，就这样抚养着三个孩子，供他们读书，在子女尝试独立谋生的过程中继续养活他们。南工作了差不多二十年，然后医生告诉她，她的心脏有点疲弱，必须休息，需要远比之前多得多的休息。

医生说她心脏弱，她认为这样的说法挺奇怪的。她觉得自己的心脏肯定非常强壮，否则怎么能熬过如此残酷的现实？她深爱的丈夫抛弃了她，她可从未爱过其他任何男人。

过去那些年月，她没时间休息，因为要辛苦地工作，让孩子们吃好，更别提还要另外付费补课，买更好一点的衣服了。很多年间，他们根本都没有全家出游过。有时候，乔、鲍比和帕特会乘火车去看他们的父亲。对于探亲经历，他们从不说上多少，南也从不问他们什么。

乔经常拿自己不再穿的夹克或毛衫，还有不想要的圣诞礼物回来给妈妈；鲍比每周都把要洗的衣物带回来，因为跟他同居的姑娘是凯，这位女权主义者坚持说，男人应该自己打理自己的衣服。鲍比经常带来一份蛋糕或者一包饼干，妈妈为他熨烫衬衣，他陪妈妈吃这些小点心；帕特也常常回来，修修门和窗户锁闩，或是重新设置一下家里的防撬报警器。这位小女儿来看妈妈的意图，主要还是警示她一下，要提防世上各种各样的坏人。

南·雷恩没有什么好抱怨的。她从未跟子女们说过，自从不再工作后，她时常感到寂寞，南的家人们对隔壁的装修如此反感和不悦，于是她也就不想告诉他们她其实对那还挺期待的。她在等着那些装修工进场，她每天都留意看看他们有没有出现。

一个晴朗的上午，工人们来了。南从窗帘后面看着他们。一共三个人，开来一辆红色的面包车，车身上写着大大的白色字母"德雷克·道尔"。

其中年轻些的两个人拿着钥匙开门进了12号。南听到他们叫着说："德雷克！首先是坏消息，要清理完这里全部的垃圾得花上一周；好消息是，这里还有插座可以插上电水壶煮点喝的，线路没烂。"

一个大块头男人微笑着从面包车里钻出来。

"好，那我们就还有人过的日子了。再怎么说，我们在这里要干上两三个月呢。这条马路还挺漂亮的,不是吗?"

他环顾周边的房舍。南的心头泛起一阵自豪感。她一直都认为栗树街是个可爱的好地方。南真希望她的子女们此刻也在这里,能看到这个男人夸赞她的街区。那人是搞建筑的,对于街道和房子的好坏,他可是内行。

乔以前老说这里破败萧条,鲍比则说这里老旧过时,帕特说这里的花园围墙长长的、矮矮的,是在公开邀请毛贼入室抢劫,他们很容易就能逃之夭夭。但眼下的这个工头应该之前从未来过这里,却说喜欢栗树街。

南藏身窗帘背后继续观察。

她不想现在就出去,不想从一开始就跑过去强加于人,搞得自己像个监工似的。

她看到好管闲事的奥布莱恩走过来了,他来看他们开工。

"这里早就该弄一弄了。"他说道,一边探头往屋内窥视,希望能被邀请进入。

德雷克·道尔态度坚定。

"先生,你最好还是别进来。我们可不想有什么东西砸到你身上。"

孩子们告诉过南,让她不要管得太多。乔说了,如果你去闲聊,耽误了装修工的时间,新屋主不会因此感谢你的;鲍比说,他女朋友凯说过,那些装修工会剥削女人,让女人给他们煮茶喝;帕特说,房子紧邻着装修现场,那可是窃贼作案的大好目标,所以她必须高度警惕,不要花费任何时间去跟隔壁的那些工人谈天。

而南不出现在那些人面前的真正原因只是她不想显得太莽撞。他们反正是要在她旁边忙活好几周的,她不愿让他们觉得她好管闲事。她决定等他们在这里干了几天之后,再去自报家门。她也许还可以写点日记,记下工程进度。新屋主或许会喜欢那份记录,可以从中看到他们的家是怎样一步步修缮翻新的。

南从前窗边上离开,回到厨房。她将鲍比的衬衫全都熨好。她疑虑的是,凯知不知道鲍比每周都把整包要洗的衣服带到妈妈这里来?不过,那小两口看上去过得挺幸福的,那么,她还有什么好担忧的呢?

前些天的一个上午,乔放了些银器在这里。她拿一把旧牙刷去清洁那些很难擦到的地方,比如小杯、小壶的把手和支脚。她搞不懂乔为何要那么努力地表现自我,总想给人留下印象。不过话说回来,那样做当然是有用的,不是吗?杰瑞的眼神可不老实,总是在美女身上晃悠,但毕竟还乖乖地跟乔在一起。

南做了很大一份焗饭,将其中一部分装在铝箔餐盒里放进冰箱。帕特在保安公司的工作够辛苦的。这个小女儿每天要操心的事情太多了,基本上没时间去购物,所以也几乎不做饭。有时候能拿给她现成的一餐饭,那当妈妈的觉得还是挺有满足感的。南希望这孩子能抽点时间休休假,打扮得美美的,出去与人交往,找个合意的男友。

但是,关于找男人,以及如何拴住男人,南自己又懂得什么呢?二十年前的深夜凌晨,她自己的男人竟然就那么一言不发地跑掉了。

南对很多话题都不说什么,她是如此寡言,以至于别人都不再以为她还有自己的看法。

响起了很大的敲门声,门口站着那个工头。

"道尔先生,"南微笑着开口,"欢迎来到栗树街。"

装修工

她知道他的名字，看上去又是那么友好，他对此感到愉快，客套地说他冒昧敲门，希望没打扰到她。只是，他遇到个问题。业主已经明确指示过，12号屋内现有的每一样东西都要清理出去，但其中很多物件肯定是有情感纪念价值的。他寻思着，作为隔壁邻居，她也许熟悉先前住在这里的那户人家，知道他们家在这里有什么亲友之类的。那些东西全都扔掉的话，看上去未免有点可惜。

"我叫南·雷恩。请进来说话吧。"她说道。他们坐在厨房餐厅里，南告诉他怀特一家的情况。那对夫妻极为安静，几乎从没跟任何人搭过话。那个男人在什么地方有一份工作，他天天早上六点就出门了，通常下午三点回来，随身提着购物袋；女的从未离开过房子。他们从不把洗过的衣物挂出来晾晒，从未有谁曾获邀走进那家的大门。他们跟邻里只是点点头，然后继续自家的日常。

"这里附近的所有人不会认为他们很奇怪？"

德雷克·道尔这人挺和善的，南想道。他对这些人也能表示关心，体谅他们那落寞的生活，他们的私人文件还在那房子里。能认识这样亲切的一个人当然是赏心乐事。他不会出卖你，也不会抱怨。

住在28号的奥布莱恩老头如果遇到这种情况，肯定已经牢骚满天飞了，他会指责怀特夫妇太自私，搬走了还留下这么多的麻烦。

大女儿乔估计会不屑地摊手耸肩，说怀特那家人根本不值一提。鲍比则会说，他的女友凯大概要把怀特太太称作是"一个专职化的、典型的、彻头彻尾的牺牲品"。

至于帕特，她会说怀特一家跟许许多多的人一样，害怕自己的生活受到外界的侵扰。

"我倒是不认为他们有多古怪。我想，他们看上去对彼此还挺满意的。"南说道。她感觉到德雷克·道尔看她的目光中有爱慕的意思。

但她大概是犯傻了吧。她是个年近六十的老妇人了,而对方还年轻,才四十多岁……

南告诉自己不要犯傻。

在那之后,德雷克每天都来小坐。他总是等到其他工友们都收工回家了,才过来轻轻敲门。

最初,他一般用这样的借口,就是带一两份怀特家的旧文件来上门转交。后来,他就很自然地到访了,仿佛他们是老朋友。他们相互直呼其名,南、德雷克,而事实上,他真的正很快变成一位朋友。

关于彼此的家庭,他们说得不多。她都不知道他是否有妻子和孩子。关于自己的子女,南对他唠叨得很少,至于离她而去的丈夫则根本没提及。

或许在乔、鲍比或者帕特来看妈妈的时候,德雷克已经在隔壁看到过他们了,但他也可能没留意到。

对于一个体形魁梧的人来说,他已经非常温柔了。他提着属于怀特夫妇的塑料袋进门,就仿佛那是什么稀奇的宝贝。他和南一起翻看那些资料,有清单、烹饪食谱、随手记下的生活实用小窍门,有旅游宣传册、医疗广告传单,还有指导怎么去制作一些过时的小玩意儿的图解说明书。

他们翻看这些故纸,希望能在其中有所发现,能对两年前突然终止的很奇怪的怀特夫妻的生活产生些许理解。

"这里根本没一个字提到他们的意愿。"德雷克说。

"是没有,也没有任何线索显示他上班都做些什么。"南回道。

"要是他们写日记就好了。假如一个女人独自生活，你会设想她或许会写日记的。"他说。

南感到脸上稍微有点发热。她之前决定写关于装修进度的日记，但到目前为止，写的却都是跟德雷克有关的内容，写的是他来串门的愉快经历，写他是怎么每天傍晚都来喝茶的，又是如何拿来了一个罐装的、馅料充足的水果蛋糕，还如何为两人各自切下一块来。

以及她是怎么搭公交车去水产店买新鲜的三文鱼为他做三明治的。

以及这一切又是如何让每一天变得似乎有了某种目标。

"也许她害怕日记会被发现吧。"

"那么，她可能是把日记藏在了很稳妥的地方。"他脸上浮出一丝微笑。

几天之后，工人们在厨房墙上一块松动的砖头后面发现了那本日记。德雷克拿着日记进来，仿佛那是一座奖杯。

"日记里写了什么？"南激动得几乎颤抖了。

他放下了五本练习簿，小小的字迹写得密密麻麻，潦草难辨。

"你觉得，没有你在场，我会打开这个吗？"他问道。

她在桌子上清理出一片空当。司康松饼可以等等再说，现在，他们或许立刻就能有所发现，看到在砖墙另一边住过二十五年的怀特夫妇那怪异和隐秘的生活的真相。

他们一起看日记。他们看到，长日漫漫，一个女人躲藏在栗树街，对出门心怀恐惧，害怕她会被发现。她不分日夜地担忧自己已逃离的残忍的前夫会发现她，并再次伤害她，就像婚姻期间那个家伙经常干的那样。

她一次又一次地反复感激和称赞另一个男人的善良和好心——她称其为强尼,那肯定就是怀特先生——他是如何放弃了一切来救她,带她躲开和远离那可怕的暴力的。

她的家人又是如何认定她已经死了,因为自从她跟强尼私奔的那一夜,他们就没再听闻她任何的信息,一个字也没有。

"她就住在隔壁,竟然整日提心吊胆,遭受这样的恐惧,真是难以想象!"南的眼中满是遗憾。

他们吃了几块司康松饼。翻阅日记的间歇,她做了豆子吐司①,两人喝了一杯雪利酒。

直到将近十一点,德雷克才离开。这期间,他没给任何人打过电话,也没有任何电话打到他的手机上。

如此看来,他不像是一个有老婆的人,南在心里这样想。她也明白这个念头不免有些愚蠢,但那终究是让她感到高兴的。

还有两本日记等着他们读。

白天时,有几次,她听着电钻和锤击的施工噪音,感到受了诱惑,想去桌边坐下来先看剩余的内容。但莫名地,她感到那样做就显得像是欺骗了对方。她出门去买了羊排,做两人的晚餐。他们都预感到,在日记的最后几个章节,也许会有什么悲哀的,甚至是令人揪心的事情发生。

乔打来了电话。

"妈,今晚我也许会去你那一趟。杰瑞要开个会,我得开车送他去,然后再接他回来,所以我可以跟你多多少少待一会儿,消磨

---

① 豆子吐司,食物名称,即在烤面包片上盖茄汁豆子。

时间。"

南皱起眉头。女儿这样跟你说话，可谈不上是多暖心的事。

"晚上我要外出。"她回道。

"哦，老妈，那么多晚上，就只有今晚要出去？你可真是的。"乔不耐烦了，但她也奈何不了妈妈，也没别的好说了。

鲍比又打来了电话，说要把脏衣服拿过来，还问妈妈能不能晚上把衣服搞定，他明天一早就要穿。南再一次感到了一阵火气，她解释说那不可能办到。

"我该怎么办呢？"鲍比哀叹道。

"你会想出办法的。"南说。

帕特也来电了。

"不，帕特。"南接通电话。

"你这到底是什么意思？我可还什么都没说呢。"帕特感到懊恼。

"不管你有什么提议，我都是一个'不'字。"南说。

"啊，这可够好玩的。我本打算过去一下，检查你那儿的烟雾报警器的，但现在省得跑腿了。"

"帕特，不要生闷气。我正好要外出，就是这么回事。"

"妈，你可是哪里都不去的呀。"帕特觉得受了亏待，依旧不满。

南疑惑女儿说的是不是事实。她是否跟可怜的怀特太太一样……当然，那女人根本就不是怀特的合法妻子，她正式登记的名字完全跟怀特这个姓氏沾不上边，但善良的好人强尼·怀特却不辞劳苦，每天默默地跑去一间仓库上班——尽管他讨厌这份工作——为的只是让她安全，能远离伤害。

这天的几个小时过得非常慢，终于又到了与德雷克一起跟进那个故事的时间,南换上了一条衣领有蕾丝镶边的长裙,那是她最好的衣服。

"你的样子可真美。"德雷克说。

他带来了一束玫瑰。她把花插进花瓶,把它们摆放好,脸上不由泛起红晕。然后,他们继续看日记。

当他们读到这一处——亲爱的强尼感到身体不舒服,他病得太重,无法照常上班,但又拒绝去医院看病时——南开始忧心忡忡了。

"我不喜欢那种气氛,不想再读下去了。"她说。

"我也是。"德雷克回应。

但他们还是继续了。读到强尼如何被确认癌症晚期,两人又是如何清楚,没有他,她一个人活不下去时,南泪水盈眶。南读到两口子想去湖区旅行的计划,以及把财产细项和遗嘱委托给某个律师处理的打算。

他们同意卖掉栗树街12号的这个房子,出售所得捐给一个慈善机构,那个机构致力于收留和帮助受家暴迫害的妻子。

他们消失——大概可以推断是在湖区双双投水自沉了——之后,要最终得出结论还需要时间。法律程序进展得很慢,正因为如此,房子才空置了这么久。

天色渐暗,南和德雷克静静地坐着。那对男女,以及那奇异但悲伤的人生故事让他们陷入了沉思。

"他们肯定深爱着彼此。"南说。

"我从未像那样爱过。"德雷克说。

"我也没有。"南说。

"提桶"·麦奎尔

他的很多顾客都称他为麦奎尔先生。这些主顾基本上是女士，属于那样一代人——她们觉得尊称一个手艺人为某某"先生"，那就多少能让整个交易名正言顺。本来只是说说抹布、水和擦窗户的事，一叫"先生"，瞬间就提升了档次。

不过，在"提桶"·麦奎尔自己看来，实在没什么必要给这事一个"高大上"的名分，管别人怎么想的呢。他觉得擦窗工是个令人满意的好行当。从十六岁起，自打马基神父大兄弟那天说哪怕祖坟上冒青烟，麦奎尔这小子也没个鬼希望能胜任办公室里的什么白领职位，他就一直在干这一行了。

他父亲挺失望的，可话说回来，人生在世，失望难道不是家常便饭？在还没搞清楚自己身在何处、所欲何为之前，他已经有了他的单车，他的折叠梯，以及挂在车龙头上的水桶。

有谁记得他受洗时的名字是布莱恩·约瑟夫·麦奎尔？好像没这个可能了。所有的人都叫他巴吉特，也就是"提桶"。确实，每个人都这么叫，除了他的儿子艾迪。艾迪喊他"啊"，意思是"阿爸"，但缩略成了"啊"。来自艾迪四岁时的一个笑话，但现在无论哪天回家——这已经不是经常发生的事了——他仍然这样称呼父亲。

"提桶"的妻子怎么称呼他的？栗树街上的邻居没人能记得。毕竟，自从海伦娜离开之后，已经过去了很多年。况且，她也没真的在这里住多久。说实在的，艾迪当时还只是个小婴儿。

不过，海伦娜倒是对所有的邻居都说了，那种情形下，拔腿跑掉是她唯一能做的事。什么样的情形呢？就是她碰上了一个新欢，而那男人又非常喜欢她。那位新欢在任何一个方面都比"提桶"·麦奎尔可靠，而且，更重要的是，他愿意当继父收留艾迪，对他视如己出。你能说还有比这更好的人吗？

这样一来，艾迪可以上个像样的学校，还有个有正经工作的男人来做榜样。海伦娜也说，在上帝关照着的这个世界上，尽管谁都不能说"提桶"有任何的不是，也不会说他人品不好，但要论给儿子当榜样，他却永远不是那块料。

那时，栗树街的邻里们听到海伦娜讲这样的话，心情都相当凝重。他们没说什么，但出于良心所迫，还是设法暗示她这么个意见：倘若就因为"提桶"·麦奎尔不是很理想的榜样便抛弃他，那对他真是不够公道，对他的付出所表示的感谢也太轻描淡写了——无论下冰雹还是雨雪天，他都出工给人家擦窗，为的就是维持生计，给老婆孩子一个安稳的家。

在海伦娜带着儿子搬去郊区之前，街坊们对她几乎全无同情和理解，没人来跟她道别，也没人祝福她。她带着小艾迪走了之后，很多人都上门来。这些人全都是出于好心，但"提桶"自己觉得，他们没一个说到了点子上。

他们或者说，她会甩掉那个徒有其表的男人回来的，这实际上没什么可能；他们又或者说，摆脱那个女人，对他未尝不是好事，这说法根本就不符合实情；他们当中还有人说，他会再找到一个女人的，一个比海伦娜更好的女人,这当然不是能办到的事;另外还有些人说,如今这个世道,养个儿子已经越来越让人头疼了,他不用抚养艾迪说不定反倒更好,因为那小家伙也许不学好,变成一个很棘手的麻烦。

"提桶"带着感激之心感谢了他们所有的人,他说,尽管没了家庭,但他认为这个结果还算好,艾迪也会定期回来看看他的,对不对?

一开始,艾迪并没有定期地经常回来,因为他要融入和适应新环境。那无疑是有道理的,谁都能明白,"提桶"为海伦娜讲好话。

后来,等到艾迪上学了,他的作业总是那么多,他那新鲜的人生中还有那么多别的事情要去体验,所以,小伙子只能零零星星地回来几趟,这自然也是情有可原的了。

他一般是在自己生日前后、"提桶"生日前后、复活节、万圣节、圣诞节和其他节日前后回来看看。因此,他每年都要来回六七趟。

他回来的日子里,邻居们常看到他在"提桶"家的花园草地上闷闷不乐地将一块小石头踢来踢去。这个心烦气躁的孩子不记得任何街坊的名字,看似对"提桶"为他准备的好吃好喝的东西也毫不感恩。

"哎呀,一个毛头小子,你不能指望他多有教养,别指望他会像鹦鹉似的重复说谢谢这个又谢谢那个的。""提桶"老是这样自我安慰。

如果你相信这孩子的继父会是他做人的榜样,那你大概要好奇,那位榜样又有着怎样的言行表现。每次送孩子来,海伦娜只是放下艾迪便挥手说再见了，可怜的"提桶"还没来得及跑出去到车跟前跟她说句话，她就走掉了。

"提桶"以前会去图书馆马克小姐那里——那时她还未失明——借一些合适的书和益智游戏出版物。艾迪回来的时候，父子俩就能一起看看玩玩。但他随后承认，那个孩子很难长久集中注意力。

"恐怕他是遗传了我的毛病，我从来都不是读书的料。"他沮丧地说道。

听到他这么说的时候，马克小姐简直想哭。孩子哪天会被送过来——尽管这样父子相聚的时刻实在不多——海伦娜从来都不给"提桶"预先打个招呼，这弄得马克小姐也很烦恼。因为那意味着"提桶"会一次又一次地每周从图书馆借出那些书和游戏，只是以防万一艾迪会来。

住在栗树街2号的凯文·沃尔什是开出租车的，小艾迪和他那新生活总是跟凯文颇有交集，常常打凯文的车，但那孩子从未正眼看过凯文。那位继父有大把的钱，经常打车。

"要我说，没那个孩子，对'提桶'来说反而有益无害。那个孩子都成了个小畜生了，见人就扭过头去，只拿腮帮子和后脑勺对着你。"只要有人听，凯文就会对人家这样说。"提桶"不属于愿意听这些的人。

"毕竟，你要体谅他。我们的家庭破裂了，小家伙的生活要重新开始是挺难的。""提桶"很谅解地说道，"他感到有点失落，不是再自然不过了吗？"

住在10号的兰杰小姐偶然听到这一个消息，小艾迪因为调皮捣蛋,被勒令停学了,但她没对"提桶"讲。她可以预料自己会听到什么样的回应:"啊,那个完全是误会吧。学校的有些老师就是固执,尽跟学生作对,他们对可怜的艾迪有成见,讨厌他。"既然如此,最好什么也别说。

有一次,"提桶"在擦窗时发现一只小猫在屋顶上喵喵叫。他小心地把猫救下来,放在工装口袋里,骄傲地带到那户人家的前门旁。看到猫后,那男主人厌倦地叹气。

"见鬼,我还以为把它们全都给逮着了呢——这个小魔鬼肯定是漏网了。"

七只小猫自己现身,然后那男人就忙了整整一个上午来淹死这些小东西,以免孩子放学回来后会大吵大闹,要坚持留下猫咪。猫妈妈足智多谋,一定是早就看懂了主人的态度,便偷偷生下小猫,还把它们一直藏在某个地方,直到小猫们差不多五周大小,才领着一大家子雄赳赳气昂昂地班师回朝。

"你要把它淹死?""提桶"对此难以置信。他甚至能听到,在他手心里,一团灰毛皮下面,那颗小心脏在跳动。

"把它给我,只要几秒钟就完事大吉了。"那人说道。

"提桶"直摇头。"我要带它回家,我自己养它。"他咕哝着。

"哎,老兄,别胡扯了,这么大的小东西,等你有了十几二十个的时候,它们就比坏蛋还讨厌。"

"不会有那么多的,只会有这一个,我会照料它的。"

"不行,你搞不定的。这个小混蛋会爬回来赖在我们家的,它们总是这样。"

"它不会从我那里跑掉的,我住栗树街,和这里相隔千里呢。"

那人惊奇地看着"提桶":"你骑车骑这么远,就为了来擦窗户?"

"当然啦,我够运气的,不是吗?身体这么好,力气也够大。"这个擦窗工朝他亮出灿烂的笑容。"提桶"挺高兴的,上帝发给了他一手好牌。

"是啊,那个,我们该拿这个小动物怎么办?"

"提桶"拿出小猫,检查了一番。

"你能不能先把它关在不碍事的地方?请喂它一小碟牛奶吧,或许可以在奶里再放一点点面包。干完这条街上的活儿,四点左右的样子,我就回来带它走,你就可以甩手不管它了。"

"我拿不准这样行不行。"那男的仍有疑虑。

"哎呀,没事的啦,你家孩子那时还没回来呢,他们不会看到猫的。我可是真喜欢它。""提桶"为这个小生灵诚恳求告。

"你家里人怎么样,也喜欢猫?"那人问道。

"我家里根本没人,就我自己一个。""提桶"说完,这才把那只有趣的小猫放出来。小东西一身灰毛,胸口和肚子上是白毛,瘦瘦的,一副警惕和受了惊吓的模样,死命地抓住水桶内壁,似乎在努力地逃离屋主人给它安排的溺亡命运。

"出来溜达吧,璐比,这位好心人会给你一点午餐的,乖乖地待在这里等我回来接你。""提桶"说道。

"璐比?怎么回事?"那人问。

"我总觉着这名字很好听,红宝石,璐比,你觉得呢?如果我们有个女儿,那就会叫璐比的。"

"你没有孩子?也许这样生活也好,更自在。"

"哦,我还是有个儿子的,很棒的一个小伙子,名叫艾迪。"

"那你家里还是有人的?"

"没有。艾迪跟他妈妈过,这样对他更好吧,毕竟,我能给他什么呢?"

"提桶"脾气这么好,对什么都逆来顺受,他这种态度似乎让那人生出了厌烦的情绪。

"那好吧,我会给这小东西一碗吃的,你四点必须回来带走它。"

"也给它弄一个纸盒吧,里面装点土,可以吗?"他请求道。

"还要别的吗?鱼子酱?美容太阳灯?"

"我只是考虑到,这样它就等于是有了个卫生间,省得把地板搞脏,给你或者你家里人带来麻烦。"

"四点见,不许迟到。"那坏脾气的男人说道。

"提桶"带着一罐猫粮和一个崭新的宠物便盆准时到了那里。他把猫放进车龙头上的篮筐里,那里通常是用来装抹布、麂皮擦和肥皂液喷罐的。他把一个硬纸板盒固定到位,动作轻柔地抱起璐比放进去。他在纸盒顶上开了个洞,引导猫儿把头伸到洞外。

"让它体验一下旅行的感觉,回家的这一路上它也能呼吸新鲜空气。"他解释道。

"你真是个好人。"那坏脾气的男人出人意料地说。

璐比在栗树街11号顺利安居了。它从未试图长路迢迢地去找妈妈,或者是去吊唁早就死于非命的兄弟姐妹,或是想回到那对它毫不欢迎的、脾气糟糕的前主人家。住在3号的马克小姐告诉"提桶",

她曾经在书上读到关于猫的文章，说猫很容易忘记它们过去的生活，而且一生中接近六成的时间都在睡觉。

"老天，那岂不是很好很棒的一种生活方式？""提桶"赞赏地感叹道，一边开始用全新的眼光来看待璐比。等到艾迪下一次来探视时，璐比已经长得皮毛光滑、圆溜溜的了。

现如今，他来看父亲时，会带一个朋友同行。这个嘛，海伦娜说了，你不可能指望一个十二岁的大孩子来了就傻傻地坐在那里看着你吧。这种年龄的男孩子，如果要不被无聊逼疯，那他就需要一个同伴。艾迪的伴儿叫内斯特·诺伦，第一次跟这男孩见面时，"提桶"说："这名字挺有趣的，内斯特，鸟巢。"

"自己的名字叫'提桶'，还拿鸟巢来说事儿，这话真他妈逗。"内斯特这样回应。

于是，"提桶"不再给出更多的评价。他认为这孩子绝非艾迪的良师益友。从某种程度上说，这小伙子够粗鲁的，没礼貌，没风度，没一丝温暖可爱的气息。他试着告诉海伦娜这个意见，但她不屑一顾。她说孩子们自然会结交他们自己的朋友，偏要去改变这种正常的现状是毫无意义的。

艾迪和内斯特看见那只灰白色的猫，并未表现出喜爱的意思。

"它肯定全身都是跳蚤。"内斯特一副未卜先知的圣贤派头。

"见鬼了，爸，你干吗弄这么个玩意儿回来？"艾迪抱怨道。

"艾迪，我还以为你会喜欢这个小猫咪的。我给它起了个名字叫璐比。它和我可是很好的朋友。""提桶"失望地说道，"它简直能跟你说话。我在想能不能教它耍几个小把戏。你知道吗，它非常喜欢我。"

"只要有谁喂它们,它们就会跟谁走,猫这东西就是这样的。"内斯特一脸的冷笑嘲讽,"它们根本没什么忠实可言,没有任何规矩,跟狗不一样。"

"那个嘛,但我这里养不了狗的,内斯特。""提桶"解释道,"我每天都要出去忙自己的小生意,没空去遛狗,也不能把狗带在身边,那样做可不行。"

"那你是做哪行的?"尽管知道,内斯特却故意这么问。

大家都知道"提桶"是做什么营生的,他的单车上写得很清楚——"品质擦窗服务"。但内斯特就是喜欢明知故问,"提桶"回答的时候,他和艾迪就能嬉笑一阵。

"下午你有没有品质擦窗服务的生意要做?"内斯特追问。

"这个,既然艾迪在这里,我就不去了。""提桶"解释道。他可以取消已经预约的活儿。

"别人不会跟你发火吗?"内斯特继续说。

"好吧,他们当然会失望,可话说回来,我见到艾迪的机会并不多。"

"你可以照样去擦窗子的,我们就在这里等你回来。"内斯特说。

"提桶"拒绝了。

"噢,你去吧,爸,"艾迪说,"我们可不想就干坐在这里,对着你看上两个钟头。"

"我们可以……玩个游戏。""提桶"费力地说。

"那是小毛孩才玩的。"艾迪说。

"我说,巴吉特先生,你就不能出门去服务你的客户吗?我们会待在家里照看你的小猫。"

"不，不，我早就期待着艾迪……你们俩……都能来。我不想浪费这次相聚的时间。"他热切地看着他们，目光在两人间转来转去。一阵沉默。

最终，艾迪开口了："如果你在家，爸，我们就不会待在这里，我们会出去晃悠晃悠，你知道的，在附近转转。"

"巴吉特先生，这不是要冒犯你的意思。"内斯特露出坏笑。

"当然了，没冒犯的意思。"艾迪也向他确认。

"提桶"意气消沉地踩着自行车离去。他没有别的办法了。另外，这也不是艾迪的错。他只是跟一个言行失当、没教养的损友搅和在了一起，这就是全部的问题。他去客户家擦窗子，又给孩子们买了大盒的高级冰激凌，是有奶油糖浆和坚果果仁的那种，他们应该会喜欢的。

回到栗树街时，他看见 11 号大门口围着一群人。"提桶"的心悬了起来，唯恐那里发生了什么意外。否则怎么会有人聚在门外？他把单车一扔，把它歪靠在街边的栅栏上。他跑去看到底是怎么回事。围观者大都以手掩面，满是惊骇和困惑，看着璐比在地上艰难地挪步。它的爪子上粘了不知什么东西，走动时发出一种奇怪的"咔嗒"声，它痛苦又惊惶，喵呜的声音就像婴儿在哭喊。一旦有人试图抱起它，它就发出咝咝的威胁声，还吐出口沫。当"提桶"到场，试着向它靠近时，它认出了主人。他抱起它，发现它的四只爪子都被塞入了尖尖的贝壳，就像你在沙滩上能捡到的那种帽贝一样。贝壳是用蜡烛油固定在爪子上的，还微微有点温热。小爪子被强力塞进贝壳时，那些熔蜡肯定是很烫的。他感到恶心，胃里堵得慌。那用的是放在家中客厅桌子上的红蜡烛，以备不时之需——如果有什么足够喜庆的事，他或许就会合乎情理地点上蜡烛。

"嘘,璐比,乖点儿,我们现在把鞋子脱下来。"他边说边抚慰着怀里惊恐不安的小动物。

他抓住其中一只贝壳往外拉,但就是拔不下来。

"我刚才去找来了一把木工刀。"住在2号的出租车司机凯文·沃尔什说道。

"为了让璐比安静些,我带来了几块猫粮巧克力。"住在18号的中学女生多莉说道。她自己也有一只猫。

"我本来要请警卫来的,可其他人都说,从各方面来考虑,都应该等到你回来之后再报警。"住在28号的奥布莱恩先生说道。他养了一只纯血统猫咪,叫作茹伯特。

众人还在七嘴八舌地说着,"提桶"和凯文合作将贝壳从柔软的猫爪子上撬了下来。爪子缝隙间还留有小块熔蜡,但璐比毕竟又可以走路了。它从大家面前走过,带着欢欣的情绪,表示情况已经好多了,然后就牢牢地粘在"提桶"的怀中,不让主人再把它放到地上。他对邻居们说,猫咪那可怜的小爪子肯定很痛。他感谢所有的人对璐比的不幸是如此关切。

"我真想不出是什么样的烂人才会干出这种缺德事。"他说着,眼中有掩饰不住的泪水。

"'提桶',是你儿子,还有他的朋友。"凯文说话直来直去。

"不可能,凯文,他们不会的,艾迪喜爱动物。"

"他们喊我过来看的。为了找点乐子,他们是这样说的。"凯文一口咬定。

"提桶"很震惊:"不会的,我难以相信。"

"那两个熊孩子现在怎么不见了？他们躲起来了，因为这根本不是什么多好笑的事。"凯文的嘴角线条很强硬，毫无宽恕的意思。

"提桶"恐惧地回头看向自家的屋子。"一定是有什么搞错了。"他嗫嚅道。

"什么都没搞错。"凯文回应。

围观者开始从 11 号门口渐次散去。戏剧结束了，现在，另一个令人尴尬的场景正在展开。这一场景中，可怜的"提桶"将会意识到他的儿子是一个什么样的小恶棍："他还只是个孩子呀。"人们不想听到他一而再、再而三地为儿子辩解，他却还是在别人背后喃喃自语。虽然那是他深爱的孩子，但街坊邻居总觉得他是个麻烦角色。

这不是艾迪的错，小孩子很容易受到误导，而人们却会轻易对他抱有成见，讨厌他。邻居们小题大做，咋咋呼呼，把艾迪和内斯特都给吓迷糊了。就是在这同一天，"提桶"自己不也告诉过他们，他要教小猫耍上一点小花样？于是，他们就试着教那蠢猫了，让它玩一玩踢踏舞。这样一来，现在他们好像就成了世上最坏的闯祸精。两个家伙看上去都很受伤害，惊惶不安，急着要离开，再也不回这条街。"提桶"央求他们，要他们明白这一切都是误解。

"你们听着，我心里明白，对待一个不会说话的动物必须多么小心，我并不认为你们很清楚。"他紧张地说道。

"我们把熔蜡往猫爪子上倒时，小东西就拼命尖叫，看到这个，你就不会认为猫是不会说话的动物了。哪怕隔了二十英里的距离，你也能听到璐比的叫声。"内斯特说话时带着狡诈的微笑。

"提桶"看着自己的儿子，希望能看到一丝迹象，任何的一丝迹象，表示这孩子有心要与内斯特疏远。但丝毫的迹象也没有。他知道，在某种程度上，现在他要说的话就很重要了。

"我以为，可怜的璐比可不懂那只是个玩笑。"最终，他说道。他看看眼前的两个男孩子，看看这个，又看看另一个，试图明确他所看到的神态传递出的信息。"提桶"觉得，他看到的是轻蔑和怜悯。

那天晚上，海伦娜打电话过来。"你没事吧？"她直冲冲地问道。

"没事，我想还好吧。你为什么问这个？"他可以感觉到她在耸肩。

"我也不知道是为什么。艾迪说了几句。我认为，他觉得你会抓狂什么的。"

他语塞了。他现在可以告诉她，他们的儿子跟那个损友搞了些什么名堂，或者，他也可以让这件事过去。他终于还是选择放过此事。但他知道，无论如何，艾迪面临的情况将不会再跟以往一样了。

两年之后，艾迪被学校开除了。内斯特也被开除了。但有另一个地方会接收他们，那是另外一种学校，要严酷得多。

海伦娜说她很失望，可话说回来，生活原本就是令人失望的，不是吗？

"提桶"认为那很难说。有时候，生活的确如此，但大部分的时候还过得去。

"我就知道你会这么说。"海伦娜说道。

"他去了新地方之后，还会来看我吗？""提桶"问道。

"那你问他自己好了，你看到他的时间够多了。"海伦娜厉声道。

"提桶"又语塞了。他已经有三个多月没见到艾迪了。

"我什么时候跟他见面的，他说过吗？"

"过去六周,你们每周六都见面,或许是你太迟钝了吧,甚至都注意不到你自己的儿子在你的房子里?"

"海伦娜,他没来这里。"他以一种挫败沮丧的声音说道。

"见鬼。"海伦娜说。

"爸?"

"是你吗,艾迪?"

"不是我还能是谁?除非你还有很多别的孩子,瞒着不让我们知道。"艾迪进了11号的后门。

璐比躺在椅子上睡觉,它立即跳下来,相当急迫的模样,惊惶地快速跑到了楼上。

"只有你,艾迪。"

"你这样干一辈子,也没什么回报。"艾迪说。

"我倒是觉得还凑合吧。我也希望情况能有所不同,那样好让我能一直都看到你,这些年来,只要能看到你,我总是感到很高兴。我也希望自己能更好一点,出色一点,那样可以给你些有用的指导。"

"你已经不错了,爸,你比他好。"

"提桶"知道,"他"指的是海伦娜的第二任丈夫:"我想,他心不坏,也愿意善待你吧?"

"嗯,是的,但那是在日子好过的时候。生活不顺利时,他的样子就不对头了,脾气很臭。"艾迪说。

"这个,人跟人是不同的。"

"你为什么就不能强硬一点,爸,更强大一些,你知道吗?"

"艾迪,我不知道。那不是我为人的习惯。"

"但要活下去,只能强硬一些。我们只有一次生活的机会。"

"我现在明白了,可惜没能早点弄明白。"

"你觉得你能改变吗?做个不同的人?"

"不行,大概做不了。是的,我想我恐怕还是一直跟以前一个样。简单的生活,我应付起来觉得很轻松,不去触怒任何人。你妈妈下定决心去改变自己,想有更好的生活,我同意了,是因为我不愿让她为此感到烦恼。"

"可是,她嫁给你,一定还是看中了你身上的什么优点吧?"

"应该是吧,但我认为那只是因为我老实,安全可靠,有自己的行当挣些钱,有自己的房子。过去那时候,能有个小生意,是一件很不错的事。"

"但那不算什么正经生意,爸,只有你自己一个人,一辆单车,一架梯子和一只桶。"艾迪表示鄙夷。

"还有良好的声誉,一串对服务满意的顾客名单,有我两条胳膊加起来那么长。""提桶"自豪地说。

"爸,我不喜欢那个新学校。"

"儿子,你去那里还没两三天吧。"

"不,已经六个月了。内斯特喜欢那里,哈里和弗克西也是,我所有的朋友都是,但我不喜欢。"

"那么,艾迪,我们该怎么办?""提桶"真的困惑了,不知如何是好。他不知道该怎么劝导这孩子。

"你就不能让我跟你住吗?让我去马路尽头的那个学校上学?"他看上去满怀信任和期待。

"唉,儿子呀,艾迪,他们不会接收你的,那是有头有脸人家的孩子才能上的。你的后爹也许有门路把你弄到那儿去,但我是没办法。况且,艾迪,那里的学费可是贵得很。"

"我会把钱还给你的,爸,等我将来混好了。"

"不行,小子,那不可能。我只有这栋房子,其他任何的结余都存进一个保险理财账户了,那是你到了二十岁才能用的,也是为了以后送奶奶进养老院。"

"等我大了,就不要你的钱了,我现在才需要,爸。"

"如果能做到的话,那我这一刻就用自己的这双大手把钱递给你,但我不能那么做。"儿子提出如此要求,"提桶"几乎要伤心流泪了,差点就说不出话来。

"我早就该料到的。"那孩子一屁股躺倒在椅子上。

"提桶"决定将自己拥有的全部智慧都教给儿子。"艾迪,也许你不妨假装喜欢这个学校。每当接到难度大的活计,窗户很高的那种情况时,我就经常这样做,尽管这样的活计不是很多。我对自己说,这正是我想干的工作。我不会去想,这有风险,可能不小心就会从四楼摔下去,一命呜呼,我想的是一天结束后可以拿到的工钱。我还对自己说,这栋房子可真漂亮,是一位高贵绅士的住宅,然后,你知道吗,事实上,我几乎立即就开始感觉好多了。如果你在这个新学校尝试这样做,可能也会有用的。真的,你知道吗,那可能会起作用的。"

"已经太迟了,爸。他们把我赶出来了,就在今天。"

"可是为什么呢,艾迪,为什么呢?你在那里才半年多……"

"这是个错误,爸。这跟毒品有点关系。"

"但是,艾迪,你没跟毒品扯上关系吧?我是说,你毕竟才十五岁。"

"当然没关系。我能来这里跟你住吗?"

"我们得问问你妈妈。"

"她会同意的,爸。"

果然,海伦娜很快就答应了。"提桶"将这个消息告诉了栗树街的每个邻居。情况已经有了变化,他的儿子回家了,全天都跟他同住。

"他最好留心看着那只猫。"住在 28 号的老头奥布莱恩说。

"我们大家最好对一切都留心一点。"住在 2 号的凯文·沃尔什说道。既然是开出租车的,他的见识可多了去了。

上学的日子结束了。大功告成了。艾迪解释说,到处都在玩"给狗一个恶名"的游戏,然后呢,又从头开始了。

"但是,艾迪,还有那么多的事情你可以做,那么多的机会。"

"爸,任何一个学校都不会再接收我的。你的脑子还没弄明白这个吗?"

"可你打算怎么谋生呢?"

"你十五岁就不上学了,照样也活得好好的。"艾迪说。

"提桶"看着他。"是这样,但那从来都不是应有的选择,你不能说那是上天的安排,是什么高尚的使命。"他艰难地说道,"我的意思是说,正因为这一点,你妈才把你带去投奔他,那个会计,那样的人才会得到尊重。"

"现在,他对我一点尊重也没有了,爸,根本不把我当回事。"

"归根结底,都是因为内斯特那小子,你跟他不再是朋友了吧,是不是,艾迪?"

"不是了,我不是内斯特的朋友,也不是弗克西或哈里的朋友。"

"所以，你可以从头开始了，清清白白。"

"我需要的就是这个，爸，一清二白，重新开始，挣点钱，有一份正当的工作，在这里跟你住，有个安身的据点。"

好多年来，"提桶"做梦都想听到这样的话。他简直难以置信这真的发生了："艾迪，你确定吗？"

"噢，我确定。这些年来，我一直都没有意识到，这才是我想干的，这才是我想做的那种人。"

"明天我就去弄辆新单车。""提桶"说道，一边两眼放光，"我们要把名字印在上面：麦奎尔父子品质擦窗服务。我的孩子，我们会发大财的，我们要做的就是这个！"

艾迪看着他，显得很迷惑。"不，我的意思不是说要去擦窗子，"他说，"我只是问能不能住在这里，而你说可以。就这些。"

"提桶"知道，这在某种意义上是又一个关键时刻，一些事情或许能改变一切。

"那好吧，小家伙。我还以为你会举手赞成，就是这样。"

"坦白说，爸，我不会举手赞成的。"艾迪说。

"那好吧，艾迪。"

"我们会相处得不错的，爸，只要你不啰唆。"艾迪说。

"我确信我们会的。""提桶"回应道。

"提桶"明白，看到艾迪回到这个社区，邻居们自然不会大喜过望的。不过，栗树街的居民们对他是多么同情，感到他是多么可悲，对他儿子又有多憎恶，"提桶"却是不甚了然的。大家对他实情相告、和盘托出，那样也没多大意义。他总是为艾迪找借口辩解，说这孩子本来就不幸，人们讨厌他，说他的坏话，只不过是因为他以前交友不慎。

"提桶"不厌其烦地指出，艾迪已经醒悟，不跟那帮损友来往了。可看上去没人肯完全相信他的说法。他们会提些含糊的问题，比如，艾迪整天都干些什么呀？他具体是怎么挣工资的呀？夜里又是什么时候才回家呢？他是不是夜不归宿？一个十五岁半、十六岁的孩子，在哪里过夜？

但"提桶"心里清楚，如果想把儿子留在身边，他就不能问孩子这一类的问题。如今的情况跟儿子还是小男孩时已经大不一样了。

一天又一天，"提桶"闷头干活。他渴望能有个不怕爬高下低的年轻人做助手，但要想带另外一个什么人加入这门营生，简直是天方夜谭。那一天总会到来的，那时艾迪会愿意跟着他一起干。"提桶"似乎都看到儿子踩着一辆新单车跟在他身旁。现在只是等待的问题，等恰当的时机到来。

然而，艾迪突然离开了11号。

没有任何解释，只有一张字条："我走了，去一些地方转转。如果有人找我，就说不知道，反正你也根本不会清楚我在哪里。这样最好。艾迪。"

日子一周一周地过去，"提桶"忧心忡忡。十八岁的儿子身在何处，他竟一无所知。他都没有勇气跟任何人讲起这个。

一天晚上，犹如晴天霹雳般，内斯特找上门来，身后还站着另外两个年轻人。"提桶"没邀请对方进门。璐比蹑手蹑脚地出来看访客是谁,仿佛还记得真真切切,看到来人后,它随即转头飞快地跑回了屋内。

"万能的上帝啊,这不就是那同一只猫吗?惹出了一大堆废话的那只猫?它一定几百岁了。"内斯特说。

"璐比六岁。有什么我可以效劳的?""提桶"言辞简短。

"这个,是的,你能帮点小忙。这事跟你儿子有关,或者是你孙子——我可从来都没搞清楚过这个。"内斯特脸上是纯真但又阴险的坏笑。

"是儿子。但他不在这里,而且,他在哪里,我恐怕也一无所知。"即便是面对这个粗鄙的小恶棍,"提桶"也是彬彬有礼。

"哦,我知道他不在家。会有一段时间,很长的一段时间,他都不敢在都柏林露面的。"

内斯特看上去似乎对内情了如指掌,那险恶的样子带有威胁之意。"提桶"感到不安。他想最好试着让局面缓和一下:"我知道你和他的事,还有你们在学校曾有过争斗,但,过去的就让它过去,把所有这一切都丢到脑后,不是更好吗?"

内斯特再次坏笑起来:"不,巴吉特先生,什么事情都不能丢到脑后去的。而且还发生了很多事情,所以,能不能请你给他带个重要的口信……"

"我坦白地告诉你了,我不知道他在哪里,我也真的不知道他什么时候回来。"

"我确信你说的是实话,巴吉特先生,但总有一天他会联系你的,希望你能告诉他,他就知道到哪里去找我们了。就这个事儿。我们还在老地方,而他是出去逍遥的那一个。"

他看上去确实非常有威胁性，就好像立马就要去伤害艾迪似的。

"提桶"紧张地回应，加快了语速："内斯特，如果他跟我联系，我会告诉他的。我当然会转告他。但我希望你明白，他之前也不常住在这里什么的……"

"你该叫我内斯特先生。我可是一直都讲礼节的，称呼你为巴吉特先生，我觉得咱们应该礼尚往来才对。"

"抱歉，内斯特先生。""提桶"说道，一边垂着头。

另外两个小混混忍不住窃笑。他们走远了，像牛仔一样踏过栗树街中段的那片草地。

他突然感到很冷。

从那以后，"提桶"就睡不安稳了。有时候他总算能睡上一觉，但总被内斯特那张坏笑的面庞惊醒。那张脸就在他眼前几英寸的地方，而他要呆愣着花上很长时间才能意识到那只是一场梦，才能意识到璐比也躺在床上，在夜里陪伴他、守卫他，发出沉重的咕噜咕噜声，警示黑暗中的潜在危害。他开始制订计划。

一天夜里很晚的时候，海伦娜打来电话。

"出了什么事？"铃声让"提桶"受了惊吓，他恐慌地问道。

"出事？为什么一定要出事呢？"她听上去口齿不清。

"因为现在是半夜三更啊，海伦娜。"

"是吗？这有什么关系吗？"

"没关系，只要你好好的就行。"

"我还好。"

"你先生呢……呃，那会计也好吧？"

"他也挺好的吧，管他在哪里呢。"

"他今晚没在家?""提桶"问道。

"他差不多没几个晚上会在家。'提桶',报纸那边找过你没有?"

"找我干什么?"

"问艾迪的事呀,你这个笨蛋,还能有别的什么?"

"报纸,报纸想问艾迪的情况?"

"整个国家都在找他呢,他们不知道他藏在哪里。'提桶',假如他回来了,别让他进门。"

"可我必须让他进门,他是我儿子啊。他们干吗要找他?"

"哦,老天!'提桶',你在搞笑吗?你这个拙劣的小丑,比我预想的还差劲。报上每天都在说他的事情,白纸黑字,一清二楚。"

"可他没干什么吧。他犯罪了吗?"

"别给他开门,'提桶'。先给宪兵打电话。否则的话,他们会连你也一起开枪打死的。这都什么事啊,谁能告诉我,这都是为什么啊?"

"谁要杀掉艾迪和我?海伦娜,你理智一点。"

"被他偷的那些人。内斯特、哈里和弗克西,还有他们所有那些同伙。他们是都柏林最大的毒贩子,我们的白痴儿子却跟他们搅在了一起。他跟人家当朋友,然后又要告发他们。他们不会让他活下去的。他们在找他,要干掉他,宪兵想抢在那伙亡命徒之前找到他。我们能为他做的最好的选择就是报警,把他交出去。"

"那他就要坐很久的牢了。哎,海伦娜,为了儿子,我们当然能有更好的办法的,不是吗?"

"我们可以跟这些家伙徒手肉搏,'提桶',他们有枪,有锯短了的霰弹枪。是啊,我们可以让自己在枪口下送命。这主意真不赖,棒极了。"

"我们可以帮他逃跑的。""提桶"说。

"晚安吧,'提桶'。"海伦娜说完就挂掉了电话。

璐比在他旁边的椅子上绷紧了身体,汗毛像一个个大钉子似的都竖了起来。屋子里有什么人。"提桶"的手猛地抬起,停在喉咙这里。是不是内斯特带着一帮歹徒回来了,坐等艾迪回家?然后,一个身影从黑暗中走出来。是艾迪。

"你说的当真,爸?说你要帮我逃跑?"

"当然,我说话算话。坐下来,我来煮茶,我们每人喝一杯,万一他们在监视咱们家,已经是夜里这个时间了,不能让他们看到我们有意料之外的举动,不能有任何的不寻常。"

"太迟了,爸爸,没时间喝茶。他们在监视房子。"

"提桶"满心愉快地注意到,这是儿子第一次叫他"爸爸",而不是那个嘲弄玩笑意味的无聊简称"爸"。

"他们看到你没有,艾迪?"

"没有。我从后面过来的,离路尽头凯文·沃尔什家还大老远的,我就走后面,穿过那些花园……他们在另一边监视。从对面22号的花园往这里看。"

"对的,米姿和菲利普两口子度假去了。对面的房子就是因为这个才空着。"对于邻居们全部的情况,他们的生活规划、希望和梦想,"提桶"都有所了解。

"你清楚的,已经完了。你肯定知道这一点吧?"艾迪看似要把"提桶"心中最后残存的一丝希望也浇灭。

"喝茶吧,艾迪。尽量多放点糖,那会让你精力充沛的。"

"要精力干什么？就为了等我一走出门，就被一枪爆头？"

"他们干吗要等你走出去才动手？如果知道你在屋里，他们早就进来要你的命了。"

"不，他们显然不会那样干。内斯特说他尊重你。他老是说电影《教父》里的那些狗屁，关于尊重的那些台词。他说，过去那些年，他每次来这里，你从没亏待过他，所以他不会在你的房子里开枪杀人。"

"内斯特是帮派的头儿？"

"他是头儿，是的。"

"真没想到。""提桶"说。

"我知道你会这么说的。"艾迪说。

这像一场真正的父子之间的对话。最后，终于如此。

他们聊到了很多事情，关于那个当会计的继父休，关于无论嫁到哪里也不会幸福的海伦娜。他们聊起了艾迪是如何两手空空，因为他把钱全都赌输了，从内斯特那里偷来的钱也全都被送进赌场，还了赌债。还有，如果能够重来一次，一切都将会是怎样的截然不同。

"可是，你会有机会重新生活的。""提桶"说道。

借着外面街灯透进来的光照，他看到一丝烦躁不安的神情在儿子脸上闪过，恰如他以往经常看到的那样。

"艾迪，睡一觉吧。"他哀求道，"直到早上七点半，我们才会开始行动。"他转身上楼去。

"爸，别离开我。"艾迪说。

"我只是上楼去拿枕头下来，还要拿块小地毯。我当然不会离开你的。""提桶"·麦奎尔说道。然后，他一整夜都坐在11号的客厅里，看着沙发上入睡的儿子。儿子在睡梦中辗转反侧，啜泣呓语。

这是一个多云的黎明，灰蒙蒙的一片。栗树街醒来了，一如常日。莉莉安很快将离开5号的家，去打开主街上发型屋的店门；凯文·沃尔什或许接了个用车订单，一大早就将送客去机场；4号的肯尼一家人要去什么地方的教堂望弥撒；18号的多莉将会结束在报社的夜间轮班，回到家中。

"提桶"·麦奎尔的出工时间也到了。他将跨上单车，挂上折叠梯，带上装有麂皮擦和皂液罐的工具篮，摇摇晃晃地向着大路那边骑过去。只不过这天早上是个例外，骑车的人不是"提桶"，而会是艾迪。

艾迪穿着长长的防雨外套，用"提桶"的那顶旧帽子挡着脸，没人会留意到其中有何差别。

一旦到了大路上，他将把单车锁在路边栏杆上，把帽子和长外套卷起来，塞进装抹布的工具篮，随即搭公交车去往市中心。

此前，"提桶"每周都从他的储蓄账户中取出一笔钱。那是他秘密计划的一部分。所以，他已经有足够多的钱交给儿子了。

他觉得他看到了孩子眼中有泪光闪过，但他并不能完全确信。

"你绝对不能环顾左右地说再见，那会露馅的。"他告诉艾迪，"不用跟我挥手，但从其他每个人身边经过时，你都要点头和摆手。你明白的，在这里生活了这么多年，我认识他们所有的人。"

他站在屋子里窗帘的后面，自豪地看着儿子骑着他的通勤工具，从等着杀害他的那些凶徒旁经过，从那些邻居们眼前经过——他们都跟骑车的人打招呼，以为那是勤劳的擦窗工又出门去干他那本分卑微的小营生了。

老男人

贝尔娜讨厌他的声音。她惧怕,也不信任跟这个男人有关联的任何一样东西……这个切斯特要把她的独生女儿娶走了,可她还不得不表现出友好的样子。她以前还从未领教过,海伦这丫头对自己生活中的什么事情竟然会如此地固执。

"老妈,只要你开始对着他皱皱鼻子,只要你开始装腔作势,我就不会吃那一套的。"海伦之前已哭喊着警告过她,满脸通红,情绪激动,样子看上去比二十三岁的实际年龄要小。

"我不懂你是什么意思,能有什么让我装腔作势的呢?"她这样问道。

但海伦对此完全充耳不闻。

"他结过婚,而且快四十岁了。你以为我不知道你是怎么想的吗?"

"难道我说过什么吗,海伦?你回答我。"

"你都不需要说什么,老妈。爸爸以前说过,你有一张势利脸,一切都写在那上面了。"

"你爸经常会看到势利的脸色,哪怕人家根本没那个意思。"贝尔娜脸上挂着微笑,但心里沉重得很。

她知道,只要一想到这个切斯特,杰克也会感到讨厌的。这家伙的美国口音听来过于自信、傲慢刺耳。此人明天就将飞过来讨论婚礼的筹办计划。

杰克或许会敷衍两句就把对方打发掉了。杰克会做些什么呢？他大概会带海伦来一次长时间的散步，他或许会带她在某处豪华的餐馆吃上一顿饭，他或许会跟女儿说说笑笑地瞎扯，让她嫁给那老男人的念头也随之消散。

可是，海伦十五岁时，杰克就去世了，那是八年之前。所有的人都说，一个小姑娘在这种年龄失去父亲，实在是赶上了最糟糕的时刻。贝尔娜当时三十五岁，如此年龄段失去丈夫，也是极大的悲哀，可并没有很多人说起这一点。但话说回来了，谁叫贝尔娜总是那么擅长掩饰自己呢，她表现得那么坚强，看似天塌下来也能应对。

大家都看到了，她是多么迅速地就学会了开车，多么快就找到了工作，让人生这场戏剧继续下去。即使她曾在孤独和自哀自怜中长夜泪双流，那也没让任何人看到。贝尔娜很清楚，对其他人而言，自己遭遇的困境并非多有趣的话题，所以她便将所有的苦恼深藏不露，甚至也绝口不提她的独生女儿要嫁给那老男人这一令人心碎的打击。她不曾向自己的姐妹、朋友或同事诉苦，说生活如何又给了她另一次残忍的重创。

她知道的是，她必须保持亲切和善的样子，哪怕是假象，因为这场婚姻看来已成定局了，绝无改变的余地。因为海伦铁了心要让这场世上最不合适的婚姻成为事实，所以贝尔娜就有了顾忌，不忍让这个家庭散伙，否则就既对不起女儿，也无以告慰杰克的在天之灵。

那个切斯特的足迹遍天下，却从未来过爱尔兰。海伦是在纽约认识他的。六个月之后，她就飞回家，向妈妈通报那个令人兴奋的消息。现在，切斯特本人就要来了。他要飞到香侬机场，然后租一辆车。他说打算自驾游遍这个小国家，得到一点切身感受。这天下午，他将出现在她们位于栗树街的家中。

在电话里，他听上去能言善辩，礼貌周全，令人愉快，也没有那种为了套近乎故意而为之的爱尔兰腔调，但那很可能只是他做人的常规方式。他从事广告行业，显然懂得怎么去操控别人。

不过，眼下可不是纠结于消极念头的恰当时间。现在不是时候，那人随时可能会到。

海伦打了一个又一个的电话，她情绪昂扬，跟对方聊得热火朝天。她听到这姑娘匆匆结束了手头上的通话，跑向了门口。

他的车停在外面，是一款很普通的车型，跟贝尔娜自己开的那辆差不多，但她随即又想起来，这车是他在爱尔兰这里租的。在美国，他或许有一台又大又炫的车。

她走到了门外，站在入门台阶的最高处。两人在那里亲吻，彼此抱着对方，然后又拉开一点距离，兴高采烈地相互看看。如此亲热的场面使她不得不把头先扭向一旁。海伦是怎么知道这样的激情和欲望的？女儿可没在这栋房子里了解过这些。

他有一头黑色的鬈发，长着一双黑眼睛，整张脸上都是开朗的笑容。他伸出双手朝她走过来。

"我太老了，怎么称呼你都不合适，不如直接向你问好，贝尔娜。"他说道。

多么聪明的家伙——先主动承认他老了。贝尔娜知道海伦在观察她，于是强迫自己脸上浮起跟对方一样明朗的微笑。

"非常欢迎你来我们家。"她说。

三人走进客厅。那是一个不大的房间,充满了往日的记忆,到处都是杰克和海伦的照片。

这里看起来肯定非常简陋,尤其是跟他的复式大套房相比……海伦不是说他有那样的住房吗?曼哈顿公寓楼中的一个复式公寓。

但他看上去还挺喜欢这里,赞美了所有的好东西:那面漂亮的旧镜子是从贝尔娜外婆家拿来的宝贝;海伦的第一幅画被装裱起来挂在厅里显眼的地方;小花园得到了精心打理,看上去赏心悦目。他喜欢这一切,但没有夸张地赞不绝口,而是在表面上显得很真诚。表面上。她必须记住这个词。无论去到何处,他恐怕从未失手过,总能扮演好自己的角色。

他很好说话,你没法否认这一点。他并未一直都忙着爱抚海伦,而是问了些恰到好处的问题,还主动介绍了他的一些个人情况。他说,他想让海伦和贝尔娜决定婚礼采用哪种风格。那一天由她们做主,一切任由她们选择。

有时候,这一切看来似乎不太真实。贝尔娜感觉自己仿佛是一部电影或一出戏当中的角色,在跟一个陌生人讨论某个很遥远的、陌生的事件,而不是亲生女儿的终身大事。有那么一两次,她注意到自己抬手摸了摸前额,好像感到头晕似的。切斯特看来意识到了这个。

"海伦,亲爱的宝贝,"他突然说道,"这只是个提议,但老实说,我认为你不在旁边,你妈跟我也许能更好地商议事情。"

海伦怀疑地看着他。

"听我的,我是认真的。"他继续说道,"我们两个都是这么努力地想迎合你,让你高兴,说出每一个字就像打网球比赛时的每一次击球那么小心……我们一直注意看你的脸色,尽力顺着你的意思。"

贝尔娜笑起来。切斯特讲得绝对没错。

"你们要把我打发到哪里去?"海伦看上去就像个小孩子。

"你的同龄朋友一抓一大把,去找她们,跟她们聊聊你的老男人嘛。"他笑着说道。

"等我回来,你还会是我的老男人吗?你不会让我妈给说动了,打退堂鼓吧?"

"我会在这里的。"

两人如同好友般坐在壁炉边。切斯特讲起了他的第一次婚姻:那位前妻已经死了,他们曾幸福地共度了三年时光,但妻子逐渐变得越来越冷漠,对他越来越疏远。他以为自己再也不会重新恋爱了,直到遇见了海伦。

"我不能给她青春,以及所有那些'从零开始共创人生'的成长经历,但我能照顾她。我想她会喜欢这样的。你或许也倾向于这样的生活安排,对吗?"

他是怎么知道的?竟然有人知道她有这样的想法,怎么会这样?

切斯特环顾室内,看到那些照片:杰克在一只小游艇上挥手——这种小小的消遣花去了夫妻俩很大一部分积蓄;杰克穿着三件套的正装——他总是去裁缝店量身定制,而贝尔娜则在服装店的衣架间翻来翻去,给自己找廉价的好货;杰克在跟一群电影明星有说有笑——他生前就喜欢跟名人混在一起。

这个美国人的目光慢慢移动,一张张地看着照片,似乎他能读懂那些年月中一对母女所遭受的忽视与孤独。他的声音变得温柔起来。

"我会一直陪着她的。我知道,她想要的是一份类似于父爱的情感……但我并不介意。我会在她身边的。"他听起来非常可靠。

"要比她自己的父亲更关心她,那需要占用非常多的时间。"贝尔娜听到自己说出这样的话,不禁吃了一惊。

切斯特不打算顺着这个思路说下去。女主人小心维护着过往的回忆,那大概要伴随着她整个一生,他不想去破坏那脆弱的平静。

"海伦的爸爸,你们两个都爱他,对吧?"

她伸出手,轻轻拍了拍对面男人的手。这人即将成为她的女婿。此人在广告行业任职,年龄比她女儿要大得多,这些她都不在乎了。她放下了心头的重负,知道自己不用再硬撑着发出一家之主权威的声音。她家全部的重要决定,从此将由海伦带回家的这个聪明的男人来负责。

从婚礼的筹划开始,就可以把挑子撂给他。

"你希望在哪里举办仪式?"她问他。

他够机灵,没有说随她喜欢,哪里都行。

"我希望有二十或三十个客人出席,就在这栋房子里,在你家里举行婚礼。"他说。

她知道,有生以来第一次,海伦和她将对同一件事达成完全一致的看法,她们会全身心地投入其中。

菲利普与插花师

菲利普总是知道怎么才会取得成功。在学校读书时，他看上去并非智商超群的那一类，但考试成绩却比其他任何人都好。人们对此颇为不解，可菲利普自己知道这是怎么回事。他一直都清楚，要证明你受过良好教育，只有唯一的途径，那就是考出高分。以前的考题，他都翻出来仔细复习；可能用到的解题方法，他也都先预演一遍；毕业后第一份工作选什么公司，他也同样胸有成竹，他要进入一家知名企业，尽管迎接他的只是一个低微的职位——职业生涯初始就进入大牌公司，在个人履历上终究会好看得多。他不觉得打高尔夫有多大乐趣，对桥牌更是明确感到讨厌，但两样他都学了，因为那被认为是有品位的社交技能。

菲利普明白，很多人都以貌取人，所以他总是确保自己的样子无可挑剔。穿哪一类的衣服才恰到好处，剪什么样的发型才看上去精干又时髦，同时又不至于显得矫揉造作，他都对此做过很多研究。他学会了用湿海绵打理西服，通过听录音带学了德语，他定期去看交响乐和歌剧演出，直至真的开始喜欢这些高雅艺术，而不是假装会欣赏它们——此前，他可是假装了很久的一段时间。

就是一次看歌剧的时候，他结识了安娜贝尔。他这边谨慎发问，显示她真的是非常合适的人选，无论是作为熟人、约会对象，还是朋友,都很合适,或许他们还会有更多的可能。

他发现安娜贝尔正是他想要的那种姑娘,有着舒适的成长背景,一个颇具社会影响力和活动能量的父亲,一份令人满意的完美工作——在女校当老师。

在菲利普身上,安娜贝尔则看到了一个非常勤奋的、正派可靠的年轻人。跟她以前那些极不相称的男友相比,菲利普是如此不同,带他回家见父亲无疑会感到安心。

大概十二个月之后,他们举行了婚礼。正如你可以预料到的,仪式雅致有格调,出手也大方,但并不奢华。菲利普说,把可用的闲钱拿去投资一栋房子总比为了显摆而办一场张扬的婚礼要明智得多。两人也没有跑到什么远在天边的热门地方去度蜜月,跟拥挤的游客们摩肩接踵,那些人无论是谁都无足轻重。他们选择在一处高档酒店度假,事业有成的政商界精英常常光顾那里。

菲利普的职场记录引人注目,而且他才三十出头。每一次的职务变动都是小心地经过深思熟虑的结果。他刚刚上任的这一个新职位也是迄今为止最忙和压力最大的,还需要他耗费时间去学日语。在面试中,菲利普委婉地提议,无论是谁担任这样一个职务,都需要公司的支持,提供一门外语的学习课程,而那门语言对公司的价值将是不可估量的。正是这一点让他稳稳地拿到了任职聘书。紧接着,他便开始学起一门新外语,每天花上两个小时进行完全沉浸式的高强度练习。这意味着他早上六点就要离家,因为当天的外语学习之后,还有一整天的正常工作要处理。

工作日也同样延长了结束的时间。下班后,他经常还要开会,在酒馆还有所谓非正式的闲聊,但菲利普知道,这些正是权力汇聚的场合。有时候，他直到晚上九点才能到家，而这样的夜晚还是没什么正式公务的时候，如果有商务宴会或者是陪海外客户去看歌剧，那回家就更迟了。

到国外出差也是常事，车载电话也是标配。他每天驾车往返于办公室和绿树成荫的近郊住宅，途中本来还能打开音响听听音乐聊以放松的，但现在连这个也会被不期而至的电话接二连三地打断。

最初，安娜贝尔用甜言蜜语笼络丈夫，然后开始央求，再后来就只能生闷气，最终，她买了与丈夫出差行程相同的机票，横跨大西洋，这样他们能有时间在空中谈谈。

这不是正常的生活，她一边指出这一点，一边克制着不让自己的声音中透露出哭腔。这也不是正常的婚姻，她说道，一边尽力压制住那种随时要爆发的实在难以忍受的委屈。她已经辞去工作，搬到了股票经纪人、银行家之类富人青睐的郊外居住区，为的是进一步推进丈夫的事业和提升他们的生活层次，但那里够偏远的，无论去哪里都有一大段距离。除了高管们的聚会娱乐——连这样的娱乐都少之又少，因为菲利普那些商业圈的朋友们都太忙，没时间去他们所说的野外游玩——没有别的理由需要她住在那里。她形单影只，感到怨恨和不满，并且日益变得焦虑不安，担心丈夫的健康和精神状态。

"再这样下去，你会崩溃的。"她压低了声音，以免头等舱中的其他乘客会听到。

菲利普说，他正要去敲定一笔非常重大的交易，安娜贝尔这话不像是妻子该说的，对他缺乏支持，甚至照最低的标准来看也没有。

事情还是发生了，就在安娜贝尔离开他六个月之后。

分手固然悲哀，但他们也挺理智的。菲利普设法在繁忙的日程中挤出四个小时,以便两人能瓜分那些唱片、家具和画作。他们卖掉了那栋有着大大的花园房,花园里的那些树粗壮得足够挂上大秋千,后院里还有个池塘,如果是跌跌撞撞才学会走路的幼童,肯定会把那里当作奇妙世界探索个没完。他们向彼此承认,幸好两人没养孩子,这就意味着,分手可以处理得干净利落,少了很多纠结。安娜贝尔若有所思地看着他,疑惑他是否曾真的爱过她。菲利普也若有所思,迟疑着,拿不准如何结束这场分手的交谈才不会显得过于粗鲁——他要赶回办公室工作。实在是没道理伤害安娜贝尔这样的一个人,她唯一的错误就在于不能理解职场生涯的本质。他在心里自我安慰道,她回到城里去住就会开心起来的,也许会搬进某处日照充足的带花园的公寓房,找到另一份教职,大概还会再婚。她长得挺好看的,才三十三岁,未来还有很多机会在等着她,她可以有个很不错的归宿,谁都会对此表示赞同的,认为这对她很公平。

听说菲利普住院了,安娜贝尔根本没有产生"事实证明她说对了"的那种感觉。她询问医生,如果她去探视的话,会有益于病人还是会妨碍病人。医生说,那反正倒是没什么坏处。

这次崩溃让菲利普很是懊恼,但他让安娜贝尔放心,说那不会挡住他的晋升之路,他还会顺着职场的梯子往上爬的。如今,人们已经开明得多了,他说。大家现在对待精神崩溃就跟看到保险丝烧断了一样,只是电流暂时中段了,你复原之后,一切照旧。

安娜贝尔认为,保险丝烧断就意味着有太多电器在同时超负荷工作。这是一种警示,让你不要一下子插上太多插头,接通太多电器。对菲利普来说,这难道不是同样适用吗?他回应说,她的态度缺乏建设性,他感谢她来探望,请她代他向岳父致以问候,诚挚地祝贺他新近担任不同公司的董事。

离开医院时,安娜贝尔不禁叹气。她回头看看自己的前夫,想不出谁能提出什么建议来让他让过度运转的大脑稍稍放松。

菲利普自称是现实主义者,并引以为荣。他告诉医生,他还没走到那种地步,不会固执到连业内专业人士的意见都听不进去。如果他们斩钉截铁地告诉他,除非远离工作,他的精神没法得到充分疗愈,那么他也会遵从医嘱的。整整三个月,他会把自己关在商业世界的大门之外,尽管那是他注意力和人生乐趣的焦点。他将严格一字不差地执行医生们的指令。他将不再看金融财经类的报纸,不去见同事,也不会审核任何公司的经营策略。然后,他会像学习日语口语那样有条理地调整自己的状态,犹如运动员,做好重返赛场的准备。

他试着去听音乐会,但他的思维无法跟随音乐的进程。

他试着去听自己的那些唱片,但很快就开始反悔离婚分家时分给了安娜贝尔的那些唱片。他依旧去打高尔夫,但只是在那些不会遇到以前同事的球场上打。他买了一只宠物狗,毫不心软地按时长途遛狗,同时也是在遛他自己,算作体能锻炼,但他发现还是有空闲又无聊的日子,简直令人痛苦。为了填补这空白,他同意去上一个插花班。他的主治医生说,如果依据花瓣形状和植物枝叶的质感设计出一些造型,就会产生一些让人深感满足的东西。菲利普对此持怀疑的态度,但他又感觉到,在他被认为恢复得差不多了,可以回到真实世界之前,还有一周又一周无休无止的治疗在等着他,这插花的游戏至少能打发一些无所事事的下午。

插花班的女人们倒是挺高兴,因为一位绅士将加入她们。珥德与伊瑟尔简单说了几句,略带忸怩地对新学员表示欢迎,同时发出警示,让她们全都要留意自己的月桂(桂冠①)了……还有,呵呵,既然现在她们当中有了个男人,其他每一种绿叶植物都要关照好。因为男人们有着可怕的习惯,就是常常在花艺展出时拿奖。菲利普觉得没必要把这些告诉瑁德与伊瑟尔,说他跟她们在一起不会多久,根本等不到去参加比赛那个时候。他一直都清楚一个重要原则,那就是,如果想脱颖而出、受到重用的话,就要让所在机构的人们认为你会在那里干到永远。要说插花,那瑁德与伊瑟尔就是这里管事的了,菲利普便向着她们温顺地笑了笑,而她们则对他的配合表示欣赏,报以清脆爽快的笑声,又叽叽喳喳地说了一通。

菲利普了解到,这天的插花造型是要做成三角形。尽管出席宴会时,他已经多次面对这样的插花摆设坐下用过餐,但却一直对它们闻所未闻。要做这个造型,顶端高处的花朵必须居于视线的中心,下方两边再各放一组中等大小的花,然后把其他所有的元素都限定在这个框架之内。

整个下午,他都忙得不亦乐乎,拿着细铁丝弯来弯去,稳稳地把它们固定到插花容器的底部。然后,他被调到了"绿洲"桌位这边,在这里学习把预先被修剪成合适形状的看上去如同极端干燥的海绵一样的东西浸泡到水中。他听到旁人对带底座的高脚花器的赞赏,而那在他看来就有点像蛋糕底托。他仔细核查插针的固定座,思考有何利弊。如果要让他描述这东西的话,这就像一只迷你的小刺猬与指甲刷的杂交结合体。瑁德太爱这些玩意儿,认为与绿洲景观和细铁丝造型相比,它们无疑是大大胜出的那方。伊瑟尔的姿态则看似有所保留,

---

① 此处是双关,既指月桂这一植物,又是提醒女人们不要因为疏忽而把桂冠与荣誉让给了这位新来的男士。

并未附和瑁德的意见。菲利普搞清楚了这里面的权力状况,决定把自己的注押在伊瑟尔的一边,但同样也要跟瑁德不时说说悄悄话,谁也不得罪。等到要把一切东西都整理好后,他已经被"组织"和"领导"们完全吸收接纳了,而他还在扮演着角色,不停地喃喃自语,"设计,大小比例,平衡和谐调"——那是插花艺术的四条主要原则。

"如果能牢记这些,你就会做得很好。"瑁德双眼放光,满脸愉悦。

"没有合适的修枝剪,你就别急着忙活,只要做到这一点,你甚至会干得更漂亮。"伊瑟尔补充道。

"当然了,大剪子要够锋利。"瑁德警示说。

"要有足够的强度,能剪花,也一样能剪断铁丝。"伊瑟尔又提醒他。

等到接下来的一周,菲利普已经买了三本插花方面的书,还去看了两场展览。但他一点也没透露这些情况。永远也不要让"对手"知道你钻研到了什么程度,这一直是他的座右铭。他看着一起学插花的那些"对手",那是二十二位快乐的女士,今天做的是黄橙两色的组合设计,她们喜欢自己作品中那秋天般柔和的色调。她们轻轻地触碰那些金银花,对菊花和金色的百合尤为青睐。花朵被放置在一盏黄铜的古董油灯里,那种优雅的造型,还有作为插花背景的金色女贞和杂色的常春藤组合成的暖色调枝叶,都让她们不禁表示叹赏。之前那一周,关于这一主题,菲利普已经有过非常广泛的阅读了解,所以他认为那黄铜花器有点平淡无奇,某样更为独特的容器或许才能吸引裁判的目光。但他把这个想法藏在了自己心里,反而友好地转向伊瑟尔和瑁德说,她们也许灵光一闪,有别的什么好主意。伊瑟尔提到了一个可能性，就是用旧首饰盒或铜盒子来做花器。菲利普感到一阵兴奋激动的热流——这正是她们应该能做到的，以此可以赢得加分。在一个首饰盒里安插好秋日的花朵，花儿伸展垂挂出来，几乎盖住盒子，这才是有可能拿到奖杯或绶带圆奖章——不管叫什么，反正是那些参赛者全力以赴想赢得的奖杯一类的东西——的作品。

随着日子一周又一周地流逝，菲利普把他所有的优势都利用起来，全力以赴。一些未来展览的细节信息，可能参与比赛评审的那些评委的个人经历，这些人各自的偏好和性格弱点，他都收集在册，一清二楚。他是个伪装大师，知道如何把"绿洲"或风车之类的装饰牢靠地固定在花器的基座上——任何东西都不会从这样的附着物上轻易脱落。他知道，花艺的智慧机巧就是在造型后方设置一点辅助灯光，在比较少的情况下，作品中水的元素当真能被看到了，那就要在水中加入少量的氯气或者漂白剂。他知道，任何的插花布局，越大的花朵和枝叶，越是要把它安排在中心位置，而越往边上去，那些花朵叶子就应该越小。有些人住的公寓甚至还带有小阳台，但却不能自己养一点绿植，他开始对这类人有了些不耐烦的情绪。他现在也不再反对干花或者甚至是绢花造型了。

"当然，那不是真花，但想想看，当你度假归来时，看到有这些漂亮东西在迎候你，它们让你一样感到欢喜。"菲利普这样说道。

医生说，他的精神焦虑程度并没有明显降低。菲利普强烈抗议。他说，任何一条准则，他都一丝不苟地严格遵守了。

"那你试着去上可以帮助你放松的插花班了吗？"医生问道。

"噢，去了，我每周都去的。"菲利普急于离开。有一个特别的万圣节插花主题活动会用到南瓜、柔荑类花絮和小檗属枝条，他现在的心思全在那上面。

"那你真的投入其中没有?"医生又问道。

"非常投入。"菲利普的回答简短又干脆。他设法掩饰急躁的情绪,没去看表,取而代之的是在脸上堆出微笑,自认为是为了表示放松,医生则认为那只是痛苦的怪相,于是又问了几个相关的问题。菲利普只好作答,然后才得以逃离,去园艺中心置备了那些插花素材。

菲利普不费吹灰之力地赢得了花艺俱乐部内部的圣诞节插花比赛的头奖。他为当地教堂做了圣诞插花,这可是巨大的荣誉。他没有用滤酒器一样现成的细颈玻璃瓶——很多年来,那些花瓶都是教区互助会和圣母联合会提供的——而是带来了自己的花器。高坛花基和台座组这边都布置了迎春花,它们一条条地垂挂覆盖下来,还有整株一品红的盆栽,与众多结实的冬青灌木组合起来。这个作品大获全胜。

只是,这是菲利普的胜利,对那些很多年来都在做圣诞插花的女士们来说,这绝非她们的胜利。

元旦还有个大型的花艺比赛,菲利普以隐约带有东方韵味的作品征服了所有的人,再次大获全胜,而这次的插花是完全以赤杨树那略带粉红的柔荑类花絮为基础的。关于这次获奖的插花创作,不仅有专业的杂志,还有全国性的报纸采访他。菲利普长篇大论,流利地讲解了一根形态良好的花枝怎样才能持续存活数周,选择一根长满一簇簇黑色小孢子球花的枝杈又是如何重要,还有最好的花枝应该怎么保存、怎么脱水干燥以便冬季时利用。他告诉当地电视台的一位记者,他用锤子细致地锤扁了花枝茎秆的末端,前一夜就把这些茎秆浸泡在温水里。他没有一次提及自己属于哪个花艺俱乐部,也没有感谢珺德或者伊瑟尔对他的培训,也没有对那些其他名次的获得者所付出的努力表示恭维的认可。

在商业上，菲利普一直都明白，处事的恰当方式是心怀感激地接受荣誉或赞赏，对成功是如何取得的，可以给出一些或许会被认为是颇为有趣的洞见或内幕。职场人从未认为像奥斯卡之夜那样在颁奖礼上逐一感谢在座的每个人的做法是明智之举，他认为那样会转移人们对他眼下所获成就的注意力，也暗示着信心的缺乏，会将聚光灯的焦点引向别处。才没有哪个观众想去听那些没有获大奖的人的名字呢。

当他把银色的奖杯放在栗树街上，他现在住的那栋小而雅致的房子里的一张桌子上时，他微微笑了。这一年稍晚些的哪个时候，他也许可以在奖杯旁边安置一个矮小些的白色花艺作品。等有了香豌豆花、小小的白玫瑰花苞、康乃馨，还有色调非常浅淡的蕨类可当背景，他就做那个作品。但是不行，那不现实。到了春天，他就将恢复工作了。只剩下一周时间，他可以开始再次考虑一下这件事。

接下来的这一周，他将整理书房，把自己行当的那些必备工具准备好。他很不情愿地意识到，自己不得不清理掉另外一个行当的相关工具，该跟绿洲、细铁丝、插针固定座说再见了，还有那成套的、各有其用的备用物件，那些蕨类，蔓延攀爬的常春藤和柔荑类长花枝，都该和他告别了。

不过，那医生的意见还是对的。这样做，参加花艺这种活动是有用的。现在，他不再需要这个了。伊瑟尔和瑁德眼下已经够酸的了，他获奖，她们甚至都没有多祝贺两句。还有那些每周一起上插花课的女人们，乏善可陈、了无趣味，而一开始的时候，她们曾经是那么友善包容，对他那么坦诚相待。

菲利普对自己听从了医生的建议感到欣慰，尽管最初他还认为插花这主意可够愚蠢的。既然他已经掌握了有关花艺的全部技能和机巧,也证明他能脱颖而出,达到最高水准,那就绝对有力地证实他再一次成了无所不能的高手,什么都能干好,已经准备就绪,等着迎接职场下周可能扔给他的任何挑战。

合理的探视权

事情多年以前就开始了,就在我生日之前。5月7日那天,我九岁了,气氛很可怕。我想不出我做错了什么事,但那肯定是非常糟糕的事。爸爸把门甩得砰砰响,所有的门,浴室门、车门、花园棚屋的门。

他几乎把棚屋的门甩得脱离了铰链。我跑去那里看看他是不是还好。他对我大吼。

"看在耶稣基督的分上,别来烦我,不行吗?整个房子都被你搞得不得安生,没地方能待了,再怎么说,我待在棚屋里总行了吧!"

然后他才看到是我。

"德柯,对不起,"他说,"我还以为是你妈呢。"但即使那样也不对,他可不该像这样朝着我妈大吼大叫的。他绝对爱着妈妈,她是他的阳光,他说过的。

他以前总是这么说的。从他第一次在国立音乐厅看到她起,她就是他唯一的女神。

我们每次经过音乐厅,他都会说,那里应该竖起一面特别的小旗子,或者应该有个提示牌,告诉大家那是他和妈妈相识的地方。

妈妈曾经也总是笑着说,她对风笛大师利亚姆·奥弗林吹奏的乐声如痴如醉,世上唯一能让她从那笛声中分神的,就是一个男人脸上的微笑——他最终成了我的爸爸。他也是她的阳光。

那是在以前,那些美好又安稳的日子。

然后,就该讲到我的生日了。当时有九个同校的男生来给我庆生,我们去看了电影,在麦当劳吃东西。

那是挺糟糕的一天,真的,因为在电影院里,我的朋友哈里不断地瞎扯什么美妞不美妞的,有姑娘经过时,他还对她们品头论足,于是我妈就生气了,而我爸说小家伙盯着美女看再正常不过了,但我妈说,才九岁大的小屁孩,在公众场合大声谈论美妞的胸部大小,这可不正常。

我爸说她总是煞风景,这样是在毁了德柯的最后一个生日。

我一下子变得非常惶恐,因为我以为自己或许得了什么绝症,没几天可活了,要么就是父母打算把我送走。

"好吧,无论如何,这是你可以在场的最后一次生日。"妈妈说。

"我会有合理的探视权利的。对天起誓,我应该有合理的探视权。"爸爸说。

然后,他们注意到我在看着他们,于是脸上都挤出了一丝难看的、不诚恳的、勉强的微笑。

生日的两天之后,爸妈都提早下班回到家里。

他们竟然在周一提早回来,这异乎寻常。通常,在这一天下班后,妈妈会去健身房,爸爸还要加班开会。

他们告诉我,已经安排好了,让我去哈里家吃晚饭,因为他们有很多事要做。

"我不能跟你们一起做吗?"我问道。爸妈随即都显得有点不安了。

我总是会说错话。

于是我试图去解释。

"你们看,我们都已经不再一起做多少事了,就像一家人那样一起行动。"我说,"上次我们带着三明治野餐去威克洛峡谷通道,在那里找个地方坐下来,什么房屋也看不到,只有山丘和绵羊,那已经是好久以前的事了。拼图游戏也不玩了,也不在家里做外国菜了。记得有一次,我们还在做印度尼西亚的一道什么菜,却把花生酱全都吃完了,一点没剩,结果就没法往调味酱里加这个配料了。"

但这看似让他们更为不安了。

所以我就不吭声了。

"现在就告诉他吧。"妈妈说。

"如果你没那么爱找别扭,没那么较真,我今天就不会有什么要告诉他的了。"爸爸说。

"那你就是要在未来的二十年对一切视而不见。"妈妈语气冷静。

"我只是要你听听解释,讲点道理。"爸爸的语气更为冷静。

我看着他们,看看这个,又看看那个。

"你们要告诉我什么?"我问。

长时间的沉默。

"你们打算告诉我什么?"我再次问道。

"德柯,你爸跟我都非常爱你。"妈妈开口了。我的心往下一沉。很快会有个转折词"但是"从什么地方冒出来。

我倒是看不出那会从哪里冒出来。

是因为哈里?因为他胡诌美妞和胸部什么的?

是因为那一次我在厨房玩游戏,拔掉了冰箱的电源插头,结果只好扔掉里面所有的东西？

是因为我没告诉他们学校有额外的数学课，为了不被命令一定要去上那些课？我实在不知道哪里出了差错。

"你是我们生命中最重要的宝贝。"爸爸说道。接着，他的喉咙哽住了，说不下去了。

所以，我就想道，老天，我肯定是得了什么可怕的重病。还有别的什么能让他们这么不安吗？

那大概不可能是因为我闯过的什么祸。

"我是不是就快要死了？"我问。他们俩都开始哭起来。

这种场面我以前可从未遇到过。太糟糕了。太可怕了。我不知道该说些什么。

"我不在乎，真的。"我说，"那会不会很疼，你们觉得呢？"

然后，就是那些老生常谈的一通套话，告诉我我不会死的，没事，我是世上最好的孩子，我是他们的乖儿子德柯，那事丝毫不是我的错误。

"什么事我一点没错？"我问道。无论那到底是什么不幸，我都一定要问个明白。

他们，爸爸和妈妈，要离婚了。我难以相信。

他们要卖了房子，去别的地方生活。

还有，实际上，那是两个别的地方。妈妈要去栗树街，住进一处比现在小得多的房子，但那里会有我的一个房间——在她口中，那已经被称作是德柯的房间了。至于怎么装饰它，我可以帮忙一起干。

爸爸会住到什么地方的一套公寓房里——究竟是哪里，还有待决定。

"那公寓里也会有个德柯的房间吗?"我问道。

我不该问的。那样是过于贪心了。现在,我明白了这一点。我那时只想搞清楚正在发生的是怎么一回事。

"可能会有一间的。"爸爸回道。

"但房间不是让他在那睡觉的。"妈妈补充道。

"但有些周末例外。"爸爸说,有点咬牙切齿。

"那永远也不会得到同意的,不可以过夜,永远都别想。"妈妈回道。

"到时候我们再来讨论这个吧。"这是爸爸的回应。

他们不再哭了,我长长地松了一口气。我没有得什么可怕的绝症,不会就此死掉,这让我感到高兴,但他们对彼此说话的方式让我极为担心,似乎他们心中充满了仇恨。

说实话,我感到非常困惑,他们干什么突然想要卖掉房子?我的意思是说,他们可是对我们这个家爱得不行的,总是说这一带的环境有了多大的改善,房价又涨了多少,还说他们住在这里简直是一屁股坐到了金矿上。

"你们就不能把房子分成两半吗?各住一边,那样我就能两边随便跑?"我建议说。

这个主意显然行不通。

我想知道为什么不行,但他们两个都变得急躁起来,粗暴地说就是不行,就是这么回事。

他们问我能不能像个乖孩子那样,现在就去哈里家,让他们好"继续处理事情"。

"继续处理什么?"我问。

结果,他们要处理的是这个:爸爸会联系一个搬家公司在一周之后过来,把他的东西先打包寄存。爸妈眼下不得不商量好,哪些东西爸爸可以带走,哪些东西应该留下。

"我可以帮你们分东西的。"我主动请命。这是我能够找到的借口。听到这样出乎意料的消息之后,我真的不想去哈里家了。

他们各自拿走家里的什么东西,我也就会知道了。

我的这个想法还是让他们感到相当不安,但令人惊讶的是,他们答应让我留下了。他们先从录音带和 CD 开始分起。

我们把这些家产分成了三堆,妈妈的一堆,爸爸的一堆,还有一堆是共有的。

他们对奥弗林的风笛专辑《布兰登航程》有疑问,爸爸认为那是他的,而妈妈又说那是她的。

于是我就说,我上楼去翻录一盒,他们就可以一人拥有一盒了。

"我觉得那是不合法的,"爸爸说,"你知道吗,音乐家们恐怕不希望我们那样做的。"

"但他们会希望你们两人都快乐的。"我这样一说,他们就又开始抽抽噎噎的了,不断地擤着鼻子。

他们继续分家具和书,而我一直全程参与,给他们出主意。

我觉得自己挺有帮助的,真的,因为他们也说多亏我帮忙。他们把所有的东西都一一写下来。一切都是那样的不真实。

然后,我们三个在厨房一起吃晚餐。

这非常好。

一个分量够大的牛扒牛腰子馅饼,那是妈妈以前做好了冻在冰箱里的,在困难之时可以拿出来应急。

"哎呀，小家伙，今天就是困难的日子吧？"她说道。我们俩都对着她微笑。

爸爸说，他去开一瓶红酒。

妈妈说，实在没什么值得庆祝的吧。

爸爸说，这只是文明社会的习惯做法，于是餐桌上有了红酒——他们甚至还给我倒了一小杯，然后我们就聊起了一些平常的话题。

他们时不时地伸出手来摸摸我，只是拍拍我的胳膊，或碰碰我的脸。这挺怪的，但并不让人觉得害怕。

那天夜里，他们大概都认为我已经睡着了，然后爸爸就去楼下睡沙发。

我什么都没说。显然，让他们烦心和尴尬的话，我已经说得够多了，我不想再说。然后，变化很快就发生了。一天，我放学回到家里，发现爸爸已经走了。

他留下了一张字条，上面有他的手机号码和地址，地址是在一个新建没多久的公寓房街区，离栗树街不算太远。

他写道，他爱我，不管是白天还是晚上，我都可以打电话给他。于是我就打电话了，只是想试一试，但电话接通后是答录机的留言提醒。

我于是说道："老爸，是我，德柯。不管我之前做了什么不对的事，都请你原谅，对不起。我现在挺好的。如果我圣诞节的时候能有一部手机，那你也可以随时给我打电话，白天晚上都可以。"

紧接着我就寻思起来，那听上去就好像我是在跟他要手机似的。可为时已晚，留言已经发出了。

妈妈非常辛苦。在上班的地方，她必须勤奋工作。她告诉我，别人不喜欢员工因为私人生活而影响了工作,所以她至今也没跟他们说过爸爸走了,也没提过所有那些个人问题。

她说,不超过两周,我们就会搬家,那样就能在圣诞节之前安顿下来。

"圣诞节我们怎么过?"我问她。

"德柯,你想要做些什么呢?"她问道。

她看上去很累,一副苍白憔悴的样子。我不想带给她更多的烦恼,于是就说,对圣诞节我无所谓,怎么过都可以。尽管这话没什么意思,却让她相当高兴,就像得到了很大的安慰。

每个周六,我都在十一点跟爸爸见面,然后就去某个好玩的地方。

他会在报纸上查找信息,也问其他人,看哪里有好玩的地方适合带一个九岁的男孩子去,而我们在那里玩得也确实挺开心。六点钟,我总是准时回到妈妈身边。

但爸爸从未带我去过他的公寓,所以我就不知道那里是不是留了个空房间,房门上写着"德柯"。

我想要给他看我的新房间,但他说,我们不该为了这样的小事再去给我妈添加烦恼。

可我觉得这是挺大的事情——给我爸看新房间。但我已经做过那么多的尝试,所以就没再说什么。

就在圣诞将临时,爸爸送我回家,妈妈站在门口。

"我们说说圣诞节当天怎么安排吧。"她说话的语气很生硬。

"我整天,整晚都有空。"爸爸说。

"是啊,有空,除了那个小浪货要你跟她那些未成年朋友一起玩派对游戏。"

"我会优先考虑德柯的。"爸爸说。

"哦,当然了。"

"他们说我有合理的探视权,这是法律规定的。"爸爸说。

"他们也说节假日要协商决定。"妈妈说。

我再也受不了了。

"我做错什么了吗?"我问道。

"你什么也没做错。"他们异口同声。

"那这一切到底是为什么?"

他们无法回答。门口这里非常冷。

"进来吧。"妈妈说。

"妈妈,如果给爸爸看我的房间,你会生气吗?"

"不会的,德柯,带你爸爸上楼去参观你的房间吧。"爸爸把看到的所有东西都赞赏了一通。然后我们下楼。

"爸,要不要喝上一杯?"我提议。

"啤酒,还是雪利酒?"妈妈说。

"一小杯雪利酒就行,那挺好的。"爸爸说。一切看上去好像又回到了从前,那么自然。

"我可不可以问你们,发生了什么事?"我问,"我已经足够大了,你们分开,要离婚,我可以面对,可以接受了,但就不能告诉我为什么会这样吗?"

他们说不出为什么,显然如此。

"你们听着,没多久以前,你们还告诉我,你们彼此相爱,是彼此的阳光。你们还唱那首歌,《你是我的阳光》。可现在你们不再那样了。那肯定是我的错。我心里想着,如果我走掉,消失了,也许一切就又会变好了。"

"德柯,你为什么会有这样的想法?"爸爸问道。

"因为你们跟我说过,我是你们彼此相爱的结果,正因为这个我才来到了世上。所以,如果你们不再相爱了,那我一定出了问题。不是这样吗?"

沉默了好长一会儿时间,妈妈开口了。

"德柯,你说得没错,我确实是你爸爸的阳光,但我不是他唯一的阳光——不像那首歌的下一句歌词唱的那样。问题就在这里,你懂了没有?"

"可是,天空灰暗的日子里,他没有让你感到快乐吗?"我问道。

我非常熟悉那首歌。

"这个,我得承认,有过。"

"你妈就是我的阳光。我只不过是跟另外一个人有了些牵扯,但她只是星光吧,甚至都不如星星亮,也谈不上温暖,可有可无的。你懂了吧,就是这么个问题。"爸爸解释道。

"星星,就是那个小浪货?"我问道。

他们两个都笑了。

真正的笑。

"她还是有名字的。"爸爸说。

妈妈问:"圣诞节怎么过?"

"你说呢?"爸爸满怀希望。

"什么时候来随你的便,你想待多久就待多久吧。带德柯出去,如果你愿意的话,也可以让他跟那个小浪货见见,聊上个把钟头,也许会对他有点启发吧。最主要的一点是,德柯相信他是我们彼此相爱的结果,除此之外就无关紧要了。因为,那也是千真万确的。"

爸爸朝着妈妈举起了酒杯。他内心充满了感情,一时不知说什么好。

哈里说我不用屏气凝神地瞎激动。

他们不会破镜重圆的。一旦把从前的房子卖了,人们就不会回心转意的。

哈里目光尖锐,非常精明。这些事他一清二楚。

但那已经没那么重要了。我现在知道了,这一切不是我的错,还有,不管爸妈以后怎么安排那"合理的探视权",我都可以接受了。

等我们到了克利夫登

他们每年都会外出度假一周。

他们并不出国,因为哈里·凯利不喜欢外国菜,而瑞莎·凯利又有恐惧飞行的心理障碍。

可只要你环顾四周,你会发现爱尔兰国内也有足够多的地方可去的。有一年,他们去了温泉镇利斯登瓦纳,另一年去了约尔那座美丽小城。他们发现了一些很好的民宿,令人感到舒适和愉快,便总是保留着这些地方的名片,想着有朝一日会故地重游,但他们实际上从未那样做过。

二十四年来的这些暑期,他们从未有一次选择重返旧地,不管当时曾说过某个地方是如何好、如何令人留恋。

经过一番研究,他们将这一年的度假目的地选定为克利夫登。周二,他们将从栗树街开车出发,尽量早点动身,以便为路上留出充足的时间。他们将备好几块三明治和一暖壶的咖啡,因为谁也不敢保证一路肯定能够顺风顺水。出发之前,他们在周五就开始整理行装了。最好早点打包行囊,瑞莎说,因为你永远也料不到自己可能会忘记带什么东西。哈里喜欢列出一份清单,根据清单来打包。他说,把要带的东西都写出来,每放一样东西到行李箱里,就从清单上勾掉那样东西,这样做更聪明,否则的话,你很容易搞错,会认为还没打包的东西已经在行李里了。

瑞莎把家里的五件银餐具拿去银行寄存,每件分别用棉花裹起来,然后全部放进一只带拉链的黄色小包中。

这一年的其余时间,五件银器都被安顿在餐具柜的最下方。倘若把它们放在陈列架上或者别的什么显眼地方,会引诱盗贼入室行窃,那样做当然是犯傻。哈里转悠一圈,仔细检查了所有的窗户锁,还把防盗报警系统测试了好几遍。谨慎点总比事后懊悔好,他一直都是这么说的。他们奢望过能有个可靠的邻居,或许愿意帮着给他们的小花园浇点水,但遗憾的是,隔壁的 26 号住着个邋里邋遢、疯疯癫癫的红头发姑娘,在那过夜的还有她的一个男朋友。要请她帮你做任何事,那还是别指望了吧。

但他们依旧热情礼貌地跟她点头致意——这类人,你跟他们友好相处终归要好过跟他们交恶——那姑娘则会咋呼着大声回应:"瑞莎,今天还好哇?哈里也好?"这对她而言不免太冒失了,太不尊重,因为她肯定还不到瑞莎两口子一半的年龄。

动身去克利夫登的前一晚,凯利夫妻俩把一切都打点好了。万事俱备,只等出发。三明治在冰箱里,两个鸡蛋等着煮一下就行,面包片正好足够做吐司当早餐。房屋整洁干净,一周之后也仍将如此干净地迎接他们的归来。然后,在回公司上班之前,哈里还可以有整整五天的时间休整。自驾去克利夫登的往返旅途很长很长,他们清楚这一点。夫妻俩都会累得够呛。

门铃响了。他们警觉地面面相觑。晚上八点!这个时候不该有人来拜访的。

"是谁?"哈里胆怯地问道。

"是我,梅丽,"门铃里的声音说,"哈里,我可以进来吗?"

他们并不认识有谁叫梅丽的。

"我是隔壁的,"那声音又说道,"有紧急情况!"

他们让她进屋了。她那红头发乱糟糟的,穿着一件骇人的紫色高腰上装,肚脐这里露出一大片,穿着破洞牛仔裤。她的脸色苍白得可怕。

"眼下我就是不想独自一个人待着。请问,我能不能在这里停留一会儿,一个小时就好?我不会带来任何麻烦的。瑞莎,行吗?哈里,你同意吗?求求你们了。"

她的目光在两口子脸上看来看去。

"你身体不舒服?"瑞莎问道,"要去看医生吗?去医院?"

"不用,我就是害怕。迈克,跟我同居的那个人,他吸食了坏东西,天知道他会对我做出些什么举动。我不想被他看到我在家里。"

"他难道不会来这里找你?"这样自找麻烦让哈里感到非常担忧和惊恐。

"不会的,他永远也想不到我会来这里。"梅丽说。

"这个,这个……"他们很是怀疑。

"哦,哈里,放心,还有瑞莎,你们可以看着我的。我不会拿了你家的银器或者别的任何东西溜掉的。就只要在这里待上一两个小时,怎样都行。"

"我可拿不准主意。"哈里说道。

"哈里,你是个正直的好人。如果我被人往死里打,你会是什么感受？而你们本可以救我的，你们会怎么想？"

他们发觉自己在点头。

"但我们不能熬夜到很晚，因为明天就要去西部了，等车开到了克利夫登，我们会非常累的。"

"那我去拿包。"梅丽说完就三蹦两跳地跑回家，拿来了一个巨大的青绿色的袋子。

"我全部的东西都在这里，就这么多。"回来后，作为一种解释，她这样说道。

"可是……呃……梅丽，我们已经告诉你了，我们明天就要去克利夫登！"

"我跟你们一起去！"梅丽兴高采烈地叫道，"他永远也不会想到要去克利夫登找我的。这简直完美。"她对着凯利微笑，又对着哈里笑笑。

她在客厅沙发上睡下，个人物品散乱地铺满了地板。夜里，他们听到那个男人在隔壁大喊大叫，在找她。

"你认为我们该做点什么帮帮她吗？"躺在床上，哈里对瑞莎咕哝道。

"我们正在做好事啊，我们还要带她到这国家的另一边去呢。"瑞莎回应道，一边努力将那男人提高音量的吼叫声赶出她的脑袋。

第二天早晨，梅丽冲淋浴，把所有的热水都用完了，还用了他们准备好的回来就能用的漂亮的新浴巾，不过她倒是为夫妻俩做了早餐，她说既然只有两个鸡蛋，她只好做了一份奶酪煎蛋饼，然后把它切成了三块。

哈里和瑞莎大眼瞪小眼，都已经被吓呆了。他们几乎还不认识这个无厘头的野姑娘,她却已经破坏了他们的整个度假计划。一切都乱套了。本来,他们早就该上路了,到这时候应该已经开过了卢肯。但事实上,他们仍然还在家里,谋划着怎么才能把梅丽弄上车。

"他很可能正从窗户那里往外看着呢,所以我们最好别冒险。"梅丽警示道。

"你们不妨找一张小地毯盖在我身上,我可以爬,很慢很慢地爬进车后座。"

然而,她还有她那只青绿色的大袋子,他肯定能认出那袋子的。所以,哈里只好把一只黑色塑料袋套在了那袋子外面。

"等到了克利夫登,我们可以直接开去精神病院了。"瑞莎对着哈里小声耳语。

"要是我们真能到得了那里,就千恩万谢了。"哈里嘀咕着回应,"她会临时起意,半路上要干这干那的。"在半途去哪里看什么东西或什么人,那是哈里和瑞莎从未有过的经历。他们往常只是埋头赶路,一直开到目的地,无论那里是什么地方。不过,这一次看似不会那样了。

当他们终于离开了出发地以后,梅丽也从毯子下露出脸来了。这也差不多通常是他们放好一盘卡带,打算听一本有声书的时候。按计划,这一路开到克利夫登时,他们也正好在车里听完萨克雷《名利场》的有声书。那个录音版本是三个半小时的,但那是他们在没有梅丽的情况下做的估算。可她根本就不喜欢这种消遣,正相反,她喜欢的是沿途的风景和一路经过的那些地方。她一刻不停地、乐此不疲地说着那些房屋田产、路牌标志,那些围墙圈起的巨大的私有地块,说着那些工厂和沿路的交通情况,以至于哈里和瑞莎完全听不进贝姬·

夏普在浮华世界闯天下的故事了。他们最终被迫关掉了车载录音机。

"那样更好,"梅丽评价道,"现在我们可以愉快地聊天了。"

她用手机提前打电话给住在莫林加的朋友,说要他们准备好午餐为她接风,她还会带去两个伙伴,分别是哈里和瑞莎。

他们提出激烈抗议。这样的话,等他们开到克利夫登就会太迟了,况且他们随车就备有三明治。

但梅丽把他们的话当作耳旁风。在莫林加,擅自占用空屋居住的两个嬉皮青年已经用小扁豆和番茄做好了一道令人惊艳的大菜,还配上了很多的法式脆皮面包。他们跟哈里和瑞莎绝对自来熟,毫不见外地请他们带些蜂蜜给谢伊,因为住在阿斯隆的这位谢伊喉咙不舒服了。

"可我们不一定会在阿斯隆停留的。"可怜的哈里艰难地说道。

"正常来说,你们是不会,"嬉皮们表示同意,"但谢伊喉咙发炎了,你们这次就不妨停留一下,不可以吗?"

谢伊热情欢迎他们,弄了茶,烤了司康饼款待他们。他说,哈里和瑞莎简直就是凡间天使——能描述他们的就只能是这个用词了——把梅丽从那个怪物手中拯救出来。

"如果她没能遇上像你们这样两位凡间天使,那家伙会把她打得稀巴烂的,你们明白的。等你们回去,那混蛋也许已经把她的房子——连同你家的——都给捣烂了。"谢伊的语气挺欢乐的。

瑞莎和哈里相互看了看。他们那匆忙的瞥视向彼此提出了一个问题:他们该掉头回家吗?现在,这一刻就回去?没有时间了。梅丽又把电话打给了阿森瑞。于是,他们便跟谢伊挥手道别,回到了车上,继续开向西方。

结果就是，你看到了，有朋友在阿森瑞的一家啤酒馆里在等着他们。他们到达时，将有食物篮装好炸鸡块迎候他们，还有一伙玩音乐的人在那里，奉献精彩的现场演出。

"等我们到了克利夫登，预订的房间大概早被店主给别人了。"哈里说话的声音听起来像绝望的哀号。

"别胡说，哈里，我们可以给店里打电话的。"梅丽回道。

瑞莎翻出一张小纸片——那被叫作"旅程用紧急电话与联系方式"——找到了那家民宿的号码。

"梅丽，你可以给他们打电话吗？"瑞莎问道，"你好像更清楚我们的行程计划。"

梅丽倒不觉得这里有任何不对头的地方。

"你好哇，这里有一对夫妻叫瑞莎和哈里，要到你们那里入住……啊，对的，凯利先生和太太，那就没错。我就是想告诉你们，一路上我们不断有情况，耽搁了，就那回事，你们懂的。"

对方听上去确实能明白那是怎么回事，还满怀着同情理解。

"哎呀，什么时候到，根本说不准的，你们能不能留一把钥匙，写一张字条，放在大门外面？你看，我们甚至还没到戈尔韦呢，事实上，我们现在只是在去往阿森瑞的路上。谢谢你，对的，多谢你们能如此善解人意。回头见，见到你们的时候就见到了。哦，还有，我能睡在椅子上吗？店里别的什么地方也行，就一个晚上，然后我自己就能安顿下来了。"

看上去，这事也得到了同意。

"你问我是谁？我叫梅丽，我是凯利两口子的邻居，是他们很好的朋友，他们某种程度上是救了我。不，根本不是什么挑剔的人，绝对随和。你们担心的肯定是其他什么客人吧？他们不麻烦，真是很爽快的好人。我们要去阿森瑞看一个现场演出，到了戈尔韦，也许会跟人喝上一杯，只是见见朋友，维持联络。然后，在马姆克罗斯交叉路这里，我们也打算下车，看看山羊呀绵羊什么的，顺便闻闻大西洋的气息。夜里一两点之前，我们是到不了你们那里的。再怎么说，他们不是要在你们那住一整周吗？会有时间调整过来的。"

她从后座上往前靠过来，把头伸到两人中间。"你们看，现在万事大吉了。"她显然颇为得意。

瑞莎和哈里冲着彼此笑了笑。被说成"绝对随和、很爽快的好人"让他们莫名地感到开心，虽然那些词用在他们身上不伦不类。

梅丽真心地认为他们不算挑剔的那类人。

等他们到了克利夫登，也许凯利两口子就真的习惯了随遇而安，再也不会为小事而烦恼了吧。

讨还公道的女人们

温迪和丽塔当年上学时就是好朋友。她们曾计划过，有朝一日要一起合伙创业。也许是开一个私家侦探所，或者是一家餐馆，也或者是一处健身房。

但事情并不总是像你十五岁时所以为的那样，所以，后来的情形跟她们的设想并不一样。

温迪去了伦敦念大学，读的是艺术史专业。这一切是她梦寐以求的，而且还超出了她的期望。她一年级时拿到了新生奖，第二年又得了优秀奖牌。在学业中途，她认识了马克，一个英俊的、深肤色的、言辞激烈、富有煽动力的政治学讲师，然后便坠入爱河了，而那家伙也爱她。于是，从那时起，温迪对课业就没那么努力了，她需要为马克做的事情太多了，不仅是做饭洗衣、打扫卫生、打字以及所有那些日常事务，还要帮他安排校外的那些兼职讲座。

外出接活需要有完美的履历，她便耗费大把的时间帮马克做简历，而剩下用于她自己学习的时间就少之又少了。但那又有什么关系，马克爱她，对她所做的这一切，他是如此感恩。

但是，他也许并没那么死心塌地地爱她吧，显然爱得并不足以让他一如往日那般激情似火，特别是当温迪有了身孕之际。

温迪之前想过，那将会很简单。他们可以租住一间公寓来同居，她将继续照顾他的生活和宝宝——等宝宝到来了之后。如果可以办到，她会继续自己艺术史专业的学业，最终也能找到一份像样的工作，那样就可以实打实地挣钱贴补家用了。

事情远远没有那么简单。

马克还没准备好结婚成家，当然，温迪对此也早就心知肚明。一个学期哭哭啼啼地过去了，马克用一份新履历给自己找了份远在天边的工作。他说他很抱歉，但如果他俩要生孩子的话，那只能免谈。温迪必须完全靠自己去打理这一切。

大三这一年的考试，温迪不仅没拿到奖，而且压根儿没去考试。

他简直就是童年温迪的翻版，满脸的小雀斑，卷蓬蓬的红头发，所以，每次她看着儿子时，就会不得不想起深色皮肤的、英俊的马克。

她仍然跟丽塔保持着联系。事实上，通过电话、信件，或邮件跟丽塔谈心，经常要比跟周围的熟人交流还更为容易。

因为丽塔离得远，跟马克交往的事，温迪没能当面警示她，但身边的其他很多朋友都提醒她了。丽塔自己的工作也不是很顺利。从学校毕业后，这个黑色长发、棕色大眼睛的姑娘直接去了一家服装店上班。那是在离她家超过一百英里的一个城镇，店名叫作"弗朗西丝夫人"。丽塔认为这可以让她获得独立，能教会她如何靠自己的本事立足于人世间。实际上，这种处境带给了她无边的孤独感，还有寂寞无聊的漫漫长夜。因为她独身一人，有大把空闲，所以思考了很多业务上的事，为自己工作所在的这家服装店想出了一些非常棒的主意。

店面位于一处繁华的商业区，顾客当中有很多是体形庞大的中年女性，她们常常只能一无所获地走出店铺，因为售卖的货品根本没有适合她们的尺寸。丽塔向老板弗朗西丝夫人提过建议，如果店里能常备一些大尺码的衣服，那肯定可以多赚很多钱。

"可衣服一定要漂亮优雅才好。"弗朗西丝夫人哀叹道。她的身材始终完美，总是，也将永远只穿八码。

"我们可以进些漂亮的大尺码衣服。"丽塔言辞恳切。

新策略果然奏效了，效果惊人之好。店铺搬到了更好的高尚地段，电视台记者和报纸时尚专栏写手都来采访弗朗西丝夫人，但她没有提及丽塔的功劳和贡献。

丽塔依旧不遗余力，经常想出全新的经营方案。

经常有客人买了衣服要略作修改，但店里没配备这方面的专业人手。弗朗西丝夫人可不愿考虑多雇用员工，于是丽塔只好去上培训课。她学会了怎么改变拉链的位置，如何把腰带放长，怎样才能缝低衫脚褶边。

有了这门额外技能，丽塔也不能多拿到一点工资，尽管这类服务的收费也被老板娘算进了衣服的价格当中。

客人的数量又一次增多了。

丽塔再一次没有得到任何的感谢。

"你为什么还留在那里？"温迪在邮件里问。

"因为我喜欢来照顾生意的这些客人。我认识她们，因为这地方是我逐渐撑起来的，我舍不得把这个小天地转手交给她。"

"可你已经转交给她了呀，店是她的。"温迪指出。

"真是的，既然我们要这样说话，那你为什么不去法院打官司，跟马克追讨孩子的抚养费呀？"丽塔在回复中来了精神。

"我不想让他觉得他赢了。我要是吵嚷着跟他要钱，岂不是显得他处于优势地位？"温迪为自己辩解。

"可他就是赢了。他的事业蒸蒸日上，而你却停滞不前，因为你要免费给他养儿子。"

在那之后，她们打了电话。两人很少在电话里聊天的。通常，她们都只写电邮，那比打电话省钱很多。但这一次，她们看来有必要好好谈一谈。

"丽塔，为了你，我很想把弗朗西丝夫人杀掉。"温迪突兀地对她的朋友说道。

"为了你，我很想把马克杀掉。请你相信，我干得出来。"丽塔如此回应。

一阵沉默。

"我想，以前有过一部电影讲的就是这个。"温迪说。

丽塔想起来了。"那片子叫《火车怪客》。"

"故事的结局挺惨的，我记得。"温迪说。

"嗯，谋杀通常都如此。"丽塔说，"也许我们可以只是让他们受点伤。重伤。"

"我讨厌看到血。"温迪说。

她们决定见见面仔细讨论一下计划。不过，该把孩子交给谁照看呢？

"我们从前还做梦要当公司董事、商界大亨什么的呢，再看看现在。"丽塔边说边发出几声大笑。她同意来伦敦看温迪。孩子依旧留在他熟悉的环境中，至少可以少受一点打扰。

"我们还是能搞出一点名堂来的,你说不是吗?'讨还公道'这一类的事情。说是复仇天使,这种类比也差不多吧。这件事,这个'公道',竟然跟我们名字的首字母重合,WR①……温迪和丽塔,简直是天意啊!"

"我坐车过去,一路上我会仔细想想的,怎么伤到那两个忘恩负义的人,又不用见太多血。"丽塔打包票地说。

就仿佛又回到了学生年代,红发的温迪和黑发的丽塔的交谈是那么轻松。

丽塔向温迪表示羡慕,乔这小家伙活蹦乱跳的,很可爱,笑呵呵的,却根本不会大吵大闹。温迪则羡慕丽塔的手艺:她用零头布料给自己做出了一条那么漂亮雅致的裙子;她还会修补窗帘,两人聊着的当儿,她已经给沙发靠垫的套子缝上了装饰边。等到第二瓶红酒喝完,她们已经理出了复仇计划的头绪。人身伤害这一设想被否决了。如此一来,就不会有任何流血场面,但也能使她们得到极大的心理满足。

她们认定那需要一个月的时间,所以三十天之后,她们将再次碰面,来商议公道是如何讨还的。做一点前期准备是少不了的,所以两人要各给对方一份卷宗作为背景资料。极端可恶的马克和坏得冒烟的弗朗西丝夫人将得到惩罚,他们的人生不会再轻松逍遥了,不会了,既然讨还公道的计划已万事俱备。

---

① 英文中两人的姓名是 Wendy 和 Rita,缩写即为 WR:Wrong Righted(讨回公道)。

温迪没费多少周折就从大学办公室那边弄清了马克的日程动态。她所要做的一切，就是谎称自己计划组织一个研讨会，想知道马克是否有空赏光参会。他所在的系部正在主办一系列的政治讲座，邀请了几个非常著名的公众人物当嘉宾，因此，紧接着的这三周他都没法安排时间。但随后呢？也许……

温迪对那些系列讲座表示出巨大的兴趣。听众是什么人？只是政治专业的学生，还是一般民众？会不会有媒体到场采访？她得到了想要的全部信息，整理完毕后给了丽塔。

与此同时，在弗朗西丝夫人时装店，丽塔开始了她这方面的调研和行动。她故意在店里一个显眼的地方放了几本小册子，宣传的是伦敦举办的一个服装业批发展会。终于，弗朗西丝夫人受到了诱惑。她认为自己的店铺有理由参与进去。

"我能不能替你去，弗朗西丝夫人？你说我需要改进和提升，展会也许能让我得到一些提升吧？"丽塔清楚自己可以放心这样问，因为对方反正不会同意的。

"丽塔，那当然不行，不过，我想我还是应该抽三天时间去那里。毫无疑问，三天你可以应付的吧？"

"我独自一人干不了的，弗朗西丝夫人。想想看，我还要帮客人改衣服，那谁来看店？你一定要找个人过来替你的班。"

弗朗西丝夫人咬住了嘴唇。她不想弄个陌生人进来，那人恐怕会觉察到她对丽塔的亏欠是多么大，会看出这家店确实是丽塔打拼出来的。

恰如丽塔预料的那样，弗朗西丝夫人决定通过家庭内部途径来解决问题。她要请自己的妹妹，罗妮·兰杰，从都柏林过来帮三天的忙。罗妮会知道怎么把小姑娘丽塔限定在店员的角色定位上，不让她跟客人过于熟悉。

弗朗西丝夫人订好了伦敦的酒店。

"要先跟媒体预约吗？"丽塔天真地问道。

"我没考虑到这个。为什么要约？"

"在那里跟他们讲讲你成功的经验也没有坏处。"丽塔的目光显得很诚实，没有一丝诡诈，"你懂的，那样会给店铺带来很多的关注，扩大知名度。"

"这个我也许可以考虑。"弗朗西丝夫人刚说完就一屁股坐到了电脑旁，开始为自己写一个充满闪光点的商界精英故事，准备发给各路媒体。

稍后，丽塔在电脑上把这篇文字从头到尾看了一遍。她面带冷酷的微笑，复制了文件，再加上她自己的附注，还有服装交易展会的细节信息，一起发给了温迪。

新闻界对系列讲座的报道让马克感到挺高兴。他个人接受了重点采访，名声得到传播，这尤其令他满意。

他被描绘成一位青年才俊，充满感染力、激情四溢的演说者。这对他没有坏处。数年前，温迪也评价他是这样一种形象。

温迪。

那段关系发展成后来那样也挺遗憾的。但话又说回来了，她可不该指望他那么早就安稳下来过日子。他不时还会想念她。没有别的什么人能像温迪那样，为他抓住那么多露脸成名的机会，争取到媒体的关注，写出那般精彩的履历。不过，再看看这次的系列讲座，媒体竟然能报道出如此多的花样，简直就像有温迪在他身边帮着出谋划策似的。

营造出最大热点、引起最多关注的一项举动，就是马克把讲座对所有的年轻人都开放，而不仅只是在册的学生。他曾说过，如果要让年轻人对政治产生兴趣，那就绝不能将了解和接触政治议题的机会局限于享有大学教育这种优越境遇的少数人。

马克实际上并不确切地记得他说过这话，但他肯定说过吧，而且，无论如何，这已经在周日的电视实况转播中出现过了，所以他非常欣慰，想必自己一定说过那样的话。现在他要做的一切就是让自己看上去既要显得满怀深思，同时还要慷慨激昂，如疾风烈火。他打算去买件新的黑色皮夹克。

时装杂志的反馈让弗朗西丝夫人感到失望。有些杂志根本没回音，另外几家则说，因为这个展会只是面对业内买方商家的，所以他们的读者不会对此产生多大兴趣。不过，有个女人打来电话说弗朗西丝夫人发去的资料被转到了她手上，让她印象非常深刻，很想做一个独家专访。从一处小市镇起步的这家服装店，竟然能一路向前，成为业界翘楚，可以向其在伦敦的那些同行竞争者示范经营之道，这样一个故事体现出极大的个人成就。

弗朗西丝夫人不禁高兴地脸红了。这正是她想要的。她希望在伦敦接受这次访谈，远离丽塔，远离丽塔那浮躁的、急于求成的处事方式。但是，那女记者却打算来店里实地采访。

"也许，我去伦敦后，我们可以先在那里见面认识一下。"弗朗西丝夫人恳切地提议。

女记者说"没问题",然后推荐了一处非常雅致的酒吧作为碰头地点。那是一位漂亮的年轻女士,一头卷曲的红发,脸上有一些小雀斑,穿了件翡翠绿色的套装。弗朗西丝夫人知道这衣服所费不赀,她店里有这样一件货,至今还没有哪个客人肯花那么多钱入手。

对方看上去对弗朗西丝夫人时装店非常熟悉,也了解这一事实:店铺是由一位女士独自打理的。

"还有个缝纫女工帮忙。"当然了,弗朗西丝夫人觉得有必要解释一下。

"有个什么?"

"你懂的,就是一个帮手,改改衣服,这里那里地帮着做点零活,弄点咖啡什么的。"

她不愿具体谈论丽塔的角色和作用,但也不好谎称完全是自己单枪匹马开的店。

"那么,她对生意运营无足轻重喽?"

"哦,是的,这一类帮工一抓一大把,哪里都能找到的。"弗朗西丝夫人边说边发出铃铛般清脆的笑声。她觉得她看到女记者的脸色一瞬间变得冷硬了,但转念一想,那肯定是自己的幻觉。

周日上午,马克觉得自己穿上皮夹克新衣的样子相当不错。大学为他请来的那些嘉宾举办早午餐宴会,要让在场的任何哪位姑娘对他的注视报以回眸当然是易如反掌。有位小美女特别抢眼,又黑又亮的长发直直地垂在后背,穿着短裙配高靴,实在是天生尤物,但她又不仅只是个徒有其表的人。

这美人读过了他写过的每一本书、每一行字,她说她一直都关注着他的学术事业,仰慕已久,这次终于有机会与他相遇,她简直不敢相信这是真的。

"等到电视现场直播辩论时,我可不可以坐在台上靠近你的位置?"她恳请道。

"这个嘛,可以,但你必须得有所贡献,说上两句。"马克不愿让自己看起来像容易上钩的那种人。

"我能做到的……我想说,很多年来,年轻人都对政治无动于衷,而你是如何激发了他们对此的热情啊。你真应该组建自己的政治党派。"

"哎呀,过奖了。"马克回道。

"但也许你自己未必想那样做喽?可能你是个顾家的好男人,有孩子,有自己的孩子,所以不想把时间耗费在……"

他希望自己能想起她的名字。

"不,我没成家,没有什么牵挂。"他说。她脸上确实闪过了一丝气愤的影子。这肯定是他的错觉。

温迪把那件翡翠绿套装拿去小心细致地干洗了,然后送回到弗朗西丝夫人的店里。接着,她给一家全国发行的报纸打去电话,说可以给他们提供一个非常精彩的专题素材。她向他们保证,那一定会是报纸上喜闻乐见的题材,会是一个真正让人觉得暖心和励志的故事,那是一个关于失败者如何最后获得成功的故事。报社就是喜欢这一类的东西,他们表示对这个报料线索真的很感兴趣。

丽塔的朋友圈很广,其中还包括电视界业内人士。她告诉他们,她到时将会坐在台上明星学者马克的身边。

"你也要发言吗?"他们问道。

"如果有什么我必须做出反应的情况发生了,那我就会开口。"丽塔说着,一边调皮地露出一抹恶作剧般的微笑。

温迪问弗朗西丝夫人,能不能邀请她最好的一些顾客去店里,拍几张配文的照片。何不给她一个十人左右的名单,让温迪可以从中挑选?结果,她按照丽塔的提示选了几个人。

丽塔设计了一些问题,打印了很多份,总算赶在讲座和现场辩论开始之前把它们发出去了。这些问题全与"责任"相关。我们都必须为自己的行为承担责任,而一个政权或国家在集体意义上也必须为本国的举动负责——问题陈述的事实便是如此。她告诉大家,是主办方让她分发这些资料的,每个问题都略有差异,但主旨则是相同的。人们都若有所思地读着这些问卷,这些主题看来挺不错,这些问题都是用来在现场发问的。

温迪建议弗朗西丝夫人邀请那些女顾客在某个周日上午过来,弄点酥饼和咖啡招待她们。弗朗西丝夫人在心里盘算,既然是周日,那么令人头痛的丽塔就不会在店里烦人了,不会因为对生意太熟悉而喧宾夺主,于是,她回复说温迪的主意非常棒。关于这个安排,弗朗西丝夫人跟丽塔只字未提——过后再让她知道最好。

丽塔脑袋里盘算的是同一个周日的其他事情。她一定得确保,争论一旦展开,自己要处于在场所有人的视线范围之内。争论会开始的,甚至是争吵。

马克看上去显得越来越有信心了,也越来越傲慢了。他根本不知道,整个大厅将会热火朝天地辩论"个人责任"这个主题。

温迪与来自一家全国性大报社的摄影师准备就绪,从容淡定。盛装华服、发型考究的女士们小口吃着酥饼,展现各自的教养,还不忘擦干净嘴上食物的细微碎末,为拍照做好了准备。她们争先恐后地想说话,只要有机会,就想谈谈这家服装店,以及丽塔那个充满亲和魅力的姑娘,是她在照顾着她们。奇怪的是,丽塔今天居然不在这里。她可是整个服装店日常经营活动中绝对的中心呀。

电视直播开始了。马克没有被问到他预期中的任何一个问题,于是他看上去不免有点慌乱了。现场观众重点关注的是个人责任这一主题。尽管他可以举例出几个显然在这一方面有污点的出名的政治人物并加以抨击——他也确实这样做了——但他还是有一种很不舒服的感觉,因为其中有些问题似乎是直接冲着他个人来的。

不过,肯定是他太偏执了吧。关于温迪,还有她那么不负责任地怀上又执意生下来的孩子,这里的人,无论是谁,可是一点也不知道的。

弗朗西丝夫人气得要冒烟了。

所有的这些女人都受到了那个讨厌的记者和摄影师的鼓动,在那说个不停,但夸的全是丽塔,说她如何如何聪明,什么款型适合客人,她眼光准得很,还帮着改衣服,而且不会另外收费。

"你可没提过她一个字啊,怎么回事?"那个可怕的记者问道。弗朗西丝夫人怒火中烧,咆哮不止,而那摄影师趁机拍下了她很多的丑态。

那篇专访的标题将是这样:"寻找丽塔——不知自己胜利日已至的神秘女士"。

他们一遍又一遍地告诉弗朗西丝夫人,这故事将会非常出彩的。商店里的那位"灰姑娘"得到了所有顾客的爱戴。而眼下,她的老板却怎么也找不到她了,无论打了多少个电话也没用。

电视台摄制组的兴致越来越高了。一般情况下,他们都不会拍到这么热烈生动的观众反应。穿皮夹克的那个家伙几乎就快被大家吼着给轰下台了,因为他不愿坦白自己是否在生活中曾有过逃避个人责任的情况。

让这一切达到高潮的是,台上坐着的一位漂亮姑娘猛地跳起来,要他管住自己的咸猪手,别摸来摸去的。

"我没摸过你,"身穿黑夹克的马克叫嚷着抗议,"即使我摸了,那也只能怪你自己,头发倒是长,可裙子太短……"

如此真实的记录,如此令人咋舌的现场直播,让电视台的这班人马感到过瘾。他们知道节目会得到巨大反响和高度赞赏,甚至还能拿个什么奖。

温迪和丽塔犒赏自己去一家相当精致的餐馆庆功。她们将所有的情节都过了一遍,就仿佛那是一个电影脚本。她们笑了又笑,无数次地举杯相互祝贺。服务生是一位和善的老人。

"两位女士,你们看上去很开心啊,连外人看着也高兴。"他说道。

"我们合伙开公司的。"温迪这样解释。

"公司名叫 WR,表示讨还公道的意思。"丽塔补充了一句。

"听上去,好像应该会有很多这样的业务需求吧,谁都不愿受冤屈嘛。"老服务生说完,给她们各送了一小杯免费的波特红酒。因为她们的样子是如此愉快,而不是像很多其他顾客那样闷闷不乐。

偶然目击

　　住在栗树街的人中,并非每个人都有车。这也没什么不对头的。三十栋独立屋围成了这处半圆形的居住区,但车位只有十八个。当然了,有些人,比如说住在2号的凯文·沃尔什,他开着一辆挺大的出租车,所以占用了不少位置。但那真的没多大关系,因为,比如说住在11号的"提桶"·麦奎尔,到哪里都是骑单车出门,多年以来一直如此。

　　住在22号的美琪和菲利普,就更无所谓车位。他们的两个儿子,肖恩和布莱恩,都在纽约工作,每年7月都带着家人回来一趟,来探望家乡的老人们。尽管确切地说,美琪和菲利普根本还没那么老,二十岁的时候两人就结婚了,现在也才四十多岁,有两个长大成人的儿子,同时还是四个小美国人的爷爷奶奶。不过,当然了,用肖恩和布莱恩的目光来看,爸妈真的都已经挺老的了。

　　美琪会给孙子孙女们准备一顿7月4日的野餐,在家对面的栗树林荫下享用。这已经成了美国国庆日当天孩子们在此地的常规活动。

　　肖恩和布莱恩,以及两个美国儿媳,看来挺喜欢这为期一周的海外度假安排的,美琪心想。那么,他们应该也觉得这是一种享受吧。她事先会把儿孙们在家欢聚一堂的那一周的六个夜晚都详细地考虑在内。

她自己会从上班的那家商店休假,把这些时间都用来做饭,将制备好的一些饭菜速冻保鲜,从里到外地彻底打扫一遍屋子。如果有人偏要告诉她,儿子和他们的家人恐怕住酒店——住店的花费对两家而言也是小事一桩——会更舒服,那说了也是白搭。

这里是他们的家,也是他们回来后住的地方。儿孙们回来,菲利普也很高兴,但相对来说,没有美琪那么激动。

孩子在家期间,周五的晚上,他会请他们去啤酒馆,与在那喝酒消遣的他的几个同事老友见面聊聊。他乐得给人家看看他身高体健的儿子,再吹吹他们在美国混得多么好。他也愿意让肖恩和布莱恩看到,他还是有朋友的,在工厂里人缘也不错。

这一年,他们周五那天到酒吧的时间太早了,结果就看到父亲在一处卡座位置上坐着,脸跟对面的年轻女人贴得很近。那女人比他们的妈妈要年轻很多很多。她穿着红色短裙和招摇的露脐装,长长的鬈发披散着,小脸,但脸皮估计不薄。相比较之下,他们自己那年轻的妻子看上去大概要算中年了。

他们感到极度震惊。那可是他们的父亲啊!他居然在外面跟一个只有他一半年龄的女人勾搭,而可怜的妈妈还被蒙在鼓里。

他们义愤填膺,但一时找不出什么合适的言辞来指责父亲。他们藏在暗处观察。那女孩子在父亲面颊上亲了一下,迈着急促的碎步跑开了。跟父亲的那些老友喝酒时,他们情绪不稳,话语简短又生硬,但父亲看起来没注意到两兄弟有何异常。

那天晚上,妈妈说,她觉得儿子们看上去挺疲惫的样子。

"能陪老爸出去,你们真是太好了。他可喜欢跟他那些工友炫耀你们呢。"她语气热切,充满深情,"你们看到了,他这一辈子实在也没有多少别的盼头喽。"

他们看着她，纠结又苦恼，心里很不是滋味。假使告诉她说，如果他们没看错，父亲实际上还有足够多的盼头，还有足够多的东西去期待和回味，那样的话，也不会有任何好处的。

这次探亲期间，兄弟俩常常悄悄聚到一起，长时间地讨论这件事。他们真希望那次意外的目击事件根本没发生过。希望自己从未看到过父亲的那个小情妇。有了这个发现，父亲说过的每句话就有了新的可疑之处。

父亲说，趁着还有那份精力，他很乐意去旅行。肖恩和布莱恩听到时不由得交换了一下目光，眼神沮丧又郁闷。还用说吗，老头子是有那份精气神的。

妈妈说自己真是个老古董，她已经去过西班牙、意大利和美国了，那就够了。听到这里，他们感觉更不舒服了。如果她中了乐透，她只想在22号屋子后面建一个大大的、美丽的暖房——一间玻璃屋子，铺上漂亮的架空木头地板，边上配临窗的休闲座位——她仿佛都看到那暖房就在眼前。

父亲不屑地摇头，对妈妈的胡思乱想表示难以置信。布莱恩和肖恩的内心很崩溃。就在今年，哥俩还打算出钱安排一次全包价的美国度假行程孝敬给父母，让他们游览某座壮丽的国家公园，在亚利桑那州或者新墨西哥州好好玩玩。

但眼下，在他们目击酒馆的那一幕之后，这个旅行计划还有何意义？

如果老爸想出游，那肯定是跟"露脐装"小姐同行，而妈妈又说她根本没什么兴致去哪里游玩。

"我们干脆就把那笔钱给他们去建暖房?"布莱恩寻思道。

"可是,如果爸爸跟酒馆里的那个小浪货跑了,他们就只好把家里的房子卖掉,那会发生什么情况?"肖恩说道,"可怜的妈妈同时也会失去新建的暖房,那只会让她更加伤心。"

他们发现自己越来越难对父亲保持礼貌和尊重了。他那些关于家庭生活的言语,如今听来极为空洞。在饭桌上,他举杯庆祝自己有极贤惠的妻子和有出息的儿子,这也显得很做作。他所提出的那些关于未来的计划,听来都如此虚假,难以兑现。比如他对孙子说过有朝一日要教他们捕鱼,做出如此许诺,实在是可笑。只要找到了出路,他就不会再待在本地了。他和那"红短裙"小姐会远走高飞,无影无踪。教孙子捕鱼?这么老掉牙的把戏,他才不愿玩呢。

假期快结束之前,肖恩和布莱恩说起妈妈是多么辛劳,以此试探着去接近他们难以释怀的那个话题。

"哪怕我一天忙活二十四小时,也没法回报你爸爸。他对我有多好,你们知道吗?"妈妈这样回应,一边摇着头,似乎丈夫给了她过于巨大的恩宠,让她承受不起,"这样辛苦一些,我就能时不时犒劳一下我们俩,比如说请他去看电影,去中餐馆吃顿晚饭,或者给他买件质量好点的新衬衫。"

儿子们不禁愤懑盈怀,气不打一处来,但终究还是没法下决心捅出真相,说起他们见过的那个姑娘。

等到差不多要动身回美国之际,他们是该跟父亲摊牌,还是继续装聋作哑?肖恩想说点什么,但布莱恩认为那只会让事情变得更糟。设想一下,假如他们决定跟父亲谈谈,会怎样?可两人谁也不知道该如何开口。

最后这一晚,父亲在外面,他要到九点之后才能回家,他要在工厂加班。

"老爸的钱,他都是怎么处理的?"布莱恩问道。

"哦,我也不知道。他在存钱,有个什么计划吧。正因为这个,只要厂里有加班,他都会去。"妈妈脸上一片深情。盲目的爱让女人无原则地迁就男人,纵容他们的种种可鄙行径。

肖恩再也无法隐忍下去了:"妈,你知道人都是什么德行吧。他说不定在哪里喝酒作乐呢,跟小年轻厮混,还有小丫头。顺便说一声,酒吧里全是这种小妖精。"

"我认为你爸去的那个酒馆里没有很多小丫头,只有罗娜那个姑娘。你认识她吗?就是住路那头4号的利亚姆·肯尼的侄女。"

"我想我不认识她。"布莱恩语气冷淡。

"哎呀,如果你见过罗娜,就不会忘记的。她的裙子都短到要露出底裤了,头发五颜六色的,快赶上彩虹了。"

就是那个姑娘,没错的。

"她在老爸去的酒馆那里干什么?"

"她在那里工作。她爸爸,也就是利亚姆的兄弟,是酒馆老板。有时候忙了,罗娜这丫头就在店里帮帮手,但她的主要工作是做暖房销售。以前,我们考虑咱家或许也要弄间暖房时,我还跟她聊过这事。"妈妈叹了口气,然后又忙着准备晚餐了。父亲到家后会很累的,干了漫长的一整天的活,他肯定累坏了。

那天晚上,在小花园里,肖恩走到了父亲身旁。

"儿子,一周时间眨眼就过去了,真是的!"菲利普感叹道。

"我不打算在这聊闲天,爸。我想跟你谈谈罗娜·肯尼的事情。"

"她可从不到这边来的,她来过吗?她答应过她不会来的。"

"她是没来过,可是……"

"我告诉她明天你妈会去机场,她到时可以过来,我给她开门。"

"爸,你为什么要跟我说这个?"肖恩脸上满是悲哀。

父亲对妈妈不忠,这已经坏到家了,可他竟然还在自己儿子面前直言不讳,一副引以为豪的样子。真是古怪。

"你跟妈妈为什么彼此都不那么开心?"肖恩问道。

"我说不上来。"父亲在花园长椅上坐下,"以后我也不会搞明白的,儿子。可是,过去的事就该让它过去。你们俩本来永远都不该知道的,我们都说好了,那只是我们之间的私密,要忘掉的。你妈现在却告诉你们了,实在有点奇怪。"

"妈妈跟我们什么都没说过。"

"那你们是怎么知道的?"菲利普很迷惑。

"知道什么?"

"关于你妈和我的矛盾,就是……过去有过的那些问题。"

"不仅只是过去啊,我得指出这一点。"肖恩说。他从未见过有比父亲脸上更悲哀的表情了。

"唉,肖恩,你这孩子,我不相信你说的。那不可能是真的。她永远也不会再跟那个男人见面的,她永远不会再迷恋那人的。"

"什么?你在说什么?"肖恩完全糊涂了。

"她跟我发过誓,而且我们一直相处得很好啊。不,她不会再偷偷见他的,那不可能发生的。"

"妈妈在跟一个男人幽会?"在肖恩面前的世界倾斜了。

"但这是已经发生了的事,她移情别恋了。你看,因为我太木讷了。那人要她跟他私奔，可她放弃了，为的是维持这个家庭。"父亲的语气中流露出对母亲最终决断的赞赏，没有怨恨。没有伟大高尚的气节是不能做到这样的。

"爸，那都是什么时候的事？"

"很多年前了，你跟布莱恩那时还穿着儿童短裤的时候。我无法相信，她又跟他见面了。"

"你呢？你不是跟罗娜·肯尼也碰面吗？"

"我当然会跟她碰面，为的是安排暖房的事。她明天要过来仔细量尺寸。但现在你告诉我，你妈又跟那人私会了，那她就不会在乎新暖房了。"

"不是这样，爸爸。"肖恩非常温柔地说道，"我把事情完全搞错了。那天我们去酒馆，看到你跟罗娜在一边小声说话，然后我就以为，以为……我就把事情给想错了，你明白吗？"

"那样一个小姑娘会喜欢上我这样一个无趣的呆老头？"

"你不是那样的，爸爸。发生了这种误解，我很抱歉。"

"还有，这就是说，你妈没有跟那个人见面喽？"父亲声音里那如释重负的情绪，还有脸上的神态，让肖恩差点忍不住要潸然泪下。

他们听到屋里有人在喊他们回去。

22号整栋房子都灯火通明，一张可容纳十人用餐的餐桌在迎候大家。

他们下次再回来的时候，这里将会多出一间玻璃暖房。

肖恩搂着父亲的肩头走进门。他注意到布莱恩惊讶地看着他们。肖恩朝他微微摇摇头。

他看着自己的妈妈。因为弯腰俯身对着炉子，因为合家团聚而兴奋，妈妈面色泛红，一绺绺的头发贴在脸上。他的亲生母亲曾跟另一个男人有过关系，曾与那人秘密地幽会、热烈地通奸。

这太难想象了，也难以接受。

他觉得自己不会把这事告诉布莱恩的。他只会提起父亲在酒馆的那一幕，说他们根本就是被那次偶然的目击给误导了。

男人如鸟

那是一只孔雀。跟他初次见面的那一刻,她就知道了这一点。他当时盯着看的不是木框里玻璃后面的画作,而是在玻璃中映照出的他自己的影像。他心情愉悦,轻轻地触碰着他昂贵的短外套的翻领。她确切无疑地知道是什么让自己投身其中。

"我是艾拉。"她简洁地说道,"这件真是最漂亮的夹克外套。是羊毛的?"

他看似对此感到挺高兴,但并不惊讶。关于那短外套,他简短地说了几句,带着一阵并不矫揉造作的热情。那是他三周前在意大利买的。但是,他的风度涵养不允许他就此长篇大论。

"我叫哈里。"他说,"说真的,我们该谈论的应当是你的衣服,对吧?"

"今晚就免了吧,"艾拉回道,"我是直接从办公室到这里来的。"

他的微笑简直可以点燃画廊壁炉隔栅后面的取暖炉火。不过,那柴火只是纯粹用于装饰。

"那你的办公室一定非常漂亮雅致。"哈里说。艾拉立刻就找不着东南西北了。

为爱昏了头之后,她一直都提醒自己,那可是明知故犯的一个举动,她对此也一直很清楚。她是睁大了双眼,主动步入了那种处境。

而成年之后的大部分时间，她可都是用来拯救朋友，帮她们摆脱这同一种处境的。她爱上了一个男人，而这人会一次又一次地令她伤心的。她将失去朋友们的同情和耐心，最终也会失去她们的陪伴。艾拉向来以自控力强和看待事物冷静又现实在朋友当中出名，这次却前功尽弃，不可救药地迷上了一只羽毛绚丽的孔雀！一众好友当中，即便是最愚蠢的人，也不认为她有半次机会能成功。

但艾拉不以为意。她知道可能性是不大，不过随即就把这扔到了脑后。那些拿下男人的所谓的"锦囊妙计"，她妈妈那个年代的女性杂志才会兜售的老一套，她全都一一照办。要做个倾听者，顺着对方的话题，让他讲自己的事；发现他的个人兴趣所在，假装自己的爱好也一样。她没有暗示要去见他住在栗树街的家人，也没有逼着他去见自己的家人。

实际上，这一切进行得太顺利，以至于艾拉都开始疑惑，谁说那些关于怎么去取悦男人的老掉牙的策略远不如新潮现代的建议管用？如今的时髦观念都在鼓吹，说从一开始起就应当表现出你的自我，就应当把双方放在完全平等的位置上。不管到底哪种说法更有道理，她反正很快就成了常伴于哈里身边的人，每次公众活动的场合，她都挂在他的胳膊上，而夜晚渐去、晨光到来之际，则是在他的床上。

当然了，这并非是轻松的差事。但话说回来，艾拉也提醒过自己，要想把一只孔雀留在身边，不付出很多的努力是不行的。吸引一只麻雀对谁来说都不是难事，她心想。看着某些朋友们带出来的男人，她觉得真没多大乐趣，其中有些男人简直像老乌鸦，只有艾拉得手的是一只孔雀，是光彩熠熠、让人赏心悦目的哈里，让每个人都不禁要转头多瞧上两眼。而他去看其他女人，对她们微笑时，艾拉也并不会吃醋。她们以为他是在跟她们微笑，但他心里想着的只是微笑这个动作本身而已。他知道这会让人们感到快慰。所以，他投其所好，经常这样做。有时候，他睡着了也会微笑。艾拉坐在一旁痴傻地看着他。他的面部肌肉向两侧拉伸舒展，嘴角上扬，牙齿半露，形成一个微笑的表情，显得愉悦又温暖。

她常常半夜还不睡，因为要迎合哈里的社交圈，去熟悉那些经典歌剧的情节。比如，《茶花女》讲述了阿尔弗雷德和薇奥丽塔的一系列误解；《弄臣》中的主人公是一个宫廷小丑；《诺玛》中的同名女主人公是德鲁伊族群的掌门女祭司，却跟罗马帝国派驻的行政官有了地下情，上演了一出罗密欧与朱丽叶式的悲剧。

艾拉在一家出版社工作。她向哈里全盘托出，据实以告：那里都是些非常沉闷的人，作者们无趣得可怕，日常事务极为烦琐，根本不值得占用她的时间。而哈里的工作毕竟是大为不同的，他做的是酒类进口工作，那份事业就要有趣得多。经艾拉一感叹，那听来就像一个奇幻世界。酒水这个行当牵涉到大量的学习和研究，甚至比歌剧还花工夫。葡萄的品种、原产地与酒庄区域，这个葡萄园、那个出口商，这座仓库或酒窖、那个家族酿造企业……哈里对她所表现出的兴趣觉得颇为受用。她的看法没错，那是一门趣味无穷、令人陶醉的生意。他以前结交过的那些女友们可从来不曾对这个有过如此详尽的了解。

他把她介绍给同事认识。她对这个行业的欣赏是如此明显，那不会有任何害处，只会给他带来良好的声誉。

商行的老板和妻子尖酸刻薄，对事物感到厌烦，他们看到了眼前的一切，也做了他们可做的一切。

"跟其他人比起来，你搞定他的机会要大得多。"晚餐后，老板的妻子在盥洗室补妆,她一边狠狠地往鼻子上扑粉,一边跟艾拉说话。

"哦,老天在上,那是不可能的事。"艾拉表示不同意,一边轻声地笑着。

"要拿下美男子,只能耐心排队等时机。"这个中年女人说道。

艾拉为她感到遗憾。抽奖选鸟儿的这个游戏,她运气实在不佳,到手的是一只坏脾气、秃头而且羽毛蓬乱灰暗的老鹰,而不是一只五彩缤纷、毛色光泽亮丽的孔雀。

她回到餐桌边。哈里坐在那里,手托着下巴。就连一个完完全全的陌生人也不禁要因为看到他而停止谈话,然后怀着爱慕之情看着他。灯光落在他美丽的头发上,闪闪发亮。一想到自己俘获了这么一表人才的大帅哥,艾拉心花怒放,几乎要飘起来了。

想想这个也让她感到高兴——跟之前的任何一个姑娘相比,她"搞定他的机会要大得多"。说真的,他确实有不少前任。有时候,她们经过城中,还稍作停留。

"以前的一位老朋友要我去一个酒吧喝两杯。"他时不时会这样说。

"哦,那是肯定的,你一定得去见见人家!"艾拉的口气反倒像是怕他不去赴约。这也可以让她有点独处的时间,去了解一下新近上演的某个歌剧。比如《费德里奥》。这个剧目是贝多芬的作品,主角是莉奥诺拉,她假扮成费德里奥去救被关入冤狱的丈夫。这又是个三小时的长剧,有反串变装,有重重误会。

她或者可以用这空闲来做家务。实际上,她还没真正搬进他的公寓,但跟搬进来也没多大差别了。见到她打扫卫生,哈里于心有愧,可他又不愿付费请钟点工来做。他不在家时,她就偷偷地、如火烧眉毛般地快速搞好卫生。艾拉想让哈里有那种错觉,就是她在房子里转悠了两圈,然后,早餐配食的新鲜桃子、浴室里干净的大毛巾,还有装在大花瓶的清水中五颜六色的插花,在某种程度上就自动出现了,就像变魔术那般轻松。

反正,因为孔雀们对身处的世界整体上是不会耗费那么多脑筋去冥思苦想的,所以,关于家里的神奇变化,哈里实际上也正是这么个看法。他伸出胳膊抱住艾拉的肩膀,说,有她在,一切就好得多了。

每周一的上午,她把他的七件衬衫带到办公室附近一个非常好的洗衣店。她如此安慰他,亲爱的,不要紧,老实说,我自己的东西反正也是要拿去洗的。他从未留意到,艾拉所穿的衣服都是悬挂晾干的那一类。他的衣柜里总是放满了整齐光洁的衬衫。他觉得那是一种意外的奇迹,每次挑选衬衫时都感到别有乐趣,拿不同款式的领带在衬衫前比来比去。

"这里以前可是很乱的。"他说道,一边困惑地皱了皱眉,对眼前这神奇的一切摇头表示不解。艾拉也跟着一起摇头,仿佛没法相信这里以前不是如此井井有条。

上班期间提到哈里时,她从未有过任何的牢骚,也从未向别人诉苦或寻求过建议,于是,朋友们私下里为她担忧起来,而不是当着她的面。

直到那一天她推辞说不去参加销售大会,这份担忧才被公开。艾拉因为个人原因不参会,但是,不管个人的或普天下适用的,没有原因可以允许你缺席书商推广展会。艾拉的朋友们悄悄把她拉到一边劝导。

"你倒是说说看,他在干什么?他到底是接下了多大的生意、多艰巨的使命,一定要你拉着他的手共同面对风雨?"克莱尔是艾拉多年的好友兼同事,足以用这种口吻跟她说话,但也只能是说说罢了。

"你这样说,就是错得不能再错了。哈里没有不要我去展会,他甚至都不知道这事。"

她们看看彼此,都被吓了一跳。跟一个做出版业的女人恋爱,却根本不知道推广展会,这算哪门子关系?

"艾拉,你会被打进冷宫的。楼上的老小子们可绝不会容忍这个的。不管你对他们撒什么谎也没用。"

"我没打算跟他们撒谎,我只想说那时间对我来说不合适。"

"你准是脑袋进水了吧,不仅如此,你还把姐妹们给全都拖下水了。他们会说风凉话的,说女人不可理喻,说你有经前期综合征,要么就是精神错乱了,或者怀孕了。啊,老天,你没怀孕吧,有没有?"克莱尔吓呆了。

"没有,当然不会。"与她给大家带来的天大危机相比,艾拉说话的声音简直太冷静、太平常了。

克莱尔颇有气度地、庄严地摆摆手,把其他人都打发走。"我们来喝杯小酒,我们的'救命'龙舌兰,怎样?"她提议道。"救命"龙舌兰是开心逗趣的说法而已。那瓶酒被悄悄地藏在办公桌抽屉深处,就是为眼下这样的场合而准备的。

"别喝了吧,老实说,时间太早了,我现在喝不下去。"艾拉抗辩道。

"那你就是怀孕了。"克莱尔说。艾拉带着一种深厚的,但同时又几乎是疏远的感情看着自己的这位好友。克莱尔嫁给了一只猫头鹰,一只博学强记的老猫头鹰,目光总是从眼镜片上面跑出来,用宠溺的眼神看着克莱尔。哪怕再过五千年,她也无法明白,要留住哈里那样的一只孔雀得付出什么样的代价。

"我不能告诉你。从我嘴里套出话来,你会太得意的。"艾拉说道。

克莱尔看似松了口气。最起码,艾拉脸上又出现了一丝微笑的痕迹。她们已经好久没看到这个了,之前看到的只有一副满怀心事、凝神沉思的神情。

"是他的父母。他们会一起过来看《费德里奥》这个歌剧。他给我们全都订了票。"

"艾拉,《费德里奥》还会再演的。那不是什么实验性的新剧目,不会无声无息就没了的。"

"当然不会,可这次你看……"

"哪怕是他爹妈,也可以再来的。他们又不是哈雷彗星,七十四年才来一回的。你不能不去推广展会啊。你的那些作者怎么办?你不能扔下人家不管的。"

"别的什么人也一样可以去宣传那些新书。你饶了我吧,我们在这耗费时间,只是在打嘴仗,想告诉彼此,不要认为什么什么事情少了我们就不行……"

克莱尔恨铁不成钢地看着她。知道别人可以替代你去是一回事,甩胳膊走人,把你的作者撂在一边,那又是另一回事。人家可是眼巴巴地期望你参加推广展会,去向采购代表介绍他们的新书,之后他们还要去书店推销那些书。除此之外,更别提楼上的那帮老小子们会说什么怪话了。

"我受不了楼上那些家伙了。"艾拉回道。克莱尔管不得这些了,自顾自打开那瓶"救命"龙舌兰,倒在咖啡杯里喝了一大半。

回到自己的办公室,艾拉面对的是凯茜那无声的责难。凯茜是她的助理。

"我希望你能改变主意。"最终,凯茜开口了。

"不,你不用这样的。"艾拉神色愉快,一副兴致勃勃的模样,"这是你会有大突破的好时机。就像一个候补演员,巴不得担任女主角的那老妖婆不行了,然后,一下子就有一颗新星这样诞生了。"

"这是八竿子打不着的事。"凯茜显然生气了,"首先,不管你眼下的表现是多么古怪,你都不是什么老妖婆。如果我没记错的话,你只比我大三岁;再者,无论怎么说,这也不是什么新星上位的把戏,而是要把你的活儿都接过来,同时还要做我自己的那一份。"

"你完全有能力兼顾的。"艾拉给她鼓劲。

"艾拉,这可不公平,哪怕你有什么天大的理由请假。你说说,我该怎么对付那个从澳大利亚来的疯子?"

"哦,上帝啊,"艾拉如梦初醒,"我都忘了那个'牧场菜鸟'啦。"

"他倒是没忘记你。"凯茜仿佛赢了一局似的,"他预约了五点钟跟你见面。"

"今天晚上不行!今天晚上我没空见他。"

凯茜忍不下去了:"我认为你该公道点儿,要对得起所有的人。你干脆提交辞呈,坐到家里去准备你的嫁妆吧,让我们其余这些人去出书吧。"

艾拉很小的时候,父亲总是跟她说,能够从别人的视角去观察问题，是一种伟大的美德。她曾经也能那么做的。实际上，那也是她重要的长处之一。她能够设身处地地为他人着想，一个作家，或者是书店店主、编辑同行，或者是办公室初级职员，面对同样的问题，会是什么样的感受。也许是她最近心事太重了，忽略了这一点。当然，她还是能从他人的视角来看事情的，不过，那仅仅只是哈里的视角罢了。她一直试图预先猜透他的心思，在问题发生之前就解决掉，在烦恼惹她的宝贝帅哥皱眉之前，就事先阻止它们，自然也就把他那前额抹平了。她现在直视着凯茜的双眼。

"你说得很对，绝对正确。"她说道。自认识哈里以来第一次，她拿起了电话，告诉他她这天没时间去跟他碰头。

哈里大为震惊。"那你是有谁要非见不可？"他难以置信地问道。

"一个澳大利亚人，是一位作者。你看，我不去参加推广展会了，所以我必须要见见这个人，谈谈他的书，还有我们为宣传这本书制订了哪些计划。"

"可他只是个作者呀。"哈里说，"我的意思是说，你是他的编辑，你对他的作品表示出哪怕一丁点的兴趣，他就该感激不尽了！"

"他是感激我，没错。"艾拉的声音很坚定。

哈里听上去愤愤不平、大受委屈的样子："早知道这样，我就另作安排啦。现在，我自己只能瞎晃悠了。"

"那你就过来吧，跟我们一起坐坐。反正，你跟我之前约了六点之后才碰头的。来我办公室边上的那个酒吧，那里也是我和澳大利亚人见面的地方，就在办公楼后面。"

他嘟囔着抱怨了几声，但随后表示他会去那里。

艾拉给"牧场菜鸟"写的那本书做过些批注和编辑。那是一本挺滑稽搞怪的小说处女作，跟同类的其他任何作品都大为不同。古怪、奇特，完全不属于那种主流货色。不能去展会说明此书应如何解读，演示此书该如何营销，她确实感到遗憾。但她已经拿定了主意。她花了这么多时间去驯化这只漂亮的、扬扬得意的孔雀，让他去适应居家的生活方式，去习惯并喜欢上她在他生活中持续存在的状态，现在要半途而废，将这一切弃之不顾是没道理的。以后还会有别的"牧场菜鸟"，有别的滑稽搞怪的小说处女作，推广展会更是每半年就有一次，可稳稳擒获哈里这个美男子，像这样的运气却未必还会再有。

她还一直没见过那个被她称作"牧场菜鸟"的人。他的文稿字迹非常整洁。于是她想象那是个小个子，那种有点吹毛求疵、过于挑剔的人，也许不妨把他比喻成是一只企鹅。但在电话中，他向她确认过，自己根本不是那类井井有条的人，而是邋遢得不可救药的类型，只不过碰巧喜爱文字处理器罢了。他说，那东西把他的思维整理得有条有理。眼下，他的愿望是能找到另一个机器，好把他的屋子也收拾整洁。

"那娶个老婆如何？"她这样问过他。

"哎呀，我有一个这样的。"他回应道。

或者他可能说的是他曾经有过一个老婆之类的，艾拉记不清楚了。不过，那都无所谓了。现在有所谓的是，她要跟他解释说，即使她不去参加展会，凯茜也能搞定一切，保证那书在跟所有其他书一起流向市场，开始未知的命运旅程之前，会先得到业内的欣赏。

她在酒吧环顾四望。没有谁看上去哪怕有半点像企鹅。

一个长头发、不修边幅的大个子站在吧台边呷着干白，身上穿着一件松垮下垂的长外套。

"我在等一个中年婆娘,名叫艾拉。"他向酒保询问。

"中年婆娘来报到了。"她发出一声笑,招呼道。

"上帝做证,你跟我想的样子可不同!"

"你也是。"她打算大刀阔斧,简洁高效,在哈里到来之前,尽量多解决掉一些问题,或许甚至可以全部搞定。这人看上去还是通情达理,挺明智的,跟企鹅的个性特征显然不同,差别之大大概达到了她所能想象的极致。两人一起坐了下来。

"我要不要点一整瓶红酒?"他问道,"跟出版人在一起,我会胆怯紧张。我不想自作主张或擅自推断。"

"你在出版人面前不紧张吧?你说人家是'老婆娘'。"

"啊,我随口说的,而且我说错了。一瓶会太多吗?"

"不会,但我是编辑,所以我来买单吧。况且,我等会儿还有个朋友过来。"

"那你为第二瓶买单就好了。"他的笑声很有特点,短促、突然、出人意料,但是极有感染力。她发觉自己也跟着笑了。

两人简单地聊了聊那本书。他说,这一切就像一个梦,他从遥远的澳洲内陆开始,一路来到伦敦,来到这个非常时髦的酒吧,然后发现,他原先预想中的"老婆娘"像个友好和善的殖民者,在这里轻拍他这个土著的脑袋,而这位个子小巧的"老婆娘"实际上是一只极为迷人的鸟儿。

"你就像有那种蓝色和橙色调羽毛的吸蜜鹦鹉。"他说道。

"吸蜜鹦鹉?"

"你从没见过彩虹吸蜜鹦鹉?"这种鸟似乎在此地属于稀有品种,他思索了片刻,然后向艾拉解释这些鸟的区别:有锦毛玫瑰鹦鹉,翠毛无花果鹦鹉，以及吵人的八色鸫。

"拜托，你是在瞎编吧！"她表示闻所未闻。

不知怎的，直到哈里到来时，他们也没能把话题转回到那本书上。

哈里身穿一件柔软的毛衣，毛衣的颜色跟他的眼睛一模一样。确实是一模一样的。他花了大把时间挑挑拣拣，还把它拿到店铺外面，看看日光底下毛衣有何变化。

哈里说，这酒吧在收藏家那里应该挺抢手的。他无法想象他们是怎么找到这么破旧脏乱的地方的。

"我认为这酒吧还挺时髦的。"格雷格说道。艾拉已经记住了他的名字，不再当他是"牧场菜鸟"了。

"哦，好吧。"哈里回应。这话完全无所指。意思可以是，既然你见识就这么多，那这就是个时髦酒吧好了；或者也可能是说，既然是你一路风尘仆仆从澳洲过来的，那里大概看上去勉强也算个时髦地方啰；这话还可能是说："哦，好吧，都无所谓，我们三个在这里喝上几杯才是最重要的。"

艾拉意识到，哈里几乎从不为他自己做什么解释。漂亮的人儿不必去解释自己或者说故事来求关注。孔雀就不必自我解释或说故事。孔雀什么都不必做，除了当一只孔雀，其他所有的人都会围着它忙活的。

她脑中冒出了一个念头，知道格雷格让她想起了什么鸟：鸸鹋，一只好斗的大鸸鹋……

"告诉我，鸸鹋是什么样子？"她说道。他告诉她，那是些大家伙，跟鸵鸟差不离，飞不起来，羽毛蓬乱，看上去总觉得该被赶着去自动洗车站冲洗一下。或者说,这种鸟儿本身就是洗车站,真的,它们傻傻的,对什么都很感兴趣。他说,你只要停在那里,从车窗向外挥动一条手帕之类的东西,然后一大群这种傻鸟就会从矮灌木丛那边漫步而来,你推我搡地看车子里的情况。

艾拉觉得那场面既讨喜又滑稽。她把头往后一仰,大笑起来。格雷格和哈里坐在她对面,爱慕地看着她。但艾拉随即意识到,哈里的目光其实是落在了她的身后,那里挂着一面古旧的镜子,他可以清楚地看到自己。

"给我介绍一下那个推广展会吧。"格雷格请求道。

艾拉直视他的眼睛。

"展会在下周,"她说,"我会去那里为你站台的。"

神奇女士

如果要为一个慈善活动扮演算命人的角色，你也得提前做些功课，就跟在其他任何场合算命一样。

住在 26 号的梅丽在栗树街上很有人缘，这可有点出乎意料，因为她是个实实在在的老一代嬉皮女郎，穿着印花长裙，留着及腰的长发，戴琥珀珠的长链子，十足的波西米亚风。

她脸上甚至还常挂着亲切的微笑，这就意味着，即使是住在她隔壁的总是满腹牢骚、难以相处的奥布莱恩先生也会喜欢她。对街坊邻里，无论男女，她都一团和气，这就意味着，住在 4 号的虔敬信徒——肯尼两口子——也对她表示认同。否则的话，通常来说，那两人对嬉皮文化可不会一言不发的。

自从认识梅丽之后，她的邻居——呆板无趣的瑞莎与哈里夫妇——已经变得没那么沉闷了。不管谁出远门，总可以委托梅丽帮着喂一下猫或者狗，大家甚至还知道她曾照顾过谁家的两只金丝雀——由于怕主人担心屋内光线太暗，梅丽就不时提着笼子带那两个小东西出门溜达。

梅丽也曾帮住在 11 号的擦窗工"提桶"·麦奎尔扶过梯子。当时风很大，如果再来一阵强风的话，他几乎就要摔下来了。梅丽还定期去 3 号为失明的马克小姐读书。对于亚瑟王朝的所有那些宫廷传奇，马克小姐都喜欢得不行，这倒也挺让人高兴的。

于是，当街坊们决定举办游园会时——地点就在栗树街呈马蹄铁形状所环绕的那片草地的中心——大伙儿便想到请梅丽来做那个算命人。他们知道她会答应的，因为活动是为了资助一个科索沃孤儿院，而她又是如此热心和善良，并且，她看上去也会挺像那么一回事的：头上裹条围巾，围巾上再挂些小铜钱，扮个吉卜赛算命女再好不过了。梅丽将给邻居们占卜未来，说出每个人都有什么好运在前方等着他们，而钱款就能筹集起来，给那些希望渺茫、前途未卜的孩子。

但是，大家都忘了还有个格拉斯顿伯里音乐节。

英格兰的这个音乐节是梅丽每年必去的。她向邻居们表示深深的歉意。她会为那些科索沃儿童捐一些钱，但无法贡献她的时间。

她一年生活的乐趣就集中在那个音乐节上。

"梅丽，你想想能不能找到另外一个人呢？"住在14号的南·雷恩恳求道，"你看，我们不认识其他像你一样的艺术家了。"

被人说成是艺术家，梅丽还挺高兴的。她倒是真的认识一个看手相的姑娘，可那位朋友对这类事儿还挺当真的，她觉得纯粹出于娱乐来算命有辱身份。

这事并不会像人们所设想的那么容易。

在格拉斯顿伯里的那一周，梅丽还要把她的房子短期出租。她要考虑的事情可多了去了。

然后，她接到了电话，是阿格尼丝打来的！

阿格尼丝住在新墨西哥州的一个嬉皮群落公社里。一切都搞砸了——阿格尼丝尝试过的每件事都严重偏离她的设想，公社生活也不例外。这样说她也许太苛刻了，但她总是恰巧身处倒霉遭遇的核心，所以这么说也是同一回事。

这一回,她要找的是一张床,一个可以让她睡觉的地方,她要住上两到三周,直到她脑袋恢复过来,把问题想清楚。阿格尼丝说,她手上没有什么真金白银或任何值钱的东西,因为住公社的开销实际上比那些人所宣扬的、让你信以为真的低廉花费要高出太多太多了。不过,当然了,住进来之后,她什么事都愿意去做,给花园除草、做面包、看孩子、照料狗,任何事都可以。

"你能帮忙算命吗?"梅丽问她。阿格尼丝说她愿意试一试。

阿格尼丝在离游园会还有一周时到了那里。

她高高兴兴地住进了26号。

"这是砖墙唉。"她边说边感性地触摸着墙壁,"灰浆加光砖,梅丽,这样的砖墙效果可真棒啊。你可不能低估了它们。"

"那句'财产就是盗窃'难不成出了什么问题?"梅丽揶揄道。

阿格尼丝心想,作为一句口号,这话无疑是被误解了。她说自己挺喜欢栗树街的,还问这里街坊邻里怎样。

她不想出门去见那些邻居。她什么也不想做。她脸上的那块瘀青可不好解释。她要等上几天,直到她看起来更体面,才能去见人。

梅丽犹豫了一会儿,然后才对阿格尼丝讲起那些死板守旧、恪守中庸的居民,这些人就住在围成马蹄铁半圆的那三十栋房子里。

这跟阿格尼丝和梅丽践行过的"另类生活方式"截然不同。不用说,阿格尼丝对这一庸碌安然的街区肯定是嗤之以鼻的。

但是,不,看起来,她对这里还挺感兴趣的。关于左邻右舍的生活,她问了很多问题。

梅丽于是就继续八卦,说起住在14号的雷恩太太如何爱上了给隔壁房子翻新的装修工,两人又是如何喜结良缘的;还有凯文多年来是如何细心照顾他病弱的妻子菲莉丝的;还有住在5号的发型师莉莉安,她一直照料着父母双亲,嫁给了一个节俭到抠门的男人;还有利亚姆和布里吉德·肯尼夫妇俩,他们家里都是庄严神圣的宗教画和雕塑,任何可以利用的地方都没空着;还有住在22号的美琪和菲利普两口子,他们特别喜爱自家的新暖房,每天都去朝拜一番,就仿佛那是一处圣坛;还有18号的多莉,那女孩子性格很好,不过她妈妈可非比寻常。

阿格尼丝不时点头对这些形形色色的人物表示理解。梅丽认定,这位老友已经容易相处多了,变得更冷静了,当然,也明显没那么狂热,没那么疯疯癫癫了。

她说她可以做个小扁豆汤什么的,完全不在话下,面包也可以自己做,所以梅丽不需要为她留下任何吃的。不过,如果能有一本讲星座或生辰八字的书,那就完美了。

现在,梅丽可以安心地动身去格拉斯顿伯里了。房子有人照料,这让她心满意足。她也不用再去找游园会的算命人了。阿格尼丝将自称为神奇女士,在当天下午三点盛装登场。

"你不会吓着他们吧,会吗?"在离开之前,梅丽说道。

"你走吧,梅丽。"阿格尼丝求告道。她至少已经明白了这一点:天秤座的人,总是想求得平衡,冷静理智。

格拉斯顿伯里一如往年般精彩,有着如此过瘾的音乐和如此出众的乐迷。

有那么一两回,梅丽不禁感到疑惑,就这个音乐节而言,她是不是可能太老了?

是不是因为所有其他人多多少少看上去要更年轻一些？但或许只是因为这年的雨下得大了一点，场地更泥泞了一点，买快餐的队伍或者卫生间旁——里面的人动作可真慢——的队伍更长了一点？

有那么一两次，梅丽半是情愿半是不甘地希望自己留在了古板陈腐的栗树街，参加了游园会，那样或许反倒更好。

然后，她开始担心起阿格尼丝来。

她会不会已经做了什么冲动的傻事，就像从前那样？

似乎过了一段漫长的时间，梅丽才回到家。她终于可以看到事情进行得如何了。

她注意到自家的房子还是在 26 号那块地皮上。一切看似安然无恙。

梅丽开门进去。屋里有香喷喷的咖喱味。桌上有一张字条。

> 欢迎回家，梅丽。晚餐包在我身上。住在 28 号的那位大好人奥布莱恩先生，给了我满满一篮子的蔬菜。他可真贴心。多莉稍后将会来家里。我要教她烤面包。现在，我在路对面给马克小姐读魔幻故事、通灵小说什么的，七点钟回来。另外，顺便说一声，我之前做了个决定，告诉大家说你我并不认识——这看来好像是更聪明的做法。
>
> 友爱万岁，阿格尼丝

梅丽感到心往下一沉。

不让大伙儿知道她是阿格尼丝的朋友反倒是更聪明的选择，这有什么道理？

她说奥布莱恩先生贴心，那是什么意思？那老头根本是个噩梦。

多莉要来学烤面包？在这座房子里？

阿格尼丝是完全疯掉了吧？

她必须保持冷静，来搞清楚到底是怎么个情况。

她切不可乱了方寸，不能大发雷霆。

无论阿格尼丝可能出现多么疯癫、多么混乱的状态，梅丽都得保持冷静。

阿格尼丝回来了，手里拿着酥饼："马克小姐坚持让你也尝一尝。你看，她认为我跟你素不相识，所以要让我讨好你一下，留个好印象。"

"既然我们素不相识，但你却住在我房子里，那她觉得你在这里干什么？"梅丽说出的每一个字都像短促的开枪点射一般干脆。

"她以为我是通过广告租你的房的。每个人差不多都是这样想的。"

"他们为什么会这样想？"梅丽尽力保持着冷静，但她的声音听上去就像是从机器人嘴里发出的一样。

"这个，因为'神奇女士'这个点子效果非常好，真的。老实说，梅丽，你恐怕不会相信这个的，但他们一趟又一趟地回来问我更多的细节。所以，你能理解的，我不想坦白，不想告诉他们，我这多少有点算是欺诈……你已经跟我说了他们所有的秘密。"

"可我没有啊。我并不知道他们所有的秘密。"可怜的梅丽感到挺恐慌的。

"但你告诉了我，梅丽。你讲了凯文和菲莉丝的事、多莉妈妈的情况，还有肯尼夫妻俩对宗教是多么狂热虔敬……"

梅丽满脸通红，几乎怒不可遏："我告诉你这些，是把你当知心朋友，和你私下说说罢了。我可没指望你到处抖搂这些事。"她的声音听上去非常遥远。

"可我没有口无遮拦地瞎说啊。我比你婉转多了，有策略多了。我心里有数。"

"哦，但愿是真的。"

"是真的。他们都喜欢得不行，梅丽，他们真是这样的。我敢打赌，我给他们指出问题，肯定让他们获益很多，你知道，就是那些需要别人指点迷津的地方。"

"阿格尼丝！你给别人指导人生？"

"嗯，让我来告诉你这个。多莉的妈妈现在对很多事情就更为谨慎了，因为我对她说，我看到一个巨大的人影正接近她家的大门。她回来找了我三次，真的。"

"我不敢相信。"梅丽几乎要晕倒了。

"还有22号的那个女人美琪，从今往后，她将停止对那暖房的朝拜。我对她说了，有血有肉的大活人要比财物和虚名更重要，她应该每周给儿子们写一封邮件。她对我说的话痴迷得不得了。"

"可不是嘛！"

"不是瞎说，梅丽，她真是这样的。连奥布莱恩先生也相信了，他觉得他的猫咪茹伯特认为他太爱管闲事了，所以他打算以后说话更谨慎一点。还有莉莉安，记得你跟我说过，她逆来顺受，任由别人利用。我认为他们往后不会再那样了。"

"你叫她奋起反抗，不要趴在地上当擦鞋门垫了？"

"没有，我提醒她家的其他成员，她或许会甩手走掉，除非能得到应有的珍视。我说，我预见一个一头红色长发的身影，在黑沉沉夜色的掩护下悄无声息地离开了那座房子。他们都想到那是莉莉安。我要告诉你，这把他们吓坏了，大气都不敢出。"

梅丽目瞪口呆地听着。

"那，阿格尼丝，你为科索沃孩子筹到钱没有？"她最终问道。

"我筹到了大把的钱。周日那天，我显然是最具吸引力的角色，有的人甚至前后来了三趟。顺便告诉你吧，我给他们看相算命，是要收钱的，但收费很合理。我希望你不会介意。"

她果然惹麻烦了。

所有假装出来的平静到此结束。

"不，阿格尼丝，你不可以这样。在一切偏离正轨之前，必须有人来跟你说说这事。我可不想让你对这么多忠厚老实的街坊撒谎，说你能预知未来，住在我的房子里装神弄鬼来捞钱。等产生法律纠纷了——恐怕会有的——我可不会站出来帮你说话，我只会说你是通过广告找到我的。你不该这样去骗大家。"

阿格尼丝很冷静："我没有装神弄鬼。我很喜欢这些人，而且我想帮助他们。"

"怎么帮？收钱，用谎话去糊弄他们？"

"没有什么谎言。我告诉他们的都是实话。他们很喜爱这个，还不断回来要多算几次。这件事我做起来很上手。以前，我可是什么擅长的东西都没有过。"

两人还都没来得及再说一句，就听到有敲门声。

是多莉和她的妈妈。

"我告诉妈妈说来学烤面包,她就问能不能一起过来看看。"多莉开口道。

"这个真该由梅丽说了算——这是她的家。"阿格尼丝口气谦逊。

"你们两个现在碰面了,相处得好吗?"多莉问,似乎挺关心的样子。

"嗯,挺好的。"两个人几乎异口同声。

"请进来坐吧。"梅丽表示同意。

"她是个天才,"多莉的妈妈悄悄跟梅丽耳语,"她告诉了我一些道理,是我有生以来听过的最重要的事情。梅丽,听我说,是命运之神把她带到了这里。"

"是的,对,命运。"

"你也喜欢她,梅丽,不是吗?能有如此智慧的人住在这条街上,那真是太棒了。"

"住这里?"梅丽倒抽一口冷气。

"是啊,留下来,在这里工作,反正就这意思。"

"噢,是啊,那是当然的。"

她们三个都在捶面团。听着那声音,梅丽莫名感到安慰。她坐下来考虑这件事。能有人承担一半的房租当然是好事,此外还能有个伴。

而且,阿格尼丝看上去确实比从前正常多了。

但是,她必须实际一点。

最终还是行不通的。不管在哪里,阿格尼丝从未能安生过。

可话说回来,她们又都稍微变老了一些,或许甚至变得成熟了。

另外,栗树街这里有一种让人稳定沉静下来的气息。

梅丽感觉自己的双肩放松下来。

从格拉斯顿伯里回到这栋飘着烤面包香气的屋子，家里还有用奥布莱恩先生送的蔬菜做成的美味咖喱炖菜，这比去年回来独对空房可是要好得多了。

神奇女士，她大概不用太费事就能做到名副其实吧。

什么也不说

鲁拉不喜欢女儿的未婚夫汤姆。她总是说什么人生快车道,还孜孜以求地盼望能步入那快车道。可鲁拉的朋友们就说,不管她对他说什么……最好还是什么也不说。

她很难做到什么也不说。非常难。可是,鲁拉年轻的时候,她妈妈的一个朋友也说过,不发表意见几乎总是最聪明的办法。

凯蒂是鲁拉唯一的孩子。鲁拉希望女儿能拥有最好的一切。凯蒂十岁的那一年,父亲离开了他们在栗树街的家,把母女俩扔在身后。

"他为什么不再爱我们了呢?"凯蒂曾经一遍又一遍地问她妈妈。

鲁拉紧咬牙关,一遍又一遍地回答说,爸爸当然还是爱着她们两个的,非常爱,只不过,为了让她们更好地生活,他才离开了。

夫妇俩分开后,迈克尔每周与凯蒂见一次面。他带女儿去动物园,去溜冰场,或者去看日场电影。过去的那十年间,他向凯蒂介绍过三个"特别的朋友"。

三位不同的女士,在彼时彼刻,每一位都是他生活中重要的人。

起初,凯蒂回来后会喋喋不休地向妈妈汇报爸爸的新朋友。

鲁拉疑惑自己的牙齿会不会被磨损或碰坏,因为她每次咬牙切齿都那么用力。

但等到凯蒂十六岁时,她就不再提爸爸和他的朋友了,或许是由于妈妈那假装感兴趣的样子和僵硬的微笑都显得虚假。

"老爸情况怎样?""哦,他还好。"凯蒂耸耸肩。

没有新信息,没有更多的细节,也逐渐少了对父亲生活的关注。

不久之后,凯蒂就自己把周六的时间花在其他的事情上了。更好的事情。

比如说,她跟自己的朋友们出去玩。她会给父亲打个电话或发一条短信致歉。

她总是找一些非常含糊的借口,或者甚至只是说一声"对不起,老爸,我明天安排满了"。这让迈克尔意识到,女儿已经不在意能不能跟他见面了。

他跑去鲁拉工作的地方。

鲁拉是附近的一家医院的护士。当值上班期间,她是不能见访客的。

"只要五分钟。"他恳求道。

"那我就暂停一会儿。"她语气倦怠。

她把他带到走廊的尽头。那里有几张椅子。

"我看,你已经成功鼓动她反对我了。"他悻悻的,心存怨恨。

"没有的事,迈克尔,我什么都没对她说过。"鲁拉轻声道。

"她拒绝见我,还能有别的原因吗?不要糊弄我,鲁拉,我知道你是什么心态,你还那样。"

"事实上,我已经不是那样的了,迈克尔。最初你走的时候,我承认我是那样的,但现在……"

"现在怎样?"

"老实说,现在你做什么都没关系了。以前我曾经在乎过,可现在我只希望你能过得好,我根本不再考虑你的事了。"

她说话时很平静。他看似也相信她的话。

"那她为什么宁愿跟朋友一起出去,也不想跟父亲见见面?"他真的感到非常困惑。

"因为她十七岁了。"鲁拉说。

"你对此觉得高兴?"他脸上是一副牵挂孩子的慈父神情。这让鲁拉大为厌烦,但她尽力控制住自己,没有显露出丝毫的迹象。

"我高兴,是的,因为她能交到朋友。"

"我让凯蒂在一周里的另外哪一天跟我见面,她却说她要忙着做作业。"他显得非常悲哀和懊恼。

"是这样,工作日那些天的功课是很多的,也正因为这个,她才要享受周末的自由时间。"鲁拉的语气听来挺温和,似乎对女儿的做法颇为赞同。

"鲁拉,你是不是另外有伴儿了?"他突兀地问道。

"你为什么问这个?"

"因为不知怎么的,你有点不同了,不再像只母鸡那样咯咯咯叫个不停了。"

"噢,那敢情好。对不起,迈克尔,我要回病房了。"

"我该怎么办?"他问道。

她想起了那个"迷失小男孩"的经典形象。

"老天,我怎么知道。"她说完便沿着走廊走远了。

"今天我见过你爸了。"那天晚上,鲁拉告诉女儿。

"哦,是吗?"凯蒂在翻看一本杂志,她连头都没抬一下。

"他认为是我在阻止你见他。"

"他就是这么个人。"凯蒂说道。

鲁拉没有回应。

"我猜,你现在要来管我的事了,劝我去见他。"

"说真的,不会。你已经十七岁了,做什么事,见什么人,你自己决定。"鲁拉听上去开朗又愉快的样子。

凯蒂突然从摇椅上站起身拥抱她。

"你是世上最好的妈妈。请你坐下来,我去弄晚餐。"

鲁拉的脸上悄悄浮现出微笑。无论是谁,建议她在事情进展的某些时刻什么也不说,实在是再正确不过。

凯蒂学习很用功,被师范学院录取了。她的生活变得极为充实,有许多的朋友,更多的功课,还有教学实践。

她每隔四周的周末会去看一看父亲,但每次见面的时间却越来越短了。她还是和鲁拉住在家里。

凯蒂毕业的那一晚,她认识了汤姆,然后一切都变了。

汤姆非常有魅力,鲁拉也不得不承认这一点。

他也长得很帅,而且很好相处。

但是,鲁拉自己的丈夫迈克尔,从前不也是这样,具备所有这些优点吗?

凯蒂对汤姆很是痴情。认识他不久之后,她就说要购买一套属于自己的公寓。说这一切的时候,她并未指出汤姆也包括在她未来的生活场景中。但事实就跟青天白日一样清楚:凯蒂恋爱了,汤姆是她的真命天子。

鲁拉知道,凯蒂有朝一日总要离开家的,但她不希望女儿跟汤姆走。

她在想自己到底为什么不喜欢汤姆,为什么无法完全信任他。看起来,他也被凯蒂深深地迷倒了。他不跟其他女孩子调情。两人在一起已经几个月了,也从未有过任何争吵。他或许会成为一个忠实的丈夫或伴侣的。鲁拉为什么还觉得他并未好到足以配得上女儿?

那一晚,凯蒂和汤姆走进家门,向她宣告他们订婚了。也正是这一夜,鲁拉意识到她为什么认为汤姆不是凯蒂托付终身的正确对象。这个年轻人着迷于金钱和成功,渴望踏上人生的快车道。对她的独生女儿来说,这不免是一条很危险的路。

凯蒂的一生将会提心吊胆、坐卧不安,她会半夜惊醒来思虑这个投资是否安全,或那个项目会不会注定完蛋,等等。

过去这些年来,鲁拉已经见过不少这样的人,他们因为钱财有风险而忧心成疾,因为投资过度而焦虑难耐,为购买第二处住宅而殚精竭虑。

那看起来确实是明智之举。房产总不至于会失去价值。和她一起共事的很多护士买下了非常贵的房子,但要还的按揭贷款的数额也是惊人的。她们说,那终究还是值得的,会有回报的,她们终归能有些东西留给自己的孩子。

有时候,她们也试图说服鲁拉在城里更好的区段买一栋更大点儿的房子。这年头,跟银行借贷实在太容易了,他们简直要从柜台后面跳出来,鼓动你拿走他们的钱。

但鲁拉拒绝了。她每周都攒下一点钱,不过,她把它们存进了一个略有收益的、安全的储蓄账户。

她没空去关注汤姆的那些计划。所有那些设想都牵涉到借钱去成立他自己的咨询公司。他说，如今需要咨询建议的人真是太多了，开这样的公司担保会一举成功。凯蒂将辞去教职，在办公室帮他的忙，那样，从交税角度考虑也划算得多。他们准备交定金买下一处绝佳的物业，真的非常好，是一生难遇的大便宜。

他们迫不及待地要给鲁拉看那绝世好房了。虽然离得相当远，但如今这年代，只要有辆跑得快的好车，距离不算问题，况且他们就有辆快车。

唯一的麻烦，唯一的小麻烦，就是房子的首付款，他们需要一点小小的帮助。汤姆可怜地解释说，他们打算把从银行借到的钱全部投进咨询公司，他根本不可能跟自己的父母再寻求任何的帮助了。他们已经给了他太多。

他微微扭头转向另一侧。

鲁拉有存款。

她每周都把一小笔闲钱存入她的建屋互助协会储蓄账户。好几年过去，存款金额也就积少成多了。那是用于不时之需，为了以防万一才存的钱。凯蒂脸上满满的希望和期待，鲁拉看在眼里。

显然，这就是所谓的"万一"。

"首付款，我可以帮一帮你们两个。"她听到自己说出这样的话。

汤姆上蹿下跳地冲过来。

"我未来的丈母娘真是太棒了。"他喜笑颜开。

"妈，这只是你给我们的借款。"凯蒂说着，眼中有闪亮的泪光。

"那房子很漂亮，你一定会喜欢的，开车过去只要一个小时。"汤姆希望她能安心。

确实是挺漂亮的房子，有三个浴室，如果楼下的那个淋浴间也算在内的话；有宽大的凉台，附带户外烧烤位；厨房即使按高档美食餐厅的标准来看也不会不相称；屋前有车辆掉头的位置，空间大到至少可以停五辆车。

这是个相当高端的有钱人聚居区，离鲁拉的房子有一小时四十五分钟的车程——不管你开的是什么车。

鲁拉有很多话想说。

比如说，按揭还款额会把他们压趴下的。

比如说，无论她来看他们，或他们去她那儿，都太远了，没法经常走动。

比如说，一对年轻小夫妻不需要这么贵的房子。

比如说，房价也许会下跌。然后会发生什么呢？他们还必须继续还款，而这栋房子永远也无法兑现他们为此支付的金钱总额。

但鲁拉没说那样的话，一句也没说。

她看到他们对房子爱不释手的样子，就像在抚弄一只家养的大宠物猫。她看到他们眼中的希望和美好的未来。

"好漂亮。"她说。他们紧紧地拥抱她。

于是，他们搬进了新居。筹划婚礼是来不及了，因为他们非常忙，忙得筋疲力尽，忙着启动咨询公司的业务，接洽和款待潜在的客户，去参加节目首演活动和新画廊的开幕典礼，与适当类型的人群搭建社交网络。

鲁拉想知道他们什么时候才能确定大喜之日，但她什么也没说。她偶尔去那栋大宅新房吃个午餐。她自己的房子则一直向他们敞开，随时欢迎两人回来。

凯蒂有时顺道路过栗树街，会在家中小坐。

鲁拉通常会给她端上一大碗浓汤。凯蒂说那汤真是人间美味。看来，她和汤姆这些天都是靠寿司和干酪面包片之类的佐酒小食打发三餐的。

凯蒂的声音听上去很疲倦，她开始想念以前的教师生活。但生意就是一切，只许成功，不许失败。现在他们开始网罗到一些顶级客户了。

她说起他们准备举办的一个庆贺乔迁之喜的圣诞大派对。他们把日子定在圣诞到来之前两周，请柬将提早分发出去——应该会很抢手的。

派对的主题色彩是黑色和青柠绿色，所有的蜡烛、台布、布艺装饰和圣诞树上的点缀物都将是这些颜色。

"我就想知道，我到底该穿什么衣服去你家？"鲁拉问道。

"哦，老妈，你不用去。你绝对会受不了的。会有各种各样可怕的人在那大呼小叫、驴鸣马嘶的，而且汤姆和我会忙得脚不沾地，我们就不能……不行，你避开这一天才真的是聪明的选择。"

鲁拉什么也没说。

她没说，既然她全部的积蓄都投到那房子上了，最起码能指望着亲眼看看庆祝乔迁的热闹场面。

她没说，她很失望，感到受了侮辱，或者觉得心烦意乱。

她坚持着那个理念：更明智的策略，就是什么也不说。

她的沉默让凯蒂觉得不安。

"我的意思是说，你不会想来的，妈妈，难道你想来？等另外一天，我们可以坐着说说话之类的时候，你再来，那岂不更好？"凯蒂的脸上都是焦灼的表情。

什么也不说，这个策略有一部分也包括避免让自己看起来像个烈士，于是，鲁拉又露出开心的表情。

　　"我的宝贝，妈妈不去，实际上那对我来说倒是个解脱。我更愿意只跟你们两个一起悠闲地吃顿饭，享受美食和亲情。"

　　"哦，老妈，我就知道你喜欢这个的。真正难对付的反而是老爸，让人头痛。"

　　"你爸？"

　　"是的，他不知从谁那里听说了这个派对，然后就说他没接到通知，觉得受了侮辱。所以，我们不得不给他发了个邀请。就像我跟你讲的一样，我也告诉了他派对将会是怎么个情况，可什么也阻止不了他。他一定要来，他在那里会显得格格不入的。"

　　鲁拉在上班时，迈克尔打来了电话。

　　"我们在你回家的路上喝一杯咖啡吧？"他恳切提议。

　　"就一杯。"她同意了。

　　"那两人什么时候结婚？"她刚坐下，他就问道。他的神情看上去既紧张又恼火。

　　"你是说凯蒂和汤姆？哦，等他们有钱了，能办个像样的婚礼时才会办吧，我猜是。"

　　"房子是记在她的名下？"

　　"如果你问凯蒂，我肯定她会把一切都告诉你的。"

　　"我根本见不着她，我是不可能找到她的了。还有，这个派对的事。我想，你是不会去的。"

　　"那还真不是我感兴趣的东西。"

"那你感兴趣的是什么?我从来都不知道。"他的脸红红的,满是怒气。要吵架时,他总是这个模样。

但如今,她不会再去安抚他了。

"你也从来没主动了解过吧。"她语气温和,并无责难的意思,仿佛只是指出一个事实。

"那你现在告诉我。"

"我想,我在乎的就是平静安宁的生活,我希望我们唯一的孩子能快乐,能做出正确的选择。"

"所以你就借钱给他们,让他们买一栋豪华大屋?把他们当白象养着?"他冷笑道。

"那是他们想要的东西。"她依旧很平静,没有烦躁。

"我们都想要很多东西,包括自己得不到的或不该拥有的。那屋子就是一颗还没起爆的炸弹。房地产市场开始有些摇摇欲坠了,房子以后会低于购买时的价格。"

"迈克尔,你请我喝咖啡是为了谈论经济走向吗?"

"那家伙的生意前景会跟他料想的相差十万八千里的。衰退眼看着就要来了,他会失去一切的。我关心的只是凯蒂的安全,我害怕她把自己全赔进去。"

"那你去问她吧,迈克尔。不要来问我。我什么也不知道。"

"再问你一次,你没有伴儿吗,或类似的人?我可从未见过你这样……我不知道该怎么说……这样自信,这样确信你对所有事情的看法都是对的。"

"我得马上走。"鲁拉说。

回家的路上,她想着这件事。对待迈克尔,什么也不说显然是正确的办法。过去那些糟糕的日子里,她曾跟他大吵大闹,曾央求他改变那些坏习性。现在,她则保持冷静,说话含糊,而且几乎不透露什么,效果倒是惊人得好。倘若她表露出哪怕是最轻微的一丝鼓励的意思,他恐怕就会乐不可支地跟着她回家了。

但话说回来,如今,她根本都不想要再续前缘了。

不过,对汤姆和凯蒂什么也不说也是正确的吗?这是个问题。

家里的电话答录机上有一条留言:

汤姆的父母出乎意料地来访,但家里冰箱中什么都没有,他们没有任何吃的给那老两口填肚子,一时也无法从办公室脱身。老妈做的晚餐超级美味,能不能弄一两个菜,让出租车送去新房那边?

如果可以,那就太棒了。

这主意真是太精彩了。

鲁拉发现冰箱里有一个炖锅牛肉,以及一些香辣味紫甘蓝。弄好这两个菜后,她又用袋子装了十二只小土豆,然后拨打汤姆和凯蒂常用的那家出租车公司的电话。

电话里传来一阵尴尬的沉默。

"恐怕他们在我们这里的服务账户不能再用了。"电话那头的声音说道。

"可他们怎么没告诉我?"鲁拉大为震惊,"我是凯蒂的母亲。我知道他们是你们的重要客户,你能否再查实一下?"

"我已经查过了,他们处于停用状态。"

"那是什么意思?"

"就是说,他们的账户没了。"那边的声音颇显同情之心。

"可不可能是他们没结账?"

"我不清楚。"那一头的人说道。

鲁拉找了个附近的出租车司机,给了他一笔车费,让他将食物送到城市另一边去。

"这一餐饭食肯定相当重要。"将东西提着放进后备厢时,司机说了一句。

"我认为这重要得很,性命攸关。"鲁拉表示认同。

她在壁炉边坐下,左思右想。

这餐饭是不是一个邀约,为的是让汤姆的父母拿出更多的投资?

迈克尔是不是说对了,房价正在下滑?

汤姆是不是过于眼高手低了?

她是不是该说点什么了?如果是,那又该说些什么?

鲁拉稳住自己,直到第二天午饭时才打电话给女儿。

听到凯蒂的声音,她立刻就知道了是怎么回事。

"我希望那锅炖牛肉还说得过去吧?"鲁拉问道,特意显得轻松达观。

"妈,好极了,美味一如往常。"凯蒂的声音平淡乏味,"我很不好意思,要你自己花钱找车送餐。我们签约的公司那里搞错了,或者是搞混了——不管怎么说,我们正要换掉他们。"

"晚餐怎么样?汤姆的父母还好吧?"

"妈,不是很好。他们跟你不同,而是跟老爸一个类型。他们挺难相处的,满肚子的主见,别人应该怎么做,理应已经做了什么,他们都会有看法。"

"哦,是吗?他们主要的问题在哪里?"鲁拉问道。

"妈,他们要我们取消乔迁派对。这个,我们都已经忙了不止一两个月了。他们说,每个人都知道我们资不抵债了,再忙这个就太滑稽了。老妈,实际上大家伙儿都破产了,搞派对只是为了让他们对我们保持信心。汤姆的爸妈却不能明白这一点。他们说,我们现在就应该放弃。这得多丢脸啊,你能想象到吗?我们可没有打算这样前功尽弃。"

"跟他们沟通后的结果还好吗?"

"实在不怎么样。老妈,他们可不像你。"

派对并非如凯蒂和汤姆所期望的那样大获成功。在那两周之后,他们不得不面对现实。

他们说着应对危机的出路,鲁拉静静地听着。

房子要尽快卖掉,能多快就多快。

办公场地倒是可以很容易退掉,因为那个男人,那栋物业的所有人,即将离开本国,移居海外。

凯蒂可以找一份教书的工作。汤姆也会找个事做做,什么差事都行。

一年一度最隆重的圣诞节就在眼前了。

"那你们打算住哪里?"鲁拉问道。

他们会租个什么地方,也许只是一个单间。按揭贷款让他们身负重债,即使卖掉房子之后,他们也还有大笔的差额要继续偿还。现在没有房子让他们过那种光鲜的生活了。

鲁拉深深地吸了一口气。

多年来,她什么也不说,已经得到了结果。现在,该到说点什么的时候了。

"如果你们来这里住，我会很高兴的。"她说，"最终，我们可以把房子分成两部分，你们知道的，在楼上弄出一个套间，楼下是另一个。但先说眼下的事情，圣诞期间，你们愿意来这里吗？"

一阵沉默。

汤姆摇摇头。

"我不能住在这里。我已经欠了你首付的钱，另外，我也不知道能找到什么工作，要去哪里，还有……"

鲁拉打断了他。

"医院在招推担架车的护工，"她说，"也许，这不是你想找的那一种……"

两个年轻人看上去仿佛都受了惊吓，很是失落。她希望自己没让他觉得受了侮辱，从而把她置于敌方的阵营——汤姆的父母已经是敌人了，凯蒂的父亲也是。

然后，她看到了他们眼中希望的闪光。"哎呀，老妈，那实在是太好了。"凯蒂说道。

与此同时，汤姆走上前来靠近她，眼中含泪。那不再是手到擒来的个人魅力表演，而只是感激和爱。

"您一直是那样明智，鲁拉，从一开始就是，我跟凯蒂也说过这个。我对她说，你妈妈拥有世间全部的智慧。明天我就去医院看看能否得到那份工作。能住在这里是我们的荣幸。能得到您的礼遇，我们感到非常幸运和自豪。"

迈克尔离开后，圣诞节经常显得空落冷清，今年看来要好过多了。

她将恢复老样子，什么也不说，人们似乎认为那是大智慧。

一切都还算说得过去。

急于做好人

我第一次遇到她的时候，她正为安排跟不同的三拨人同时去不同的三个地方度假而头疼。她拒绝谁都不行：不能拒绝伊芙，因为后者竟然在距婚礼只剩三天时被抛弃了，所以真的非常需要一个游伴陪同散心；也不能拒绝妹妹，因为她太小了，一个人无法独自出国旅行；也不能得罪一起上班的那帮同事，她们需要再多一个人来凑人数，好拿到组团出游的优惠价格。

结果那一年，她哪里都没去，而是待在了栗树街的家中。那个团队没带上她就出发了，每人颇为勉强地多掏了两镑团费；妹妹去了爱尔兰一处海滨度假村，在那嘟嘴生闷气，还吵着说外边的精彩世界反正在等着她，以后只要有机会她就自己去；伊芙则动不动就公开叫嚷说生活中尽是这种人，在你最需要他们的时候，他们只会让你失望。

我认为，露丝有生以来，无论做什么事，几乎没有不想着取悦谁的，但人世间的逻辑就是那么奇怪，结果都事与愿违，她没能讨好到什么人，反而让自己陷入难堪的境地。现在她住院了，这也是因为她试图让某个人高兴，但中间发生了很多事，上周，她就住进了医院。

露丝在公共服务部门上班。她觉得自己的这份工作非常非常滑稽。她总是说，只要你一有什么想法，就被自动炒鱿鱼了。思考是一大罪过。看到工作流程有可改进之处，还能让大家都轻松一些，但她不敢说出来，怕上级不赞成。他们说过，这些年轻一代的公务员简直让人提都不想提起。如果她指出某项业务怎么做可以更快些，同僚们就全都会紧张起来，担心有人会被裁掉。如果看到单位里有不公正的事，有不够资格的人得到晋升却能蒙混过关，那最好还是别吭声，否则的话，你将被贴上麻烦角色的标签，可能会遭排挤，被弄到某个极为恐怖的地方去。

但露丝忍不住一直憋着不出声。为了帮一个年长很多的前辈伸张正义，得到应有的提拔，她做了自己职权范围内能做的一切，还做了很多远在其本分之外的努力。她跑去这人的家里，让他妻子和他本人都相信了他蒙受屈辱的事实；她对自己的直属上司投诉此事，声称要向媒体报料；她还央求别人跟她一起发起签名请愿。她接到通知，带着那份有九个勇敢者签名的请愿书去了上级高层主管办公室，被告知那前辈是个无可救药的酒鬼，而且正变得越来越糟糕。因为他伪装得很好，所以任他留在原地混日子——好在这人无甚危害——还是该把他开除，要做选择还真有点难度。如今，露丝这一搅和，让大家脑袋里填满了对权力的各种猜忌，还有关于腐败和任人唯亲这些事的梦魇。她很不情愿地听着这些事实。现在再懊悔已经太晚了，现在，那前辈觉得他正面临一个原则问题，然后便因此辞职了。两年后，他就去世了。

"他也快六十了，"我们都无助地劝慰露丝，"喝那么多酒，本来也说不定哪天就会死的，他的肝脏已经喝坏了。"

露丝的冲动行为有时没那么戏剧化，但却同样搞错了地方。她跑去见我供职的那所学校的女校长，说我看上去倦容满面，希望能够取消周六上午的工作。她问校长，能否调整一下时间表，以便让我得到更好的休息。她的这份热心够美好的。随后的几个学期,我都不得不忙着跟别人仔细解释这件事。有一个我们都认识的人,露丝给她的前男友锲而不舍地打电话,说她很担心这姑娘要去当修女,而正是两人的分手导致了这一后果。这一切侠义之举带来的混乱和尴尬难以用语言来描述,不过无论如何,露丝每次都被证明是够失败的。她为父母买了两份全包价的度假套餐,但在出发前两天,他们才跟她说他们不想去。露丝为此哭了整整一周。她付给旅行社的定金打了水漂,父母对此也感到过意不去。

她给一个志愿者组织的理事会当财务专员。她开会老是迟到,还隔三岔五地弄丢公益金认捐账簿,于是她就对别人说:"哎呀,不管怎样,我确信你已经捐过款了。"然后只好用她自己的钱去补足偶然的亏空。他们取消了她管财务的差事,让她去做宣传。她信誓旦旦地说会把海报挂遍啤酒馆和商店,但出师的第一站就遇到了问题,她跟一个人在那谈来谈去,其余的宣传海报根本没机会上墙。

然而,她遇事依旧一副稳操胜券的样子,要你相信她的见解没错。"毫无疑问地,那裙子你应当拿回干洗店,我会陪你去。你必须要态度坚定。那对大家终究都是好事。"可她后来就没法去,或者不能跟你一起去了,而你被傻呆呆地撂在店里,笨口拙舌地跟店员说:噢,是啊,是的,当然,我明白化学清洁剂只能达到这个效果,的确是这样的,很抱歉。

有出国离开一段时日的什么侨民熟人回来,露丝是会主动提议给对方办接风派对的那个人,但对方倒是巴不得早在她想起他之前就已经在这片新土地上再度安顿下来。尽管如此,你还是得承认,露丝任何时候都是一片好意,发自心底——那颗慷慨热忱、大大咧咧的心。

我说我喜欢她，这等于是废话，每个人都喜欢她。你不可能讨厌如此好心好意的一个人。她从不多说自己的事——这是另一烂透了的经典理由，来解释你为何喜欢某个人——露丝只会说她的工作难以置信，但她已经读了很多书，甚至考虑可以把上班时间充分利用起来，读一个什么专业的函授课程。可事实上，你永远也不会想到要对她说，她应该提升自我素质，因为就所处的境地和状况而言，她看上去也还不错。

关于她交往过的男人，她说起来倒是从不厌烦，而是兴致勃勃的。"是的，就是杰夫，你记得吗？我告诉过你，我是在齐拉尼小镇游玩时认识他的。他的那些朋友可怕得很，彼此称呼时竟然全都喊对方的姓而不是名字。不过我以为，好在那并非世上最糟糕的事情。他们老是打壁球。我喜欢他，喜欢得要命。他跟我的家人也相处得非常好……"但你永远也不可能知道这位杰夫到底是哪路神仙，不是吗？你不可能知道，因为六个月之后，情况又变成了这样："迈克尔，就是那个到处逛荡的家伙，我跟你说过的。哎呀，他不是你会觉得非常有责任感的那种人，但他真的是太善良了，非常喜爱动物。他正考虑在他那块地盘上建立一个狗狗医院之类的机构，眼下就差一位兽医了，只要那兽医肯在业余时间免费帮忙就成了。碰碰运气随便问一下，你有没有恰好认识什么兽医之类的人？"

她跟我们圈子中的两个人——包括我自己——借钱，这让我感到大吃一惊。她也不说借钱要干什么，只是承诺一定会还给我们的。也不知是谁说过，你不要借钱给别人，除非你预先做好了根本拿不回来的心理准备。这人说得真是太对了，因为我们没听他的，反倒迎难而上，结果后来我们就再也看不到露丝了。我们可能在场的任何地方，她都不去，怕碰到我们太尴尬。虽然这不是什么生死相隔的距离，但也足以构成巨大的障碍，让我们不禁心想，"她借那些钱到底是为了什么呢？"还有，"她为什么不能还钱？"不过，你也懂的，我们毕竟是社会人，要顾及情面，你不可能直接给某人打电话，然后就说怎么见不着人了，对方会很自然地认为，你这是在催着他们还钱。所以我们从未问过露丝，但多少感到有点生气，同时还略微有那么一点忧虑不安。不过，老实说，我觉得，我自己是生气多过忧虑。

她结婚了，嫁给了世上最意想不到的人。哎呀，算了吧，难道有谁不是这样？太多的婚姻都让你大跌眼镜的了，但露丝的婚姻还是太出乎意料了。那人比她大二十岁，单身（或者是离异了，或者是其他什么状况，反正真相模棱两可，简直有点神秘兮兮的），非常富有，在他自己的事业领域内还相当知名。他们在伦敦结的婚，随后回来举办了一场盛大的鸡尾酒派对。那里的人我几乎一个都不认识，尤其对露丝感到极为陌生。她走来走去，忙着奉承来宾，在寒暄中让别人加深对她的印象。她告诉人们的那些事在我听来都假得很："是啊，我以前有公干，在行政部门，非常有意思，也非常有挑战性，不过，当然了，从今往后，会有太多的客人朋友都需要我款待，所以就不打算再继续上班了。"她偷偷地把用信封装着的那四十镑借款给了我，悄悄地说，她实在是惭愧得很，歉意难以言表，而且拖欠了两年，都应该付利息了。另外，也要感谢玛丽，请我帮忙转交欠她的那二十镑。还有，她希望我俩没有因为这些欠款而挨饿。

"邓尼斯认识很多人。"她说，带着她草率行事的惯常劲头儿，"你一定得经常过来玩玩，跟我们一起吃吃饭什么的，能接触到大把大把的新朋友。其中有些人也是单身。"她顺带指出了这一点，含糊地批评我那种既没结婚又没男人的真空状态,言下之意是说我活得太凄凉:"谁也说不准会发生什么呢。"

果真如此,谁也想不到会出什么状况,因为那么多承诺当中,露丝唯独把这次的当真了——当然也仅有这一次。不断的邀请像大洪水般把我给淹没了。她张罗我去认识都柏林那些最称心如意的钻石王老五,直到这成了我们所有人之间共同的笑话。她给我和对方做了介绍之后,我就会说:"您能不能立刻就娶了我,我俩一结婚,这事不就彻底了结了吗?你我都能得到解脱。"我觉得这样说挺搞笑的,王老五们也觉得搞笑,就是不太自在,而露丝觉得我那是在抗议。邓尼斯对此嗤之以鼻。但话说回来,我对邓尼斯也不以为然,所以两人就自动扯平了。

露丝继续心血来潮、毫无章法地过着日子,家里动不动就有晚餐聚会,只可惜请错了客人。她总说餐后甜点将会如何如何美妙,但结果不是食物太生就是她把它们烤焦了。邓尼斯的不悦情绪越来越强烈。不过,我反正是跑到外地度假去了,所以他们没有惦记着我,或者至少说,他们也许是忘记了我,要么也许就是把我从常客名单上给"划掉了"。但我还是听人说起,露丝仍旧在急切地努力讨好邓尼斯,也讨好她自己的父母,尽管女婿讨厌他们。她也试图在以前的老友圈中保持人缘——大家自然早就领教过她的风格了。过去那些年,她制造过几个经典的事件,比如有个女士想怀孕已经有七年了,但一直运气不佳,露丝却冒失地提醒她说"赶紧停止这种自私享乐的生活,安下心来生三个娃娃,一个接一个地生"。一天晚上,她秘密筹办了一个派对,想给邓尼斯一份惊喜,但那天恰巧有董事局会议,邓尼斯午夜时分才回到家,迎接他的全是醉醺醺的东倒西歪的客人,还有满地的狼藉和空空如也的餐盘；亲妹妹也跟她永远成了路人，因为露丝告诉她"应该知道"她的未婚夫跟别的女人生过一个孩子，这可是我们从来都闻所未闻的，是真是假，我们也根本不会操心去考证，但她妹妹和未婚夫却很在乎。较真到了什么程度呢？两人竟然把婚约都解除了。露丝的妹妹远走美国，从此几乎杳无音信。

邓尼斯变得越来越烦躁，而露丝则越来越恐惧。邓尼斯的前一段婚姻有过一个儿子，那一年大约十七岁。我认为他是个腼腆、礼貌、有勇气的孩子。露丝动辄就写去长达十页的信，告诉他说，她绝不会试图取代他妈妈的角色，而是真心想成为他的朋友。孩子在一座农场里工作，他父亲认为那简直是白痴的选择，而露丝则表示那种生活也很美好。她开车开了一百英里的路程去看他。他们之间有过一场对话。虽然不了解那内向的少年，但我了解露丝，那肯定是一段艰难的交谈。这个陌生又奇怪的女人，心情急切，连珠炮般地说了一大通，可他对她一无所知。他肯定认为，露丝真不愧是他父亲那高尚阶层的一员，甚至比那圈子中绝大多数人还更聪明，因为她竟然能戴上结婚戒指！

他不肯来跟父亲同住，但露丝为他整理好了一个房间，买了印有马匹和乡村风景的装饰画，还坚持寄去明信片，问他喜欢红色还是蓝色的地毯。对那儿子来说，这些"温暖的家书"可不是什么好东西，因为上面写的内容都是公开的。后来他的雇主就老是问他，他究竟是要离开还是留下？难道他不能拿定主意，做个决断？

我想说，有那么几年，什么事也没发生。不过，这样说当然是荒谬的，因为每一天的每一个小时都必定有事发生过，只不过我不知道那是什么罢了。有人说，露丝和邓尼斯非常般配，过着极为平淡的生活。你总是能在报纸上看到他在签这个文件那个合同之类的照片,但从来都看不到露丝的照片上报。她的继子安迪从未在他的房间住过,尽管如此,那里却还是一直被叫作"安迪的房间"。露丝的父母到访这栋大宅的次数越来越少了。露丝打算加入"撒玛利亚善人"乐施会,却被告知,他们非常感激她的好意,但她不是他们需要的那一类成员。露丝仿佛参透了人生哲理,原谅了对方,说他们需要的当然是沉稳可靠、有条有理的那种人。她从不抱怨,一如既往地作出承诺,安排计划,还有,去掺和别人的事。

露丝和多年前曾借过她钱的那个玛丽碰上了,于是两人就共进午餐。露丝在饭桌上保证说,要利用她的人脉关系让玛丽的丈夫升职。玛丽心惊肉跳地度过了七个难以入眠的夜晚,终于才松了一口气,猜测露丝已经忘了这码事。

我最近见过露丝。她说她认识的某个人是一位获奖大作家的知心好友,她要给这人写信,让他向作家引荐我。直到此时此刻,我还是惶惶不安,生怕她真的已经行动。

她给某人快递过一瓶葡萄酒,瓶子在途中破了;她给一个表妹买过几株玫瑰花树,但表妹家没有花园;我跟她讲过一位运气欠佳的女士,她有一次就汇款给我,让我转交那位女士。我不得不告诉她对方不肯接受施舍,我只好通过合适的组织机构才匿名把钱转交到了那位女士的手上。露丝于是大为伤感,因为她想跟那个女人成为朋友。

她跟邓尼斯似乎只吵过一次架,或者是她说过的那次:有人送给他一只手表,他说他不知道该怎么处理它,因为他已经有一只了。她双眼放光、笑逐颜开,提醒他说,那旧表是他们结婚前不久她给他的生日礼物,而他哈哈大笑说那只不过是个廉价的小玩意儿,他早就把它换成了有点相似的但却是能用的东西。这就是很多年前露丝向我们借钱的原因——她花了那么多钱买了那个没有价值的小玩意儿。

她悲哀地意识到,所有的一切都变得灰暗模糊起来。她没什么能拿得出手的。也许这就是那仅有的一个时刻,她才允许自怜自艾的念头在心里稍稍盘桓了一阵。但她很快又告诉我,即使没能为邓尼斯做过什么,她也可以设法补救。正是出于这个原由,她上周开车去找安迪了。安迪说,看在上帝分上,请不要再烦他了。他对露丝没有恶意,但他已经二十一岁了,他认为,她说"你爸爸打心底里想要你回家"这种话是一种很业余的心理学,是专业干预。他还拿露丝总是对别人说的话还击:"你为什么不自己生养一两个孩子呢?那样就不用再把我扯进来了。"

返回途中,她悲从中来,有点泪眼朦胧。她猛打方向盘躲开了路旁溜达的一只狗,却撞上了一个骑单车的人。那个男人断了两根肋骨,而自己身上只是留下了不少的擦伤,手腕也折了。就是这样,她才进了医院。

但她依旧忙着当好人。她要我别打扰护士,将送去的花插在一只漱口杯中就行。我照办了。不过,那杯子是经过严格消毒的,另有他用,于是,这就引起了护士很大的不满和额外的麻烦。她说,因为她住院了,就安排了一家餐馆为邓尼斯送餐上门,但那些饭菜全都坏掉了,因为他一直在外面吃饭。她不想给医生添事儿,就没说自己头痛得很难受,因为,真的,光是检查治疗她的手腕,那医生就已经忙得团团转了。再说了,头痛就只是头痛,没什么大碍,不是吗?还有,拜托了,他们为什么不肯让她去看看那骑单车的倒霉蛋?她要告诉那人，这一切全都是她的责任，只要他能康复，只要他的处境能有所改善，她会承担所有的费用。另外，她问我有没有某人的住址或联系方式，因为这位女士的丈夫不幸刚刚谢世，而露丝想告诉她，邓尼斯恰巧有一个朋友人非常好，是一位鳏夫，很渴望能再婚……

看清问题

威尔很容易就会变得烦躁。他很快就会显出不耐烦的样子。对不感兴趣的话题，他那种反应就像低电流保险丝，即刻熔断，一下子就发脾气了。怀旧是令他厌烦的话题之一，还有家长里短、别人的头疼遭遇之类的话题。所以吉娜每天要提醒自己回避这些话题好几次。栗树街的秋叶是怎样落下并织成了一张金黄色的地毯的，踩上去会有沙沙的响声，仿佛那是落叶的叹息——跟他说这些毫无意义，威尔只会耸肩摊手。金黄的落叶，谁会需要那玩意儿？但吉娜爱他爱得死心塌地，因此他怎么评价叶子都无所谓。

"你离开那地方吧。"他会这样发号施令。吉娜是如此爱他，所以只会做小鸟依人状，顺从同意。

当然，实际上她也这样做了。五年前，她离开老家，跟他住到了伦敦。她告别了善良、性格温和但内向的马修。马修是当地的兽医，他很喜欢吉娜，但从未表白过。吉娜要走，他看上去挺失望的，但依旧沉默，没说一句挽留的话。

她告别了小学老师安静的生活。那时，她住在父母独立屋的地下室里，那里被他们美其名曰"独立公寓"。但事实上，妈妈和爸爸去花园时，都要从这"独立公寓"中经过，每天不少于六到八次。有一次，她提议在楼梯这里装一道门，那样能保证个人隐私。"你要私密空间有什么用吗?"妈妈随口反问。吉娜永远也不会有心情跟她谈这个了。

在伦敦找个教书的工作,对吉娜来说并不多难,而且,无论在哪里,孩子们总是可爱的。遗憾的是,她不能像以前在都柏林那样熟悉这些学生的家庭,但那毕竟只是一个小小的代价。

威尔让她成了他生活中重要的一部分。他为一个电视脱口秀节目做调研策划,他的工作职责是找到有收视卖点的新面孔当嘉宾,并跟他们签约。与经纪人、经理和公关人员打交道是非常累人的活儿。吉娜不在学校上课或不用批改作业的时候,就帮着做了大量的文秘事务,像接电话、信息记录,以及写电邮之类的事。他希望她能干更多。他尤其讨厌她每月回一趟老家的习惯。

"这可是够荒唐的,吉吉。你这样只是在助长他们养成习惯,盼着你回去。"他言之凿凿,"我就没有老是跑回家去烦我妈。"

威尔的妈妈四十八岁,是个有魅力的美人,而吉娜的妈妈已经七十三岁了,经常忘事。吉娜的父亲是个七十八岁的老爷子,走路都走不稳了。两家的情况根本不是一码事。

威尔不知道老两口是多么期待吉娜回去探望他们。他们把宝贝藏在壁炉台上座钟的后面,等着给女儿展示;他们把无法解决的难题列成一个单子,以便吉娜在家的那几个小时内能逐一解决这些问题。

她的哥哥们几乎不管父母。就算他们回栗树街,每年也不会多于一两次。

大哥戴维在爱丁堡做财务顾问,妻子叫罗拉,家境优越,长得也很漂亮。他们在莫宁塞德有一栋漂亮的大屋,常常在那里宴请宾朋,生活过得有声有色。他们把活动安排得太满,没空南下探亲。

二哥詹姆斯在伦敦经营网络生意。跟他生活的那个凯特就像一只不得安生的小猎犬，巴不得詹姆斯一天能工作十五个小时。所以，他就极少有空能回家，无论如何就是没时间与妹妹见见面。五年前才到伦敦时，吉娜感到孤独无依，还曾抱有希望，误以为他和凯特或许会欢迎她去他们家做客。

但是威尔太忙了，没法周到地把这一切都考虑在内。眼下，他正面临巨大的压力。有模糊的传言说，因为没达到预期的收视率，他参与的那个脱口秀节目明年可能会被砍掉。事情发生之前，威尔就有脱身的打算。他盯上了好莱坞的一个脱口秀。他甚至认识那个有可能聘用他的人。说起这一未来前景时，他因为兴奋而双眼放光。

而吉娜心中却压着一大团铅，她点头表示赞同。那将是威尔职业生涯向更高处攀登的空前巨大的一步，那也是他当之无愧的。与此同时，她也在寻思，在威尔眼中，爱究竟意味着什么？他不假思索地认为，她会放下一切跟他走，这很简单，因为他们彼此相爱。而跟他来伦敦，吉娜差不多已经把一切扔在了身后。还有什么令她感到心情沉重的呢？他难道不明白，既然她不可能动不动就从洛杉矶飞回去照看父母，那她也就没法跟他去加州了。这不是因为她缺乏勇气，而是一个关于感恩尽孝的问题。父母结婚迟，对三个孩子都挺好，现在他们需要有个人在身边，她绝对不应该抛弃他们不管。

在高街下了公交车后，吉娜长长地叹了口气。回家之前，她要先采购一点东西。她会给父亲烤点他喜爱的葡萄干小面包，妈妈则特别喜欢细长条的酥饼。他们也许已经自己买好了这些东西，或者请克劳德太太帮忙买了，但这么多年来，他们老是克制物质欲望，省吃俭用，已经没有了买小点心犒劳自己的习惯。

她在超市里遇到了马修·凯恩。无论何时见到她，他都会露出微笑。

"你这周的工作中最开心的事情是什么？"她没料到他会这样问她。

"我想想。有的，我至今教过的一个最叛逆、最孤僻的孩子告诉我说，她要参加一个诗歌比赛。这事真让我喜出望外。你呢？"

"有一只可爱的、姜黄毛色的、总是大笑的猫咪长了个大肿瘤，但化验报告显示那是良性的。我向猫的小主人们通报了这好消息。"

"那么，总而言之，这一周挺不错的。"吉娜语气欢快。

他们没有聊私事，所以她没法告诉马修，实际上，她这一周过得提心吊胆的。电话里，妈妈听起来比以前更前言不搭后语。父亲的自理能力也比往常差了。吉娜打电话回去时，克劳德太太总是不在家。

威尔非常激动，说话的声音简直高了八度，因为他的美国联系人已来到城中，吉娜一定得赶回公寓做一盘馅饼。美国人对私家烤制的馅饼十分着迷。她也要为了晚上的见面盛装打扮一番。

如果有可倾诉的人可以分享一下这消息，那无疑是很愉快的。但可惜马修不是那个人，现在时间也不合适。

她走进了栗树街30号，闻到了牛奶坏掉和食物变质的气味。她的心猛地一沉，几乎停止跳动了，直到听到父母喊了一声招呼她过去，她才缓过神来。事情的原委是这样，因为雇请克劳德太太的费用太贵，他们就把人家给辞了。他们觉得自己也能应付得挺好。

餐桌上堆积着半敞开的、吃了一半的食物，冰箱门也没关上。有几天没洗涮了，水槽里都满了，全是脏盘子。吉娜四顾茫然，不愿相信眼前的一切。

一阵自怨自艾的巨浪将她淹没。她二十九岁了,是个尽职的好女儿和好妹妹。她从二十四岁那年起就一直爱着一个男人,未曾背叛过他,也总是善待他。她秉持着良知,整天尽心尽力地教好自己的学生。她却为何要遭受内心的谴责和惩罚,就仿佛她是作恶者?这实在是太不公平了。

那悔恨自责的巨浪前后翻滚,冲击着她,持续了大约两分钟,然后消退远去。她开始低头干活。她烤好葡萄干吐司,接着建议父母到客厅去坐着,她要把餐厨区这里打扫一番。他们接受了这一安排,但表露出的神情似乎在说她是在自寻烦恼。

她花了两个钟头清洁厨房,将所有变质腐烂的东西装进几个黑色垃圾袋,袋子里还放了消毒剂。她往洗衣机里面塞满了脏衣物,仔细擦除烧煳了粘在炊具上的食物残留。她做了炒鸡蛋,把它盖在吐司上,然后喊父母进来吃晚饭。

"这真是太好了。"妈妈说。

"晚上能有热的吃,就已经很好了。"父亲表示赞许。

妈妈一刻不停地唠叨着,说今晚稍迟一会儿,有哪些人要来家里。她把那些客人称作"姑娘们"。她念出了一长串的人名,都是吉娜从未听说过的。妈妈起身去找她漂亮的长披巾,这样等她们来时,她披着那个会更好看。

"爸,那都是些什么人?"妈妈离开后,吉娜惴惴不安地问道。

"她们是五十年前你妈在银行共事的那些姑娘。你明白了吗?她以为现在她还在那里上班。有时候,她都不太清楚我是谁了。"父亲满脸的悲哀忧愁,样子像一只血缇大猎犬。

父母去卧室了。吉娜孤零零地坐在餐厅这里。她列出了一份清单,上面是需要采买以及为克劳德太太储备的食品,还写好了要给克劳德太太的致歉信——希望她心怀宽广,对老两口辞退她的糊涂举动一笑了之,能回来继续把守城寨。吉娜还一定要去督促戴维和詹姆斯,好让兄弟俩能更积极地行动,承担作为晚辈的更多义务。他们心中应该还没有忘了父母,那是肯定的,不是吗?罗拉,那个苏格兰白富美,不至于会阻拦戴维来孝敬双亲,那是肯定的,不是吗?凯特,伦敦的这个急于致富、勤勉监工的财迷,不至于会阻挠詹姆斯来帮着参与家庭事务决策,那是肯定的,不是吗?

妈妈走进了厨房。

"我们是不是来一点午夜欢宴?"她用小女生般的口吻发问。

"当然可以,妈。"

吉娜弄了些牛奶和酥饼。母女俩像好友般坐着吃东西。

"我真希望自己结婚了。"妈妈又开口了。

"在一定的时候,我们都希望自己能结婚的。"吉娜随声附和。她知道,一场长达三十多年的幸福婚姻在妈妈的脑海中被抹掉了。

"你明白我的感觉吗?"妈妈吐露内心的秘密,"所有的快乐,你喜欢和迷恋的所有东西,你都能得到,但真的要面对这个事的时候,你就知道了。你可以清楚地看到,事情搞错了,就像一道清晰无比的巨大光柱照亮了一切。"

"那你看清了没有?"吉娜问道。

"这个嘛,我想我是看清了。"妈妈那样子似乎是在跟一个平等的同龄人对谈,而不是和自己的女儿说话。这一切都笼罩在小女生之间推心置腹的氛围中。

"我曾经爱过那个经理助理,你知道的。但你说得没错,你们所有的人，我的朋友们都说对了，他根本不是真的爱我。"

"他爱的是别的什么人？"吉娜语气温柔。

"没有，我认为他没有。"妈妈显得实事求是，"只是我突然意识到，自己不是他生活中不可缺少的组成部分。"

"那你现在打算怎么办？既然你清楚了这个。"吉娜轻声问道。

"我不会仓促行事，这是肯定的。"

"是的，当然不可以。"吉娜表示同意。

"跟一个男人有了关系，但你总是卑屈地顺从他，却认为只有这样才有存在的价值，这样想就太软弱了。"

"确实，我完全赞同。"吉娜有生以来从未跟妈妈有过这样的交谈。

"所以，从现在开始，我要把自己当作一个自由的人。我要结束这种花痴的傻念头，把这个看成是一次解放。我有自由去接触其他我可能会喜欢的男人。"

"有没有什么人是你可能会喜欢的……你觉得？"

"有个男人挺不错的。我想，你们从没见过。他名叫乔治，很本分，话很少，不像那个经理助理那样喜欢表现自己，急着往上爬，但跟他聊天挺有意思的。既然我看问题更清楚了，你也知道的，我就打算多花时间跟他好好谈谈。"

妈妈那七十三岁的脸上露出了妩媚娇嗔的微笑。吉娜也跟着笑了，眼中含泪。但吉娜之所以微笑，是因为爸爸的名字就是乔治。

吉娜第二天一大早就起床了。她恳请克劳德太太来继续坚守岗位。

"到时候我就回来了。我会把所有事情都处理妥当的。"她告诉对方。然后，她去超市采购父母需要的日常物品。还买了一块很贵的馅饼，是羊羔肉和杏子的馅料，需要加热四十分钟。马修·凯恩也在那里。"难道你住在店里？"他们异口同声地这样问彼此，随即朗声笑起来，相互看看对方的购物车。

"这么多的奶油米糊。"她感到很迷惑。

"四条小狗跑到了我家门口，它们身体都还太弱，眼下吃不了别的东西。"他解释道。

"我明白了。祝它们都交上好运。"她回应。

"你那馅饼很高档呢。"他观察着，扫视她购物车里的东西。

"我要招待一个美国来的名流，还有他那瘾君子女友，我要在他们面前假装这是我亲手做的。"

"懂了。祝他们好运。"马修这样说道。

于是，她回到了伦敦，在餐桌上的花瓶里插了几朵玫瑰。在一家新开的、时尚的酒馆畅饮了很多杯鸡尾酒之后，威尔把他们带回家中，而吉娜已经冲了淋浴，把一切都准备好了。

"真是好极了，我们简直不想离开。"布雷特说。

布雷特的女友艾米看上去要么是喝高了，要么就是吸晕了，动作非常不协调。

"可以看看你们的洗手间吗？"这句话就算是她初次见面打招呼了。

吉娜正要带她去，布雷特打断了她们。

"这里不用的，宝贝，没那必要。在这里就跟家里一样。"他说道。

吉娜丢下他们，走进厨房。她回头看到，布雷特和艾米在客厅里弓着腰趴在咖啡桌旁,桌上有两撮白色粉末——他们竟然在她的公寓里吸毒。威尔站到了她身边。

"求求你了,吉吉,别这样心事重重的,现在,任何时候,都别把这当真。"

"谁心事重重了?"她反问道。

他报以微笑,那微笑在吉娜这里百试不爽。

她端着餐盘进了客厅。

"羊羔肉杏子馅饼,欢迎品尝。"

"你是不是认为,因为是你做的,我就会吃这油酥饼?"艾米问道。

"不是,我没有想过你会吃。"吉娜和颜悦色地回道。

他们全都惊讶地看着她。

"是这样,看到你苗条漂亮的身材,我就猜你大概从来都不吃高热量面食的。"吉娜看着她,目光中似有羡慕之意,"但其他人可能还是喜欢吃的。威尔就什么都吃得下,而且还从不长胖。布雷特,我相信你也是一样吧?"

威尔看着她,喜形于色。五年来第一次,吉娜意识到,要让威尔这样的人高兴,哄他们开心,实际上也很容易。你所要做的一切就是撒撒谎,一直都说他的好话,装作你的生活除了他别无外物。

那一夜的闲聊交谈,艾米没有担任什么主要的角色,而吉娜却占尽了主场优势。她娓娓道来,说威尔是怎样有才华,待人接物是如何彬彬有礼,那些才华杰出的嘉宾是多么喜爱他,还有那些名流大腕回来再上脱口秀,又如何总是要找威尔。布雷特表示疑虑,这一套在大西洋彼岸还能有用吗?

"只要威尔有这个愿望,那就会有用。"她很有信心地说。

布雷特对此印象深刻。威尔回到厨房,满怀成功的喜悦。

"非常棒,事情进展顺利。他对我挺赞赏的。"

"不赞赏又会怎样,也没什么吧?"吉娜温和地说。

"明天上午我要再次跟他见面。想想看,明天是周六呀!"威尔兴奋地嚷起来。

"那就好。我必须回家了。你可以打电话给我,告诉我情况怎么样,你觉得呢?"

"又回去,不要吧。"他显得挺烦躁。

"是的,要回。你还是去招待客人为好。往后,你可以带他们去酒吧和夜总会之类的地方。"

这个周末,她有很多事要做,要给哥哥们打电话,要联系医院,要去查看老人护理日托中心。她或许还要请个装修设计师来栗树街家里看看那老房子可以怎样改造。她可能会咨询一下以前的学校,问问那里有没有空缺的教职。还有小狗狗要去探视——可怜的小狗狗,只能吃奶油米糊。她要在餐桌边坐一会儿来做出决定,重大的决定。因为她现在能看清问题了,一切已一目了然,所以这些决定,没一个跟去加州有丝毫的关系。

公平交换

艾薇希望人们还是像从前那样写纸质书信。打开信箱,听到信封滑落发出的响动,那曾是很美妙的体验。如今,信箱中什么也没有,除了水电账单和各种免费好事的宣传单页,告诉你获得了一个多么豪华的邮轮旅行名额,但看到最后才发现,限定条件多得你压根儿占不到这些便宜。

有一段时期,艾薇曾自己写信给侄儿侄女们,也写信给以前在花店工作时结识的同事。但结果总是一样的。他们寄来充满负疚感的简短便签,草草地在圣诞贺卡的背面写下:非常抱歉。当然,原本应该写一封正式的回信,但说真的,生活实在是如此忙碌。艾薇不会发短信或是用电邮,这真是遗憾。

艾薇觉得去学那样的新鲜玩意儿,恐怕不比让她飞去月球更容易。

于是,她叹叹气,说这些变化都是朝着不好的那一头去的。她并非因为孤单或无聊什么的。从韶光正好的青葱岁月到风韵犹存的那些年头,向她献殷勤的人也委实不少,但她从未真正心动过。不知怎的,她把那些关系全都搞砸了。她想要的似乎过于简单,就是跟人们保持一点联络,知道他们过得怎么样。

她也很乐意告诉人家,自己在某个糕点制作比赛中怎么拿到了某个奖项，或者她的小狗如何能干，每天独自跑到报刊亭去拿报纸，又或者稍微说说在苏格兰高地的度假旅程或在当地博物馆听过的艺术史讲座。她或许也可以在信中讲一讲她如何组织了一个非正式的读书俱乐部，大家每周在她家里相聚，吃吃小点心，喝点红酒，他们有时甚至也读点儿书！

这根本不是什么惊天动地的大事，但让别人知道，一个年近六十的妇人还有着健康的生活方式，好像也令人欣慰吧。艾薇甚至还对这一类赛事——向社会各界征集广告词——上了瘾，参加起来乐此不疲。结果证明她还挺擅长这个的，至今已经赢得过一套行李箱，一间拆装式花园小凉棚，一年期的免费早餐谷物脆脆乐。另外，她今天才刚刚得到消息，她在另一个同类活动中获得了一份大奖。

这天下午她就会知道奖品究竟是什么。奖品提供方是本地购物中心里的一家店铺。艾薇希望那也许会是一张代金券。如果是这样，她打算去买一些新的炊具，还要买一台很高端的料理机……为了领奖，她特意打扮得很光鲜，万一当地报纸来现场采访拍照，就不会显得狼狈了。

所有的人都垂涎主办方丰厚的奖品，但艾薇除外。奖品是一台最新款的笔记本电脑，外加一部手机。显然，这些玩意儿够神奇的，竟然能接收和发送什么电子信件——艾薇才不管它们到底是什么东西呢。

毕竟，艾薇从小到大都被教导要有礼貌，于是她感谢了所有的人，说这奖品非常棒，她会珍视的。

"也许你可以把它们换掉。"她的一个朋友提出的这一建议颇为中听，但艾薇担心那样做会显得很粗鲁，就仿佛她根本不喜欢这奖品。

"也许你可以稍后再来抽奖?"另一个朋友提议道。

"可是,如果他们听说了原委,会怎么想?"艾薇是如此体贴周到,不想冒险让别人感到为难。

就这样,她把大礼包带回了家,闷闷不乐地看着它。艾薇可不是操作机器的能手。

她不懂怎么去设置录像机。从装在墙上的提款机里拿钱对她来说困难重重。她家里没装电话答录机。面对眼前这么复杂的新机器,她根本就无从下手。

这挺遗憾的,因为如果会用电脑,她就可以跟自己最喜爱的那个远在南美的侄儿联络了,也可以跟曾经一起上班、相处愉快的一些女同事保持联系——她们如今似乎都变成了半个机器,没有科技手段就没法跟别人交流了。

艾薇提醒自己,她可并不是个蠢货。假设她真能学会用电脑呢?她拿起说明书来研究,但二十分钟之后,就发现那真是另外一个星球上的东西。

或者,她可以去上培训课?

大家都说培训课没有针对性,只能是瞎打乱撞,要么进度太快,远远把你甩在后面;要么就是进度太慢,你无聊得只想睡大觉。你需要的是那种一对一的辅导。但那样收费会很贵,而艾薇没有那么多闲钱可任她随意开支。

要是有什么办法就好了。

第二周,她在当地的超市仔细浏览社区的信息告示牌。那上面的内容五花八门,有照料小孩的,清除花园垃圾的,做指压按摩的,还有提供报纸递送服务的,但没有能教你学会用电脑的收费优惠的一对一课程。

其他人在寻找可以熨烫衣物、上门做发型之类的服务,还有人说家里新增加了一窝可爱的小猫咪,但这纯属意料之外,急求有人收养它们。告示牌上看不到什么她可以指望的线索。

不过,艾薇倒是有了个主意。

很快,她的广告出现在了张贴板上。

本人需要大概五节课程来学习电脑入门设置、上网和收发邮件信息这些技能。作为交换,我将向对方提供五节烹饪课。

她饶有兴味地等着反馈。之后,她收到了三个回复。前面两个人完全不合适,其中一个人说,电脑根本没什么可学的,你只要接上线,插好电源,就可以随便玩。

第二个人说,她只对发酵糕点的制作感兴趣,除非这也包括在烹饪课程之内,否则她就不愿意来传授电脑技能。

第三个电话来自一个十二岁的小男孩桑迪。

他说,他刚刚搬来栗树街,跟外公一起生活,而两人都不会做饭。艾薇是否可以去他们家教他五道简单的菜式?相应地,他也会来她家五次,教她设置电脑、上网之类的,她想学什么都可以。

到此刻为止,这个男孩是最靠谱的人选。

他们在电话里做了安排,打算分别去对方家中先试着上一课,然后就知道怎么办了。艾薇决定先去那孩子家。

桑迪脸上长着很多雀斑,头发黏糊糊地竖在脑袋上。他欢迎艾薇进屋,同时满怀歉意。

"这里有点乱。"他对着乱糟糟的厨房大致挥了挥胳膊,"说实在的,收拾屋子、过日子之类的事,我们真的还没能适应过来。我说的意思,你也能明白吧。"

艾薇是那么礼貌周全的人,不可能主动去问他为何跟外公一起生活。答案自会出现的,或者,也可能不会。这一类事情往往就是如此。

"是的,我明白你的意思。我们应该把这里稍微整理一下,才能腾出做事的地方,你觉得呢?"

"这个是不是也要单独算作一节课呢?"桑迪忐忑不安地问。

"不,不用算吧。你来的时候,第一天也可以帮我拾掇那些电子物件,就跟现在的预备工作一样。"艾薇提出建议。

一切看来都令人满意。

他们开始愉快地打扫厨房。他们洗涮了炖锅,擦洗了盘子,也列出了艾薇下次来之前家里可能需要买的常备物料的清单。艾薇一一记下桑迪和他外公想吃和想做的食物。她说,她将教桑迪做一个以鱼为主材的菜品、一道鸡肉菜、一个肉食菜品、一个蔬菜类素食,以及一系列的头盘小食和餐后甜点。

"你觉得你外公会不会也加入,跟我们一起学?"艾薇问道。

"不会,我觉得他差不多是把这扔给我一个人来做了。"这是桑迪的看法。艾薇一直都有那种包容事物既有状态的伟大美德,所以她没有诧异或多嘴,而是商定了第二天在自己家里的活动事项。

桑迪准时到了她家,带着三张讲义。他告诉艾薇,最主要的一点就是别被电子科技给吓着了。你只需要花上不多的一点时间,然后就懂了,永远永远都不用担心会遗忘。他话里的意思就好像艾薇的前方还有无穷无尽的未来绵延铺展着——这让艾薇感觉很受用。

桑迪带来一把螺丝刀,改了屋内的两三处插座,这样用电脑就更方便了。他找出一个结实、舒适的靠垫来搭配她的椅子,给她演示家里的什么位置可以最好地利用光照。桑迪离开后,艾薇已经能查找网站了。她在电脑前度过了愉快的几个小时,搜寻自己感兴趣的内容,比如坐运河游船度假观光,比如怎么去找多年以前的同学,比如如何识别常见的园林鸟类……

他计划用两天时间来教她怎么用电邮来联系别人。与此同时,她要给亲友熟人们打电话,问问他们的电邮地址。

艾薇晚上睡得迟了些,她忙着研究有什么简单易学的菜式适合教给这个男孩和他的外公。她最终决定先教锡箔纸裹鳕鱼,加上蔬菜和香草一起焗。她写了很简洁的提示带过去,有非常具体的步骤,都是那孩子看了能懂的。

"启动电脑""导入系统"之类的步骤,艾薇还不甚清楚,那么,你又凭什么指望桑迪立刻就能明白"加工直至完成"或"火候减半"之类的指令呢?

但桑迪学起来很快。

"你可真聪明,"艾薇若有所思地赞赏道,"你的小脑袋就像海绵,什么都能吸收得很快……"

"你的脑筋也不差。"桑迪说,"事实上,比我的还要丰富一些。"他把艾薇所有的朋友和亲属都加入电脑里一个称作"联系人"的名单中,然后,仿佛一瞬间,他们就开始跟她有了定期的日常联络。虽然有时候只是三言两语的一个简短电邮,但她对他们的生活却有了比以前更多的了解。

她教桑迪怎么做基本的炖牛肉、柠檬橄榄焖鸡、砂锅焗蔬菜，外加用切丝胡萝卜、橙汁、葡萄干和松子仁混合成的摩洛哥风味沙拉。

有几次，他说，这些菜外公都挺喜欢的。最后一节课，外公本人也想加入。

艾薇发觉自己对此有点不安。她已经习惯了跟安迪愉快地聊天。那个可怜的老头，那个修理首饰的手艺人，会是个什么模样？他一定老得都没法工作了吧。毕竟他那昏花的老眼还怎么能看清首饰？

她提醒自己，跟那人说话一定要口齿清晰，把意思讲明白。桑迪说了他人倒是很好，就是对身边这个世界了解不多。

她到的时候，看到一个相貌不错、大概迈入中年不久的男人坐在厨房里。这肯定是桑迪的叔叔或舅舅什么的。关于家庭成员，桑迪总是说得很含糊。

"我叫艾薇。桑迪跟我有个交换协议，我们快完成了。"她犹疑地说道。

他站起身跟她握手。他个子高高的，长相英俊，笑起来挺好看。

"我怎么会不知道呢？这一辈子，我们可从没吃过这么美味的东西！"

"哦，你也在这里吃饭？"看来，桑迪比她所意识到的还更深藏不露。

"我叫迈克，是桑迪的外公。"

她看着对方，哑口无言。这个中年男人竟是她想象中的那个可怜的、愚蠢的老外公？他似乎看透了她的心思。

"艾薇，桑迪对你的描述也有误差，"迈克打破僵局，"我还以为你老得都走不进这屋门了。可是，看看，原来你是这个样子！"他语气中满是赞赏。

她已经很久没有这样的感觉了。

这一次，艾薇可不会再把事情给搞砸了。

窗台盆栽

格温多琳常常趴在窗边。她知道,对一个三十七岁的女子而言,这样有点不合适——那是闲来无事的老太太才有的行为习惯,但是……怎么讲呢……既然住这条街上,你总该知道来来去去的都是什么人吧,难道不是吗?

她挪动一下,坐得离窗帘稍远些,但仍然看得到外面。

她看到一辆厢式小货车把可怜的哈代小姐的遗留物品都拉走了。那个妇人如隐士般离群索居,在街角开杂货店的巴基斯坦人问起她之前,一直都没人知道她死了。看来,她没有任何亲友。格温多琳听说,她的葬礼上什么人也没有。后来,当然了,房东找人把那地方彻底打扫了一遍,做了烟熏消毒,现在又可以出租了。

那里引起格温多琳的注意,是因为她自家房子的窗户恰好正对着街道那一边那栋房子的二楼,而眼下那个待租的套间就在二楼。那里其实从未有过什么东西值得她多看一眼的,只有一块总是用大大的安全别针把它们扣在一起的窗帘。新租客到来后,也许会有一点没那么令人沮丧压抑的景象可看看吧。或许会有漂亮的百叶窗?会有好看的、配有讲究的帘头窗帘盒的窗帘?

这条街将会稍微有点生机。可怜的哈代小姐的最后一丝痕迹,以及她那种孤寒客特有的孤独气息一旦消失,这个地方还真会变得适宜居住。

每天晚上，格温多琳都会在六点半左右到家。她从地铁站出来，穿过一处市场，经常能买到物超所值的东西，因为一天将尽，摊主们都在降价甩卖。这个傍晚，她花半价买了一些黑线鳕鱼肉，还有几个样子脱形的番茄，以及一把软塌塌的四季豆，所花的钱仅仅是白天正常售价的几分之一。如果想的话，她用十便士就能买下一束花，但那看起来难免有点可笑，于是她就放下了花束。她满意地回到家中。晚餐的花费是如此之少。她在一家大公司的财务部工作。从那些遭遇房产回收令和官司纠缠的问题客户身上，她清楚地看到人们债台高筑之后会有多大的麻烦。大手大脚花钱、欠债，这是格温多琳永远也不会允许自己出现的状况。

她走进公寓，四下看了看。

如果有条宠物狗摇头摆尾地迎接她回来，倒也不错，但你不能整天把狗关在公寓里。猫应该挺合适的。她曾经想过养一只宠物猫，但有个一起工作过的同事说，你那些花大钱买来的好家具可能会被猫抓得稀巴烂。当然了，有个丈夫也蛮好的，但这事在格温多琳身上没发生过，而且，如果像那些女友一样，一定要做出所有那么多的牺牲，只是为了自己的名字前面能加上"太太"这么个称谓，她觉得那还不如下地狱算了。

另外，她好像也不是因为寂寞或其他什么原因吧。当然不是那样的。

她有电视可看，有书可读，还能从二楼的这个窗子看到外面街上发生的一切。

她看到有辆厢式小货车停靠在了街对面的房子门口，一个女人从前排座位上探身出来。她看上去跟格温多琳是同龄人，但也许更年轻一点。她一头深色的长鬈发，穿牛仔裤和宽松的红色套头毛衫。同车一起来的是四个小伙子，都比她年轻很多。

他们抬着她的箱子和柳条筐上楼，轻松得就仿佛正在取出夏日野炊要用的东西。他们进出时一直在嘻嘻哈哈地说笑，最后跑去街角店里买了炸鱼和薯条。

格温多琳可以看到他们围坐在早先搬进屋的那张桌子旁。她可以很清晰地看到他们，是因为搬到这儿新入住的人没有立刻装起窗帘或百叶窗。什么遮挡也没有。朝街这一面的房间就那么大敞着，让人一览无余。太不寻常了。

炸鱼和薯条吃完后，小伙子们离开了。他们在街边的窗口下方嚷嚷着道别。

"卡拉，祝你过得开心。卡拉，祝你好运。"然后他们开车走了。

她的名字叫卡拉。

帮她搬家、跟她一起吃炸鱼薯条的这些人，是什么来历？是她的侄子？外甥？表兄弟？朋友？同事？

也不知是什么原因，格温多琳发现自己被蛊惑了一般，老是朝那敞开的窗口看。卡拉洗完杯盘，给自己弄了一壶茶。然后，她坐在桌边开始忙活，看似在做什么木器。大概过了二十分钟，谜底揭晓了，那是一个盆栽盒子。安装完成后，她把那东西放在了窗台上。接着，她从两个大袋子中取出土和肥料，小心细致地填进盒子里。最后，她一副很关爱的样子，从透明袋子中捧出花坛类的植物总共六七种，把它们栽到了土中。她拿着一只小巧的喷壶浇水，然后带着极大的成就感站在那里左看右看。

格温多琳吃了那半价的黑线鳕鱼，还有那蔫了的蔬菜。就这一次，尽管这餐饭依旧物超所值，却完全没能让她有那种赚到了的满足感、那种明亮的暖意。跟街对面那个女人相比，她感到过得就有点无滋无味了——那个女人住进新地方的第一晚，就在家里用炸鱼和薯条款待了搬家的人，还立刻种了盆栽。

格温多琳熨烫了明早上班要穿戴的衬衣和围巾，然后试图集中精神读几页书，但她发现自己不知怎的，大部分时间还是在看着街对面。卡拉继续整理，在一个小书架上放满了平装书。真难想象她一个人竟然买了这么多的书，而不是从图书馆免费借阅。

对面的女人自得其乐地欣赏了一会儿书架，然后坐下看电视。这些举动被格温多琳尽收眼底。她能看到对方的脸被电视光线照亮了。应该是看到了什么节目，卡拉在大笑。格温多琳把所有的频道都浏览了一遍。电视里根本没有什么有趣的东西，连稍稍好玩一点的都没有。也许那女人是在看影碟吧。

卡拉看似自足自乐的样子，不禁让人有点好奇，而那样子也让格温多琳有点懊恼。

第二天早上，格温多琳又从窗帘后面窥视对面。

卡拉已经起床了，正在榨橙汁。然后，她检查了窗台盆栽的情况。她把极细小的杂草拈掉，又轻轻地喷了一次水。

她穿上了外套，格温多琳也穿了。她将会看到这个女人会朝哪个方向走去上班，但卡拉在街角的杂货店门口停住了。

"早上好，我叫卡拉。我刚搬来，就住拐角这一边，我会经常光顾你们店的。"她主动打招呼。

"好啊，欢迎。我叫贾维德。"

"是贾维德先生呢,还是只是名叫贾维德,另外有个姓?"她问道。

格温多琳被惊呆了。她在这里已经住了七年,却根本不知道那店主的名字。

"那只是我的名字。我姓帕特尔。"贾维德回道。

"哎呀,这个社区看上去非常友好。我肯定我会喜欢这里的。"她说。

"没错,这里相当友好。"帕特尔先生附和道。

格温多琳有了示好的机会。她本可以上前一步说:"欢迎来到这个社区。是的,这个地方还真挺不错的。我叫格温多琳。今天晚上,请你来我家喝杯咖啡,你有空吗?"但你不会就这样说出这些话的,对吧,不会对陌生人这样说。于是,她买了一份报纸,离开了。

办公室一个年轻的同事忍不住咋呼了一句。

"你今天买报纸啦,格温多琳!"

格温多琳颇感烦躁,不禁脸红了。是的,这个是不假,她曾说过,人们的那副样子真荒唐可笑——上班路上总花点小钱买报纸,然后还奇怪他们的钱都花到哪里去了——但那只是生活常识,并没有让她变成一个守财奴、一个怪人。她发觉自己在思考那个卡拉在哪里工作。她看上去有点波西米亚风,你懂的,稍显懒散,自由不羁。也许她在艺术或民间工艺方面还有点名堂。

这一天过得很慢。格温多琳看到别人丢下的一本杂志。她坐在餐厅里读杂志上的一篇关于怎么装饰露台的文章。既然她家没有露台,这看来就挺无厘头的。她注意到那些盆栽幼苗是多么贵。想想看,街对面的那个女人竟然一下子就在二楼的窗台木盒里种了六株!

办公室一个名叫哈罗德的同事要离职了,大家在凑份子为他送行。格温多琳实事求是地说,她根本不认识那人。

"那就是说,这张人情登记卡,你不想签喽?"张罗此事的姑娘问道。

"是的,不签。我说过了,我都不知道他是谁。"格温多琳肯定地说。

她觉得自己看到其他人相互交换了一下眼色,默契地耸了耸肩。也许是她在瞎疑心?但即使他们真说她坏话,那又怎样?管他筹款还是乞讨,如果每次有人在面前摇晃一下小盒子,她都要贡献的话,那她早成穷光蛋了。无论如何,她还有其他事情要去考虑。今晚,她要跟弟弟肯见面。两人要商量一下,给妈妈选定一处养老院。

肯之前提议在一家贵得离谱的餐厅碰头,但格温多琳立刻就制止了他。她说,他可以来自己的公寓,带一瓶酒就行。她会给肯做菜。

令她烦不胜烦的是,她这天不得不加班干了一点活。更为雪上加霜的是,她在经过市场想找物美价廉的食材时,摊贩们都已收档了。于是,她只能去帕特尔的便利店买想要的东西。价钱自然高出了一大截。

帕特尔先生说起了她的邻居。这位新搬来的女士叫卡拉,人非常好,很和气。看起来,她应该是一位护士,因为帕特尔不小心切到手指,是卡拉帮他包扎的。她性格开朗,心情愉快得很,买了很多很多包花种子。

格温多琳心不在焉地听着。她才懒得去关注这个女人买了什么东西。她给肯打过几个电话,还留言说她下班会稍微推迟,但每次听到的都是运营商将通知机主的自动回复。既然不嫌麻烦又不怕花钱地买了手机,人们为什么不把手机开着?

及至此刻,格温多琳已经很恼火了。她情绪极差地进屋,发现客厅地板上有一张肯塞进来的字条:我猜你是有事耽搁了。我把手机忘在了办公室,但我会在附近转悠转悠,七点半左右再回来。她查看街对面有什么动静,随即目瞪口呆了。让她完全意想不到的是,透过对面敞开的窗户,她看到弟弟在那房子里,正跟卡拉把酒言欢。

所谓转悠,竟然是闲荡进别人家门了!

只要离得最近的任何哪个女人愿意跟他喝一杯,他就直接去了。真有种!

格温多琳没来由地感到心烦气躁。她知道,她没理由有这么大的反应。肯为什么就不能去别的什么地方坐一下?总比在街上晃荡好吧。只不过,这事进展得多少是太快了一点,太随便了,太毫无顾忌了,就仿佛他们都还是随心所欲的高中生似的。成年人的责任感何在?

七点四十五分,肯按响了她的门铃。

她摁下开门按钮让他进来,开始为他准备晚餐。

她从贾维德·帕特尔店里高价买来了羊排、冻青豆,还有两个小冰激凌当甜点,但肯拦住了姐姐。他在街对面吃过一个蘑菇煎蛋饼了。卡拉当时正在弄晚饭,所以他就跟她一起吃了。不巧的是,他带来的那瓶酒也在那边打开喝掉了。

"多谢,你的好意我心领了。"格温多琳酸酸地说道。

"那不是故意的,我是说,她毕竟请我吃晚餐了,喝酒也就顺理成章。"肯满是歉意。

"当然如此。"格温多琳用锡纸包好羊排,平铺着塞进冰箱小小的冷冻柜。

"你不吃饭？"肯惊讶地问。

"现在说这个没意思。我们来谈谈老妈的事。"

"这事恐怕很简单。妈不肯去老人院，格温妮。"

"我讨厌你这样叫我。你说得没错，事情很简单。她必须去老人院，不去也得去。她独自一人不安全。"

"但她不愿去。她很固执。"

"那么，你是要提议，你和我这一辈子都动不动跑到她那里，跟在她后面收拾东西，端屎端尿，打扫卫生，找这个拿那个……"

"不，我不是这么想的。我打算和梅丽一起去跟老妈生活。"肯解释道。

"妈不会接受的。你和梅丽还没结婚。"

"我认为，妈会觉得那比去老人院好，这是唯一的替代选择。"

"这不是唯一的选择。这件事我也有责任。我估计，你想着妈会把房子留给你。"

肯摇头："不是这样，我没有预期或者想要那个，但我们恐怕不得不招个租客进去，来抵消一部分费用。"

"什么费用？你和梅丽不是要住那里吗？难道你们还要付房租？"

"房子有必要改造一下，给妈妈修出一条轮椅坡道，楼下一个卧室和浴室要改成适合她的样子，让她可以使用。还要找个护工，所以要付额外的工资。白天的时候，梅丽跟我整天都要工作，不会在家的。"

"那我被安排在什么时候接手？我猜，你是想让我牺牲我的周末时间去照顾她。"

"不,格温妮……我是说,格温多琳……我没有这个想法,老妈也没有。"

"噢,她有这个想法的。等着瞧,她会在电话里说的。"

"实事求是地说,她给你打过电话吗?"肯问道。

"没有,但那只是因为她害怕我会跟她提起养老院的事情。"

肯不说话了。

"如果一切都安排好了,那么,肯,你来这里又是为什么?"

"因为我不想对老妈的房子擅自做出变动,而不告诉你。"

"或者说是你的房子吧,既然我们很快就要习惯这样去称呼那地方。"格温多琳的嘴抿成薄薄的、冷硬的一条线。

"妈妈明天要立遗嘱了。她会把栗树街的那房子留给你我平分,是我要求她的。劝说她这样做还是挺费劲的,但我说必须这样,否则我就不同意。她说你冷酷、心肠硬、无情、性格卑鄙,我说不是,你只是太孤单了。最终,她同意了。"

"那些全部是她说的?"

"她只是因为害怕了才那样说吧,你之前威胁说要送她去老人院。她就是这样看的——你威胁她。"

"但那不是威胁!那是为了她自己好。"格温多琳说。

"现在这样也许对她更好一点。"

肯起身要走。没有更多可说的了。格温多琳没有表示要请他喝点茶、咖啡或酒。她只是站在窗边,看着路对面的那套公寓。卡拉又在给窗台盆栽浇水。那女人对这东西真是着魔了,简直有强迫症。肯看着自己的姐姐。

"她人很好。她可以成为你的好朋友,格温妮。"

"我不需要朋友。你怎么敢说我孤单,我非常确定,我不孤单。"

"好吧。"他说完便离开了。

格温多琳看到肯仰头望向她的窗户,但她没做出任何举动表示看到了弟弟。她看到肯抬起手跟卡拉挥别,那女人晃动小喷壶做了回应。

长夜漫漫,但格温多琳不允许自己思前想后去考虑妈妈说的那些话。确实,她跟妈妈相处得不好,可话说回来,大部分母女也都相处得不怎么样。妈妈们总是偏爱儿子。这是明摆着的事实。

她不饿。那些食物可以打发第二天的晚餐。

但到了上床入眠的时刻,她还是毫无睡意。人们常说,呼吸一下新鲜空气挺好的。于是,她走出门,打算在街区走一圈。

在远远的街道尽头,她吃惊地看到卡拉提着一个纸袋,拿着一把小泥铲,正弯腰在一只大花盆里挖来挖去。那花盆看上去被冷落很久了。

"你这是在干什么呀?"还没来得及阻拦自己,格温多琳就脱口而出了。

卡拉抬起头,嘴角露出一抹大大的微笑:"哦,你好啊。你住在我对面。我看到你从楼里进出。"

"可是,这不是你的花盆吧。"

"不是,我知道。这样岂不很可怜?它在哭喊着要人来照顾它呢,这可怜的老东西。"她关爱地拍拍花盆。

"那你为什么要往里面种东西?"格温多琳疑惑重重。

"为什么不呢?我总是往别人的花坛里面丢种子的,这是我的一个小小爱好。看到种子当中有那么多能开出花来,你会喜出望外的。当然,有些种子会死掉,但能长出来的比例还是相当大的。看到一条街上的花朵绽放，就像魔术一样神奇。"

"但有人也许不愿意你把花种在他们家地盘上呢。"在说出口的同时，她甚至已经意识到这话听来是多么荒唐。

"大部分人看到开花都会挺高兴的，虽然有点惊讶，但会觉得愉快。"卡拉说着，一边伸出手轻轻抓住格温多琳的胳膊。

"这里已经弄好了。我们回去吧，跟我一起喝杯咖啡怎么样，格温多琳？"

"你怎么会知道我的名字？"

"你弟弟告诉我的。他挺担心的，因为他来的时候，你不在家。要把坏消息告诉你，他觉得很不安。"

"他跟你说了我的事？我无法相信。"

"跟我回去吧，我们聊一聊，所有事情都可以说说。你知道的，老年人可能会很难相处。跟我讲讲是什么情况，我的工作一直都是跟他们打交道的。你妈妈并不恨你，只是出于害怕去养老院的原因，她才那样指责你的。"

肯把他们家的私事全都告诉卡拉了。

格温多琳现在面临一个选择。她可以走进那套有窗台盆栽的公寓，跟这位显然是满心善意的女人畅所欲言。或者，她也可以回自家的套间。

"谢谢。你人真好，可喝咖啡会让我睡不着的。"她说完便离开了。

格温多琳顺着街道往回走，能听到自己的足音。她心里琢磨着，如果每栋房子周围开满鲜花，如果那一包包种子真的有用，能发芽生长，那这里的房子会不会升值？说到底，这条街究竟会不会焕发生机，变得美好？

费恩的未来

全部的问题都在于费恩的未来。

费恩才七岁,所以不管对谁来说,他都还拥有大把的未来。我跟这孩子只见过几次面,因为就他的情况而言,我还是置身事外更好。但费恩的事,我却谈论了很多——唉,我说的就是这孩子和他的未来——除此之外,丹几乎想不起别的什么话题。

费恩三岁那年,丹和莫丽就分手了。这个,我都不知道到底是怎么回事,真的。莫丽在工作中遇上了什么人。她是一家康体娱乐中心的前台接待员。丹是销售员,老是出差在外。莫丽只想跟她娘家人亲近,而不是去笼络丹的亲友。

总而言之,他们不再相爱了。就是这样。但这可不像我们很年轻又单身的时候,不爱了掉头走人就行。他们还有费恩以及他的未来要考虑。不像那些常见的分手夫妻,丹和莫丽没法就费恩的事达成令人满意的安排。他们两人都很爱这个孩子,尽管他们彼此是爱不起来了。

丹不想只做个周六爸爸,带儿子去逛逛动物园,或者吃个汉堡,跟孩子进行尴尬的交谈。莫丽不想让她唯一的孩子睡在陌生的屋舍中,天知道是什么人在孩子身边晃悠,而且那房子还没有恰当的供暖,或许卧室也不够通风,寝具也没干透。

他们讨论了这一可能,就是把费恩留在爷爷奶奶或外公外婆身边,好让丹去那里看儿子。但这也行不通。莫丽的父母认为,丹一无是处,心爱的小费恩跟这窝囊废的爸爸接触得越少越好;丹的父母则认为,莫丽是个随遇而安的浪荡女子,只要丹有那么一点胆识,就应该去法院起诉,要求得到孩子的完全监护权。所以,这个方案从一开始就行不通。

然后,我认识了丹,给之前的这个难题又增添了一个新元素。我在栗树街有一栋自己的房子。那不是在城中什么时尚的地段,但起码也是一座独立屋,有三间小卧室和一个花园。我们就快结婚了,所以,那房子也不至于背上坏名声或出现可以让人指摘的地方。我在本地医院当护士,有根有底,可不是什么疯疯癫癫、不负责任的轻浮姑娘,不会对费恩坐视不管,让他因为营养不良而丢了小命。

但莫丽对此一点也不认同。她比以前更为强硬,坚持不让费恩过来跟我们住。

"一定要想想他的未来,"她会如此说道,"他可不该在混乱中长大,不知道他生活在哪里,不知道哪里才是他的归属。"

然后丹就会说,他想着的正是费恩的未来,他不愿这孩子认为他抛弃了他,而他也确实没那么干过。

那么你大概会想,我是不是能离多远就离多远?曾经,我有时会幻想,莫丽接了份新工作,在邮轮上跳外国艳舞,于是把费恩丢给我们三个月,她回来的时候,费恩会说他在这里过得非常开心,这是他乐意住下去的地方。

我准备好了一个房间给费恩。放进去一张小书桌,好让他写作业。我还买了一本词典、一部少儿百科,还有一本地图册。我甚至还装上了漂亮的亮橙色窗帘，配了同色的被套，因为我听说他喜欢鲜艳的颜色。

但莫丽仍然固执己见。她不想让费恩融入另外一种生活环境，欢迎他的父亲周末去看他，在她的家里见孩子。她还补充说，世上任何一个法庭都会认定，她这样已经足够宽容大度了。

这样的周末探视回来之后，可怜的丹总是闷闷不乐、心烦意乱。每次探视结束时，费恩显然会问，他为什么一定要走。

"这是你的家，老爸。别走。"他会这样说，而丹则会犹豫不决、跌跌撞撞，然后情绪失控地说，这里以前是他的家，但现在他有自己的地方了。莫丽只是耸耸肩，仿佛她对这一切没有丝毫责任。

就这样，我和丹结婚了。我家里人从一开始就挺喜欢丹的，他们想知道小费恩会不会来参加婚礼，但答案显然是否定的。

莫丽说，如果费恩到场参加任何像这样的场景，那只会让他对未来感到焦虑不安。

然后，费恩七岁时，他开始在一所新学校上学，那里碰巧离我们住的地方不远。于是，丹又一次做出努力，问能否每周去接孩子两三次，带他回我们的家。他会记得让费恩喝牛奶，莫丽建议什么就给他吃什么。但是，莫丽让我们等着瞧。她就是这么说的。

这一天上午，我看着早餐桌对面丹那悲伤的脸。这张漂亮的小圆餐桌对着外面的花园。费恩大概永远也不会跑到这里来玩耍，因为那会让他的未来受到动摇。我心中猛然冒出一阵怒火，直指莫丽。这栋房子里有这么诚挚的欢迎和深情的关爱在等着那孩子，她凭什么剥夺费恩的这份权益？她凭什么要让渴望尽到父亲的义务去陪伴孩子的费恩爸爸陷入如此凄惨的境地？他的生活是不完整的。

但是，在任何情况下，我都不会往伤口上撒盐，对丹说地球上的所有女人当中，他的前妻是最自私的那个。那样做毫无助益。我只会微笑着说这一类的话——既然今天休假，那我就去购物了，回来给他做个牛扒牛腰子馅饼。那张忧伤的脸会稍稍明亮起来。他说，他运气真不错。

可我还是感到恼火，心神不宁。动身去采购时，我决定绕一下道，先经过费恩的学校。十点半左右，孩子们会在操场上活动，那我就可以悄悄地靠近看一下这个孩子。他的未来实际上正在破坏我和丹的现在，以及我们的未来。

我立刻就看到他了。他正在跟另一个男生搭档练习杂耍。他们交替着抛接那些小木棒，凭借很出色的技巧让棒子在空中飞来飞去。很快，一小群孩子在他们身边聚集起来。

丹也喜欢玩杂耍。他是否曾有机会教过儿子这个？或者，这孩子只是自发地有了这个爱好？大概我永远也不会知道吧。

其他几个大人也站在那里，透过大隔栅围栏看着孩子们。没有通道可以去到场地上，要进去，你必须走学校的主门入口。时代真是变了，我心想。孩子们竟然要被保护起来，跟陌生人隔开，人们只能从操场的铁栅栏外面看到他们。然后我意识到，我，当然也是学校想要拒之门外的那一类人，一个学生的父亲的第二任妻子。在他们眼里，我注定会跟麻烦扯到一起。谢天谢地，没有知情人看到我在这里，否则这看上去一定非常可疑。然后，我就瞥见一个女人，她正目不转睛地盯着我看。

是莫丽。她认出了我。

我决定立刻开口。

"你儿子杂耍玩得很棒呀。"我说道。

"对,你看到的就是他。我的儿子。只要你还能记得这一点。"她小个子,金发碧眼,对我满是怒气。

我来这里,呆呆地看人家的孩子,却只是为了被现场抓住,自取其辱——我真想踢自己两脚:"是的,他当然是你儿子。你肯定为他感到很自豪。"

"确实。非常。等你有了儿子,你也一样可以为你的儿子们自豪的,而不是跑到这里来偷看我的儿子。"莫丽这样嘴尖舌利地抢白人的时候,就显得怒形于色,不像她微笑时看上去那样如洋娃娃般美丽可爱。

我不知道是什么让我说出了这个。我还从未告诉过任何人。

"我不会有儿子的,女儿也不会有。我生不了孩子。"我说。

我甚至都没跟妈妈和家里的姐妹们说过这个。她们还不断地来烦我,动不动就问我有没有什么新动静。

"我不信,完全无法相信。"莫丽回应道。

"这是实话。挺悲哀的,但事实就是如此。"我自嘲地耸耸肩。

"丹是怎么想的?"

"他也觉得悲哀,但我们结婚时,他是清楚这一点的,毕竟,他已经有个他深爱的儿子了。"我把头转向操场那边,虽然这是多余的动作。

"虽说你不能生孩子,那他的生活也不能因此就被改变,他的未来也不该被毁了。"莫丽说。

"我知道这个。"我表示同意。

"那你来这里干什么呢?"莫丽依旧怀疑和戒备。

"我也说不清。"她也许能从我的脸上看出,我是在说实话,"我真的不知道我来这里是要干什么,莫丽。这跟今天早上丹的脸色有点关系吧。"

"他派你来的?我告诉他了,叫他不用来学校,不要在这里转来转去的。我没想到他会让你来。"

"不,不是这样,他一点都不知道我在这里。"我觉得莫丽再一次相信了我。

上课铃响了,孩子们走向教室。有些男孩子拍拍费恩的背,对他的杂耍表演表示赞赏,莫丽和我则自豪地看着这一幕。费恩没看到我们俩中的任何一个。

"现在,"我说,"我得走了。我今天休假,但有些事还得去做。"

"我也在休假。"莫丽主动示好,"你现在要去哪里?"

"去买一些肉,给丹做牛扒牛腰子馅饼。"

"哎呀,他找到你真是幸运——我不会做饭,一直都不会。"

"我也不擅长,"我承认道,"我还是要看菜谱才会做。丹跟你在一起时的运气要好得多吧——你给他生了个儿子。"

她站在那里看了我一会儿,似乎在权衡要说出口的话。

然后,她就说了。

"我们为什么不一起去买东西呢?"她提议道。

我没有迟疑,一秒也没有。"那真是太好了,你可以帮着参考,让我知道要买什么。这次要买四人份的食材,所以我觉得,其中一半东西由我来买吧。"我知道自己简直是在絮叨,但那也没关系。

她已经朝我迈出了巨大的一步。我只是往前跟进了半步。

我能否再迈出一步?那会不会反而坏了事?

哦,管它呢,我还是要说出来。

"要么,或许我就按照四人份的量买,你跟费恩干脆过来一起吃。这就像是某种宣示信念的举动,我的意思,要是你能懂就好了。"

她沉默不语。也许是我的这一步跨得太远了吧?我经常会这样。这个女人也可能只是可怜我罢了,对我不能生孩子表达一下同情,所以才提议一起去购物。把钟爱的孩子带去潜在敌人的家里,就是另一码事了。这也许会让她感到紧张,怕丹和我有什么预谋。反过来讲,这或许也能让她不再那么紧张。知道我不能生,她现在就不用再担忧丹会因为又有了孩子而可能遗忘头生子。莫丽脑海中到底漂荡着怎样的思绪,我大概永远也不会猜得到。

然后她说话了。"我们所做的每件事,某种程度上都是在表达信念,不是吗?我们会为今晚能去分享那牛扒牛腰子馅饼而感到高兴的。"

这可是我没想象到的。阳光闪耀在秋日树木的枝叶间隙,给整个操场铺满了美妙的光影。

每年一夜

那只是一年中的一个夜晚而已,但人们却津津乐道,说个没完没了。你打算在哪里迎接倒计时读秒?你要参加什么新年派对吗?这给你带来相当大的压力,就仿佛那是什么比赛似的。假如你说你什么也不做,他们好像还不乐意。因为那会让他们觉得内疚,似乎不管是干什么,他们都应该邀请你参与,而不是让你落单。

在学校的办公室里,同事们面对茜茜的心态就是这样的。1997年,茜茜过得惨不忍睹。暑假的时候,她的丈夫弗兰克跟本校一个小妖精私奔了,而那小姑娘才上五年级。这是学校的一大丑闻,各家报纸都大肆报道。茜茜的心自然被伤透了。人们普遍猜测,茜茜全部的积蓄也被那混蛋卷走了,只是这个猜疑从未得到过当事人的确认。

其他老师了解到,圣诞节她至少过得还算凑合。她计划去姐姐家——那里会有小孩子,可以让她转移一下注意力。可新年前夜呢?大家不禁咬住下唇思考起来。也许,她们当中的哪个人应该跟茜茜商量一下。这是每年的最后一夜,谁都不想孤零零一个人过的。茜茜看到这日子越来越近了,便告诉她们,她会跟朋友在一起。

朋友?

茜茜从未谈起过她有哪些朋友。不过,同事们好歹不用再感到多么歉疚了。

于是,这一夜到来了,而茜茜则独自坐在栗树街她的公寓房里。这只是又一个平常的夜晚而已,她在心里一遍又一遍地告诉自己。但这说到底不是。有五年的新年前夜,她都是跟弗兰克一起过的。

第一个新年,按他的提议,两人去了一家闹嚷嚷的餐馆。他告诉在场的所有人,那是他们订婚一周年。结果另外的四年,他们都去了那里。同样的地方,同样闹哄哄的周年宣告。现在,他应该是在英格兰,跟萝拉在一起。那个祸水小姐想进军模特行业,而弗兰克将会充当她的经纪人。

到了十点钟,茜茜再也忍受不住了。电视上冷酷的欢呼声不依不饶地继续着,外面传来此起彼伏的宴饮狂欢的声音,这些看起来全都是在取笑她。她穿好外套,戴上羊毛围巾走出家门,走向吉亚尼的小店。

马丁之前计划跟杰夫共享一顿新年前夜的美餐。他打算做一道山鸡大菜,并且已经在肉店下了这样的订单。杰夫跟家人过完圣诞就会回来。杰夫的父母仍然以为他会结婚,会在来年春天举办婚礼,接着带给他们几个孙子孙女。他们对儿子与马丁在大城市的快乐生活一无所知。他们老了,观念守旧,冥顽不化。试图让他们理解这件事完全是徒劳,因为这是他们永远也不会理解的。

圣诞节无所谓,那两三天,马丁总是在外面做公益,给一个圣诞慈善组织帮忙。然后,杰夫不知不觉就带着满肚子的故事和计划回来了。但今年,杰夫给他打了电话。杰夫的父母要搞一场盛大的家庭新年派对,他别无选择,只能留在那里。一开始,马丁还以为自己会被邀请去参加聚会,当情况变得明朗,得知他没被算在内时,他费了很大力气才掩饰住语调中的失望与苦涩。他祝杰夫在老家过得愉快，还提醒他远远回避家人引荐的那些未来新娘。

马丁取消了那个山鸡订单，待在家里听音乐。最终，他变得如此坐卧不宁，以至于觉得头都要炸了。十点钟左右，他外出了。他不知道要去哪里，也不在乎他要去哪里。在那个他为杰夫精心打理的家中，他无法再多停留，哪怕是片刻。他走了差不多有一个钟头，对身边的一切几乎视而不见，也不管身在何处。他经过一家炸鱼薯条小铺，店铺的招牌上写着"吉亚尼"。里面看上去没那么挤。他需要吃点东西，随便什么地方都行，于是他走了进去。

乔茜和妹妹罗丝玛丽经营着一个有机蔬菜专门店。这么说吧，是乔茜在经营。罗丝玛丽只管打扮得花枝招展，站在店里给人们分发菜谱，一边说说哪些名人除了有机食品别的什么都不吃。罗丝玛丽身材婀娜，所以引人爱慕，相当得宠。有人来小店做采访报道时——倒是经常有媒体关照这里——总是给罗丝玛丽拍照片，让她站在店门口或者大大的榨汁机旁搔首弄姿。而乔茜看上去就实在不像那么回事。乔茜大个子，体形和仪容都令人起敬，穿着羊毛开衫。这种形象可不太符合你想要的健康生活。尽管是她去市场考察，是她去拜访供应商，是她每天在店里干十小时的活，但出席工作午餐，去露脸见客的，却是罗丝玛丽。

姐妹俩住在同一栋房子里。罗丝玛丽占据了楼上的全部空间，两层，而乔茜只好住地下室这一层。但今夜，罗丝玛丽要征用整栋屋子，因为她要开派对。她的男人这次自由了，因为他家可怕的母老虎带着讨厌的小崽子们去滑雪了，所以他和罗丝玛丽在新年前夜要尽兴狂欢一番。罗丝玛丽已经好几次向乔茜示意过这事。虽然没有直接说出来，但暗示还是非常明显的，就是要乔茜回避那个派对。

地下层需要给备办饮食的私厨们使用，而乔茜真的不喜欢跟一大群陌生人凑在一起，不是吗？有生以来，乔茜从未受过这样大的伤害。然而，她告诉妹妹，她要去见朋友，会在外面过夜。罗丝玛丽没问是什么朋友。她压根儿想都没想到，因为乔茜把上帝给予她的时间都用来工作了，所以可能没有任何朋友。乔茜给自己订了一处含早餐的民宿，在都柏林城区的另一边。她预先付了款，但没法待在冰冷的、令人生厌的客房里。楼下，女主人在款待她那亲属众多的庞大家庭，宴饮谈笑，玩得热火朝天。乔茜穿上外套出去了。她必须找个更好的地方来消磨这一年的最后几个小时。她看到一处炸鱼薯条小铺，看上去还算令人愉快。跟其他任何地方相比，这里反正也不至于会更糟。

刘易斯很疲倦。回到纽约那边，这将仍然是正常的一天。他可以照常把工作干完，找到他要找的东西。但这个疯疯癫癫的国家似乎都歇业整整两周了。这样来搞经济是行不通的。他来这里处理一项事务，表面上看本来挺简单，但这人世间的所有麻烦忽然都蹦出来了，每件事都不顺。他的客户永远也没法理解这些耽搁的事情。也许再过两天，这地方可以恢复某种正常的运转功能吧。他当然希望如此。在都柏林的这段时间，他租了一个酒店式公寓房，房间挺干净，服务效率也高，但没什么趣味和人气。这是他出生的城市。回来生活？免谈。但是，不管怎么说，作为受雇的特使，作为一个侦探或某种意义上的"职业杀手"，回到这里也并非多么棒的体验。

刘易斯走进整洁的小厨房。没有可吃的东西。他并不想去什么热闹的大地方。回来的路上，他经过了一家炸鱼薯条小店。也许他可以去那里买一份外卖。不远，只要走半个街区就行——"吉亚尼"便是那小铺的店名。

吉亚尼的父亲问生意怎么样。吉亚尼撒谎了，一如往常。
"情况很好，老爹，有很多很多人光顾。"
"我认为不是那样吧，儿子。"
"你为什么认为不是那样，老爹？"
老人只能在椅子和床之间挪动，早已经不能再下楼了。
"因为，如果有很多很多人，我的儿子，那你的鞋底都应该磨破了，拿去修过了。"
"老爹，我们的生意足够好了。我们活着，我们活得好好的。"
"可你没有闲暇时间，不能结婚，不能有你自己的生活！"
"我不想结婚，不想有自己的生活。我愿意陪你在这里生活。"
"算了吧，下楼去招呼那些客人吧。"
"我这就去，老爹。"
吉亚尼下楼到了档口。之前这里还是空荡荡的，但现在却有四个人略显茫然地左顾右盼。
"非常抱歉，我刚才在楼上陪着父亲。他老了，有些啰唆。请问，谁是先来的？"
四个人看似谁也不着急，都是有礼貌有教养的人，不像那些经常跑来添乱的醉鬼。但话说回来了，现在离关门打烊也还有一会儿呢。
"那么，请坐吧，各位。我会给你们一一服务。"

"可以在这里吃吗?"那个头戴滑稽老土针织帽的大个子女士问道。

"您当真?但今天是新年前夜,也许这里的节日气氛不够吧?"吉亚尼环顾他这了无生气的小小地盘,难有喜悦自豪的意思。

"能在这里吃东西,我一样高兴。"那戴针织帽的女士说道。

"我也是。"那衣着考究的年轻人说道。他身上穿的外套剪裁精良。吉亚尼也很想能有那样的一件外套和一双新鞋子。将来哪一天也许可以吧。

"能坐下来,我也同样乐意。外面太吵闹、太喜庆了。"穿深色外套、戴鲜红色围巾的这位女士相当优雅漂亮。她看上去可实在不像是这种人——新年前夜在一个勺子油腻腻的破地方独自进餐。当然,那个有钱的美国商人也是这样。他时髦又有派头,根本不属于这种地方。

但是,吉亚尼执照上的营业范围仅限于外卖,不是什么正式的餐馆,可以让食客坐下来。那张小桌子只是让顾客稍作停留,等油炸锅里的食物加工完毕就立刻打包拿走。

不过,好好的一笔收入,吉亚尼不想拒之门外。他跑进跑出,忙着布置番茄酱和醋,还有纸巾,然后又从店铺后面翻出了四只盘子。

他们在桌边落座安顿下来,仿佛早就打算在这里共进晚餐似的。

"请注意,"吉亚尼提醒说,"请你们帮我个忙,如果有其他人进来也想坐下,烦请各位告诉他们,说你们是我的朋友。可能会有人想进来然后就不回家的,你们明白了没有?"

他们看似听明白了。

"所以,你们只要说你们是吉亚尼的朋友就行了。清楚了吧?"

他们看似懂了，心照不宣。

转身去炸鱼块时，吉亚尼听到他们在彼此做自我介绍。看起来，他们各自真的挺乐意与三个陌生人相遇，然后在一张盖着塑料布的小桌旁坐到一起的。人不就是这么离奇吗？

桌边的这些人没有闲聊。他们直奔主题，分别谈起了还有不到两个小时就要告别的这一年，各人都有些什么感受。

马丁说，他很孤独，因为他的好友杰夫去自己的父母家了，而不是跟他在一起共享烤山鸡的美味。马丁是如此期待这个夜晚，他们此刻本来应该会讨论来年的计划的。

"唉，至少，他毕竟是去了父母那里，"茜茜叹息道，"我丈夫却是跟我的一个学生跑掉了。看，这可比你的遭遇要惨得多。"

茜茜停下不说了，似乎被自己给惊到了。往常别人问起情况，她都守口如瓶，让对方知难而退，而在这里，面对百分百的陌生人，她却不假思索，把这事彻底说出来了。

"确实，那真是非常倒霉。"马丁表示同意，"最起码，杰夫后天就要回来了。如果你丈夫来求你原谅，你会再接受他吗？"

"我说不清。我真的不知道。我心里想的是，我会说不，但如果时机合适，你永远也不能确定你可能会做出什么。"

他们看着另外两位，颇有期待的意思，等着他们吐露出什么心事来。

乔茜已经摘掉了她的针织帽。

她认真地开口。

"我妹妹和我经营着一家蔬菜店。直到今天晚上七点，我们都守在店里，接待最后一刻才来买东西的顾客。好吧，客观地说，就只有我在那里,我妹妹在发廊做头发。她要在我们的房子里搞一个大派对,而我的脸跟那里不合拍——这么说吧,我全身上下都跟那里不合拍。所以我就跟她说,我会跟朋友出来。"她看上去很伤心。

刘易斯,那个显然带有美国口音的男士,轻轻地拍拍她的手。"某种程度上说,你是出来跟朋友相聚啦。我们都在跟你一起吃饭呢。"

如果刘易斯绝口不提自己的境遇,其他人看似也不会往心里去。

炸鳕鱼和薯条端过来了。看到他们精神一振,脸色亮起来,吉亚尼也感到高兴。时不时有客人进来。他们偶尔会看看四人围坐就餐的小桌子。

"我还真不知道,吉亚尼,你都做起高端市场来了呀。"其中有个人这么打趣道。

"这些人是我的朋友。"吉亚尼一副自豪的样子。

"Ciao,Ciao①。"刘易斯欢乐地跟那些人说道,其他三个人也都照猫画虎地说起了这个。吉亚尼非常开心,给他们各送来了一塑料杯的苦艾酒。那酒尝起来就像一种味道可怕的止咳水,但他们都竭力去"享受"这份好意。

"如果有像样的酒,我现在喝上一杯倒是没问题,"刘易斯说,"但不难想象,我租住的那公寓里什么也没有。"

马丁说,他家里要多少酒就有多少,但可惜离得太远了。

乔茜说,不管是什么东西,她现在都没法去拿。

他们都不愿割舍小桌子边这种令人舒适的、无所不谈的亲密感,

---

① 意大利语"你好"的意思。

但倘若还要再来一杯那喝起来像药水的苦艾酒的话，实在是谁也吃不消的。

茜茜开口了："我就住在街角不远处，在栗树街，去我那里吧。"

一切就是这样开始的。

十年前的这一夜。

他们结伴去往茜茜的公寓。

她拿出干白和圣诞节剩下的糕点。他们就像多年老友那样聊了起来，整理和分析各自的人生难题。如果杰夫的父母会很伤心，马丁就不应该试图强求他对家人说出真相。既然你爱一个人，那你想要的就是让对方幸福；茜茜应该开始办理离婚手续，拿到法院的判决就立刻用法律程序向弗兰克追讨那被偷走的积蓄。眼下可不是要面子的时候，这事也早就超出了面子的范畴。茜茜需要那笔钱。她一定要去豪华享受的长假；他们一致认为，乔茜必须雇请一个专业经理来评估两姐妹各自对生意的贡献是多少；刘易斯也充分放松下来，坦白地告诉他们，很多年前，他跟家人吵翻了，随后就去了美国。他在那里倒是顺风顺水，换过的每个行当做起来都得心应手。他工作勤奋，钱也赚到了，但那实际上并非他想要的生活。他们建议他跟家人恢复联系。刘易斯说那太难了，除非大西洋全部封冻，否则他就没有决心去考虑这么做。然后，已是午夜时分，他们一起举杯，说真是遗憾，不得不各自回家了。

说到"家"这个字眼时，他们的语气中都带有程度各异的鄙夷和自嘲。对马丁而言，没有杰夫，家只是一栋房子罢了；在乔茜这里，那只是一个冰冷凄凉的民宿地址；而对刘易斯来讲，那是一个半点人气都没有的酒店式公寓。如果他们都离开，茜茜则会被丢在一个不再是家的家里——弗兰克反正已经溜掉了。

"你们为什么不全都留在这里呢?"茜茜说道。

她和乔茜可以共用卧室,两个男人就睡在客厅里。比起三位客人之前离开的住地,这里可是一个好得多的地方。没有哪个人作势告辞,需要主人再挽留一次。第二天早上,茜茜给每人都做了煎蛋饼,而前一夜愉快的气氛还停留在屋子里。

他们没有交换地址,没有制订任何计划。但他们达成一致,下一个跨年夜,如果命运和机遇又把他们带到这里来,他们不妨再次扮演"吉亚尼朋友"的角色。

他们的新年开局还挺好。这可是四个人谁也没料到的。

一年过去了。他们一个人也没做那一夜同意了一半要去做的事。茜茜根本没有开始启动法律程序去对付她那逍遥的丈夫。

马丁仍旧希望杰夫会对父母公开两人的关系,然后把马丁带回家。

对罗丝玛丽和她之间那不公平的工作量和职责分配,乔茜什么行动也没有。她现在每天有十一个小时都在干活。

刘易斯完成了在都柏林的项目,还是没有联系家人。他回了纽约,回到那充满紧张压力的工作中。

新年前夜又近在眼前了。跟去年一样,茜茜让家人和同事们都安心,说她要跟朋友一起迎新;乔茜告诉妹妹,她还是要外出找朋友们一起跨年。跟以往一样,罗丝玛丽没有表示出半点关心。这一年,姐姐出不出去都没关系,因为罗丝玛丽情夫的妻子这次不去滑雪了,所以也就没有什么派对了;杰夫的父母想要他娶妻结婚,圣诞元旦双节期间,他们又抱着一线希望,火急火燎地给儿子牵线。马丁希望自己对此能更为宽容大度,但他心里清楚,他的声音听上去有怨怒之情,因为杰夫逐渐地跟他有点疏远了;刘易斯感到他错失了生命中的什么东西。他跟纽约的很多熟人说要去都柏林迎接新年,但就他所见而言,他们才懒得理会他去哪里、又去干什么呢。

刘易斯是第一个来到吉亚尼小店门口的。他带了两三瓶酒过来,从柜台上面递给吉亚尼。

"吉亚尼朋友们的酒。"他笑了笑。

"其他三个人也会来吧?"吉亚尼问道。

"我真心希望他们会来,吉亚尼,否则的话,我跟你两个就得喝完这么多酒。"

门开了,乔茜走了进来。没过多久,茜茜跟马丁也到了。从上次相聚开始的一年时间已流逝无踪,他们再见面,就像家庭团聚。这一回,他们各自带来了睡袍、干净的替换衣物,两个男人还另外带了小毛毯。

留宿条件是比以前好了。这一次,他们了解到,刘易斯某种意义上是个做背景调查的侦探,为那些大公司核实潜在雇员,确保他们的履历没有弄虚作假。他很胜任这份差事,但情绪上也开始受到一些负面影响——有些急于往上爬的年轻人伪造或夸大工作经验,被他查出来了,类似的案例累积起来也相当不少。他粉碎了他们的热切梦想。

乔茜说,罗丝玛丽现在的脾气比以往更臭,更难相处,因为她那妍头脖子上的拴狗绳被母老虎收得比以前紧多了。

他们都挺失望的,谁也没有像此前所希望的那样改变各自的生活,但他们都对此抱着自我辩护的态度。

这一年，他们觉得彼此已经足够了解，所以都报出了全名，公开了住址。

就这样，每年一度的这场聚会继续了一年又一年，其中也包括吉亚尼在胳膊上箍了一条黑布的那一年，因为他父亲去世了。他们在吉亚尼店里碰头时都哭了，尽管他们从未见过那老爷子。吉亚尼说，如果真能重新安排一遍生活的话，他一定会早早腾出时间，要么干脆就放弃小店，趁着老爸还有力气享受的时候，带他回意大利。

弗兰克表示过想回头，但茜茜拒绝了，说绝无可能。茜茜现在是学校副校长，偶尔跟新认识的一个男人外出约会。她毕竟还不到四十岁。跨年夜相聚的这些朋友给了她勇气和鼓励，她相信自己的生活还远未到头。

乔茜十年来都只是发誓要跟罗丝玛丽把事情了结，实际却毫无动作，她担心会再这样去面对朋友们，所以现在她有了真正的举动。她搬出了姐妹俩共有的房子，把整个房产都留给了妹妹，交换条件就是她要独自经营那蔬菜店。她在店面的楼上整理出了一个小套间住，雇请了一个勤劳的店员。她加入了一个桥牌俱乐部。她计划明年要减去十八磅体重。

刘易斯说，吉亚尼对父亲的一片深情让他感动不已，他已经联系了自己的家人。过去那些剧烈的冲突、痛苦的体会，不管当时是多么伤心，他们都已经全忘了。尽管刘易斯没忘，他还是想到，更智慧的做法应该也是忘掉那一切。

他们提着装有过夜物品的袋子回到茜茜的住处，快乐地迎接新年的来临。他们已经是第十次一起这样了。

"实在难以想象，一整年只有一个晚上，我们才见个面。"乔茜感叹道。

这些天,她看上去有些变样了。她不再戴那滑稽的针织帽子,对自己的举止仪态有了信心,远远好于从前。

"没有什么规定说我们每年相聚的次数不能更多些吧。"刘易斯提出设想。

不管是否定居,他反正要在爱尔兰度过更多时间。眼前的这份友谊已持续了长达十年,他会欣然欢迎这些意气相投的朋友中的任何一位的陪伴。

CHESTNUT STREET BY MAEVE BINCHY
Copyright：©2014 BY MAEVE BINCHY
This edition arranged with CHRISTINE GREEN AUTHORS' AGENT
Through BIG APPLE AGENCY, INC., LABUAN, MALAYSIA.
Simplified Chinese edition copyright：
2019 ZHEJIANG LITERATURE AND ART PUBLISHING HOUSE
All rights reserved.
版权合同登记号：图字：11-2015-236号

图书在版编目（CIP）数据

栗树街／（爱尔兰）梅芙•宾奇著；杨凌峰译. —杭州：浙江文艺出版社，2019.1（2025.9重印）
书名原文：Chestnut Street
ISBN 978-7-5339-5426-0

Ⅰ.①栗… Ⅱ.①梅… ②杨… Ⅲ.①短篇小说—小说集—爱尔兰—现代 Ⅳ.①I562.45

中国版本图书馆CIP数据核字（2018）第234625号

栗树街
LISHU JIE

作　　者：[爱尔兰]梅芙•宾奇
译　　者：杨凌峰
责任编辑：王莎惠
插画设计：安茂楠
封面设计：尚燕平

出版发行：浙江文艺出版社
地　　址：杭州市环城北路177号
网　　址：www.zjwycbs.cn
经　　销：浙江省新华书店集团有限公司
印　　刷：浙江海虹彩色印务有限公司
版　　次：2019年1月第1版　2025年9月第6次印刷
开　　本：880毫米×1230毫米　1/32
字　　数：322千字
印　　张：14
插　　页：5
书　　号：ISBN 978-7-5339-5426-0
定　　价：**59.00元**

（如有印、装质量问题，请寄承印单位调换）